*Von Morgan Callan Rogers ist bereits folgender
Titel im Knaur Taschenbuch erschienen:*
Rubinrotes Herz, eisblaue See

Über die Autorin:
Morgan Callan Rogers, Jahrgang 1952, geboren und aufgewachsen im US-Bundesstaat Maine, umgeben von Stränden, Schiffswerften und Fischerdörfern, hat ihr Herz an diese Gegend verloren und lebt noch heute in der Hafenstadt Portland. Sie studierte Anglistik und veröffentlichte mehrere Essays und Erzählungen. »Rubinrotes Herz, eisblaue See«, ihr erster Roman, war ein großer internationaler Erfolg und auch in Deutschland ein Bestseller.

Morgan Callan Rogers

Eisblaue See, endloser Himmel

Roman

Aus dem Amerikanischen von
Claudia Feldmann

Die amerikanische Originalausgabe erschien im Februar 2016 unter
dem Titel *Written on My Heart* bei Plume.

Besuchen Sie uns im Internet:
www.knaur.de

Vollständige Taschenbuchausgabe Juli 2016
Knaur Taschenbuch
Ein Imprint der Verlagsgruppe
Droemer Knaur GmbH & Co. KG, München
© 2014 Morgan Callan Rogers
© 2014 der deutschsprachigen Ausgabe mareverlag, Hamburg
Alle Rechte vorbehalten. Das Werk darf – auch teilweise –
nur mit Genehmigung des Verlags wiedergegeben werden.
Covergestaltung: FAVORITBUERO, München
Coverabbildung: Jens Magnusson / Gettyimages
Druck und Bindung: CPI books GmbH, Leck
ISBN 978-3-426-51639-3

2 4 5 3 1

Für meine Eltern

I

Bud Warner und ich heirateten am 13. Juni 1971, gute zwei Wochen bevor unsere Tochter geboren wurde. Er hatte im Mai um meine Hand angehalten, als mein Bauch schon so groß war, dass ich kaum noch mit der Gabel vom Tisch zum Mund kam.

»Ich hab nachgedacht«, sagte er.
»Und worüber?«
»Sollen wir nicht heiraten, bevor das Baby da ist?«
»Wäre wahrscheinlich keine schlechte Idee«, sagte ich.

Ich liebte Bud, seit wir Kinder waren. Wie auch unsere Freunde Glen und Dottie waren wir in The Point aufgewachsen, einem Fischerdorf an der Küste von Maine. Vor acht Jahren, nicht lang nach meinem elften Geburtstag, war meine Mutter Carlie verschwunden. Sie war mit ihrer Freundin Patty für ein paar Tage in den Küstenort Crow's Nest Harbor gefahren und dann von einem Einkaufsbummel nicht zurückgekommen. Trotz aufwendiger Suche hatte niemand je eine Spur von ihr gefunden. Mein Vater war nach ihrem Verschwinden vollkommen zusammengebrochen, und weil er weder für sich selbst noch für mich sorgen konnte, war ich zu meiner Großmutter ins Haus gegenüber gezogen. Ein paar Jahre später war Grand gestorben. Und im vergangenen Sommer dann auch Daddy, an einem Herzinfarkt, als wir mit dem Boot draußen waren. Auf seine stille Art hatte Bud dafür gesorgt, dass ich daran nicht zerbrochen war. Als er kurz nach Daddys Tod vor der Tür von Grands Haus aufgetaucht war, hatte ich ihn vorbehaltlos in mein Herz gelassen.

»Dann sollten wir es aber bald machen«, sagte ich. »In zwei Wochen hat Glen Urlaub und Dottie kommt vom College zurück. Es muss ja keine große Sache werden.«

Pastor Billy Krum, der in der kleinen weißen Kirche oben an der Straße den Gottesdienst abhielt, erklärte sich bereit, uns im Garten von Grands Haus zu trauen. Für mich würde es immer Grands Haus bleiben, auch wenn sie es mir vererbt hatte.

Madeline Butts, Dotties Mutter, half mir, Grands Hochzeitskleid mit einem passenden Stoffstreifen weiter zu machen, und aus einer Spitzengardine, die meine Mutter Carlie bei einem Ausverkauf erstanden hatte, bastelten wir einen Schleier. Von Buds Mutter Ida borgte ich mir ein paar blaue Bänder für den Strauß.

An unserem Hochzeitstag tauchte die Sonne alles in warmes, honigfarbenes Licht, und das Wasser im Hafen zwinkerte uns auf seinem Weg ins offene Meer zu. Sam, Buds Vater, geleitete mich von der Haustür an der Wildrosenhecke vorbei in den Garten. Er war vom Alkohol zerfressen und landete ein paar Tage später im Krankenhaus, und ich weiß nicht mehr, wer von uns beiden wen stützte.

Ich bemühte mich, meine Eltern nicht allzu sehr zu vermissen, als Bud und ich uns vor dem purpurnen Feuerwerk der blühenden Pfingstrosen gegenüberstanden. Ich sog ihren Duft ein, während wir schworen, einander zu lieben, zu achten und zu ehren, bis dass der Tod uns scheidet. Bud schob mir mit zitternder Hand einen einfachen Goldring auf den geschwollenen Ringfinger, und ich tat das Gleiche bei ihm.

Als wir uns das nächste Mal küssten, waren wir Mr und Mrs James Walter Warner.

Der Empfang fand ungefähr zwei Meter neben der Trauung statt.

»Und, denkt ihr beide schon ans Kinderkriegen?«, fragte Bert Butts, Dotties Vater, mit einem Blick auf meinen Bauch und hob grinsend sein Bierglas.

»Leeman hätte sich sehr gefreut, dabei zu sein. Er hätte bestimmt kein Problem damit gehabt, dass du hochschwanger bist«, sagte Stella Drowns.

Stella war damals ungefähr ein Dreivierteljahr nach Carlies Verschwinden bei Daddy eingezogen. Ich hatte sie lange Zeit gehasst, aber sie hatte ihn in seinen letzten Jahren glücklich gemacht, oder zumindest dafür gesorgt, dass er etwas Anständiges zu essen bekam. Sie war eine gute Köchin. Mittlerweile ging sie mir nur noch auf die Nerven. Meistens war sie entweder dabei, sich zu betrinken, oder damit beschäftigt, sich vom letzten Rausch zu erholen.

»Komm, Stella«, sagte Dottie, die als Brautjungfer neben mir stand. »Beleidige die schwangere Braut nicht an ihrem Hochzeitstag. Lass uns lieber auf all die Jungfrauen anstoßen, die wir kennen. Ich denke, für ein halbes Glas müsste es reichen.« Sie schwang ihren rechten Arm – den Bowlingarm – um Stellas magere Schultern und steuerte mit ihr auf die improvisierte Bar zu, einen Klapptisch, den wir vor den Forsythiensträuchern aufgebaut hatten.

Buds Mutter Ida tauchte neben mir auf: »Zeit für den Hochzeitstanz. Bist du bereit?«

Ich nickte und ließ den Blick auf der Suche nach meinem frischgebackenen Ehemann durch den Garten wandern. Ich entdeckte ihn schließlich bei den Rosensträuchern, wo er mit

Glen und ein paar anderen irgendetwas Alkoholisches trank. Seine Schwester Maureen, eine schlaksige Dreizehnjährige mit haselnussbraunen Augen, kam auf mich zugelaufen. »Die Platte liegt schon auf dem Teller«, sagte sie. »Gib mir ein Zeichen, und es geht los.«

»Danke.« Ich liebte Buds Familie, und an diesem Tag noch mehr als sonst. Vielleicht spürte Maureen, was in mir vorging, denn sie schlang unbeholfen ihre mageren Arme um mich. Das Baby strampelte in meinem Bauch, und sie wich erschrocken zurück.

»Hoppla!«, sagte sie.

Ich lachte. »Es will nur seiner Tante Hallo sagen.«

Bud kam zu uns. »Randaliert das Baby schon wieder?«

»Ich wette, du hättest nie gedacht, dass du das mal bei deiner Hochzeit sagen würdest.«

»Bei dir muss man auf alles gefasst sein«, gab er zurück.

»Seid ihr bereit?« Maureen klatschte in die Hände und lief zu dem Plattenspieler, den Dottie mir geliehen hatte, weil bei meinem die Nadel so abgenutzt war, dass es einfach furchtbar klang.

»Bist du bereit?«, fragte ich und sah Bud an.

»Mir bleibt wohl nichts anderes übrig, oder?«

»Und jetzt«, rief Maureen, »der Hochzeitstanz.«

Bud wurde rot, die ungefähr zwanzig Gäste klatschten, und Maureen setzte die Nadel auf die alte Single. Knisternd und knackend erklang *Love Me Tender* von Elvis Presley. Bud nahm meine Hand und legte seinen Arm um meine voluminöse Mitte. Sobald Elvis anfing zu singen, kamen mir die Tränen. »Ich weiß nicht, warum ich ausgerechnet dieses Lied ausgesucht habe«, schluchzte ich, während Bud mich verwirrt ansah. »Das war das Lied meiner Eltern.«

»Na ja«, sagte Bud, »dann wird es jetzt unser Lied, okay?« Sanft wischte er meine Tränen weg. »Es ist ein schönes Lied. Passt genau zu uns beiden. Ich bin froh, dass du es ausgesucht hast.«

»Ich weiß«, sagte ich und packte die Tränen wieder in die Kiste mit den traurigen Erinnerungen. »Ich weiß. Ich muss nur daran denken, wie Carlie und Daddy in der Küche dazu getanzt haben. Sie fehlen mir, Bud.«

»Na klar tun sie das«, sagte Bud. »Aber dafür hast du mich und Junior. Und uns kann dir niemand wegnehmen, weder Tod noch Teufel.«

»Darf ich?«, fragte Glen, der neben uns aufgetaucht war.

»Ich weiß nicht, ob das schon beim ersten Lied erlaubt ist«, antwortete ich, als er mich im Arm hatte. »Aber du kommst genau im richtigen Moment.«

»Ich hab nicht auf die Liste mit den Regeln geschaut«, sagte Glen. »Dafür war irgendwie keine Zeit.«

»Schon in Ordnung. Ich bin froh, dass du da bist.«

»Ich auch. Ich wünschte, ich könnte länger bleiben.«

Er war seit Kurzem bei der Armee und sollte innerhalb der nächsten zwei Wochen nach Texas verlegt werden, und von dort ging es weiter nach Vietnam.

Bud würde nicht eingezogen werden. Eines der Dinge, die ich in unserer gemeinsamen Zeit erfahren hatte, war, dass er eine vernarbte Lunge hatte von einer Lungenentzündung als Baby. Außerdem war er gegen alle möglichen Tiere allergisch, was bedeutete, dass wir nie irgendeinen fellbesetzten Gefährten im Haus haben würden. Er war im Winter zur Musterung gewesen, aber die Armee hatte ihn abgewiesen.

»Dachte ich mir schon«, hatte sein Kommentar gelautet. »Ich wollte eh nicht dahin. Ist doch bescheuert, in einem

Land zu kämpfen, von dem ich nicht mal weiß, wo es liegt.«
Danach hatte er einen langen Spaziergang gemacht, wie er es immer tat, wenn er über etwas nachdenken musste.

»Gefällt's dir bei der Armee?«, fragte ich Glen.

Er zuckte die Achseln. »Zumindest komme ich so nicht auf dumme Ideen. Wenn ich zurück bin, werde ich Fischer. Hebt ihr Leemans Boot solange für mich auf?«

»Machen wir«, sagte ich, in der Hoffnung, dass die *Florine* eines Tages wieder das tun würde, wofür sie gebaut worden war. Daddy hätte sich darüber gefreut. Er hatte das Boot geliebt. Verdammt, er war darauf gestorben, an einem Herzinfarkt, während ich keine zwei Meter entfernt auf dem Deck geschlafen hatte.

Das Lied war zu Ende, und Glen gab mir einen Kuss auf die Stirn. »Schickst du mir Fotos von dem Baby? Ist ja fast so, als wär's von mir.«

»Ist es aber nicht«, sagte ich.

»Na ja, du weißt, wie ich's meine. Wo wir uns so nahestehen und so.«

»So nah nun auch wieder nicht, aber ich verstehe schon. Puh, mir ist schwindelig. Ich muss mich mal hinsetzen.«

Glen führte mich zu ein paar Klappstühlen, die vor den Pfingstrosen aufgestellt waren, und ich ließ mich auf einen der warmen Metallsitze sinken. Eine von den Blüten streifte mein Gesicht, und ich vergrub die Nase in den seidigen Blättern. Das Baby drehte sich noch einmal und beruhigte sich dann. Maureen legte *Going to the Chapel* auf, und ein paar von den Hochzeitsgästen fingen an zu tanzen.

Dottie kam über den Rasen auf mich zugestapft und zog im Gehen an ihrem Kleid und ihren Nylons. Seit sie aufs College ging, hatte sie zugelegt, und Kleider hatte sie ohnehin noch nie ausstehen können. Wir waren extra zusammen in der Stadt gewesen, um etwas Passendes für ihren Auftritt als Brautjungfer zu finden. Das blaue Kleid war hübsch und hatte sich alle Mühe gegeben, aber es war offensichtlich, dass Dottie sich darin nicht wohlfühlte. Sie ließ sich neben mich plumpsen, und wir sahen den Tanzenden zu. Pastor Billy tanzte mit Maureen, und sie kicherte, als er sie herumwirbelte.

»Sind die beiden nicht süß?«, sagte Dottie.

Dann wanderte unser Blick zu ihrer Schwester Evie, die mit Glen tanzte. Sie war erst vierzehn, aber ihre Bewegungen wirkten viel älter. Sie wackelte von den Zehen über ihren kleinen Po bis in die Fingerspitzen. »Sieht aus, als hätte sie geübt«, bemerkte ich.

»Fragt sich nur, wofür«, sagte Dottie. »Auf jeden Fall riecht's nach Ärger.«

»Meinst du, Glen merkt das?«

Er grinste wie ein Honigkuchenpferd, während er hin und her twistete. Evie wirbelte um ihn herum wie ein kurviger Tornado, warf den Kopf in den Nacken und lachte.

»Du kannst das Kleid ruhig ausziehen«, sagte ich zu Dottie.

»Nein. Ein bisschen halte ich noch durch. Dann kann ich dich daran erinnern, was ich schon alles für dich getan habe, wenn du mal in meiner Schuld stehst.«

»Ich weiß deinen Einsatz zu schätzen«, sagte ich. »Ich werde dich später sicher ab und zu als Babysitter brauchen.«

»Das ist wieder was, was ich für dich tun soll. Was tust du denn für mich?«

»Ich mache dich zur Patentante«, sagte ich. »Falls mir was zustößt, kümmerst du dich dann um das Baby? Wäre das okay für dich?« Als sie darauf nicht antwortete, sah ich sie an. »Weinst du etwa?«

»Diese verdammten Blumen stinken zum Himmel«, sagte Dottie.

»Also, falls mir was zustößt –«

»Ja, Herrgott noch mal. Aber jetzt reicht's, ich muss raus aus diesem verdammten Kleid.« Damit stand sie auf und verschwand im Haus.

Die Hochzeitsgäste tanzten, aßen Hamburger und Hotdogs, tranken Bier und tanzten weiter.

Irgendwann im Lauf des Nachmittags sprach Glen einen Toast auf uns aus. »Die zwei sind meine besten Freunde«, begann er, doch Dottie unterbrach ihn mit einem lauten »He!«.

»Dottie auch«, fügte er hinzu, dann runzelte er die Stirn. »Jetzt habe ich vergessen, was ich sagen wollte. Ach so, ja. Ich wünsche ihnen und dem Baby alles Glück der Welt, und ich hoffe, sie denken daran, immer ein Bier für mich im Kühlschrank zu haben. Ich bin froh, dass Bud zu Verstand gekommen ist. Was Besseres als Florine hätte er nicht finden können.«

Alle klatschten. Ich dachte bei mir, dass Bud wahrscheinlich schon etwas Besseres als mich hätte finden können, aber trotzdem erhoben wir unsere Gläser und stießen an.

Der Champagner machte mich und das Baby übermütig, und ich kicherte den größten Teil des Nachmittags vor mich hin. Als es an der Zeit war, mir das Strumpfband auszuziehen, kitzelte Bud mich, während er es über meine Wade und meinen Fuß streifte. Glen, Ray und Billy waren die einzigen unverheirateten Männer unter den Gästen, und keiner von ihnen sah so aus, als wollte er das Strumpfband fangen. »He, das ist unfair«, sagte Pastor Billy zu Glen, als der hinter ihm in Deckung ging. Ray Clemmons, Glens Vater und Inhaber des Gemischtwarenladens oben an der Straße, verzog das Gesicht, trat einen Schritt zur Seite und schob beide Hände in die Hosentaschen. Bud warf das Strumpfband in ihre Richtung, und Billy fing es auf.

Maureen war ganz aufgeregt, nachdem sie meinen selbst gemachten Brautstrauß gefangen hatte. »Eines Tages werde ich Billy heiraten«, flüsterte sie.

»Ich hätte ihn auch fangen können«, sagte Dottie, »aber ich werde niemals heiraten.«

»Es ist doch bloß eine Tradition«, wandte ich ein.

»Das ist mein Singledasein auch.«

Maureen setzte sich, und Pastor Billy kniete sich mit dem Strumpfband vor sie. Sein Gesicht lief dunkelrot an, als er es über ihr knochiges Knie schob.

»Ich frage mich, warum Pastor Billy nie geheiratet hat«, sagte ich.

»Gute Frage«, sagte Dottie. »Vielleicht wartet er, bis Maureen alt genug ist.«

Ich dachte daran, wie Glen Evie angehimmelt hatte. »Was haben die hier eigentlich in die Drinks gemischt?«

»Einen Liebestrank, was sonst? Ich trinke jedenfalls nichts davon.«

Der Tag trudelte in einen zauberhaften Sonnenuntergang. Die Flut kam, und das Wasser zeigte uns seine andere Seite, als es wieder in den Hafen zurückfloss. Die Party ging munter weiter, was wunderbar war, zumindest für alle, die nicht im neunten Monat schwanger waren. Glen kümmerte sich um die Musik, trank Bier und sang laut und falsch bei fast jedem Lied mit, das er auflegte. Die Mädchen und Frauen tanzten miteinander oder mit Bert und Pastor Billy. Ray saß ein wenig abseits mit Sam, der nicht nach Hause wollte, obwohl er aussah, als könnte er jederzeit beim Tod an die Tür klopfen und würde sofort hereingelassen.

Ich gab mir alle Mühe, bei meiner eigenen Hochzeit durchzuhalten. Ich tanzte ein paarmal, aß einen Hamburger und ein Stück Hochzeitstorte und trank noch ein bisschen Champagner. Doch irgendwann hatte mein Körper genug. Ich hielt Ausschau nach Bud und sah, dass er Stella, die sich kaum noch auf den Beinen halten konnte, über die Straße zu ihrem Haus brachte.

»Ich schulde dir jetzt schon einiges«, sagte ich zu Dottie, die mittlerweile in Shorts, T-Shirt und Flip-Flops neben mir saß.

»Wofür denn?«

»Dafür, dass du dich so um Stella gekümmert hast«, sagte ich. »Danke.«

»Ach, das war nicht so wild. Wir haben fast die ganze Zeit über Leeman geredet. Darüber, dass sie so gerne seine Frau geworden wäre. Ich glaube, sie braucht ein Hobby, damit sie mal auf andere Gedanken kommt und nicht immer so traurig ist.«

»Sie will aber gar nicht auf andere Gedanken kommen.«

»Ja, da könntest du recht haben.«

Bud kam im Schein der untergehenden Sonne auf mich zu. In dem Licht glänzte sein dunkles Haar, und seine Augen glühten wie zwei Kohlenstücke. Lächelnd kniete er sich vor mich hin. »Nun, Mrs Warner, es ist Zeit für unsere Hochzeitsnacht.«

Er sah zu Dottie, die sofort aufsprang und sagte: »Das hat ja wohl hoffentlich nichts mit mir zu tun.«

Sie ging zu Glen hinüber, der den unermüdlichen Wirbelwind Evie beobachtete. »Hast du ihr was von dem Bier gegeben?«, fauchte Dottie ihn an. Er schüttelte den Kopf, aber es wirkte nicht sehr überzeugend.

Ich sah Bud an. »Unsere Honeymoon-Suite liegt direkt über der Partyzentrale. Was meinst du, wie das wird, wenn wir die ganze Nacht von der Musik und den Gesprächen beschallt werden?«

»Heute Nacht schlafen wir nicht hier«, sagte er. »Ma und Dad haben uns ein Zimmer im Stray-Away Inn reserviert.« Als er meinen Blick sah, musste er grinsen. »Deine Tasche ist schon gepackt. Lass uns verschwinden.«

Und so fuhren Mr und Mrs James Walter »Bud« Warner in das Hotel an der Küste, wo sie Hummer und Steak verspeisten – zusammen mit einer Flasche Champagner auf Kosten des Hauses – und vom Balkon ihrer Suite den Sternenhimmel betrachteten.

Mrs Warner überreichte Mr Warner die Schlüssel zu Petunia, dem 1947er-Coupé ihrer Mutter, was Mr Warner dazu veranlasste, überrascht nach Luft zu schnappen und seiner frischgebackenen Braut ewige Liebe zu schwören. Mr Warner schenkte Mrs Warner einen Ring mit einem kleinen Smaragd, als Ersatz für den Ring, den sie bei der Seebestattung ihres Vaters über Bord geworfen hatte. Mrs Warner weinte und küsste ihn so überschwänglich, dass sie beide fast ohnmächtig wurden. Dann versuchten sie, die Ehe zu vollziehen, was ein wenig schwierig war, da das Baby den größten Teil des Raumes einnahm, der dafür nötig gewesen wäre. Schließlich schliefen sie lächelnd ein.

Irgendwann in der Nacht wachte ich auf. Ich streckte die Hand nach Bud aus, um mich zu vergewissern, dass er da war, wie ich es schon viele Male getan hatte, seit er bei mir eingezogen war. Er tat das Gleiche.

2

Als wir nach unserer Hochzeitsnacht zurückkamen, war das Haus mit Girlanden geschmückt und der Kühlschrank bis zum Rand gefüllt. Ein paar Tage lang ernährten wir uns von den Resten der Party, und danach brachte Ida uns fast jeden Abend etwas zu essen herüber. Dafür war ich sehr dankbar, denn das Gewicht des Babys zusammen mit den Spuren meines Autounfalls vor anderthalb Jahren verursachte solche Schmerzen in meinem Rücken, dass ich kaum stehen konnte. Deshalb verbrachte ich meine Tage hauptsächlich auf dem Sofa, wo ich Babydecken und winzige Pullover strickte und überlegte, wie wir unsere Kleine nennen sollten. Ich war überzeugt, dass es ein Mädchen werden würde.

»Ich übernehme dann die Jungennamen«, erklärte Bud.

»Warum können wir uns nicht gemeinsam Gedanken darüber machen?«, fragte ich.

Bud zuckte die Achseln. »Mir gefällt die Vorstellung, dass du einen Namen für unser Mädchen aussuchst.«

»Und was ist, wenn ich sie Rainbow nenne oder irgendwas in der Art?«

»Das tust du nicht.«

»Gut, aber wir müssen uns doch einig sein, was die Namen angeht.«

»Was meinst du, wie viele Kinder wir bekommen werden?«, fragte Bud.

»Hm, ungefähr zehn?«

Er stieß hörbar die Luft aus. »Das sind eine Menge Namen.«

»Stimmt.«

»Dann sollten wir uns aber ranhalten«, sagte Bud.

»Mit den Namen oder mit den Babys?«

»Mit den Namen. Es ist im Moment echt nicht einfach, bei dir mitzukommen. Du weißt doch, meine Kondition ist nicht die beste.«

Während ich so vor mich hin strickte, wusste ich, dass ich es nicht schaffen würde, zehn Babys auszutragen. Mein Arzt hatte sich schon gewundert, dass ich so lange schmerzfrei geblieben war. Meine Nadeln klapperten schneller, als ich an Andy Barrington und seinen elenden Vater und den verdammten Mercedes dachte. Andy hatte uns beide oben am Pine Pitch Hill in die Bäume gejagt, als wir verrückte siebzehn gewesen waren. Mein Rücken und mein Hals würden ihn nie vergessen, den Sommerjungen, von dem ich gedacht hatte, dass ich ihn liebte.

»Ich dumme Kuh«, sagte ich eines Nachmittags laut. »Wie konnte ich nur so blöd sein?«

»Warum sagst du das?«, fragte Ida, die lautlos hereingekommen war. Manchmal hatte ich wirklich das Gefühl, dass sie jedes Geräusch wie ein Schwamm in sich aufsaugen konnte.

»Eines Tages höre ich dich, bevor ich dich sehe«, sagte ich. Sie lächelte und verschwand mit einer Auflaufform in der Küche.

»Willst du einen Tee?«, rief sie.

»Nein. Aber ich will dieses Baby aus mir raushaben.«

»Das glaube ich dir sofort.«

»Wenn ich das nächste Mal versehentlich schwanger werde,

erinnere mich bitte daran, dass ich mir vorher Gedanken über den Zeitpunkt mache. Es ist so heiß.«

»Ja, das ist es«, stimmte Ida zu. Sie kam mit zwei Gläsern Eistee ins Wohnzimmer und setzte sich in einen Sessel neben dem Sofa. »Warum bleibst du nicht oben im Bett?«

»Um mich zu Tode zu langweilen?«, entgegnete ich. »Nein, tagsüber bin ich lieber hier unten. Da passiert wenigstens ab und zu was.«

»Heute ist der 28. Juni«, sagte Ida. Der errechnete Geburtstermin. »Ich dachte mir, darauf sollten wir anstoßen.« Sie reichte mir eins von den Gläsern, und wir prosteten uns zu. Ich schob diverse Garnknäuel beiseite und stellte das Glas auf dem Couchtisch ab.

»Ich glaube nicht, dass es heute losgeht«, sagte ich. »Da unten ist alles ruhig.« Prompt verpasste mir das Baby einen Tritt.

Ida lächelte. »Vielleicht nicht heute, aber bald. Hör mal, ich möchte dich etwas fragen.«

»Schieß los.«

»Darf ich das Baby taufen lassen?«

Obwohl mich Idas Bitte nicht überraschte, wand ich mich innerlich. Sie hatte genau so eine Beziehung zu Jesus, wie Grand sie gehabt hatte. Ich beneidete die beiden um ihren Glauben, aber ich teilte ihn nicht. Und Bud noch viel weniger. Wir waren nur so lange zur Kirche gegangen und hatten uns Pastor Billys Predigten angehört, wie wir mussten, und danach waren wir nie wieder dort gewesen. Wir verbrachten unsere Sonntage lieber damit, aneinander zu glauben.

Ich seufzte. »Ich weiß nicht, Ida. Vielleicht warten wir besser, bis sie älter ist.«

»Was könnte es denn schaden, Florine?«

Ich zuckte die Achseln. »Schaden würde es sicher nicht,

aber ich glaube, ich möchte nicht, dass sie gleich von Anfang an in die Kirche geht. Lass mich erst mit Bud darüber reden.« Ich setzte mich anders hin, weil meine rechte Pobacke eingeschlafen war.

Ida nickte, als hätte sie genau mit dieser Antwort gerechnet.

»Bitte sei mir nicht böse«, sagte ich.

»Womöglich würde es dem Baby gefallen. Gottes Wege sind unergründlich.«

»Keine Sorge, das weiß ich.«

Ida trank ihren letzten Schluck Eistee und stand auf. »Vielleicht solltet ihr beide mal mit Pastor Billy darüber reden.«

»Ja, vielleicht«, sagte ich. Und dann zuckte ein Blitz durch meinen Bauch.

Während des restlichen Tages, der Nacht und des darauffolgenden Tages sprach ich ziemlich viel mit Gott. Ich knurrte seinen Namen mit zusammengebissenen Zähnen und brüllte ihn zur Decke des Entbindungsraums, in dem ich mich abmühte, das zwölfbeinige, klauenbewehrte Ungeheuer loszuwerden, das mich bei seinen Fluchtversuchen förmlich auseinanderriss. Bud stand käsebleich neben mir und ermahnte mich immer wieder zu atmen und mich einfach zu entspannen, bis ich ihn anschrie, er solle verschwinden, ich brauchte ihn nicht, ich hätte ihn nie gebraucht, ich brauchte überhaupt niemanden und er solle mich gefälligst allein lassen. Aber er ließ mich nicht allein, und dann fand das Baby endlich den Ausgang, und ich presste und presste, und dann war sie da, mit ihren ganzen 3350 Gramm, und schrie mich an, erschrocken über die Kälte, die Geräusche und die fremde Umgebung.

Ich nannte sie Arlee June, und Bud und ich weinten. Sie nahmen sie mir kurz weg und legten sie mir dann auf die Brust. Ich schwor ihr, dass ich jeden, der es wagte, ihr auch nur ein kupferrotes Haar zu krümmen, in Stücke reißen würde, und das galt auch für Gott. Mein Zorn legte sich und wurde von einer Liebe geschluckt, die so mächtig war, dass ich anfing zu zittern.

»Sie müssen völlig erschöpft sein, nach den langen Wehen«, sagte der Arzt, und vielleicht kam das Zittern tatsächlich daher, aber ich glaubte es nicht, weder damals noch später.

»Was für ein Prachtkind«, sagte Madeline Butts, als Arlee und ich gewaschen worden waren und auf unserem Zimmer lagen. Sie und Dottie saßen auf den beigefarbenen Besucherstühlen neben dem Bett.

»Sie ist ein echter Hingucker«, sagte Dottie.

»Seht ihr es denn nicht?«, fragte ich die beiden. Für mich war es so offensichtlich wie die winzige Nase in Arlees perfektem Gesicht. »Sie sieht genauso aus wie Carlie.« Und dann begriff ich plötzlich, dass Carlie – ob nun tot oder lebendig – jetzt Großmutter war.

»Stimmt«, sagte Madeline. »Zumindest hat sie rote Haare.«

»Ich finde, sie sieht aus wie sie selbst«, meinte Dottie.

»Ja, natürlich«, sagte ich. »Aber sie sieht auch aus wie Carlie.«

»Warum hast du sie Arlee June genannt?«, fragte Madeline.

»Weil es sich auf Carlie reimt. Aber mit l-e-e, wie Leeman«, sagte ich. »Na ja, und June, weil sie im Juni geboren ist.«

»Klingt logisch«, sagte Dottie. »Aber Arlee Dot wäre auch schön gewesen.«

Arlee und ich verschliefen den größten Teil unseres ersten gemeinsamen Nachmittags, bis Bud gegen fünf zurückkam und wir beide dieses winzige Baby bestaunten, das wir gemacht hatten, kurz nachdem er bei mir eingezogen war.

»Weißt du noch, wie ich es dir gesagt habe?«, fragte ich. Er hielt Arlee im Arm, und als er mich ansah, wussten seine Augen gar nicht, wohin mit all der Liebe zu seiner neugeborenen Tochter.

»Ja. Es hat mir eine Höllenangst gemacht.«

»Bedauerst du es?«

Er runzelte die Stirn. »Nein, natürlich nicht. Aber wir sollten uns mit dem Nächsten noch ein bisschen Zeit lassen. Wir müssen erst mal überlegen, wo wir leben wollen, und da ankommen, bevor wir mit dem Kinderkriegen weitermachen.«

Mir sank das Herz. Bud war rastlos. Das wusste ich. Ich wusste auch, dass wir irgendwann in nicht allzu ferner Zukunft The Point verlassen und in die Nähe von Portland ziehen würden, ungefähr zwei Stunden südlich von hier. Cecil, der Bruder von Buds Boss Fred, hatte in Stoughton Falls eine Werkstatt, und Fred hatte Bud erzählt, dass Cecil immer wieder jemanden gebrauchen konnte. Bud und ich waren im Herbst mal nach Stoughton Falls runtergefahren, aber mir hatte es dort nicht gefallen.

Es lag an der Schnellstraße, die nach Portland führte. Das Zentrum des Ortes war klein, und der Rest bestand nur aus ein paar Häusern, die überall von Wald umgeben waren, sodass man ständig auf eine grüne Wand starrte. Dort gab es keine weißen Schaumkronen, die von einem kecken Wind aufgepeitscht wurden, keine gespiegelten Sonnenuntergänge, und man konnte nicht zusehen, wie sich die Sonne im Osten gähnend reckte, bevor sie sich über dem Hafen von The

Point erhob und schließlich jenseits der Kiefern im Westen zur Ruhe legte.

Ich wollte nicht von hier fort. Ich hatte Bud zwar versprochen, dass ich ihm überallhin folgen würde, aber ich wurde immer ganz still, wenn er davon anfing.

Er küsste seine neugeborene Tochter auf den Kopf. »Florine –«, begann er.

»Ich weiß«, sagte ich. »Ich weiß.«

»Dort gibt's bessere Schulen. Mehr Möglichkeiten. Und im Sommer und zu den Feiertagen kommen wir wieder hierher.«

Wir bedeutete in diesem Fall ich und unser Kind oder unsere Kinder, denn Bud würde den Sommer über arbeiten müssen. Jedes Mal, wenn wir darüber sprachen, bekam ich schlechte Laune, und als Arlee anfing zu wimmern und meine Brüste schwer wurden, riss ich sie regelrecht aus den Armen ihres Vaters. Sie bewegte suchend das Köpfchen, und dann packte sie meine Brustwarze. »Autsch!«, sagte ich. »Wenn sie jetzt schon so viel Kraft hat, wie soll das erst werden, wenn sie größer ist?«

Ein Schatten fiel über Buds Gesicht. »Ich sollte mal nach Dad sehen«, sagte er. Sam lag ein Stockwerk tiefer, fast genau unter uns, mit Leberkrebs im Endstadium.

»Entschuldige, Bud«, sagte ich. »Wenn es so weit ist, ziehen wir gemeinsam um, und ich gehe gern mit dir.«

»Wir werden sehen.« Er küsste mich aufs Haar, strich lächelnd mit dem Finger über Arlees Wange und ging dann hinaus. Zehn Minuten später sank Arlee in milchgesättigten Schlaf. Eine Krankenschwester legte sie in das Kinderbettchen neben mir, und ungefähr eine Sekunde später war ich ebenfalls eingeschlafen.

»Ach herrje«, hörte ich einige Zeit später. Ich riss die Augen auf und saß aufrecht im Bett, bevor ich überhaupt wach war.

Stella stand über Arlees Bettchen gebeugt, und sie roch nach Alkohol.

»Bist du betrunken?«, fragte ich.

»Was für eine charmante Begrüßung«, erwiderte sie. »Nein, ich bin nicht betrunken. Ich trinke nicht annähernd so viel, wie du denkst. Ich wollte Leemans Enkelkind sehen. Ich hatte gehofft, sie hätte vielleicht Ähnlichkeit mit ihm. Aber alles, was ich sehe, ist deine Mutter.«

»Eigentlich sieht sie eher aus wie sie selbst«, sagte ich und wiederholte damit Dotties Worte.

»Natürlich. Aber sie ist ganz eindeutig Carlies Enkelin.«

»Und sie ist meine Tochter«, sagte ich, »und wir sind beide müde.«

Stella streckte die Hand aus und berührte Arlees Wange. Ich hielt den Atem an.

»Ganz weich«, sagte Stella. »Nun, ich werde dich nicht länger stören. Ich wollte nur das Baby sehen. Wie fühlst du dich?«

»Wie in der Mitte durchgerissen. Aber sonst ganz gut.«

Stella hob die eine Augenbraue. »Das heilt wieder. Bei dir heilt alles«, sagte sie und ging.

Abends brachte Bud mich und das Baby im Rollstuhl nach unten. Sams Haut war so gelb wie ein buttriger Mond. Seine Augen schauten ganz matt, aber er lächelte, als Bud ihm Arlee zeigte.

»Wunderschön«, flüsterte er. Seine Hand zuckte, und Bud hielt Arlee so, dass Sam ihr Gesicht und ihre Haare streicheln konnte. Wir blieben nur fünf Minuten, dann schob Bud uns zum Fahrstuhl und drückte auf den Knopf, und wir fuhren hinauf in ein lichtdurchflutetes Stockwerk voller neugeborener Babys.

3

Keine Zeit für meinen schmerzenden Rücken. Keine Zeit zum Stricken, Lesen, Brotbacken oder Dösen. Keine Zeit zum Abwaschen, Aufräumen, Wäschewaschen, Kochen oder Pinkeln. Keine Zeit, über diejenigen nachzudenken, die nicht mehr Teil meiner Welt waren. Mein kleines Mädchen hielt mit ihren Bedürfnissen – trinken, frische Windeln, schlafen und wieder von vorn – die Uhr fest in ihren winzigen Händen. Und während Arlee im Krankenhaus ruhig gewesen war, hatte sie, kaum dass wir über die Schwelle von Grands Haus traten, ihre Lunge entdeckt.

»Wollen wir wirklich zehn Kinder haben?«, rief ich Bud eines Abends von der Küche aus zu, während er versuchte, unser weinendes Baby zu beruhigen.

Er verdrehte die Augen und trug Arlee nach draußen in den sommerlichen Sonnenuntergang. Ich sah zu, wie er zum Kai hinunterging und sich auf einen ausgeblichenen Adirondack-Stuhl setzte. Das Hafenwasser wiegte den Kai mit sanften grünen Händen, und Arlee hörte fast augenblicklich auf zu schreien.

Ich machte einen Teller mit Essen fertig und brachte ihn Bud. Während er aß, nahm ich ihm Arlee ab und setzte mich auf die Armlehne des Stuhls. Das Wasser schwappte gegen die nassen Pfähle unter uns. Buds Gabel klirrte wie eine kleine Glocke gegen den Teller, als er den nicht gerade sterneverdächtigen Shepherd's Pie hinunterschlang, den ich fabriziert hatte.

Der Himmel im Westen glühte noch von der untergegangenen Sonne. »Wie friedlich es ist«, sagte ich. »Vielleicht sollten wir jeden Abend hier unten essen.«

»Warum nicht?«, meinte Bud. »Übrigens werden wir in absehbarer Zeit nicht umziehen. Ich schätze, das sind gute Nachrichten für dich.«

Der Ruf einer Eule klang über das Wasser. Arlee brabbelte irgendetwas in meine Bluse, dann wurde sie wieder ruhig.

»Warum ziehen wir in absehbarer Zeit nicht um?«, fragte ich.

»Weil Cecil im Moment niemanden braucht.«

»Das tut mir leid.«

»Warum?«

»Ich weiß, dass du dir das gewünscht hast.«

»Na und? Ist doch nicht so wichtig.«

»Doch, ist es.«

»Ich muss ins Krankenhaus.« Klirrend ließ er die Gabel auf den Teller fallen, sodass Arlee zusammenzuckte. »'tschuldigung«, sagte er. Wir gingen wieder nach oben zum Haus.

»Sollen wir mitkommen?«, fragte ich.

»Nein. Es tröstet mich, wenn ich weiß, dass ihr beide hier seid.« Er stellte Teller und Gabel auf dem Rasen ab, umarmte uns und gab mir einen Kuss, der nach Salzkartoffeln schmeckte.

»Ich rufe an, falls etwas passiert«, sagte er, dann setzte er sich in den Ford Fairlane und tuckerte die Straße rauf und außer Sicht.

Ich drückte meine Tochter unter dem dunkler werdenden Himmel an mich und rieb meine Nase an ihrem süßen Kopf.

Die Eule stieß erneut ihren Ruf aus. Ich schob mich durch die Fliegengittertür in die Diele. »Ich muss für deinen Daddy da sein«, sagte ich zu Arlee.

Gegen neun legte ich sie hin. Zehn Minuten nachdem sie eingeschlafen war, klingelte das Telefon in der Küche. Ich nahm so schnell ab, wie ich konnte, doch als ich »Hallo« sagte, fing Arlee an zu weinen.
»Mist. Habe ich sie geweckt?«, seufzte Bud.
»Jede Wollmaus unter dem Bett weckt sie.«
»Der Arzt meint, Sam wird heute Nacht sterben. Wir bleiben bei ihm.«
»Ich bin hier«, sagte ich. »Wir sind hier. Darauf kannst du dich verlassen.«
Ein paar Minuten später legten wir auf, und ich ging zu meinem Mädchen. Erst nachdem ich ihre Windel gewechselt und sie gestillt hatte, sah sie ein, dass Schlafen jetzt das Beste für sie war. Als ich sie wieder hingelegt hatte, ging ich nach draußen in den Garten und ließ mich auf einen Stuhl fallen. Meine Beine waren so erschöpft, dass sie zitterten. Ein paar Wochen zuvor hatten wir noch kein weinendes Baby gehabt, um das wir uns kümmern mussten. Ein paar Wochen zuvor war Sam noch ein wenig weiter vom Tod entfernt gewesen.
Im Grunde wusste ich nicht viel über ihn. Von seinem Wuchs her war er der kleinste Mann in The Point, aber im Trinken war er der größte. Er konnte ziemlich übellaunig werden, wie Bud mir in den Nächten geschildert hatte, als wir einander jenen Teil unseres Lebens erzählten, den wir für uns behalten hatten, obwohl wir zusammen aufgewachsen waren.

Wenn Sam getrunken hatte, ließ er seinen Zorn oft an Bud aus. Eines Nachts, als Bud ungefähr zehn gewesen war, hatte Sam ihn aus dem Bett gezerrt. Dann hatte er alle Sachen aus Buds Schrank gerissen und auf den Boden geworfen, die Matratze vom Bett geschleudert und gesagt: »So. Wenn du nicht aufräumen kannst, lebst du vielleicht besser in einem Schweinestall.«

»Was meinte er damit?«, fragte ich Bud. »Was hattest du getan?«

»Ich hatte meine Jacke nicht aufgehängt, sondern über die Lehne eines Küchenstuhls gelegt.«

»Meine Güte.«

»Am nächsten Tag musste ich zur Schule, deshalb hatte ich keine Zeit zum Aufräumen. Aber als ich nach Hause kam, war alles wieder an Ort und Stelle. Ich dachte erst, es wäre Ida gewesen, aber Maureen erzählte mir, Ida hätte Sam gesagt, er sollte das Zimmer aufräumen und vielleicht mal drüber nachdenken, die Finger vom Alkohol zu lassen, der ihn immer so wütend macht, und den Herrn um Hilfe bitten.«

»Das hat Ida gesagt?«

»Sie hat keine Angst vor ihm. Sie glaubt fest daran, dass die Sanftmütigen das Erdreich besitzen werden, und sie nutzt jede Gelegenheit, um das zu beweisen«, sagte Bud.

Zu mir war Sam immer nett gewesen, und seine Familie liebte ihn trotz seiner Trinkerei. Während die Nacht ihre Geschichten wob, sprach ich ein Gebet für ihn und sandte es hinauf zum Mond und zu den Sternen. Gegen elf ging ich zu Bett und sank in den halb wachen Schlaf einer Mutter. Eine Stunde später schrak ich hoch.

In dem Moment, als ich aus dem Bett sprang und in Arlees Zimmer laufen wollte, gellte ein schriller Schrei von draußen herein. Ich erstarrte. Arlee wimmerte. Ich ging zu ihr. Dann ertönte wieder ein Schrei, gefolgt von Worten.

»Du hast ihn umgebracht. Du bist schuld. Er gehörte mir, und du hast ihn umgebracht, du selbstsüchtiges Miststück.« Es klang wie Stella und auch wieder nicht. Ich ließ Arlee in ihrem Bettchen, trat leise an mein Schlafzimmerfenster und sah nach unten. Es war tatsächlich Stella, die durch das Blumenbeet im Garten taumelte. Sie hielt eine Flasche in der Hand, die im Mondlicht aufblitzte. Plötzlich stolperte sie und fiel in die Margeriten, die gerade aufgeblüht waren. Ich konnte kaum mit ansehen, wie sie die Blumen unter sich begrub. Als sie sich mühsam hochrappelte, trat sie auf Buds Teller, den ich unten vergessen hatte. Er zerbrach unter ihren nackten Füßen.

»Du Miststück«, kreischte sie erneut. »Du selbstsüchtige kleine Ratte. Du hast mir das Einzige genommen, was mir je etwas bedeutet hat. Du glaubst, du hasst mich, aber ich hasse dich noch viel mehr. Ich hasse dich, weil du deinen Vater umgebracht hast. Du hast ihn umgebracht!« Dieser letzte Satz schien sie in ihrer trunkenen Raserei förmlich zu zerreißen. Sie schleuderte die Flasche so heftig gegen die Hauswand, dass sie das Gleichgewicht verlor und in die Wildrosenhecke stürzte. Sie fluchte über die Dornen, während sie versuchte sich aufzurichten.

Was sollte ich tun? Als Erstes sah ich noch mal nach Arlee. Sie schlief zum Glück wieder tief und fest. Ich schloss die Tür, dann ging ich zurück ins Schlafzimmer und schlüpfte in Jeans, T-Shirt und Turnschuhe. Als Nächstes überlegte ich, Parker Clemmons anzurufen, den Sheriff.

»Du bist schuld an allem«, fauchte Stella schluchzend. »An allem.«

Ich blickte zum Haus der Butts hinüber, um zu sehen, ob sie etwas von Stellas Auftritt mitbekommen hatten, doch dort war alles dunkel. Ich beschloss, erst bei ihnen anzurufen, bevor ich es bei Parker versuchte, für den Fall, dass er unterwegs war. Bert und Madeline würden es sicher schaffen, Stella zu beruhigen. Ich schlich die knarzende Treppe runter und in die Küche, wo das Telefon an der Wand hing. Doch bevor ich den Hörer abnehmen konnte, schlug Stella gegen das Küchenfenster und brüllte: »Ich sehe dich. Komm sofort raus, du Feigling, und sag mir, warum du deinen Vater umgebracht hast. Wenn du nicht rauskommst, schlage ich das Fenster ein. Und wag es ja nicht, das Telefon anzufassen, du Miststück.«

Obwohl ich mir vor Angst fast in die Hose machte, wurde ich wütend, vor allem als Arlee anfing zu weinen. Als ich nach dem Hörer griff, bückte sich Stella, hob einen der großen Rosenquarzsteine auf, die Grand gesammelt und als Dekoration rund ums Haus gelegt hatte, und warf damit eines der großen Küchenfenster ein. Klirrend zerbarst das Glas, und ich hängte den Hörer wieder auf und lief nach draußen. »Was zum Teufel ist los mit dir?«, brüllte ich. Arlees Weinen wurde lauter, aber ich ging nicht zu ihr. Dort oben war sie am sichersten. Ich zog die Haustür hinter mir zu.

Stella starrte zu mir, auf das zerschmetterte Küchenfenster und dann wieder zu mir. Knurrend sagte sie: »Heute ist es fast auf den Tag genau ein Jahr her, dass du ihn umgebracht hast. Wundert mich nicht, dass du nicht daran gedacht hast.«

»Ich weiß, welcher Tag heute ist, Stella. Er ist an einem Herzinfarkt gestorben. Ich habe ihn nicht umgebracht. Und du bist stockbesoffen«, sagte ich. »In dem Zustand diskutiere ich nicht mit dir. Geh nach Hause und werd erst mal wieder nüchtern.«

»Ja, das hättest du wohl gerne«, fauchte Stella. »Und weißt du, was? Deine Mutter war eine Hure. Sie war nicht die Heilige, für die du sie hältst.«

Stella hasste Carlie, deshalb ließ ich mich davon nicht provozieren. »Geh nach Hause. Du hast das Baby aufgeweckt.«

»Oh, ich habe das Baby aufgeweckt. So ein Pech aber auch.«

Irgendjemand, wahrscheinlich Grand, die im Himmel in ihrem Schaukelstuhl saß, strich über meine Seele, und für einen kurzen Moment reichte ich dem Schmerz, der im Herzen dieser armen, schwankenden Frau vor mir wütete, die Hand. »Stella«, sagte ich so sanft wie möglich, »es tut mir leid, dass wir beide nicht miteinander ausgekommen sind. Und es tut mir leid, dass du Daddy so sehr vermisst. Ich vermisse ihn auch. Aber davon, dass du herumschreist und mich hasst, wird er nicht wieder lebendig. Und jetzt geh nach Hause und schlaf dich aus.«

Anstelle einer Antwort stürzte Stella sich mit der Gabel auf mich, die Bud zum Abendessen benutzt hatte. Bevor ich sie ihr entwinden konnte, riss sie mir mit den Zinken die Wange auf. Der Schmerz und Arlees Geschrei machten mich rasend, aber gerade als ich die Finger um Stellas mageren Hals krallen wollte, zerrte uns Bert Butts auseinander.

»Halt *sie* fest, verdammt noch mal«, kreischte Stella. »Sie hat versucht, mich auch noch umzubringen. Sie ist eine Mörderin!«

Bert legte die Arme um sie und drückte sie an sich.

Dottie und Madeline waren Bert gefolgt. Dottie sah noch ganz verschlafen aus, während ihre Mutter – buchstäblich – etwas aufgeweckter wirkte. »Was ist denn hier los?«, fragte sie.

Ich legte die Hand auf meine blutende Wange und wandte

mich zum Haus, um nach Arlee zu sehen, doch Dottie hielt mich zurück. »Ich hole sie«, sagte sie. Madeline ging mit mir in die Küche, und in dem Moment kam Parker mit Blaulicht die Straße heruntergerast.

»Ich habe ihn angerufen«, sagte Madeline. »Ich dachte, sie bringt dich um.« Entsetzt starrte sie auf das zerbrochene Fenster. »Mein Gott, was ist denn passiert?«

Meine Beine hielten es für eine gute Idee, dass ich mich hinsetzte, und so sackte ich auf einen Küchenstuhl. Madeline nahm ein Küchenhandtuch, machte es nass und betupfte mir damit die Wange. »Sie hat dich ganz schön erwischt«, sagte sie. »Hast du in letzter Zeit mal eine Tetanusspritze gekriegt?«

»Ich glaube nicht.«

Stella schrie Zeter und Mordio, als Parker und Bert draußen mit ihr zu reden versuchten.

Dottie kam mit Arlee herunter, die einen knallroten Kopf hatte. Ich nahm sie und versuchte sie zu beruhigen, obwohl ich selbst noch zitterte. Ich sagte den anderen, was ich wusste, dass ich von Stellas Geschrei wach geworden und hinausgegangen war, um mit ihr zu reden. »Und dann lief alles aus dem Ruder«, schloss ich.

»Sie ist betrunken«, sagte Madeline.

»Das ist ja nichts Neues«, erwiderte ich. »Aber bisher hat sie mich nie angegriffen.«

»Sie hockt zu viel alleine in dem Haus«, sagte Madeline. »Ida und ich haben ein paarmal versucht, sie rauszulocken, aber sie wollte nicht. Ich vermute, heute ist bei ihr einfach ein Damm gebrochen.«

Da brach auch bei mir ein Damm. »Das Schlimme daran ist, sie hat recht«, sagte ich, während mir die Tränen über die

Wangen liefen. »Ich bin wirklich schuld an Daddys Tod. Das weiß ich.«

Madeline sagte: »Dein Vater hatte schon seit Jahren Herzprobleme, Florine.«

»Ja, aber ich war so gemein zu ihm.«

»Du warst zu allen gemein, nachdem Carlie verschwunden und Stella aufgetaucht war«, sagte Dottie. »Aber von uns ist keiner daran gestorben.«

Madeline verdrehte die Augen. »Dorothea, du bist wirklich unglaublich diplomatisch.«

»Das sag ich doch bloß, damit Florine begreift, dass sie nichts Schlimmes getan hat. Sie war zwar nicht besonders nett, aber sie hatte ihre Gründe dafür. Und sie ist ganz bestimmt keine Mörderin.«

Ich gab Arlee die Brust. »Ich hoffe, meine Milch ist nicht sauer geworden.«

Madeline fragte mich, wo der Erste-Hilfe-Kasten war, und ging los, um ihn zu holen.

Sheriff Parker Clemmons kam in die Küche, doch als er sah, dass ich stillte, machte er auf dem Absatz kehrt und steuerte wieder auf die Tür zu.

»Ist schon in Ordnung, Parker«, sagte ich. »Mich stört es nicht.«

Er drehte sich wieder um und kam näher, hielt seinen Blick aber stur auf mein Gesicht gerichtet oder auf das Notizbuch, das er aus seiner Hemdtasche gezogen hatte. Parker war Ray Clemmons' jüngerer Bruder, doch die beiden sahen sich überhaupt nicht ähnlich. Parker war hochgewachsen, während Ray mich eher an ein Fass mit Beinen erinnerte. Aber beide hatten dieselbe knappe Ausdrucksweise. Parker bat mich zu beschreiben, was passiert war, und das tat ich. Dann fragte er mich, ob ich Stella wegen unerlaubten Eindringens, Vandalismus und tätlichen Angriffs anzeigen wollte. Ein Teil von mir hätte sie am liebsten für alles angezeigt, was das Gesetzbuch hergab, doch ein anderer Teil von mir sagte: »Nein. Lass sie wieder nüchtern werden.«

Madeline kam mit Pflastern, Watte und einer alten Flasche Jod zurück. »Bist du sicher, Florine? Immerhin hat sie das Fenster eingeschlagen und dich im Gesicht verletzt.«

»Nein, ich bin nicht sicher«, sagte ich. »Aber ich schulde ihr einen Gefallen, und Daddy hat sie geliebt. Trotzdem will ich nicht, dass sie mir oder dem Baby noch mal nahe kommt. Geht das?«

Parker nickte. »Das müsste ich hinkriegen.«

Ich war so erschöpft, dass ich anfing zu schwanken. Madeline säuberte meine Wange, und wir waren uns einig, dass die Kratzer nicht so tief waren, dass sie genäht werden mussten. Parker steckte sein Notizbuch wieder ein und ging, um Stella nach Hause zu bringen. Ich brachte das Baby ins Bett und setzte mich dann noch zu Dottie aufs Sofa.

Sie fragte: »Was hast du damit gemeint, dass du Stella noch einen Gefallen schuldest?«

Ich zuckte die Achseln. »Wegen einer alten Geschichte zwischen uns.«

Dottie bohrte nicht weiter nach. Wir sahen noch ein bisschen fern, bis mir die Augen zufielen. Dann ging ich zu Bett, und Dottie schlief auf dem Sofa.

Ich schuldete Stella tatsächlich noch einen Gefallen. Als ich vierzehn war, hatte ich bei ihr randaliert. Nachdem sie damals zu Daddy gezogen war, hatte sie verkündet, dass sie Carlies Sachen loswerden wollte. Das ging mir gegen den Strich, und so schlich ich mich hinein, als sie und Daddy zur Arbeit gegangen waren. Als ich sah, wie viel sie in dem Haus verändert hatte, das bis vor Kurzem noch mein Zuhause gewesen war, trampelte ich auf Bildern von ihr und Daddy herum und warf ihre Sachen aus dem Fenster. Eine Weile später wurde mir so mulmig bei dem Gedanken, was ich da angestellt hatte, dass ich zurückging, um alles wieder aufzuräumen, doch da war Stella bereits zu Hause. Sie fauchte mich an, ich solle verschwinden, aber sie erzählte Daddy nie davon.

Als ich am nächsten Morgen aufwachte, hatte ich die Arme um Buds Kissen geschlungen. Dottie und ich frühstückten zeitig mit Arlee. Um acht rief Bud an, um zu sagen, dass Sam gestorben war.

Ich sagte: »Komm nach Hause.«

4

Neben seiner Tätigkeit als Pastor in der kleinen Kirche an der Straße nach Long Reach war Billy Krum Hummerfänger und Allround-Handwerker. Am Tag nach Stellas Überfall schob er eine Doppelschicht in den Haushalten der Familie Gilham-Warner. Erst ging er zu Ida, um mit ihr über Sams Beerdigung zu sprechen, und dann half er Bud, unser Küchenfenster zu reparieren.

Er war ein schmucker Kerl, wie Grand sich ausgedrückt hätte, obwohl sie so etwas nie laut gesagt hätte, wenn jemand in der Nähe war, der es womöglich weitertratschte. Aber Billy war wirklich ein schmucker Kerl. Er erinnerte mich an Daddy. Seine Augen meinten es ernst mit ihrem Blau, und sein Gesicht war vom Wetter gegerbt. Sein genaues Alter war nicht bekannt, aber Maureen hatte neulich zu mir gesagt, er müsste an die dreißig sein. »Ich glaube, wir sind nur sechzehn Jahre auseinander. Wenn wir heiraten, wenn ich achtzehn bin, ist er erst vierunddreißig oder so. Das ist gar nicht so alt.«

»Ich finde, das ist ziemlich alt«, sagte ich.

Sie schüttelte den Kopf, dass ihr glattes braunes Haar um die Schultern tanzte. »Nein, ist es nicht.« Unter ihren freundlichen, aber entschlossenen haselnussbraunen Augen lag ein trotziges Kinn.

»Na ja«, lenkte ich ein. »Meine Eltern waren zwölf Jahre

auseinander, und das hat ganz gut funktioniert, bis Carlie verschwunden ist. Davor waren sie glücklich, soweit ich das beurteilen kann.«

Maureen lief rot an. »Aber sag's nicht weiter, ja?«

»Was denn?«, fragte ich mit einem Zwinkern. Doch jedes Mal, wenn ich Billy sah, so wie an diesem Tag, dachte ich an Maureens Geheimnis.

Als er und Bud die Reste der Scheibe aus dem Küchenfenster nahmen, nutzte der Sommerwind, der vom Wasser herüberwehte, die Gelegenheit, um mit seinen warmen Fingern über alles und jeden im Haus zu streichen. Ich holte Arlee herunter und legte sie in meine alte Kinderwiege auf der verglasten Veranda.

Bud hatte wegen seines sterbenden Vaters die ganze Nacht nicht geschlafen, und als er die Kratzer an meiner Wange sah, hatte ich ihn nur mit Mühe davon abhalten können, nach drüben zu Stella zu stürmen und sie sich vorzuknöpfen. »Du hast gerade andere Sorgen«, sagte ich. »Mir geht's gut. Wir kümmern uns später darum.«

Jetzt bemühte sich Bud, Billy mit den Glasresten zu helfen. Doch als Billy anfing, den Rahmen abzuschleifen, wanderte er hinunter zum Haus seiner Mutter. Billy und ich sahen ihm nach.

»Bud ist ganz schön durch den Wind«, sagte ich.

Billy nickte. »Das ist unter den Umständen nicht verwunderlich.«

»Ja.« Am liebsten wäre ich ihm hinterhergelaufen und mit ihm spazieren gegangen, wie er es so gerne tat. Ich hätte mich bei ihm eingehakt, und dann wären wir zwischen zwei Reihen beschwipster Kiefern hindurchgeschlendert, die nichts anderes zu tun hatten, als uns Schatten zu spenden.

»Ich wette, Sam würde auch lieber im Meer bestattet werden«, sagte ich zu Billy. »So wie Daddy.«

Daddy lag irgendwo auf dem Meeresgrund, obwohl er oben auf dem Friedhof bei Pastor Billys Kirche ein Grab hatte. Am Tag seiner Beerdigung hatten die Männer – einschließlich Billy – den Leichnam heimlich weggebracht. In der Nacht hatten sie mich geweckt, und gemeinsam hatten wir Daddy auf sein geliebtes Meer hinausgefahren, ihm Lebewohl gesagt und ihn über Bord gehen lassen. Stella glaubte, dass Daddys sterbliche Reste auf dem Friedhof lagen. Sein Grab war das gepflegteste von allen.

Billy antwortete nicht. Stattdessen ging er auf die Veranda zu der Wiege. Mit einem Lächeln um die Augen betrachtete er die schlafende Arlee. »Ich erinnere mich gut an deine Mutter«, sagte er. »Die Kleine sieht ihr sehr ähnlich.«

»Carlie hatte mehr Haare«, sagte ich.

Billy schmunzelte. »Du hast wirklich ein freches Mundwerk.« Dann betrachtete er mit gerunzelter Stirn meine Wange. »Damit solltest du besser zum Arzt gehen.«

»Das heilt schon.«

»Wenn ich hier fertig bin, schaue ich bei Stella vorbei«, sagte Billy.

Wir gingen zurück in die Küche, und ich sah zu dem Haus auf der anderen Straßenseite hinüber. Nichts rührte sich. Mich überlief ein Schauer.

»Letzte Nacht war sie völlig durchgedreht. Sie hat mich noch nie körperlich angegriffen, obwohl sie es bestimmt schon oft gern getan hätte. Keine Ahnung, was sie so in Rage gebracht hat.«

»Einsamkeit. Trauer. Der Anblick eurer kleinen Familie. Ich schätze, sie vermisst Leeman sehr.«

»Das weiß ich alles. Aber warum ausgerechnet jetzt?«

»Ich glaube, es gibt keinen logischen Grund. Sie war ein paarmal bei mir, einfach nur um zu reden. Das kannst du auch tun, wenn dir danach ist.«

»Ja«, sagte ich. »*Falls* mir danach ist.«

Billy schüttelte lächelnd den Kopf. »Grand hat mal über dich gesagt, dass Jesus jemanden braucht, der ihn auf Trab hält.«

»Nun, fürs Erste kann Jesus sich entspannen. Ich bin selbst mächtig auf Trab mit diesem Baby. Geschieht mir wohl ganz recht.«

Ich blickte zu Idas Haus hinüber und sah, dass Maureen auf ihren langen, rastlosen Beinen zu uns kam. Sie war dünner, als Bud je gewesen war, und würde bald fast alle in The Point überragen. Als sie mich bemerkte, lächelte sie traurig. Sie strich sich die Haare zurück, ging durch den Garten und blieb hinter Pastor Billy stehen. Er drehte sich um und grinste sie an. »Na, wie geht es meiner zukünftigen Braut?«, fragte er. »Bewahrst du das Strumpfband auf?«

Maureen brach in Tränen aus.

»Oh nein, so war das doch nicht gemeint«, sagte Billy. Er trat auf sie zu und legte ihr vorsichtig die Hand auf den Arm. »Das war in Anbetracht der Umstände wohl nicht sehr witzig«, sagte er zerknirscht.

»Schon gut«, murmelte Maureen. »Ich bin traurig, und Sie haben versucht, mich aufzumuntern.«

»Jesus hat bestimmt die Augen verdreht«, sagte Billy und zog seine Hand wieder zurück.

»Möchtest du etwas trinken, Maureen?«, fragte ich, um die Stimmung aufzulockern.

»Nein, vielen Dank, Florine«, sagte Maureen. »Ma hat

mich geschickt, um Sie zu fragen, Pastor Krum, ob Sie noch mal kurz bei uns vorbeikommen können, wenn Sie hier fertig sind?«

Billy nickte. »Natürlich, gerne.« Er trat einen Schritt zurück und musterte den Fensterrahmen. »Puh, ich glaube, bei der Scheibe brauche ich Hilfe.«

»Ich sage Bud, dass er wieder rüberkommen soll«, sagte Maureen und machte sich auf den Rückweg. Billy und ich sahen ihr nach.

»Ich Esel«, brummte Billy. »Wie konnte ich nur so was Blödes sagen?« Dann sagte er: »Maureen Louise Warner wird mal eine große Frau, und das meine ich nicht äußerlich.«

»Louise?«, sagte ich.

Billy nickte. »Ich kenne von allen, die hier getauft sind, den ganzen Namen.«

Ich lächelte. »Schon verstanden. Ich bin nicht getauft, und ich gehe nie in die Kirche. Also ist es sozusagen meine Schuld, wenn ich so was nicht weiß, stimmt's?«

Billy zuckte die Achseln. »Ich mag dich so, wie du bist«, sagte er. »Eine eigenwillige Möwe, die nicht mit dem Schwarm fliegen will.«

»Gibt es so was?«, fragte ich.

»Die gibt es in jedem Haufen.«

Arlee gab einen Laut von sich. Ich ging zu ihr, hob sie hoch, und gemeinsam machten wir uns auf den Weg zu Idas Haus, wo unsere Gegenwart die Trauer ein wenig in ihren Schranken halten würde. Wir würden uns gegenseitig durch die nächsten Tage helfen. Auf halbem Weg dorthin kam uns Bud entgegen. Er nahm Arlee in die Arme und hielt sie einen Moment, dann gab er sie mir zurück, küsste mich, und wir gingen jeder unseres Weges.

Wir beschlossen, das Essen nach Sams Beerdigung in Grands Haus abzuhalten, weil es größer war als das der Warners, und sobald ich das wusste, fing ich an zu putzen, während Ida und Maureen sich um Arlee kümmerten. Den ganzen Tag lang schaute ich zwischen Stillen und Staubwischen und Fegen und Polieren immer wieder zu Stellas Haus hinüber, aber dort rührte sich nichts.

»Vielleicht sollten Madeline und ich mal nach ihr sehen«, schlug Dottie am Nachmittag vor, als wir vor der neuen Fensterscheibe in der Küche standen.

»Ich frage mich, ob sie weiß, wo Daddys Jagdgewehre sind, und ob sie sie benutzen würde«, sagte ich. Wenn, dann hoffentlich für sich selbst, dachte ich bei mir. Und gleich darauf: Dafür schmore ich in der Hölle.

»In dem Fall sollten wir besser Parker anrufen«, meinte Dottie. Letzten Endes ging jedoch niemand zu Stella, weil die Besuchszeit im Beerdigungsinstitut begann und die ganze Familie nach Long Reach fuhr, um sich mit gedämpfter Stimme zu unterhalten und den mächtigen, dunklen Sarg zu betrachten, in dem Sams sterbliche Hülle lag.

»Ich hätte den Deckel offen gelassen«, sagte Ida. »So schlecht sah er gar nicht aus, und heutzutage können sie mit Schminke ja geradezu Wunder bewirken, aber er wollte es nicht. Er wollte nicht, dass irgendjemand sagt, wie gut er aussieht. ›Dann bin ich tot‹, hat er gesagt. ›Wie gut kann ich da noch aussehen?‹«

Sam hatte viele Freunde, und die meisten davon hatte er von klein auf gekannt. Und wir kannten sie auch alle mehr oder weniger. Wenn ich ihren Namen nicht wusste, wusste ich zumindest den ihres Bootes. Der große, kahlköpfige Mann fuhr mit der *Celeste* raus. Der mit dem grauen Bart und den tellergroßen Händen war der Kapitän der *Mary Shannon*. Die meisten von ihnen waren von Haus aus eher schweigsam, aber beim Anblick des Babys in meinen Armen wurden alle etwas lockerer. Es tat gut, mit Müttern und Großmüttern zu sprechen und mit Leuten, die meine Eltern gekannt hatten und sie in Arlee wiederfanden. Ein paar Leute fragten mich, was es mit den Kratzern in meinem Gesicht auf sich hatte. Ich wollte nicht die ganze Geschichte mit Stella erzählen, aber irgendwann war ich es leid, vage Andeutungen zu murmeln, und als Tillie Clemmons mich fragte, was passiert war, sagte ich schließlich: »Wilder Sex.« Tillie, die ebenso gesprächig war wie ihr Mann Parker still, verbreitete die Sache in Windeseile, und danach hatte ich meine Ruhe.

Den ganzen Abend lang bewegten wir uns durch den Raum mit dem Teppich und den langen, schweren Vorhängen wie Fische auf dem Trockenen, nickten einander befangen zu, wandten den Blick ab oder flüsterten ein paar mitfühlende Worte. Irgendwann sagte Ray Clemmons zu Dottie und mir: »Warum schleichen wir hier eigentlich so herum? Er ist tot, Herrgott noch mal. Er kann uns nicht mehr hören.« Dottie und ich fingen an zu kichern, und als die Leute uns böse Blicke zuwarfen, wurde es noch schlimmer. Schließlich flohen wir zusammen mit Madeline nach draußen in den schwülen Abend und sahen zu, wie die Autos an uns vorbeirauschten. Da Arlee unruhig wurde und ihre nächste Mahlzeit haben wollte, verabschiedete ich mich von Bud, und Dottie fuhr Arlee und mich zurück nach The Point. Als wir vor Grands Haus hielten, fiel mir auf, dass bei Stella alles dunkel war. »Das ist merkwürdig, selbst für Stella«, sagte ich und drückte Arlee, die während der Fahrt eingeschlafen war, an mich.

»Morgen sollten wir wirklich mal nach ihr sehen«, meinte Dottie. »Nicht dass ihr was passiert ist.«

Ich überlegte kurz, ob ich meine schlafende Kleine einfach ins Bett legen sollte, ohne sie zu stillen. Doch ich war zu müde, um es später nachzuholen. »Wach auf, Arlee June«, sang ich, während Dottie vorging und die Haustür öffnete. Als ich über die Schwelle trat, schien ein Schatten an mir vorbeizuhuschen, der noch dunkler war als das Innere des Hauses.

»Warte«, sagte ich zu Dottie und schaltete das Licht in der Diele ein.

Seit ich Mutter geworden war, hatte ich ein Gespür für alles entwickelt, was nicht zu sehen, aber zu fühlen war. Ich schnupperte und bemerkte den Geruch nach Gin, der in der Luft hing. Ich wusste, dass Stella hier gewesen war, obwohl alles an seinem Platz zu sein schien.

»Riechst du das?«, fragte ich Dottie.

»Was denn?«

»Hier, nimm Arlee. Ich sehe mich mal um.«

Dottie setzte sich ins Wohnzimmer auf das Sofa und machte den Fernseher an, während ich durch die Räume ging. In der Küche wirkte alles sauber und unberührt. Die Vitrine mit dem rubinroten Glas in der Diele war unversehrt, alles darin lag oder stand an seinem Platz. Auch im Wohnzimmer war alles in Ordnung.

»Was soll das? Was machst du da?«, fragte Dottie.

»Irgendwas stimmt hier nicht«, sagte ich. »Ich weiß, dass sie im Haus war.«

»Wer? Stella? Kann ja sein. Aber vielleicht bist du einfach nur ein bisschen überreizt.«

»Wenn sie mit einem Gewehr da oben hockt und auf mich

schießt, verschwinde sofort mit Arlee«, sagte ich. Dottie schnaubte nur.

Ich schlich mich nach oben, als wäre ich eine Fremde in meinem eigenen Haus. Als Erstes ging ich in Arlees Zimmer. Ihre rosa Decke war zerwühlt, genau wie nachmittags, als wir nach Long Reach aufgebrochen waren. Ihre Windeln lagen an ihrem Platz. Ihre winzigen T-Shirts und Strampler waren ordentlich in zwei Stapeln gefaltet. Aber ihr Plüschlamm lag am falschen Ende des Bettchens. Ich ließ es nie am Kopfende liegen, damit sie nicht versehentlich daruntergeriet. Mir stellten sich sämtliche Nackenhaare auf, als ich die Tür zu Arlees Schrank aufriss. Doch da kauerte keine betrunkene Verrückte. Rückwärts verließ ich den Raum und ging in unser Schlafzimmer. Ich sah unter dem Bett nach und schwor mir, mal wieder mit dem Mopp darunterzugehen. Unsere Kommoden waren aufgeräumt, abgesehen von Buds Münzenstapel, der immer so aussah, als würde er im nächsten Moment umkippen. Ich öffnete den Schrank. Unsere Kleider hingen in einer Reihe, erst Buds, dann meine. Nichts fehlte. Was zum Teufel hatte sie hier gemacht?

Arlee fing an zu wimmern, und ich ging wieder nach unten. Auf der Treppe glitt mein Blick über die gerahmten Familienfotos, die an der Wand hingen, und plötzlich fiel mir auf, dass eins fehlte. Eins von Carlie, Daddy und mir, als ich noch ganz klein war.

»Verdammt«, sagte ich. »Verdammtes Miststück.«

»Was ist?«, fragte Dottie und kam aus dem Wohnzimmer.

»Stella hat ein Bild von der Wand genommen.«

»Welches?«

Ich sagte es ihr.

»Bist du sicher?«

»Es ist nicht da. Ich habe es nicht abgenommen, und warum hätte Bud es abnehmen sollen?«

»Was willst du tun?«

»Kannst du noch einen Moment auf Arlee aufpassen?« Ich lief die restlichen Stufen hinunter und stürmte an den beiden vorbei aus dem Haus und über die Straße. Als ich auf Daddys Haus zusteuerte, kam ich mir vor wie ein Eindringling, der vor langer Zeit hinausgeworfen worden war. Aber ich war freiwillig gegangen, als mir klar geworden war, dass Stella sich auf Dauer dort niederlassen wollte oder zumindest bis Carlie wiederauftauchte. Ein Funken Zorn auf meine verschwundene Mutter mischte sich in das lodernde Gefühlsfeuer, das mich zu Daddys Haus trieb. Ich hämmerte an die verschlossene Tür.

»Stella, komm raus«, brüllte ich. »Was hast du in meinem Haus gemacht? Was zum Teufel hast du vor? Komm raus, verdammt noch mal!«

Aber sie kam nicht raus, und alles blieb dunkel. Obwohl ich angestrengt lauschte, hörte ich kein Geräusch. Ich hämmerte noch ein paarmal an die Tür, lauschte erneut, ging dann um das Haus herum, spähte durch die Fenster im Erdgeschoss und rüttelte an der Tür zu Daddys Werkstattschuppen. Nichts. Entweder sie war bewusstlos, oder sie versteckte sich. Ich hatte drüben einen Zweitschlüssel, aber als Arlee anfing zu weinen, gab ich auf.

»Ich bin noch nicht fertig mit dir«, brüllte ich in die Dunkelheit.

Als ich durch die Einfahrt ging, trat ich auf etwas. Es knirschte. Ich bückte mich und tastete den Boden ab. Zerbrochenes Glas. Und dann fühlte ich zerrissene Papierschnipsel, von dem Foto, auf dem meine Familie gewesen war.

»Verflucht«, sagte ich, und dann marschierte ich zurück nach Hause und rief Parker an.

Als er nur wenig später kam, gab ich ihm den Schlüssel zu Daddys Haus und wartete draußen, während er hineinging und Stellas Namen rief. Doch Stella war verschwunden. Ihre Schränke waren leer.

5

Sams Beerdigung fand fast auf den Tag genau ein Jahr nach Daddys statt. Die beiden Zeremonien ähnelten sich sehr, nur dass ich diesmal nicht so direkt betroffen war. Dafür zog der Schmerz der Familie, in die ich eingeheiratet hatte, an meinem Herzen. Die Gemeinde lauschte Pastor Billys feierlicher und persönlicher Gedenkrede auf einen Mann, der ohne seine energische Frau niemals einen Fuß in die Kirche gesetzt hätte. Ida saß weinend in der vordersten Bank, neben ihr die schluchzende Maureen. Buds Augen blieben trocken, doch seine Hand ließ meine keinen Moment los.

Auf dem Friedhof oben auf dem Hügel herrschten die Sonne und der Sommerwind. Haare flogen aus den traurigen Gesichtern, Röcke tanzten und plusterten sich auf, als hingen sie an einer Wäscheleine, und schwarze Hosenbeine wurden gegen knochige Knie gedrückt. Der Sarg wurde in die Erde hinabgelassen, Blumen wurden darübergestreut, und dann wandten wir uns vom Grab ab, um mit dem geselligen Teil weiterzumachen.

Dottie, Evie und Madeline waren bereits in Grands Haus, als ich dort ankam. Das meiste von dem, was wir anzubieten hatten, stand auf einem langen Tisch, den wir hinter der Rosenhecke im Garten aufgestellt hatten, um uns vor dem Wind abzuschirmen. Dottie und Evie saßen auf der Veranda und zankten sich um Arlee, die nicht gerade bester Stimmung war, während Madeline sich um Tee und Kaffee kümmerte.

»Mich mag sie lieber«, sagte Evie gerade zu Dottie.

»Das glaubst du doch wohl selbst nicht, oder?«, gab Dottie zurück.

Ich erlöste Arlee von den streitenden Schwestern und ging mit ihr nach oben, um sie zu stillen. Von draußen drang das Geräusch zufallender Autotüren und das Gemurmel der Trauergäste herauf, die sich nach und nach im Garten einfanden. Arlee saugte eine Weile schmatzend, dann schlief sie an meiner Brust ein. Ich legte sie in ihr Bettchen und ging nach nebenan ins Schlafzimmer. Ich war noch nicht bereit, mich unter die Gäste zu mischen. Mein Blick wanderte aus dem Fenster und hinüber zu Daddys Haus. Ich hatte Billy gefragt, ob er wusste, wo Stella steckte, aber er hatte auch keine Ahnung. Doch jetzt sah ich, dass ein Auto in der Einfahrt stand. Es kam mir irgendwie bekannt vor, und dann erinnerte ich mich an Stellas Schwester Grace, die Stella kurz nach Daddys Tod mit zu sich genommen hatte. Was zum Teufel wollte sie hier?

»Florine, wo ist die Kaffeesahne?«, rief Madeline herauf. Ich ging hinunter, um mich zu den Menschen zu gesellen, die Sam gekannt hatten. Er war trotz seiner Temperamentsausbrüche von vielen geliebt worden. Und er hatte den Mann gezeugt, den ich mehr liebte als alles andere auf der Welt, außer unserem Baby.

Die meisten Gäste gingen nach ungefähr einer Stunde wieder, aber die Kapitäne der *Celeste* und der *Mary Shannon* und Bert, Bud und Billy blieben im Garten sitzen und tranken das ganze Bier, damit wir es später nicht tun mussten.

Um Mitternacht verließ mein erschöpfter und halb betrunkener Mann unser Bett. Ich wachte von der Bewegung der Matratze auf und sah zu, wie er in seine Jeans schlüpfte.

»Willst du eine Runde gehen?«, fragte ich. »Ist alles in Ordnung? Soll ich mitkommen?«

Seine Augen leuchteten in der Dunkelheit.

»Wir fahren raus«, sagte er. »Schlaf weiter. Wir sind bald zurück.«

Also lag auch Sam nicht in seinem Sarg oben auf dem Hügel. Wozu kauften wir die blöden Dinger überhaupt? Doch die Antwort lag auf der Hand. Genau wie Daddy wäre es Sam lieber gewesen, dass seine sterblichen Reste dem Meer übergeben wurden als der Erde. Aber das war nicht ganz legal. Also musste ein Sarg in der Erde versenkt werden, um den Anschein zu wahren.

»Weiß Ida Bescheid?«, fragte ich leise.

»Was meinst du, wer uns darum gebeten hat?«, entgegnete Bud. »Bert fährt uns alle zusammen raus.«

»Warum hast du mir nichts davon gesagt?«

»Ich dachte, es wäre besser, wenn du mit dem Baby hierbleibst.«

Es ärgerte mich ein wenig, dass er mich außen vor gelassen hatte, aber das war jetzt nicht wichtig, und als er sich zu mir hinunterbeugte, legte ich beide Hände auf sein Gesicht und gab ihm einen langen, innigen Kuss. Bud schlich auf Zehenspitzen nach unten und aus dem Haus. Ich lauschte, bis ich hörte, wie Bert Butts' *Maddie Dee* startete und aus dem Hafen tuckerte.

»Leb wohl, Sam«, flüsterte ich, dann schlief ich wieder ein.

Später in der Nacht wachte ich erneut auf. Meine Brüste spannten, obwohl Arlee sich nicht gemuckst hatte. Mist, dachte ich, ich muss sie wecken. Doch ich konnte mich nicht so recht aufraffen und blieb noch einen Moment liegen. Dann hörte ich auf einmal eine Männerstimme singen. Ich stand auf und ging in Arlees Zimmer. Sie war verschwunden. Mit pochendem Herzen stand ich oben an der Treppe und lauschte auf die Stimme, die von unten heraufklang. Es musste Buds sein, obwohl ich ihn in der ganzen Zeit, die wir nun schon zusammen waren, noch nie hatte singen hören. Ich ging nach unten und durch die Diele auf die Veranda, wo Grands alter Schaukelstuhl über den Boden knarzte. Auf dem Weg dorthin hörte ich das Lied, das er seiner Tochter vorsang.

> »*Who's that knocking at my door?*
> *Who's that knocking at my door?*
> *Said the fair young maiden.*
> *It's only me from over the sea,*
> *Says Barnacle Bill the Sailor ...*
> *My ass is tight, my temper's raw,*
> *Says Barnacle Bill the Sailor.*
> *I'm so wound up I'm afraid to stop,*
> *I'm looking for meat or I'm going to pop,*
> *A rag, a bone with a cherry on top,*
> *Says Barnacle Bill the Sailor.*«

Ich spähte über die Lehne des Schaukelstuhls und sah, dass Arlee hellwach war und Bud mit großen Augen anschaute. Ich legte meine Hand auf seine linke Schulter.
»Hübsches Lied.«

»Das war mein Schlaflied«, sagte Bud. »Sam hat es mir immer vorgesungen.«

Ich setzte mich in meinen Schaukelstuhl und hörte zu, während er sämtliche Strophen von *Barnacle Bill the Sailor* sang. Dann reichte er mir Arlee. Wir schaukelten eine Weile schweigend vor uns hin. »Ich glaube, das Lied ist noch nichts für ihre zarten Ohren«, sagte ich.

Er zuckte die Achseln. »Mir hat's auch nicht geschadet.«

Am nächsten Morgen, als ich ihm an der Tür einen Abschiedskuss gab, sah ich, dass das Auto immer noch drüben in Stellas Einfahrt stand. Grace war also noch da. Ich strich über die Kratzer auf meiner Wange. Mittlerweile hatte sich Schorf gebildet, und die Haut juckte.

»Nicht kratzen«, mahnte Bud.

»Das sagt sich so leicht.«

»Die Frau ist komplett durchgeknallt«, meinte er, und dann machte er sich auf den Weg zur Arbeit.

Den Vormittag verbrachte ich mit dem Baby und der Hausarbeit. Mittags beschloss ich, zu Ray zu gehen, um ein paar Lebensmittel zu besorgen. Ich nahm etwas Geld aus dem Versteck hinter dem losen Ziegelstein beim Herd, setzte Arlee in meinen alten Kinderwagen und marschierte los. Die Federung milderte die Unebenheiten der Straße und schaukelte Arlee hin und her, was ihr zu gefallen schien.

»Warte!«, rief jemand. Ich drehte mich um und erblickte Maureen, die in einem dünnen Baumwollkleid und ohne Schuhe die Straße hinaufgelaufen kam. *Sie wird mal eine große Frau*, hatte Billy gesagt, und es schien ganz so, als könnte er recht behalten. Während sie auf uns zulief, sah ich zugleich das junge Mädchen, das sie war, und die erwachsene

Frau, die sie einmal sein würde. Vermutlich würde mir das mit Arlee eines Tages genauso gehen, und bei der Vorstellung verstand ich für einen kurzen Moment, wie die Zeit ihren bittersüßen Trank aus Trauer und Freude mischte.

Schnaufend blieb Maureen stehen. »Wohin wollt ihr? Darf ich schieben?«

»Zu Ray, und natürlich darfst du«, sagte ich. Sie legte ihre langen Finger um den Griff des Kinderwagens, und wir setzten unseren Weg fort. Doch bevor ich irgendein Gespräch beginnen oder auch nur fragen konnte, wie es ihr ging, hörte ich, wie eine Tür zufiel, und blickte nach rechts. Sofort sträubten sich mir die Nackenhaare.

Die stämmige Frau, die Daddys Einfahrt hinunterstapfte, war in der Tat Stellas Schwester Grace. Ich erkannte ihren mürrischen Gesichtsausdruck wieder.

»Geh doch schon mal vor«, sagte ich zu Maureen. »Wir treffen uns gleich im Laden.« Hocherfreut, ihre Nichte allein ausführen zu dürfen, schob Maureen weiter den Hügel hinauf, während ich auf Grace wartete.

Sie blieb ungefähr einen Meter vor mir stehen und musterte mich ein paar Sekunden, bevor sie den Mund aufmachte. Mir fiel zum ersten Mal auf, dass sie und Stella sich tatsächlich ähnlich sahen, aber allem Anschein nach hatte Grace den größten Teil dessen, was es zu essen gab, für sich beansprucht.

»Stella ist für eine Weile verreist«, sagte sie. »Jetzt wohne ich hier.«

»Sie hat ein Bild aus meinem Haus kaputt gemacht«, sagte ich. Meine Wange juckte. Ich hob die Hand, um zu kratzen, ließ sie dann jedoch wieder sinken.

»Sie hat dich ganz schön erwischt, was?«, sagte Grace und

wandte sich zum Gehen. Während ich verwirrt überlegte, was dieses Nichtgespräch zu bedeuten hatte, drehte sie sich noch einmal um und sagte: »Mann, du glaubst gar nicht, wie sie dich hasst.« Damit ließ sie mich stehen und kehrte zum Haus zurück. Ich lief die Straße hinauf, um Maureen einzuholen.

Stella hatte früher für Ray gearbeitet, deshalb dachte ich, er hätte vielleicht eine Idee, wo sie sein könnte.

»Bleibt Grace länger?«, fragte ich ihn, während er unsere Einkäufe in eine Tüte packte.

»Weiß ich nicht.«

»Wo ist Stella denn überhaupt?«

»Grace rückt die Adresse nicht raus«, sagte er. »Keine Ahnung, wo sie steckt, aber ich hoffe, sie bleibt eine Weile dort. Sie muss wieder zur Vernunft kommen.«

Ich wechselte das Thema. »Hast du was von Glen gehört?«

»Nee. Aber Germaine hat Post von ihm gekriegt.« Germaine war Glens Mutter. Sie und Ray waren schon lange geschieden. Sie wohnte mit ihrer Lebensgefährtin Sarah in Long Reach. »Er schreibt, es geht ihm gut und es wär heiß. Das ist aber auch schon alles.«

Maureen fragte: »Kann ich seine Adresse haben?«, was uns beide überraschte. Ray gab sie ihr, und dann rumpelten wir wieder die Straße hinunter.

»Willst du Glen schreiben?«, fragte ich.

Sie zuckte die Achseln. »Er freut sich bestimmt, wenn er mal Post kriegt.« Ich schämte mich, weil ich ihm noch kein einziges Mal geschrieben hatte, seit er fort war. Ich hatte ihm noch nicht mal ein Bild von Arlee geschickt. Ich nahm mir vor, das möglichst bald nachzuholen. Von dem Krieg in Vietnam hatte ich nicht viel mitbekommen, nur das, was in den

Nachrichten gesagt wurde. Ich wusste, dass viele Leute fanden, wir hätten »dort drüben« nichts verloren. In Long Reach hatte es sogar Demonstrationen gegeben. Aber wo war »dort drüben« überhaupt? Ich hatte nur eine sehr verschwommene Idee gehabt, bis Glen es mir auf Grands altem Globus gezeigt hatte. Ich konnte mir nicht vorstellen, dass ausgerechnet Glen, dieser liebenswerte Trampel, mit einer Waffe in der Hand irgendwelche Feinde aufspürte. Trotzdem sollte ich ihm schreiben. »Kannst du mir die Adresse auch geben?«, fragte ich Maureen. »Ich schicke ihm ein paar Fotos von Arlee.«

Später kam Dottie vorbei, und ich erzählte ihr von der merkwürdigen Begegnung mit Grace.

»Das war total seltsam«, sagte ich. »Kein ›Tut mir leid, dass sie dir das Gesicht zerkratzt hat‹ oder ›Tut mir leid wegen dem Bild‹, sondern bloß ›Mann, du glaubst gar nicht, wie sie dich hasst‹.«

»Na, ist doch immerhin eine klare Aussage«, meinte Dottie. »Wie lange will sie denn bleiben?«

»Keine Ahnung. Ich hoffe, nicht allzu lange. Irgendwie habe ich kein gutes Gefühl, was sie betrifft.« Daddy hatte Stella das Haus vermacht, also war es wohl in Ordnung, wenn Mitglieder ihrer Familie dort wohnten. Aber hatte Grace etwa vor, ganz hierzubleiben? Würde der gesamte Stella-Clan dort einziehen? Das fehlte mir gerade noch.

»Vielleicht hat sie einfach einen schlechten Tag«, sagte Dottie. »Ich behalte sie im Auge. Weißt du, ob sie bowlt? Kräftig genug wäre sie dafür. Vielleicht kann ich sie ein bisschen beschäftigen.«

Dottie hatte schon während der Highschool im Bowla

Rolla trainiert. Sie hatte überall im Land gespielt, dabei etliche Pokale gewonnen und überlegte jetzt, Profi zu werden. Aber sie hatte dabei nie ihre Wurzeln vergessen. Das Bowla Rolla war immer noch ihre Lieblingsbahn. Dort hatte sie vor nicht allzu langer Zeit ihren letzten Sieg errungen, und es war der, auf den sie am stolzesten war.

»Die fünf höchsten Punktestände, die eine Frau dort je erreicht hat«, hatte sie stolz verkündet. »Ich hab gedacht, Gus flippt aus, so sehr hat er sich gefreut. Bei ihm hab ich jetzt bis an mein Lebensende Pommes frei.« Gus war der Chef vom Bowla Rolla. Ich war ihm einmal begegnet, als Dottie mich während der Highschool auf die Bahn geschleift hatte, weil ein Mädchen aus ihrer Mannschaft krank war. Ich hatte mich gnadenlos blamiert, aber mir war aufgefallen, wie Gus jedes Mal auf Dotties kräftige Waden schaute, wenn sie an der Reihe war. Sie hatte die Augen verdreht, als ich es ihr sagte, aber ihm hatte sie definitiv den Kopf verdreht.

Dottie war die Königin des Sommerturniers. Allerdings hatte ihre Mannschaft gerade eine gute Spielerin für den Rest des Sommers an das Pfeiffer'sche Drüsenfieber verloren. »Hat sich sozusagen aus dem Rennen geküsst«, sagte Dottie. »Und jetzt brauche ich dringend einen Ersatz.«

»Soll das ein Witz sein?«

»Nein, überhaupt nicht. Vielleicht ist Grace unsere Rettung.«

Und so versuchte Dottie, Grace zum Bowling zu überreden, aber wie sich zeigte, war Grace gegen ihren Charme immun. »Komische Tante«, war Dotties Kommentar.

6

Ich vergaß Grace und Stella, während der Sommer allmählich in den Herbst überging. Arlee wurde zusehends interessanter, und sofern das überhaupt möglich war, fand sie noch einen versteckten Vorrat an Zeit, zusätzlich zu den vierundzwanzig Stunden, die sie bereits besaß. Der Jahrestag von Carlies Verschwinden Mitte August ging vorüber, und ich merkte kaum, dass sie immer noch verschwunden war.

Irgendwie hatte ich gedacht, in den Stunden, während Arlee tagsüber schlief, würde ich locker die Hausarbeit, das Kochen und alles andere, was anstand, erledigen können. Doch wie ich feststellen musste, war das ein Fehlschluss. Zum einen war es gar nicht möglich, alles in der Zeit zu erledigen, in der Arlee schlief. Und zum anderen musste ich mich zwischendurch auch öfter hinlegen, sodass sich der Schmutz auf den Böden, der Abwasch und die ungebügelte Wäsche munter vermehrten. Und wenn Arlee wach war, ging gar nichts mehr. Dann drehte sich alles nur noch um sie, und wenn das mal nicht so war, erinnerte sie mich energisch daran.

Deshalb hinkte ich allmählich mit allem etwas hinterher, was mich nervte, weil ich Unordnung nicht leiden konnte. Eines Morgens wagte es Bud, nach einem sauberen Arbeitshemd zu fragen, dunkelblau, mit dem Namen »Bud« auf der linken Brusttasche.

»Wasch es doch selber«, fauchte ich. »Ich hab anderes zu

tun. Und zwar von morgens bis abends. Ich habe keine Zeit, deine verdammten Hemden zu waschen. Und ich habe auch keine Zeit, sie zu bügeln. Du wirst lernen müssen, wie das geht. Ich kann mich nicht um alles kümmern!« Ich rannte nach oben und ließ das Baby, das meine ganze Zeit beanspruchte, und meinen hemdlosen Mann unten zurück. Sollten sie doch sehen, wie sie klarkamen.

Ich warf mich schluchzend aufs Bett, schwindelig vor Müdigkeit, und fragte mich, wieso sich die Leute das eigentlich antaten. Wenig später knarzten die Stufen, und Bud stand mit Arlee auf dem Arm in der Tür.

»Alles in Ordnung?«, fragte er.

Ob alles in Ordnung war? Ich lag heulend und fix und fertig auf dem Bett, und er fragte, ob alles in Ordnung war?

»Ja, alles in Ordnung«, sagte ich, richtete mich auf, zog mein schmuddeliges T-Shirt glatt, nahm das Baby, und dann gingen wir alle wieder nach unten.

»Ich ziehe das Hemd von gestern an«, sagte Bud. »Was soll's. Dann wird es eben noch ein bisschen dreckiger. Ich versuche, etwas früher nach Hause zu kommen und dir zu helfen.«

Am Fuß der Treppe drehte ich mich um und gab ihm einen Kuss. »Ich wasche nachher deine Hemden. Ich schaffe das. Ich weiß, dass ich das schaffe.«

Doch er war kaum aus der Tür, da fing Arlee an zu weinen, und so ging es mehr oder weniger den ganzen Vormittag weiter. Ich stillte sie, ließ sie ihr Bäuerchen machen, ging mit ihr auf die Veranda, wiegte sie, stillte sie noch mal, wechselte ihre Windel und so weiter, bis zum frühen Nachmittag. Schließlich legte ich mich mit ihr in unser Bett und hielt sie im Arm, bis sie – nach einer weiteren Mahlzeit – endlich einschlief und ich sie in ihr Bettchen legen konnte. Dann lief ich nach unten und weichte Buds Hemden im Spülbecken ein, bevor ich sie in Grands treue alte Waschmaschine stopfte.

Der Küchenfußboden war so voller Schmutz und Sand, dass es bei jedem Schritt knirschte. Während ich noch dastand und überlegte, was ich in der kostbaren Pause als Nächstes tun sollte, hämmerte jemand so laut an die Haustür, dass Arlee aufwachte und zu weinen anfing. Ich stürzte in die Diele und riss die Tür auf.

Draußen stand Grace.

»Was ist?«, fragte ich.

»Schaff das Boot vom Grundstück. Es nimmt mir zu viel Platz weg.«

Ich war völlig perplex. »Was?«

»Schaff das Boot weg, oder ich verkaufe es«, sagte sie. Dann machte sie auf dem Absatz kehrt und ging.

Ich starrte ihr fassungslos nach. Ich überlegte, ob ich ein Messer aus der Küche holen sollte, aber wahrscheinlich wäre sie dann schon zu weit weg, um es ihr in den Rücken zu schleudern.

Während ich die Treppe hochstürmte, zitterte ich vor Wut. Vor Arlees Tür hielt ich inne und ging erst mal ins Schlafzimmer, um mich ein wenig zu beruhigen. Ich sah zur *Florine* hinüber, die neben Daddys Haus aufgebockt war. Sie war im vergangenen Oktober aus dem Wasser geholt und zum Überwintern dorthin gebracht worden, wie jedes Jahr. Stella hatte es nichts ausgemacht. Schließlich hatte das Boot Daddy gehört, und alles, was sie an Daddy erinnerte, war ihr ein Trost. Irgendwann im Herbst hatte Stella sogar eine Leiter an den breiten Rumpf gelehnt, vermutlich damit sie hineinklettern, trinken und an Daddy denken konnte. Die Leiter stand immer noch da.

Ich atmete tief durch, ging nach nebenan und nahm die weinende Arlee aus ihrem Bettchen. Ich drückte sie an mein pochendes Herz und ließ ihr Weinen alle Gedanken an die verrückte Grace vertreiben.

Ich erzählte Bud davon, sobald er nach der Arbeit zur Tür hereinkam. Er war stocksauer, als er hörte, was Grace zu mir gesagt hatte. »Wir müssen das Boot nicht wegschaffen«, knurrte er. »Das geht sie überhaupt nichts an. Wofür hält die sich eigentlich? Ich rede mit ihr. Verdammte Hacke, die ist noch durchgeknallter als ihre Schwester, und das will was heißen.«

Und sofort stapfte er los. Ich stand hinter der Fliegengittertür und sah zu, wie mein Mann sich anschickte, seine Frau und sein Kind und ihr Boot zu verteidigen.

Grace kam aus dem Haus und ging ihm entgegen. Sie baute sich wie eine bockige Kuh vor ihm auf, und die beiden starrten sich an. Anfangs war Buds Stimme leise und beherrscht, aber obwohl Grace kaum etwas zu sagen schien, wurde er rasch lauter und fing an, mit den Armen zu fuchteln. Schließlich drehte er sich um und kam zurück. Grace verschwand wieder im Haus.

»Was hat sie –«, begann ich, doch Bud machte einen Schlenker und marschierte zum Haus der Butts.

»Ich muss mit Bert reden«, knurrte er. Dann ging ich in die Küche, um das Abendessen zuzubereiten. Ungefähr zwanzig Minuten später war Bud wieder da und knallte die Fliegengittertür zu, bevor ich »Das Baby ...« sagen konnte. Prompt fing Arlee an zu weinen. Ich holte sie aus der Wiege auf der Veranda und wiegte sie im Stehen, während Bud seinem Zorn Luft machte.

»Sie sagt, weil das Boot auf ihrem Grundstück steht, hat

sie das Recht, es zu verkaufen«, tobte er. »Sie hat sich nicht mal angehört, was ich zu sagen hatte. Das war, als würde man mit einem Fels reden.«

Der würde noch eher zuhören, dachte ich. »Es ist nicht ihr Grundstück. Was hat Bert dazu gesagt?«

»Er meint, wir könnten es natürlich wegbringen, aber wir sollten erst mal abwarten, was sie tut. Und verkaufen kann sie es nicht, weil es ihr nicht gehört, und da es Stellas Haus ist und die das Boot dort behalten will, ist das, was Grace erzählt, nur ein Haufen Mist. Er sagt, wir sollen uns keine Sorgen machen, das ist alles bloß heiße Luft.«

Bert verkündete überall, dass Leeman Gilhams Boot, die *Florine*, nicht zum Verkauf stand, ganz egal was getratscht wurde. Wir wandten uns wieder unserem Alltag zu, und dann klopfte eines Tages ein Mann, den keiner von uns kannte, an die Tür.

Er sah ganz nett aus, noch ziemlich jung, dunkler Bart und blaue Augen. Mittelgroß. Hände wie ein Fischer. Er lächelte. Ich lächelte ebenfalls. Ich muss ziemlich dämlich ausgesehen haben, wie ich da stand, mit meinem milchbespuckten T-Shirt, die Augen gegen das Sonnenlicht zusammengekniffen und die Haare so wild, als hätte eine Wagenladung Mäuse während der Nacht darin einen Ringkampf abgehalten.

»Ja?«, sagte ich, und danach war Schluss mit den Höflichkeitsfloskeln. Nachdem ich mich von dem Schock über seine vollkommen unschuldige Frage nach dem Preis des Bootes erholt hatte, fauchte ich, dass die *Florine* mir gehörte und das auch so bleiben würde, ganz egal was die Zicke von gegenüber behauptete, dass er sich geschnitten hatte, wenn er meinte, ich würde sie jemals hergeben, und dass es mir leidtat, dass er sich umsonst herbemüht hatte, aber die Antwort lautete Nein. Nein. Und nochmals Nein.

Er machte sich eilig aus dem Staub, und ich stand eine Weile zitternd vor Wut in der Diele. Dann setzte ich mich auf die Veranda und schaukelte vor mich hin, bis ich mich einigermaßen beruhigt hatte. Ich wünschte, Dottie mit ihrer ruhigen Art wäre hier, doch sie war wieder in ihr College im Norden zurückgefahren. Aber ich wusste, dass Ida zu Hause war, und als ich wieder atmen konnte, ohne Feuer zu spucken, ging ich nach oben, nahm Arlee, die tief und fest schlief, aus ihrem Bettchen und ging den Hügel hinunter. Der Weg zum Hafen war immer wieder überwältigend. Allein der Anblick des Wassers mit seinem unglaublichen, tiefen Blau und den weißen Schaumkronen der Wellen genügte, um mich zu besänftigen. Ich atmete tief durch und küsste meine Kleine auf den Kopf.

Seit Sams Beerdigung hatten wir Ida kaum zu Gesicht bekommen. Ich wusste, dass sie im Moment lieber für sich blieb, aber ich wusste auch, wie sehr sie Arlee liebte und dass sie darum sicher nichts gegen unseren Besuch hatte, und damit lag ich richtig. Ihr trauriges Gesicht leuchtete auf, als sie uns erblickte, und sie nahm mir Arlee so vorsichtig ab, als wäre sie eine zerbrechliche Glasblume. Ich kochte uns einen Tee, und wir setzten uns ins Wohnzimmer.

»Eben war ein Mann bei mir und hat gefragt, wie viel die *Florine* kosten soll«, sagte ich.

Ida runzelte die Stirn. »Du willst sie verkaufen? Das wusste ich nicht.«

»Nein, ich will sie *nicht* verkaufen.« Irgendwie schien die Geschichte mit Grace an ihr vorbeigegangen zu sein, also erzählte ich ihr alles, von Stellas Verschwinden bis zu dem

Typen, der nach dem Preis des Bootes gefragt hatte. Während ich sprach, sah Ida die ganze Zeit aus dem Panoramafenster auf den Hafen und streichelte Arlee. Als ich fertig war, sagte sie nur: »Warum stellst du das Boot nicht einfach anderswohin?«

»Was?«

Sie zuckte die Achseln. »Bert könnte es auf den Anhänger nehmen und bei euch in den Garten stellen. Ihr habt doch Platz genug, und dann ist das Problem mit Grace erledigt.«

»Darum geht es aber nicht«, sagte ich.

Sie seufzte. »Worum geht es denn dann?«, fragte sie. »Das Leben ist zu kurz, um sich über solche Dinge aufzuregen.« Sie erhob sich aus Sams Sessel. Es sah aus, als laste ein schweres Gewicht auf ihren schmalen Schultern. »Hol das Boot von ihrem Grundstück. Dann kannst du dich wieder richtig auf dieses süße Baby konzentrieren. Es geht nicht mehr nur um dich, Florine.« Während sie mit müden Schritten in die Küche ging und ihrer Enkelin ein Kirchenlied vorsummte, saß ich da und dachte über die seltsame Wendung nach, die dieser Tag genommen hatte.

An dem Abend sagte ich zu Bud: »Ich glaube, ich habe heute die Frau kennengelernt, die deinen Vater dazu gekriegt hat, jeden Sonntag in die Kirche zu gehen.«

»Was wollte sie von dir?«, fragte Bud. »Egal was es war, tu es einfach.«

Wir holten das Boot zu uns. Wir befreiten Stellas Garten von der *Florine* und stellten sie näher ans Wasser, wo sie einen besseren Blick auf die Gezeiten hatte und auf Glens Rückkehr warten konnte.

Als Grace verlangte, dass wir Petunia, das Auto meiner Mutter, aus dem Schuppen holen sollten, den Daddy extra dafür gebaut hatte, taten wir auch das. Bud, der völlig vernarrt in Petunia war, fuhr sie zu Freds Werkstatt und stellte sie dort in einen der Schuppen.

Es war Zeit, nach vorn zu schauen. Ida hatte recht: Es ging jetzt um Arlee, nicht mehr um mich.

7

Es war ein milder Herbst. Die Blätter verfärbten sich nur langsam, und die wenigen Stürme hatten keine Kraft. Der Oktober kam mit einem Gähnen herangeschlendert und wischte den September geistesabwesend beiseite wie ein zerrissenes Spinnennetz.

Am 13. Oktober wäre Carlie neununddreißig geworden. Nun, da ich eine kleine Tochter hatte, die ihr so ähnlich sah, vermisste ich meine Mutter mehr als sonst. Ida war eine wunderbare Großmutter, liebevoll und fürsorglich, aber wenn Carlie noch da gewesen wäre, hätte sie alles ein wenig bunter und übermütiger gemacht. Sie hätte ihre Enkelin mit einem schelmischen Zauber belegt, wie sie es bei ihrer Tochter getan hatte.

Ich kramte die alten Fragen wieder hervor und grübelte darüber nach, was ihr zugestoßen sein könnte. Ich erinnerte mich an die Worte der betrunkenen Stella. *Deine Mutter war nicht die Heilige, für die du sie hältst.* Aber Stella war Erste Vorsitzende des Ich-hasse-Carlie-Gilham-Clubs, insofern war alles, was sie über Carlie zu sagen hatte, von vornherein Mist.

Hielt ich Carlie für eine Heilige? Natürlich nicht. Sie hatte gerne geflirtet, sie war rastlos gewesen, hatte es nirgendwo lange ausgehalten, und manchmal hatte sie der Teufel geritten. Na und? Sie war witzig gewesen, hübsch und voll sprühender Lebendigkeit, und sie hatte meinen Vater und mich geliebt. Sie war das menschlichste Wesen, das mir je begegnet war. Und wer wollte schon eine Heilige als Mutter?

»Eines Tages«, sagte ich beim Abendessen zu Bud, »finde ich heraus, was mit ihr passiert ist.«

»Ja, das wirst du«, sagte Bud. »Da bin ich ganz sicher.«

Doch fürs Erste standen die Aussichten dafür nicht allzu gut, mit einem Baby, das an meinen Brüsten und an den Saiten meines Herzens zupfte. An dem Abend war Arlee still, und sie schlief früh ein, gerade als der fast volle Mond am Himmel aufging. Bud und ich standen im Garten und sahen zu, wie er über den Bäumen von The Point aufstieg und sie von den Wipfeln bis zu den Wurzeln in silbriges Licht tauchte. Bud sagte: »Schöner Abend für einen Spaziergang. Hast du Lust?«

Er holte Maureen, die sich mit ihren Hausaufgaben an den Küchentisch setzte. Wir beschlossen, durch den Wald zum Naturschutzgebiet zu gehen. Um dorthin zu kommen, mussten wir den Hang hinter Daddys Garten hinauflaufen und über die Cheeks klettern, einen großen, runden Felsen, der in der Mitte durchgebrochen war. Dahinter führte ein Pfad in den Wald. In Daddys Küche brannte Licht, und wir überlegten kurz, ob wir es wirklich wagen sollten, durch den Garten zu gehen.

»Meinst du, Grace schießt auf uns?«, fragte Bud.

»Das soll sie mal versuchen«, knurrte ich.

»Na ja, das hier ist immer noch ein Spaziergang im Mondschein, nicht *Mord in The Point*. Wenn sie rauskommt, rede ich mit ihr.«

Auf Zehenspitzen schlichen wir über den Rasen, sorgsam bemüht, nicht auf das raschelnde Laub zu treten. Sobald wir über die Cheeks geklettert waren, knipste Bud die Taschenlampe an. Der Pfad war nicht mehr so ausgetreten wie damals, als wir ihn regelmäßig benutzt hatten, aber er war immer noch so gut zu erkennen, dass wir seinen Windungen folgen konnten. Als wir das Naturschutzgebiet erreichten, schaltete Bud die Taschenlampe wieder aus, und uns umhüllte das Mondlicht, das durch die Kiefern und Fichten fiel. Es war so still, dass wir hören konnten, wie die Nadeln herabrieselten. Der Pfad vor uns wand sich wie ein Bach aus Quecksilber.

»Welchen Weg sollen wir nehmen?«, fragte Bud.

»Lass uns zu den Klippen gehen und uns dort auf die Bank setzen«, sagte ich. Hand in Hand gingen wir weiter, lauschten auf das leise Flüstern des Waldes und sogen den nächtlichen Geruch des Meeres ein. Wenig später konnten wir die Umrisse der Bank erkennen, die am Ende des Weges stand, direkt am Rand der Klippe. Mr Barrington, dem eines der Sommerhäuser auf der anderen Seite des Naturschutzgebietes gehörte, hatte sie dort aufstellen lassen. Und er hatte ein Messingschild darauf anbringen lassen, mit der Inschrift *Vereinzelt auf dem Lebensmeer wir sind: Vernunft ist Kompass, Leidenschaft der Wind*. Erst hatte ich gedacht, der Mann, der das geschrieben hatte – Alexander Pope –, wäre ein Verwandter von Mr Barrington, aber Dottie hatte dann herausgefunden, dass er ein Dichter war.

Edward Barrington. Als ich ihn das letzte Mal gesehen hatte, hatte er mit blutendem Kopf auf den Stufen seines Hauses gelegen, nachdem er bei dem Versuch, mich und seinen Sohn Andy aufzuhalten, gestürzt war. Bei der Erinnerung daran überlief mich ein Schauer. Andy hatte kaum innegehalten, um nachzusehen, ob sein Vater noch lebte, dann waren wir in Mr Barringtons Mercedes abgehauen und wenige Minuten später auf dem Pine Pitch Hill von der Straße abgekommen und in hohem Bogen in den Bäumen gelandet.

»Ich wünschte, wir wären ihnen nie begegnet«, sagte ich.

Bud wusste, was ich meinte. »Ich auch.«

Unsere Geschichte mit den Barringtons hatte begonnen, als wir uns eines Abends unter der Veranda ihres Sommerhauses versteckt und ein paar Feuerwerksknaller gezündet hatten. Die Veranda war in Brand geraten, sie hatten Parker gerufen, und am nächsten Tag hatten wir uns alle offiziell bei Mr Barrington entschuldigen müssen. Und unsere Väter hatten für den Schaden bezahlt. Mr Barrington war an dem Tag unglaublich arrogant und herablassend gewesen. Wie Dottie sich ausgedrückt hatte: *Er ist an uns entlanggegangen, als wären wir junge Rekruten.* Trotzdem hatte er es nicht verdient, in einer eiskalten Winternacht bewusstlos und blutend von seinem verzweifelten Sohn und dessen ratloser Freundin dort liegen gelassen zu werden.

Bud und ich setzten uns auf die Bank. Ich sah hinaus auf das mondbeschienene Wasser, das seinem unaufhörlichen Rhythmus folgte. Bud nahm meine Hand und küsste sie. »Alles in Ordnung?«, fragte er. »Ich weiß, du vermisst deine Mutter immer noch so, als ob es gestern gewesen wäre.«

»Ja, das stimmt«, sagte ich. »Aber fast alle meine Gedanken sind bei dir und Arlee. Ich weiß nicht, was ich ohne euch gemacht hätte.« Ich betrachtete sein Gesicht. »Ich glaube, ihr habt mich vor etwas Schrecklichem bewahrt.«

»Du wärst schon klargekommen«, sagte Bud. »Du hast das Zeug dazu.«

»Nein, *du* hast das Zeug dazu.«

Wir grinsten uns an, und dann küssten wir uns. Plötzlich hörte ich ein dumpfes Geräusch hinter mir. Wir lösten uns voneinander, und als wir uns umdrehten, sahen wir einen Mann zwischen den Bäumen verschwinden. Bud sprang auf, um ihm zu folgen, doch ich hielt ihn fest. »Nein«, sagte ich. »Egal wer es ist, lass ihn laufen.«

Die Spannung wich aus Buds Körper. »Komm, lass uns zurückgehen.« Er nahm meine Hand und zog mich hoch. Während wir den Pfad hinuntergingen, hielten wir Ausschau nach dem Mann. Plötzlich trat ich auf etwas, und ich sah nach unten.

Dort lag eine wunderschöne helle Rose. Ich hob sie auf und schnupperte daran. Ihr Duft war süß und traurig.

»War die schon da, als wir gekommen sind?«, fragte ich Bud.

Er schüttelte den Kopf.

Ich legte sie neben den Pfad. »Wir lassen sie besser hier.«

In der Nacht träumte ich von ihr. Zum ersten Mal seit langer, langer Zeit. In dem Traum lief sie in meinem Kopf auf und ab, immer wieder, wie ein Tier im Käfig, das den Weg nach draußen sucht. Sie trug eine schwarze Lederjacke, die ihr bis an die Oberschenkel reichte, und schwarze, kniehohe Stiefel.

»Carlie?«, sagte ich zu ihr.

Sie blieb stehen und sah mich an.

»Wo hast du die Sachen her?«, fragte ich sie. »Die habe ich an dir noch nie gesehen.«

»Wir sind nicht, was wir sind«, sagte sie. »Und wir sind genau das, was wir sind.«

»Okay«, sagte ich. »Aber was ist mit den Sachen?«

»Ich sag's dir doch.« Sie fing wieder an, auf und ab zu laufen.

»Der Weg nach draußen führt durch meine Augen«, sagte

ich. Sie wandte sich um, ging auf meine Lider zu, und als ich die Augen öffnete, verschwand sie. Ich stand auf, ging nach nebenan, setzte mich neben Arlees Bettchen und lauschte auf ihren schnellen Babyatem.

Am nächsten Tag erzählte mir Ray im Laden, dass Stella eine Entziehungskur machte. »Zumindest hat Grace das gesagt.«
»Hat sie auch gesagt, wo?«
Ray sah mich über den Rand seiner Brille hinweg an. »Willst du sie besuchen?«
»Nein«, sagte ich. »Aber erst greift sie mich an, und dann verschwindet sie am nächsten Tag. Es ist fast, als hätte Grace sie umgebracht, sie irgendwo verbuddelt, wo niemand sie findet, und sich dann ihr Haus und ihr Leben unter den Nagel gerissen.«
»Möglich wär's«, sagte Ray, dann wechselte er zu unser beider Erleichterung das Thema. »Gestern ist ein Brief von Glen gekommen. Er schreibt, das Essen ist Mist, und er ist von oben bis unten mit Stichen und Bissen von irgendwelchen Viechern übersät. Er muss Tag und Nacht die Stiefel anlassen, damit die ihm nicht sonst wohin kriechen. Er meint, es wär überhaupt nicht so, wie er es sich vorgestellt hat. Was hat er sich denn gedacht, wie es sein würde?«
»Er hat wohl gedacht, er tut das Richtige«, sagte ich.
»Der hat doch keine Ahnung, was richtig oder falsch ist«, schnaubte Ray.
Darauf gab es nicht viel zu sagen, und so ging ich.

8

Ein knurrender, grimmiger Winter zerfetzte den Herbst. Der Schnee fiel so dicht, dass der Hafen manchmal tagelang nicht zu sehen war. Die Gezeiten kamen und gingen, und jede Flut brachte neue Eisbrocken mit, die sich am Ufer auftürmten wie die Zähne erlegter Seeungeheuer. Die Kälte strich eine dicke Eisschicht auf die einzige Straße, die nach The Point führte. Das Geräusch durchdrehender, rutschender Reifen sorgte in den Monaten Januar und Februar für eine neue Hintergrundmelodie. Wir streuten immer wieder Salz, doch irgendwann stellten alle außer Grace, die anscheinend nirgendwohin musste, ihr Auto oben an der Straße bei Rays Laden ab. Jedes Mal, wenn wir uns vor die Tür wagten, sprang uns ein unerbittlicher Wind mit seinen scharfen Klauen an. Niemand verließ das Haus, außer um zur Arbeit, zur Kirche oder in den Laden zu gehen.

Nur an einigen wenigen Tagen zog sich der Winter vorübergehend auf seine Stellung zurück, und eine blasse Sonne kämpfte sich durch die tief hängenden Wolken. Dann packte ich Arlee so dick ein, dass sie sich kaum noch rühren konnte, band sie mir mit einem breiten Tuch, das ich ihr gestrickt hatte, vor die Brust und zog einen von Grands alten Mänteln an, sodass Arlee unter der kratzigen, nach Lavendel duftenden Wolle geschützt war wie in einem Zelt. Dann ging ich mit vorsichtigen, unsicheren Schritten zu Ray oder zu

Ida. Ich stieß jedes Mal einen Seufzer der Erleichterung aus, wenn ich sicher an meinem Ziel ankam. Irgendjemand musste während dieser grausamen Wintermonate auf mich aufpassen, denn ich stürzte kein einziges Mal. Einmal übernachteten wir sogar bei Ida, weil während unseres Nachmittagsbesuchs plötzlich ein Schneesturm seine Peitsche schwang.

»Ich glaube, ich habe mal gelesen, dass Bauern Seile zwischen ihren Häusern und Ställen spannen, damit sie sich im Schneesturm nicht verirren«, sagte ich.

»Das glaube ich sofort«, erwiderte Ida, als wir nach dem Abendessen bei ihr in der Küche saßen und den Schneeflocken zusahen, die vor dem Fenster herumwirbelten.

»Morgen fällt die Schule aus«, trällerte Maureen.

Ida zwinkerte mir zu und sagte zu ihrer Tochter: »Gut. Dann hast du ja Zeit, die Bibel zu studieren.«

Maureens Lächeln bekam ein wenig Schlagseite, und ich musste lachen.

»Du auch«, sagte Ida. »Würde dir sicher guttun.«

»Ja, kann schon sein«, sagte ich.

»Ha«, rief Maureen. »Jetzt sitzt du in der Falle!«

Ida runzelte die Stirn. »Was soll das denn heißen?«, fragte sie Maureen.

»Das soll heißen, dass ich mich morgen vermutlich noch vor dem Frühstück davonschleiche«, sagte ich.

»›Der Gottlose flieht, auch wenn niemand ihn jagt; der Gerechte aber ist furchtlos wie ein junger Löwe‹«, zitierte Ida schmunzelnd. »Woraus ist das?«, fragte sie Maureen.

»Sprüche 28, Vers 1.«

»Der Kandidat hat hundert Punkte«, sagte ich.

Maureens Augen funkelten, aber sie traute sich nicht zu lächeln. Ida schüttelte den Kopf über uns beide, und dann fing zum Glück Arlee an zu weinen. »Tja, den Gottlosen ist keine Ruhe vergönnt«, sagte ich und ging in Buds früheres Zimmer, wo sie in ihrem Bettchen lag. Ich nahm sie hoch, setzte mich mit ihr in den Schaukelstuhl, und während ich sie stillte, kam Bud den Hügel herunter- und zur Haustür hereingeweht. »Heilige Scheiße, ist das ein Sturm da draußen«, hörte ich ihn sagen. Ich musste grinsen, als ich mir das Gesicht seiner Mutter vorstellte. Ich hörte, wie er Stiefel und Mantel auszog und auf Socken durchs Haus ging. Dann kam er herein, beugte sich zu mir herunter und küsste mich auf die Wange.

Ich schnappte erschrocken nach Luft.

»Ja, es ist verdammt kalt da draußen«, sagte er. »Morgen habe ich frei. Fred ist auf dem Parkplatz ausgerutscht und hat sich den Rücken verrenkt. Erst hat er uns alle zur Hölle geschickt und dann nach Hause. Also hast du mich auch noch am Hals.«

»Morgen früh droht uns Bibelunterricht, wenn wir nicht rechtzeitig verschwinden«, sagte ich.

»Na, dann sollten wir heute Nacht wohl ein bisschen sündigen«, entgegnete Bud. »Und dafür beten, dass morgen früh die Sonne scheint.«

»Wie hast du es eigentlich früher geschafft, dich davor zu drücken?«

Bud grinste. »Das verdanke ich Sam, ob du's glaubst oder nicht. Er hat zu Ida gesagt, der Kirchgang am Sonntag würde genügen und er bräuchte mich auf dem Boot. Also war ich stattdessen auf dem Boot. Und du?«

Ein Hauch von Reue strich über meine Wange. »Grand hat mich mal gefragt, ob ich mit ihr herkommen wollte. Ich glaube, ich war ziemlich abscheulich zu ihr. Ich habe die Augen verdreht und gesagt, ich hätte Besseres zu tun, als mit ihr und Ida hier rumzusitzen und über Sünden und Heimsuchungen zu reden.«

»Oha«, sagte Bud. »Ist sie nicht mächtig sauer geworden? Wie kommt's, dass du noch lebst?«

»Enttäuscht war sie schon. Sie sagte so was wie: ›Nun, Jesus liebt dich trotzdem. Und ich auch.‹« Ich seufzte. »Wäre es denn wirklich so schlimm gewesen, mal mitzukommen? Ich war oft so gemein zu ihr.«

»Na, jetzt hast du ja eine Tochter, die dasselbe mit dir machen kann, wenn sie alt genug dafür ist«, sagte Bud. »Ich schätze mal, Grand sitzt da oben im Himmel und freut sich diebisch, weil du dann mal die andere Seite kennenlernst. Am Ende gleicht sich alles wieder aus.«

Wir sündigten in der Nacht tatsächlich verstohlen in Buds schmalem Bett und schliefen dann neben unserem Baby ein. Währenddessen peitschte der Schneesturm das Meer zu sechs Meter hohen, wütend schäumenden Wellen auf. Schließlich rappelte die Sonne sich hoch, um den Tag zu erhellen. Bud und ich standen früh auf und versuchten, uns aus dem Staub zu machen, doch Ida war schneller. Sie fing jedoch nicht vom Bibelunterricht an – wir natürlich auch nicht –, und nach einem Becher Tee und einer Schale Cornflakes umarmte ich sie fest, bevor sich unsere kleine Familie den Hügel zu Grands Haus hinaufkämpfte.

Drinnen war es kalt, als hätte das Haus in unserer Abwesenheit keinen Sinn darin gesehen, weiter für Wärme zu sorgen. Bud drehte die Heizung höher, und ich setzte Arlee in ihren Laufstall im Wohnzimmer.

»Kannst du auf sie aufpassen, während ich ein Bad nehme?«, fragte ich Bud.

»Ich muss Schnee schippen, obwohl ich eigentlich gar nicht weiß, wozu«, seufzte er. »Wenn das so weiterschneit, bin ich bis Juli beschäftigt.«

»Letzte Nacht ist mir aufgefallen, dass du ein paar neue Muskeln hast.«

»Unsinn«, lachte Bud. »Willst du mich auf den Arm nehmen?«

»Nein, im Ernst. Du bist ein richtiger Sexgott.«

Er schüttelte den Kopf und lief rot an. »Du spinnst«, sagte er. »Nimm du mal dein Bad. Und ach, bevor ich's vergesse, ich hab gestern Abend auf dem Heimweg noch die Post bei Ray abgeholt. Sie liegt auf dem Küchentisch.«

Ich holte die Umschläge und ging die Treppe hinauf. Vier davon waren weiß und nichtssagend und enthielten vermutlich Rechnungen. Der fünfte war klein, blau und aus feinem Papier. Mein Name stand in Druckbuchstaben darauf, und der Absender fehlte. Der Brief war in Freeport abgestempelt, ein Stück nördlich von hier. Ich blieb mitten auf der Treppe stehen und riss ihn auf. Im Innern steckte ein weißes Blatt, kein passendes blaues, wie ich vermutet hatte. Ich faltete es auseinander und starrte auf eine einzelne Zeile, wiederum in großen, kühnen Druckbuchstaben: *Ich werde dich immer lieben.*

Ich ging wieder nach unten. »Hey«, sagte ich. »Ich werde dich auch immer lieben.«

»Was?«, fragte Bud vom Sofa aus, wo er mit Arlee auf dem Schoß saß und die *Today Show* guckte.

»Ich sagte, ich werde dich auch immer lieben.«

»Das freut mich«, sagte er. »Ich dich auch.«

»Wer nimmt hier jetzt wen auf den Arm?« Ich hielt ihm den Brief hin. »Ist ja lieb, aber wie komme ich zu der Ehre?«

Bud runzelte die Stirn. »Der ist nicht von mir.«

»Ach, komm. Von wem soll er denn sonst sein?«

Bud schüttelte den Kopf und sah mich mit seinen dunklen Augen ernst an.

»Ich hab dir diesen Brief nicht geschickt«, sagte er. »Ehrlich nicht. So schreibe ich nicht.«

Ich betrachtete die Worte erneut. »Das ist Druckschrift. Kann im Prinzip jeder geschrieben haben. Ich dachte, es wäre deine Schrift. Wer sollte mir denn sonst so was schreiben?«

»Ich war's nicht«, wiederholte Bud bestimmt.

»Wirklich nicht?«

»Nein.« Er reichte mir Arlee und griff nach dem Brief. Dann sah er mich an. »Ist der von Barrington?«

»Was?«

»Andy Barrington. Er ist wieder hier in der Gegend.«

»Das wusste ich nicht«, sagte ich. »Warum sollte er so was tun?«

»Na, wer zum Teufel soll das denn sonst geschickt haben?«

»Bud, ich weiß es wirklich nicht. Ich finde das genauso seltsam wie du.«

»Scheiß drauf. Ich muss jetzt Schnee schippen.«

»Glaubst du mir nicht?«

»Nun, irgendein verdammter Idiot *hat* den Brief geschickt«, sagte Bud mit loderndem Blick. Wütend zerrte er seine karierte Flanelljacke vom Haken.

»Reg dich doch nicht so auf«, sagte ich. »Ich weiß nicht, von wem der Brief ist. Ich dachte, er wäre von dir. Ist er aber nicht. Und wenn er nicht von dir ist, ist es mir egal, wer ihn geschickt hat.«

»Ist aber schon verdammt seltsam.«

»Ja, ist es. Ich frage mal ein bisschen herum, sobald ich

ein paar Minuten Zeit habe und es nicht mehr so glatt ist. In Ordnung?«

Er schüttelte wieder den Kopf. »Ich geh jetzt raus«, sagte er nur und verschwand.

Arlee griff in meine Haare und zog. Der Schmerz holte mich zurück in die Gegenwart. Während ich ihre kleine Hand aus meinen Locken löste, sagte ich zu ihr: »Vielleicht hätten wir alle doch besser zum Bibelunterricht bei Ida bleiben sollen.«

Bud blieb ungefähr eine Stunde draußen. Als er wieder hereinkam, war er immer noch sauer. »Okay«, flüsterte er, weil Arlee in ihrem Laufgitter eingeschlafen war. »Wir müssen rauskriegen, wer dahintersteckt.«

Und wir versuchten es. Wir gingen sämtliche Möglichkeiten durch. Ich rief Dottie im College an. Wir überlegten, ob der Brief vielleicht von Glen war. Oder sogar von Stella oder Grace. Bud fing wieder von Andy Barrington an und meinte, er würde zum Sommerhaus gehen und ihn fragen. Doch das Haus war verlassen. »Er ist abgehauen«, sagte Bud. »Ich rede mit ihm, wenn er wieder da ist.«

»Meinetwegen«, sagte ich. »Aber ich glaube nicht, dass er es war.«

»Blöd genug ist er.«

»Aber nicht so blöd, sich mit dir anzulegen. Außerdem habe ich seit dem Unfall damals nichts mehr von ihm gehört. Warum sollte er sich ausgerechnet jetzt melden? Was sollte das für einen Sinn haben?«

»Hat das Ganze überhaupt irgendeinen Sinn?«, fragte Bud.

»Nein. Ich weiß nicht. Wahrscheinlich nicht.«

Irgendwann im März landete der Brief ganz hinten in der Schublade mit meiner Unterwäsche. Den halben April hindurch lieferte sich der Frühling eine Schlacht mit dem Winter, bevor er im Mai schließlich den Sieg davontrug. Ich feierte meinen zwanzigsten Geburtstag, und als Dottie vom College nach Hause kam, feierten wir auch ihren. Arlee beanspruchte noch mehr von meiner Zeit und meiner Liebe, und der Teil, den sie nicht einforderte, gehörte dem Mann, der mich immer lieben würde. Bud musste mir keinen Brief schicken, um mir das zu sagen. Es stand auf meinem Herzen.

9

Kurz nach meinem zwanzigsten Geburtstag fing Arlee an zu laufen. Anscheinend hatte sie begriffen, dass sie schneller von einem Ort zum anderen kam, wenn sie dazu die komischen Dinger am Ende ihrer Beine benutzte. Drei Wochen lang krabbelte sie rastlos umher, dann begann sie sich an allem Möglichen hochzuziehen und hangelte sich vorwärts. Bud und ich hielten sie stundenlang fest und gingen mit ihr von der Küche ins Wohnzimmer und zurück. Als es endlich wärmer wurde, übten wir auch draußen.

An unserem ersten Hochzeitstag saßen Bud, Dottie und ich im Garten und sahen zu, wie Arlee mit Grashalmen und Kleeblättern spielte. Plötzlich hielt sie inne und runzelte die Stirn, dann stützte sie sich mit den Händen auf dem Rasen ab, erhob sich schwankend und fing an zu laufen. Drei Schritte. Plumps. Wieder hoch. Drei Schritte. Plumps. Vier Schritte, Schwanken, zurück ins Gleichgewicht, dann fünf Schritte. Wir drei lachten und klatschten, während sie taumelnd über den Rasen auf uns zukam, und ihr Gesicht strahlte vor Freude im Schein der Junisonne.

»Oh Mann«, sagte Dottie. »Ab jetzt wird's richtig anstrengend.«

Arlee steuerte auf Bud zu, der sie auffing und in die Luft warf, und als ich sah, wie er sie dabei anschaute, sagte ich noch einmal von ganzem Herzen: »Ja, ich will.«

»Was willst du?«, fragte Dottie.

»Bud heiraten«, sagte ich. Dottie zog die Augenbrauen hoch und zuckte die Achseln.

Bud setzte Arlee wieder ab, und zusammen übten sie auf dem Rasen. Er streckte die Arme aus, um sie aufzufangen, wenn sie auf ihn zuwankte. Sein Lächeln war ein wenig schief, und er strahlte nur selten, aber in diesem Moment vergaß sein Gesicht die sonstige Zurückhaltung und leuchtete vor Glück. Etwas zupfte an meinem Innern, während ich ihnen zusah. Freude, ja, aber auch Trauer, denn schon jetzt vermisste ich die Zeit, als Arlee mich noch für alles gebraucht hatte. Von nun an würde sie die Welt erkunden, während ich hinter ihr herlief und sie davor zu bewahren versuchte, dass sie sich ein Bein oder jemand ihr das Herz brach.

»Tja«, scherzte ich, »dann ist es jetzt wohl Zeit für das Nächste.«

Das Lächeln verschwand von Buds Gesicht, und er wurde ernst. »Noch nicht. Lass uns bis nach dem Umzug warten.«

»Ihr wollt umziehen?«, fragte Dottie. Ich hatte noch keine Gelegenheit gehabt, es ihr zu sagen. Cecil (ich hasste den Namen, obwohl ich den Mann dazu noch gar nicht kannte) brauchte nun doch Verstärkung.

»Wenn du mal länger hierbleiben würdest, könnte ich dir das und noch einen Haufen andere Sachen erzählen«, sagte ich.

»Ich hab zu tun«, erwiderte sie. »Du bist nicht mein Boss.«

»Ich weiß. Ich bin ja nicht mal mein eigener Boss.«

Bud schnappte sich Arlee und setzte sich zu uns.

»Ich habe einen Job in Stoughton Falls«, erklärte er Dottie stolz. Doch als er meinen Blick sah, schrumpfte sein Lächeln. Ich konnte ihm jetzt entweder mit meiner schlechten Laune den Tag vermiesen oder das Gefühl zusammenknüllen und wegwerfen. Verheiratet zu sein bedeutete eben auch, dass man nicht mehr seinen eigenen Kopf durchsetzen konnte.

»Bis zum Herbst müssen wir ein Haus oder eine Wohnung finden«, sagte ich zu Dottie. »Hast du Lust auf einen Ausflug?«

»Klar«, sagte Dottie. »Ich könnte mich bei der Gelegenheit auch mal umsehen. Näher bei der Stadt gibt's mehr Bowlingbahnen, und vielleicht kriege ich da ja einen Job an einer Schule, wenn ich mit dem College fertig bin.«

Die Vorstellung, dass Dottie irgendwo in der Nähe von Stoughton Falls als Sportlehrerin arbeiten und dann oft bei uns vorbeischauen könnte, tröstete mich ein wenig. Ich überzeugte mich, dass es genau so kommen würde, und dann standen wir beide auf und liefen mit Arlee durch den Garten des Hauses, das für mich der wunderbarste Ort auf der ganzen Welt war und immer sein würde.

Drei Wochen später, an einem warmen Tag im Juli, kam Glen nach Hause.

Arlee, die ihn noch gar nicht kannte, schien zu spüren, dass an diesem Tag etwas anders war. Ich hatte die Haustür offen gelassen, damit der übermütige Sommerwind durch das Fliegengitter streichen konnte, und Arlee tapste immer wieder durch die Diele und auf die Tür zu. Und immer wieder lief ich hinter ihr her und holte sie zurück in die Küche, denn sie liebte es, mit ihren kleinen Händen gegen das Fliegengitter zu schlagen und »Bumm, bumm, bumm« zu rufen.

Ich war dabei, Brot für Rays Laden zu backen, denn er hatte mir gesagt, dass die Sommergäste es vermissten. Im letzten Sommer war ich zu sehr mit meinem Baby beschäftigt gewesen, aber jetzt konnten wir das zusätzliche Geld gut für den Umzug gebrauchen. Bud und Cecil hatten einen Plan gemacht. Im Herbst würden wir Grands Haus verlassen. Es brach mir das Herz, aber immerhin würden Ida, Maureen, Bert und Madeline regelmäßig nach dem Rechten sehen. Wenn alles gut lief, würden wir den Herbst, Winter und Frühling in Stoughton Falls verbringen, und dann würden Arlee und ich nach The Point zurückkehren und das Haus wieder zum Leben erwecken.

Vom Teigkneten und Arlee-Einfangen war ich bereits völlig erschöpft, und dabei war es noch nicht mal Mittag. Ich überlegte kurz, sie zu Ida zu bringen, bis ich fertig war, aber ich hatte mir vorgenommen, unabhängiger zu werden. Schließlich würden Arlee und ich in Stoughton Falls auch allein zurechtkommen müssen. Wir würden Komplizen sein. *Meine kleine Verbrecherin.* Der Kosename, den meine Mutter mir gegeben hatte, kitzelte mich im Ohr. »Ruhe«, befahl ich der Stimme in meinem Kopf und lief hinter Arlee her, die schon wieder zur Haustür trappelte. In der Diele war es auf einmal ganz dunkel, und als ich zur Tür blickte, sah ich eine große Gestalt davorstehen.

»Großer Gott«, stieß ich aus und rannte zu Arlee, die direkt vor der Fliegengittertür stand und nach oben sah. »Arlee, komm her.« Mein Herz pochte wie wild, als ich sie hochnahm und vor dem Schatten hinter der Tür zurückwich.

»Florine, ich bin's nur«, sagte eine vertraute Stimme.

»Glen! Meine Güte, du hast mich vielleicht erschreckt.« Mit einem erleichterten Lachen entriegelte ich die Tür.

Ich umarmte ihn mit meinem freien Arm. Meine Nase, die an seiner uniformierten Schulter lag, roch Schweiß und etwas Verbranntes. Glen schlang seine kräftigen Arme um Arlee und mich und drückte uns so lange an sich, dass ich schließlich sagte: »Du kannst uns jetzt loslassen. Wir laufen nicht weg.« Ein wenig zögernd ließ er die Arme sinken, und wir lösten uns voneinander.

Bud sah ich jeden Tag, deshalb fielen mir Veränderungen bei ihm nicht so schnell auf. Aber Glen hatte ich seit einem Jahr nicht mehr gesehen. Das da war kein pummeliger Highschool-Absolvent, sondern ein erwachsener Mann von fast einem Meter neunzig. Er war nicht dünn, das würde er nie sein, aber die Armee hatte alles Weiche an ihm abgeschliffen, bis nur noch Muskeln übrig waren. Er stand aufrecht da und sah mit Augen auf uns herunter, die weit mehr gesehen hatten als unsere kleine Welt hier. Er war mir merkwürdig fremd, und das machte mich scheu. Doch als er anfing zu reden, war mein alter Freund schlagartig wieder da, und ich lächelte.

»Das ist also beim Rummachen vor der Ehe rausgekommen?«, fragte er und betrachtete schmunzelnd Arlee, die ihm beide Arme entgegenreckte.

»Sie will zu dir«, sagte ich.

Glen setzte sie sich auf den rechten Arm. Sie streckte die Hand aus und betastete seine rasierte Wange. Er lachte.

»Arlee lässt sich nicht mit jedem ein.«

»Na, sie hat doch Onkel Glens Stimme gehört, während sie in deinem Bauch war«, sagte er. »Sie weiß, wer ich bin.«

»Willst du nicht reinkommen?« Obwohl mir tausend Fragen durch den Kopf schwirrten, wusste ich nicht, was ich sagen sollte. Aber vor allem freute ich mich, dass er da war.

»Wie lange bleibst du?«, fragte ich, während wir zu den Schaukelstühlen auf der Veranda gingen.

»Ungefähr einen Monat«, antwortete Glen. »Dann geht's wieder zurück.«

Glen setzte sich, Arlee noch immer auf seinem Arm.

»Willst du ein Bier?«

»Gern«, sagte er. Ich riss eine von Buds Dosen auf und reichte sie ihm. Er trank einen Schluck und stellte sie dann neben seinem Stuhl auf den Boden. Arlee beobachtete mucksmäuschenstill jede seiner Bewegungen.

»Kann ich mit dem Brot weitermachen, während wir reden?«, fragte ich. »Das soll nämlich heute Nachmittag zu Ray in den Laden.«

»Klar«, sagte Glen. »Wir müssen auch gar nicht reden. Ich find's prima, einfach nur mit der Prinzessin hier zu sitzen und den Wellen zuzuschauen. Meine Augen müssen sich erst mal wieder an das ganze Wasser gewöhnen.«

»Auch gut.« Ich ging zurück zu meinem Teig, knetete ihn, teilte ihn in zwei Kugeln und legte jede davon in eine Schale. Dann deckte ich sie mit einem feuchten Geschirrtuch ab und stellte sie auf die breite Fensterbank, die Pastor Billy für mich eingebaut hatte, als er da gewesen war, um die kaputte Scheibe auszutauschen. Die Sonne, die darauf schien, würde den Teig prächtig gehen lassen. Ich wusch mir die Hände, strich mir die Haare aus dem Gesicht und ging wieder zur Veranda. Ich holte Luft, um etwas zu sagen, doch dann sah ich, dass Glen im Schaukelstuhl eingeschlafen war, und mein kleines Mädchen schlummerte ebenfalls, an seine Brust geschmiegt.

Zwei Stunden später meldete sich Arlee, und ich nahm sie dem schlafenden Glen ab. Da sie bei ihrem Weg zurück auf die Erde ein wenig quengelig wurde, ging ich mit ihr in den

Garten, breitete einen alten Quilt auf dem Rasen aus und veranstaltete ein verspätetes Mittagspicknick. Sie aß ein paar Bissen, dann stand sie auf und steuerte wieder auf die Veranda zu.

»Lassen wir Glen schlafen«, sagte ich. »Wir gehen lieber zu Ray und bringen ihm das Brot.«

Auf dem Weg zum Laden lief Arlee hierhin und dorthin, um einen Grashalm zu pflücken oder mir einen Stein zu bringen. Ich bewahrte ihre Schätze in einer alten Zigarrenkiste auf, die ich auf die Vitrine mit dem rubinroten Glas stellte.

An diesem Tag steckten wir einen staubigen grauen Stein, eine zerfledderte Blauhäherfeder und ein verwelktes Gänseblümchen ein. Der Weg, für den ich früher fünf Minuten gebraucht hatte, dauerte jetzt eine halbe Stunde, aber schließlich kamen wir im Laden an. Rays Gesicht leuchtete auf, als er Arlee erblickte. Er holte eine zerknitterte Papiertüte unter dem Tresen hervor, fischte ein Weingummi heraus und hielt es Arlee hin, die es sich sofort schnappte.

Ich gab Ray meine zwei Brote.

»Glen ist übrigens bei mir«, sagte ich.

Er runzelte die Stirn. »Glen ist hier?«

»Wusstest du das nicht?«

»Er sagt mir gar nichts mehr.« Ray gab Arlee noch ein Weingummi, dann rollte er die Tüte wieder zusammen und räumte sie weg.

»Ich dachte, du wüsstest Bescheid«, sagte ich.

»Schön wär's.« Er wandte sich um und begann, Zigarettenschachteln ins Regal zu räumen.

»Ich sage ihm, er soll –«

»Lass nur«, sagte er. »Nicht nötig.« Da er keine Anstalten machte, sich wieder umzudrehen, gingen wir. In dem Moment fuhr Bud draußen vorbei, sodass wir mit ihm zurückfahren konnten. »Glen schläft bei uns auf der Veranda«, sagte ich beim Einsteigen.

»Glen ist hier?«, fragte Bud.

»Entweder er oder sein Geist.«

»Cecil hat heute angerufen. Er will wissen, ob ich schon eher anfangen kann.«

»Und wann?«

»Mitte August«, sagte er. »Ich kann in einem kleinen Schuppen auf seinem Grundstück schlafen.«

»Na toll. Gibt's da wenigstens fließend Wasser und ein Bad?«

Bud zuckte die Achseln. »Ich komme schon klar.«

Wir hielten vor dem Haus, und er stieg aus. Arlee kletterte von meinem Schoß und krabbelte zum Fahrersitz. Bud hob sie aus dem Auto, während ich sitzen blieb und aufs Meer hinaussah. Bud und Arlee gingen um den Wagen herum, dann öffnete er die Beifahrertür und fragte: »Willst du den Rest des Tages hier sitzen bleiben?«

»Habe ich ein Mitspracherecht, ob du gehst oder nicht?«

»Hast du, aber ich gehe auf jeden Fall. Ich will endlich loslegen, Florine.«

Nachdem das geklärt war, stieg ich aus dem Auto, und wir gingen ins Haus, wo Glen dabei war, uns aus Resten, die er im Kühlschrank gefunden hatte, etwas zusammenzukochen.

»Unsere Feldration für heute«, sagte er. »Ich dachte mir, ich mach mich mal ein bisschen nützlich.«

»Wieso das denn?«, sagte Bud. »Das hast du doch noch nie getan.«

»Stimmt. Freut mich übrigens auch, dich zu sehen.«

Ich ließ die beiden mit Arlee in der Küche zurück und

verließ das Haus. Ich ging zum Kai hinunter, setzte mich auf den Rand, zog die Schuhe aus und ließ die Beine ins Wasser hängen. Im ersten Moment war es kalt, aber dann gewöhnten sich meine Füße an die Temperatur, oder die Temperatur gewöhnte sich an meine Füße. Ich betrachtete meine Zehen, lang und blass und seit Arlees Geburt mit unlackierten Nägeln. »Ihr seht ja furchtbar aus«, sagte ich zu ihnen. »Was habt ihr als Entschuldigung vorzubringen?« Ein Fuß rieb gegen den anderen, was wohl so viel heißen sollte wie »Nichts«.

Hinter mir hörte ich Schritte. Ich dachte, es wäre vielleicht Bud, der gekommen war, um mir zu sagen, dass er mich über alles liebte und deshalb bis zum Herbst warten würde, wie wir es geplant hatten, aber es war Dottie.

»Bud geht schon eher nach Stoughton Falls«, sagte ich.

»Hallo, Dottie, wie geht es dir?«, sagte sie. »Gut, vielen Dank. Und wie geht es dir, Florine?«

Als ich darauf nichts erwiderte, fragte sie: »Ist das Wasser warm?«

»Man gewöhnt sich dran.«

Sie zog Schuhe und Socken aus, krempelte die Hosenbeine ihrer Uniform hoch – sie jobbte während des Sommers als Park Ranger im Naturschutzgebiet – und setzte sich neben mich. Wir schauten beide auf unsere Füße im Wasser. »Tut gut«, sagte sie. »Meine Güte, hab ich dicke Zehen.«

»Meine sehen aus wie Würmer«, erwiderte ich.

Ein Kormoran reckte seinen nassen Kopf aus dem Wasser, tauchte jedoch sofort wieder unter, als er uns dort sitzen sah.

»Ich schätze, Bud will arbeiten«, sagte Dottie. »Er will zeigen, was er kann. Das ist doch nichts Schlimmes.«

»Eigentlich sollst du jetzt sagen: ›Oh, Florine, meine

liebste, allerbeste Freundin, du Ärmste. Was kann ich tun? Wie kann ich dir helfen? Wie kann ich deinen Schmerz lindern?‹«

»Vergiss es.« Dottie rutschte unruhig hin und her. »Sag mal, haben wir eigentlich je Andy Barringtons Mutter kennengelernt?«

Bei dem Namen Barrington krampften sich meine Zehen zusammen. »Nein, die Frau ist mir nie begegnet.«

»Sie ist von der Klippe gefallen, oben bei der Bank, die Mr Barrington hat aufstellen lassen.«

»Was? Wann?«

»Heute Nachmittag. Sie war sturzbesoffen.«

»Im Ernst? Besoffen? Ist sie mit Stella verwandt?«

»Jetzt hör aber auf. Die arme Frau. Sie kam aus dem Wald und hat sich zu einer Familie gesetzt, die ein Picknick machte. Wollte wohl mit ihnen reden, aber es kam nur wirres Zeug. Irgendwann ist sie wieder aufgestanden und den Pfad runtergelaufen. Die Mutter der Familie hat mir Bescheid gesagt, weil sie sich Sorgen machte. Also bin ich dem Weg gefolgt, den sie mir gezeigt hat. Als ich bei der Bank ankam, lag die Metallplatte mit dem Spruch auf der Erde, und die Lehne der Bank war voller Kratzer. Auf dem Boden fanden wir einen Schraubenzieher. Damit hat sie wohl das Schild abgehebelt. Dann hörte ich einen Schrei, und da lag sie ein Stück unterhalb auf den Felsen, ganz aufgeschrammt und blutend, und brüllte irgendwas.«

»Was denn?«

»Konnte ich nicht verstehen. Ich hab Hilfe geholt, und wir haben sie raufgezogen. Wir wollten sie verarzten, aber sie war stinkig und meinte, sie wollte bloß nach Hause. Also bin ich mit ihr zu dem Sommerhaus marschiert – mich gruselt's immer noch, wenn ich das sehe – und hab gewartet, bis das Hausmädchen die Tür aufmachte.«

»Louisa?«

»Heißt sie so? Na, jedenfalls hat Louisa sie reingezerrt, Danke gemurmelt und mir mehr oder weniger die Tür vor der Nase zugeknallt.«

»Wieso tauchen die immer wieder in unserem Leben auf?«, sagte ich. »Die reinsten Nervensägen.«

»Meinst du, sie machen das mit Absicht?«

»Ja. Apropos Nervensägen: Glen ist bei uns. Komm doch zum Abendessen mit rauf.«

Es war schön, mal wieder zu viert zusammen zu sein. An dem Abend sprachen wir darüber, was wir getan hatten und wer wir gewesen waren, nicht darüber, wer wir jetzt waren und was wir demnächst tun würden. Wir tranken Bier und erinnerten uns an die Zeit, als zumindest für drei von uns das Leben einfach gewesen war. Für mich hatte alles Einfache aufgehört, als Carlie in jenem Sommer weggefahren und nicht zurückgekommen war. Doch ich ließ den dreien ihre Erinnerungen an das Gute, das so nie wiederkehren würde, während ich mein kleines Mädchen im Arm hielt, an ihrem Haar schnupperte, ihre weiche Haut streichelte, vor und zurück schaukelte, lächelte und lachte.

10

Glen sprach nicht viel über den Krieg, außer vielleicht mit Bud. Er flirtete nicht mit Evie Butts, obwohl sie wie eine läufige Hündin um ihn herumstrich. Er dankte Maureen dafür, dass sie ihm geschrieben hatte, sagte dann aber, es wäre auch in Ordnung, wenn sie es nicht täte. Er fuhr nicht rüber nach Long Reach, um sich mit seinen Freunden aus der Highschool zu treffen.

Meistens saß er in Grands altem Schaukelstuhl auf der Veranda und schlief. Ich machte ihm etwas zu essen und ging meinen Alltagsbeschäftigungen nach, während er schaukelte und schlief und wieder schaukelte. Bud gesellte sich zu ihm, wenn er von der Arbeit nach Hause kam. Nach dem Abendessen tranken sie Bier und redeten bis tief in die Nacht. Doch das hörte auf, als ich eines Abends gegen Mitternacht genervt und frierend nach unten ging und sagte: »Glen, es ist Schlafenszeit. Und Bud, es wird Zeit, dass du ins Bett kommst.« Dann stapfte ich wieder nach oben. Kurz danach folgte mir Bud und bedankte sich mit ein paar Streicheleinheiten.

Am nächsten Morgen, als ich Glen mit sechs Rühreiern und einem halben Pfund Bacon von der Veranda in die Küche gelockt hatte, fragte ich ihn: »Was ist los mit dir und Ray? Er wusste nicht mal, dass du hier bist. Das fand ich traurig.«

Glen schnaubte. »Versink bloß nicht in Mitgefühl für ihn.«

»Wieso nicht?«

Ihm stiegen Tränen in die Augen. »Er hat gemeint, die Armee wär vielleicht das Beste für mich. Damit würde ich einen guten Start ins Leben kriegen. Verdammt, Florine, es ist die Hölle. Du hast ja keine Ahnung. Ihr habt alle keine Ahnung.« Und damit drehte er sich um und ging.

»Glen ist wieder weg«, sagte Bud abends zu mir. »Er hat in der Werkstatt angerufen, um sich zu verabschieden.«

»Ich habe ihn gefragt, was zwischen ihm und Ray los ist, und da ist er aus dem Haus gestapft«, sagte ich.

»Sein Heimaturlaub war eh vorbei.«

»Er ist so anders als früher.«

»Das sind wir alle«, sagte Bud.

»Wünschst du dir manchmal, du wärst auch zur Armee gegangen?«

»Nein. Ich glaube, ich hätte es nicht ausgehalten, ständig rumkommandiert zu werden, erst recht nicht, wenn die Kommandos völlig verrückt sind.«

Als es am nächsten Morgen an der Tür klopfte, liefen Arlee und ich in die Diele. Diesmal war der Schatten schmal. Stella war wieder da. Ich schnappte mir Arlee und wich von der Tür zurück.

»Hallo, Florine«, sagte sie. »Du brauchst keine Angst vor mir zu haben. Ich bin gekommen, um mich zu entschuldigen.«

»Verschwinde, sonst rufe ich Parker«, gab ich zurück. »Ich will dich nicht in unserer Nähe haben.«

»Das kann ich dir nicht verübeln.« Ihre Stimme klang traurig. »Ich war ziemlich durch den Wind.«

»Ziemlich?«

Sie zog eine schmale Augenbraue hoch und seufzte. »Also gut. Dann fordere ich jetzt den Gefallen ein, den du mir von damals schuldest, als du unser Schlafzimmer verwüstet hast«, sagte sie. »Alles, was ich von dir will, ist ein bisschen Zeit.«

»Ich war vierzehn«, entgegnete ich. »Und nachdem du mir das Gesicht zerkratzt hast, sind wir doch wohl quitt. Ich schulde dir gar nichts. Außerdem hast du mir ein Foto weggenommen, an dem ich sehr gehangen habe, und es kaputt gemacht.« In meinem Zorn ignorierte ich geflissentlich, dass ich auch Fotos von ihr zerstört und ihr Bettzeug aus dem Fenster geworfen hatte.

»Nun, jetzt bin ich nüchtern, und ich möchte mich bei dir entschuldigen.«

»Das kannst du auch von da«, sagte ich.

Sie seufzte erneut. »Tja, mehr als gegenseitiges Ertragen ist bei uns wohl nicht drin. Nun gut. Es tut mir leid, was ich dir in all der Zeit, die wir uns jetzt schon kennen, angetan habe. Es tut mir leid, dass ich dir wehgetan habe, als ich mit deinem Vater ins Bett gegangen bin, obwohl ich ihn von ganzem Herzen geliebt habe. Es tut mir leid, dass ich seit seinem Tod ständig betrunken war. Es tut mir leid, dass ich dein Foto kaputt gemacht habe. Und es tut mir sehr, sehr leid, dass ich mit der Gabel auf dich losgegangen bin. Danke, dass du mich nicht angezeigt hast. Ich werde dich und deine Familie nicht mehr belästigen.« Damit wandte sie sich um und ging.

Verdammt noch mal, Grand, sagte ich zu meiner Großmutter, die mich drängte, auf Stella zuzugehen. Ich trat zur Tür. »Warte.«

Stella blieb stehen. Mir fiel auf, dass sie kein Make-up trug und älter wirkte. Müde. »Das Baby ist ja gar kein richtiges Baby mehr«, sagte sie und betrachtete Arlees rosige Wangen und ihr Haar, das immer röter wurde. »Sie ist ihrer Großmutter wie aus dem Gesicht geschnitten.«

»Stimmt, sie sieht Carlie wirklich sehr ähnlich«, sagte ich. »Ziehst du weg, oder bleibst du hier?«

»Ich bleibe hier. Das ist mein Zuhause.«

»Und Grace? Die ist echt der Brüller.«

»Grace bleibt, um mir Gesellschaft zu leisten. Es tut mir leid, dass sie euch wegen dem Boot Ärger gemacht hat. Ich hänge auch an der *Florine*. Und soweit es mich betrifft, könnt ihr sie gerne wieder bei mir hinstellen.«

»Wir lassen sie, wo sie ist«, sagte ich. Arlee wimmerte und legte den Kopf an meine Schulter. Ich streichelte ihr übers Haar. »Stella, ich habe genug von diesem Mist. Ich habe jetzt ein Kind. Wir beide werden nie Freundinnen sein. Lassen wir's dabei bewenden.«

Stella nickte. »In Ordnung. Ich hätte zwar nichts dagegen, die Worte ›ich verzeihe dir‹ von dir zu hören, aber ich kann warten.«

Die Worte brachte ich nicht über die Lippen. Stattdessen sagte ich: »Ich hoffe, du schaffst es, die Finger vom Alkohol zu lassen.«

»Ja, das hoffe ich auch«, seufzte sie. »Dann bis demnächst.«

Ich sagte ihr nicht, dass wir umziehen würden.

Am Abend bevor Bud nach Stoughton Falls fuhr, brachte ich Arlee für ihre erste Fremdübernachtung zu Ida.

»Wahrscheinlich wird sie mitten in der Nacht aufwachen«, erklärte ich Ida. »Dann will sie auf den Arm genommen werden und vielleicht ein bisschen Milch trinken. Meist schläft sie schnell wieder ein. Ich glaube, sie braucht nur die Bestätigung, dass jemand da ist. Morgens wird sie sehr früh wach.

Normalerweise kümmert sich Bud dann um sie, es kann also sein, dass sie da ein bisschen komisch reagiert. Aber ich komme noch vor dem Frühstück und hole sie.« Ich mochte sie kaum hergeben, obwohl ich sie ihrer wunderbaren, ruhigen Großmutter und ihrer geliebten Tante Maureen überließ. Es würde ihr gut gehen.

Aber mir nicht. Was, wenn sie verschwanden? Was, wenn Bud verschwand? Ich hatte es nicht ausgesprochen, aber morgen, der Tag, an dem Bud nach Stoughton Falls aufbrach, war der Tag, an dem ich meine Mutter vor neun Jahren zum letzten Mal gesehen hatte.

Maureen nahm Arlee an die Hand und ging mit ihr ins Wohnzimmer.

»Florine, sie wird sich hier sehr wohlfühlen«, sagte Ida.

Zu meiner Schande fing ich an zu weinen. »Ich weiß.«

»Und Bud wird auch zurechtkommen.«

Tränen liefen mir über die Wangen.

»Du wusstest, worauf du dich einlässt, als du ihn geheiratet hast, Florine.«

»Ich weiß«, sagte ich erneut. »Er wollte immer fort von hier.«

»Du musst ihn Dinge ausprobieren lassen. Er hatte schon als kleiner Junge Hummeln im Hintern.«

»Ich habe ihm versprochen, ich würde überallhin mitkommen. Aber das war, bevor es wirklich ernst wurde.«

Ida sagte: »Geh zu Bud. Genießt die gemeinsame Nacht, und zeig ihm nicht, wie es dir wirklich geht. Lächle zum Abschied, dann wird er gern zurückkommen.«

Ich ließ mein kleines Mädchen bei ihnen, obwohl es sich bei jedem Schritt den Hügel hinauf anfühlte, als würde mir jemand die Beine ausreißen.

Bud und ich aßen ein schnelles Abendessen. Wir sprachen nicht viel, weil wir daran gewöhnt waren, unterbrochen zu werden, und weil wir beide nichts sagen wollten, was mich zum Weinen bringen würde. Wir vergewisserten uns, dass alles, was er in Cecils Schuppen zum Leben brauchte, eingepackt war, damit er am Morgen einfach ins Auto steigen und losfahren konnte.

Dann gingen wir ins Bett. Es war ungewohnt, hemmungslos laut sein zu können, ohne Angst zu haben, dass Arlee aufwachte, aber sein Körper und die Art, wie er sich mit meinem vereinte, rief Dinge wach, die ich während meines ersten Jahres als Mutter fast vergessen hatte. Wir liebten uns, bis wir gegen Mitternacht in tiefen Schlaf sanken, doch wenig später schrak ich hoch und war auf den Beinen, bevor ich überhaupt begriff, was ich tat. Meine Füße, die automatisch in Richtung von Arlees Zimmer gelaufen waren, hielten inne, drehten sich um und führten mich stattdessen zum Schlafzimmerfenster, von wo ich zu Idas Haus hinuntersah. Dort war alles dunkel, und obwohl ich angestrengt lauschte, hörte ich keinen Mucks. Arlee schlief hoffentlich tief und fest.

Bud murmelte: »Komm wieder ins Bett, Süße. Ihr geht es gut. Uns geht es gut. Alles wird gut.« Ich ging zu ihm, und wir fanden einander erneut.

Er brach auf, bevor die Sonne über The Point aufgegangen war, aber vorher nahm er mich in den Arm und flüsterte: »Meinst du, ich weiß nicht, welcher Tag heute ist, Florine? Als wir zusammengekommen sind, habe ich dir gesagt, ich verlasse dich nicht. Ich komme immer zurück. Da kannst du sicher sein.«

Ich blieb auf der Straße stehen, bis das Auto nicht mehr zu

sehen war. Ich hielt mein Gesicht noch einen Moment in die warme Morgensonne, dann lief ich zu Idas Haus, um mein Kind zu holen.

11

»Wann machst du endlich den Führerschein?«, fragte mich Dottie.
»Wenn ich dazu komme«, erwiderte ich. »Ich hab ziemlich viel zu tun.«
»So? Was denn?«
Ich warf ihr einen Blick zu, den sie jedoch ignorierte. Wir saßen bereits seit zwei Stunden im Auto. Sie fuhr mit mir nach Stoughton Falls, damit wir uns ein Mobilheim ansehen konnten, das einem von Cecils Freunden gehörte. Bud hatte mir am Telefon gesagt, dass er sich diesen Trailer schon mal angeschaut hatte und meinte, er könnte etwas für uns sein, zumindest für die erste Zeit.

Er rief mich jeden Tag von dem Apparat in Cecils Werkstatt an. Anfangs hatten mich die Geräusche im Hintergrund irritiert, aber ich hatte bald gelernt, sie auszublenden und nur noch die ruhige, tiefe Stimme meines Mannes zu hören.

Nachdem er ein paar Tage in Cecils Schuppen gewohnt hatte, meinte er, es wäre ganz okay. Er teilte sich seine Bleibe mit einer Fledermaus, die jede Nacht aus ihrem Versteck kam. Er duckte sich in seinen Schlafsack, während sie ein paar Runden durch den Schuppen drehte und Insekten fing, bevor sie in die Nacht hinausschwirrte. »Ich hab nie Mücken da drin«, hatte er zu mir gesagt. Er wusch sich in einem nahe gelegenen Teich, und es gab ein altes Klohäuschen mit zwei Sitzen.

»Warum?«, hatte ich ihn am Telefon gefragt.

»Warum was?«

»Warum zwei Sitze? Verabreden sich die Leute etwa, um zusammen aufs Klo zu gehen? Findest du das nicht merkwürdig?«

»Hab ich noch gar nicht drüber nachgedacht.«

»Wechselst du die Sitze?«

»Nein, ich benutze immer denselben.«

»Welchen denn?«

»Den linken. Ist das jetzt unser Thema für heute?«

»Arlee hat heute ›Ida‹ gesagt. Obwohl es eher wie ›Ia‹ klang.«

»Kluges Mädchen.«

»Wie läuft's bei der Arbeit?«

»Die Werkstatt ist ein voller Erfolg. Wir haben von morgens bis abends zu tun.«

»Ich auch. Ich backe haufenweise Brot. Und jemand von den Sommergästen hat eine Babygarnitur in Auftrag gegeben, für eine Babyparty im Herbst. Ich hab zwar keine Ahnung, wann ich das noch machen soll, aber ich habe immerhin schon mal die Maschen aufgenommen.«

Langes Schweigen.

»Bud?«

»Mist«, sagte er mit brüchiger Stimme. »Ich vermisse dich so.«

Ich hatte einen Kloß im Hals. »Ich dich auch«, quetschte ich hervor.

Die nächsten zehn Sekunden seufzten wir uns etwas vor.

»Ich brauche dich hier«, sagte er schließlich.

»Und ich brauche dich«, sagte ich. »Punkt.«

Während wir uns am Telefon vermissten, sah ich durchs Fenster, wie die großzügige Augustsonne The Point in blassgoldenes Licht tauchte. Das schrille Zirpen einer Zikade in einem der umstehenden Bäume kündigte heiße Tage an. Es war warm. Es war sonnig. Es war perfekt, außer dass Bud nicht hier war. Arlee hielt jeden Tag nach ihm Ausschau und wurde quengelig, wenn er nicht kam, aber davon erzählte ich ihm nichts, weil ich ihn nicht traurig machen wollte. Ich erzählte ihm nicht, dass sie an der Fliegengittertür stand und auf das Brummen seines Autos wartete. Und ich erzählte ihm auch nicht, dass ich weinte, wenn ich sie da stehen sah, und dass ich sie ablenken musste, um sie von der Tür wegzubekommen.

Als er am nächsten Tag anrief, klang seine Stimme ganz aufgeregt. »Cecil hat vielleicht eine Wohnung für uns.«

Obwohl ich ihn so sehr vermisste, rief irgendetwas in meinem Herzen *Mist!*. Jetzt wurde es ernst.

Und so machten Dottie und ich uns auf den Weg nach Stoughton Falls, zu Cecils Werkstatt, wo wir Bud abholen und dann gemeinsam zu dem Trailer fahren würden. Arlee saß hinten in ihrem Kindersitz und sang ein Lied, das nur sie verstand.

»Ich glaube, ich will nicht in einem Trailer wohnen«, sagte ich.

»Schau es dir doch erst mal an«, erwiderte Dottie.

»Und wenn ich es ganz schrecklich finde?«

»Warum machst du dir Sorgen um etwas, das noch gar nicht passiert ist?«

»Damit ich auf das Schlimmste vorbereitet bin.«

»Keine besonders gesunde Einstellung.«

»Wann fängt das College wieder an?«

»Willst du mich loswerden, oder was?«

»Ich vermisse dich jedes Mal, wenn du gehst.«

Dottie bremste, als wir bei einem Stoppschild ankamen. Wir hatten die Route 100 in Stoughton Falls erreicht.

»Links oder rechts?«, fragte sie.

»Rechts. Cecils Werkstatt liegt direkt an der Straße.«

Es war Sonntag, und die Werkstatt war geschlossen. Bud saß auf einer Bank neben dem großen grünen Tor, hinter dem sich die Höhle verbarg, in der er an den Autos anderer Leute herumschraubte. Bei seinem Anblick machte mein Herz einen Satz. Dottie fuhr zum Spaß immer weiter auf ihn zu, bis sie mit der Stoßstange fast seine Schienbeine berührte, doch er grinste nur herausfordernd. Sie hatte noch nicht mal den Motor ausgemacht, da sprang ich schon aus dem Wagen und schlang die Arme um meinen Mann. Ich sog gierig seinen Geruch nach Motoröl und Autolack ein. Wir küssten uns stürmisch, jedoch nicht lange, denn Arlee fing an zu jammern. Bud ließ mich los und beugte sich ins Auto, um sie aus ihrem Kindersitz zu befreien.

Dottie stieg ebenfalls aus und reckte sich. »Küssen werd ich dich nicht«, sagte sie zu Bud, der das Gesicht seiner kleinen Tochter betrachtete. »Aber ich muss dringend mal pinkeln.«

Mir ging es genauso, und so führte Bud uns in den Bereich neben der eigentlichen Werkstatt, wo auch das Büro war, und anschließend einmal durch die Halle. Mit ihren vier Hebebühnen war die Werkstatt doppelt so groß wie die von Fred.

Dottie machte sich über die Automaten im Büro her und stopfte sich die Taschen mit M&Ms, Kaugummikugeln und

Erdnüssen voll. »Was ist, schauen wir uns jetzt den Trailer an?«, sagte sie.

Wir stiegen wieder ins Auto. Bud setzte sich nach hinten zu Arlee, und wir drehten um und fuhren den Weg zurück, den wir gekommen waren. Ungefähr eine halbe Meile hinter der Kreuzung sagte Bud: »Hier rechts«, und Dottie bog auf eine Schotterstraße ab.

Der Trailer stand ein Stück links von der Straße. »Er ist ziemlich geräumig«, sagte Bud. »Siehst du, er hat ein Panoramafenster und einen Zaun um den Rasen, da kann Arlee rumlaufen.«

Dottie hielt vor einem kleinen, dunkelbraunen Schuppen mit Doppeltür. »Da könnte Petunia drin stehen«, sagte Bud. »Oder wir machen damit, was du willst.« Er sprang aus dem Auto. »Hinten ist auch noch ein Garten, sogar mit Picknicktisch.«

Obwohl ich Grands Haus schon jetzt vermisste, zwang ich mich auszusteigen.

»Gib dem Ding eine Chance«, sagte Dottie leise zu mir. »So übel sieht's doch gar nicht aus.«

Ich nahm Arlee auf den Arm, und wir folgten Bud in den kleinen hinteren Garten mit dem Picknicktisch, von dem er gesprochen hatte. Rechts daneben stand ein weiterer kleiner Schuppen, und der Rasen war erst vor Kurzem gemäht worden. Die Verkleidung des Trailers sah gepflegt aus. An der Seitenwand standen mehrere Propangasflaschen, durch einen hohen, dunklen Zaun verborgen. Direkt am Ende des Grundstücks drängten sich niedrige Tannen und Kiefern.

»Wir könnten ein paar davon fällen und uns einen Weg durch den Wald freischlagen«, sagte Bud.

Das vordere Rasenstück war größer und von einem Maschendrahtzaun umgeben. »Du könntest Beete anlegen, ein paar Blumen pflanzen«, sagte er. Ich nickte. Eine schmale Pforte führte zum Eingang. Wir gingen die Stufen hoch, und Bud schloss die Tür auf.

Drinnen setzte ich Arlee ab. Sie lief zu dem Panoramafenster, das auf den vorderen Garten hinausging, und patschte mit ihren kleinen Händen gegen die Scheibe, was lauter kleine Abdrücke hinterließ. Dann lief sie den Flur entlang, dicht gefolgt von Bud, der mit ihr Fangen spielte.

»So schlimm ist es wirklich nicht«, sagte ich zu Dottie. Ich war überrascht, wie geräumig es war. Die Küche nahm die ganze rechte Seite des Trailers ein, mit maßgefertigten Schränken und Arbeitsflächen. Daneben war eine kleine Kammer für Waschmaschine und Trockner.

Eine Art Theke trennte die Küche vom Wohnzimmer ab, dem größten Raum. Rechts war Platz für einen Esstisch, und links, vor dem großen Fenster, konnten wir ein Sofa, ein oder zwei Stühle, einen Beistelltisch und einen Fernseher unterbringen. Wir folgten Bud und Arlee durch den Flur. Das Bad war größer als das in Grands Haus, und dahinter lagen zwei kleine Zimmer.

»Eins davon wäre für Arlee«, sagte Bud. »Und das andere könntest du zum Stricken nehmen oder wozu du sonst Lust hast.«

»Oder als Gästezimmer«, schlug ich vor. »Für Dottie, wenn sie uns besuchen will.«

»Genau«, sagte Dottie, »und dann hängst du ein Schild an die Tür, auf dem ›Dotties Zimmer‹ steht.«

Das Zimmer am hinteren Ende, das wieder etwas größer war, würde unser Schlafzimmer werden, falls wir wirklich hier einzogen. Nachdem wir alles besichtigt hatten, gingen wir zurück ins Wohnzimmer. Ich sah hinaus auf den Vorgarten und auf die Route 100, die an diesem Sonntag ruhiger war, als sie es wochentags wäre.

»Na«, sagte Bud. »Was meinst du?«

»Es ist okay«, sagte ich.

Dottie ging mit Arlee nach draußen, während Bud und ich den Fußboden unseres künftigen Schlafzimmers einweihten. Wir waren so ungeduldig, wieder miteinander zu verschmelzen, wenn auch nur für wenige Minuten, dass wir uns auf den harten Brettern etliche blaue Flecke zuzogen.

»Danke für die Auszeit«, sagte ich auf dem Heimweg zu Dottie.

»Gern geschehen«, erwiderte sie. »Geht das bei euch immer so schnell?«

12

Jede Fuhre, die von The Point den Hügel hinauf Richtung Stoughton Falls verschwand, brach mir das Herz. Ein paar Möbelstücke nahmen wir mit, aber der größte Teil blieb im Haus und musste im stillen Dunkel des Winters ausharren, bis wir Ende Mai zurückkommen würden. Wir verteilten überall Mottenkugeln, deckten alles mit alten Laken ab und knüpften ein Band unseres Herzens an das Kopfende unseres Betts.

Dann war alles erledigt. Ich stand in der Septemberdämmerung in der Tür und konnte mich nicht überwinden, das Licht in der Diele auszumachen, während Bud bereits mit unserer quengelnden Tochter im Auto saß. Schließlich drückten meine Finger auf den Schalter, es klickte leise, und Grands Haus sank in den Schlaf, während wir die Straße hochfuhren. Ich starrte stur geradeaus und kämpfte mit den Tränen.

Ungefähr auf halbem Weg nach Stoughton Falls sah ich Bud von der Seite an und sagte: »Wir sind jetzt Sommergäste.«

Er schnaubte. »Tja, wer hätte das gedacht?«

Wir richteten uns ein, und Arlee und ich verbrachten unsere Tage damit, den Rasen zu mähen, den einsamen kleinen Rosenstrauch neben dem Trailer in Form zu schneiden und den Autos zu lauschen, die auf dem Weg von oder nach Portland an uns vorbeizischten. Ihr *Wuuusch* hatte ein bisschen

Ähnlichkeit mit dem Flüstern der Flut, die in den Hafen kam, sich ein wenig umsah und wieder ging.

Im hinteren Garten spielten Arlee und ich rund um den Picknicktisch Fangen. Manchmal starrte ich auf den dichten Wald und wünschte mir, es gäbe einen Pfad in der Mitte. In meiner Vorstellung führte er nach The Point.

Während Arlee schlief, räumte ich auf und putzte, was nicht lange dauerte. Wenn ich damit fertig war, stellte ich mich an das Panoramafenster und sehnte mich danach, dass Bud früher nach Hause käme. Meist war er nach der Arbeit vollkommen erschöpft, aber nachdem er sich gewaschen und umgezogen hatte, kümmerte er sich um Arlee, während ich das Abendessen kochte. In der Regel war auch er derjenige, der sie ins Bett brachte und ihr eine Gutenachtgeschichte vorlas. Danach kam er zu mir ins Wohnzimmer, und später gingen wir zusammen zu Bett. Es war eine gute und ruhige Zeit.

Das konnte natürlich nicht ewig so bleiben. Eines Morgens im Oktober rannte ich Hals über Kopf ins Bad, um mich zu übergeben. Die Ärztin sagte mir, unser zweites Baby würde voraussichtlich am 8. Mai zur Welt kommen. Und das mit der Übelkeit würde sich geben. Aber da irrte sie sich.

Das Dasein als schwangere, ständig von Übelkeit geplagte Mutter eines Kleinkinds war nicht ohne, sowohl für mich wie auch für Arlee, doch wir machten ein Spiel daraus. Wenn es mich wieder einmal überkam, hob ich den Zeigefinger, sagte: »Warte«, und rannte los. Sie lernte, sich nicht von der Stelle zu rühren, bis ich wieder da war, und danach gingen wir in die Küche und teilten uns einen Vollkornkeks, den ich nur mit Mühe hinunterbekam.

»Ich verstehe das nicht«, sagte ich am Telefon zu Ida. »Mit Arlee war mir nie schlecht.«

»Jede Schwangerschaft ist anders«, sagte Ida. »Bei mir war es genau umgekehrt. Mit Bud konnte ich nichts drinbehalten, aber mit Maureen war es völlig problemlos. Da gibt es keine Logik. Mir haben Ginger Ale und Salzkräcker geholfen.«

Eines Abends, als Arlee schon schlief, setzte ich mich zu Bud aufs Sofa.

»Nächstes Frühjahr, um meinen Geburtstag herum, sollte Baby Nummer zwei da sein«, murmelte ich.

»So Gott will und der Himmel nicht einstürzt«, sagte Bud.

»Kann es nicht bitte jetzt schon kommen?«

»Brauchst du Hilfe? Ich kann Ma fragen, ob sie herkommt. Bei ihr wärst du gut aufgehoben.«

»Ich weiß«, sagte ich. »Aber sie ist so viel besser, als ich je sein werde. Was ist, wenn sie Bibelunterricht abhalten will? Es macht mich nervös, dass sie weiß, dass ich später mal in der Hölle lande.«

»Sie liebt dich trotzdem«, erwiderte Bud.

»Du glaubst also auch, dass ich in der Hölle lande?«

»Da bin ich wohl mitten ins Fettnäpfchen gelatscht.«

»Ist auch schwer, drum herum zu gehen«, sagte ich. »Ich brauche keine Hilfe. Ich habe alles im Griff.«

Aber es wurde noch schlimmer. Kurz nach unserem Schmalspur-Thanksgiving im Trailer kam Bud von der Arbeit herübergerast und brachte mich nach Portland in die Notaufnahme des Maine Medical Center. Nachdem sie mir eine Nadel in den Arm gestochen hatten, um meinen ausgetrockneten Körper mit Flüssigkeit vollzupumpen, wurde Bud energisch.

»Arlee braucht jemanden, der sich richtig um sie kümmert«, sagte er. »Und du brauchst Ruhe.«

Zwei Tage später kam Ida und packte mich mit Suppe und Kräckern ins Bett.

»Was ist mit Maureen?«, fragte ich sie.

»Madeline hat ein Auge auf sie. Als du allein in Grands Haus gelebt hast, haben wir auch ein Auge auf dich gehabt, und zwar mehr, als du dachtest. Sie kommt schon zurecht. Und du auch bald wieder.«

Aber eine Woche später landete ich erneut für ein paar Tage im Krankenhaus, mit einer Infusion im Arm. Das einzig Gute daran war, dass ich bei der Gelegenheit Jane wiedertraf, die Krankenschwester, mit der ich mich damals nach dem Autounfall angefreundet hatte, bei dem Andy Barrington und ich beinahe ums Leben gekommen wären.

Sie kam am Morgen nach meiner Einweisung ins Zimmer, und ihr fröhliches Gesicht leuchtete im Sonnenschein, der durchs Fenster hereinfiel. »Meine Güte, was hast du denn jetzt wieder angestellt?«, sagte sie zur Begrüßung.

»Ich dachte mir, ich schau mal vorbei und sag Hallo.«

»Das wäre aber auch einfacher gegangen.« Sie musterte mein Krankenblatt. »Oh, *Hyperemesis gravidarum*. Du Glückspilz.«

»Ich kann's nicht mal aussprechen. Ich nenne es Kotzeritis.«

»Das passt auch. Was gibt's sonst Neues?«

Ich erzählte ihr von Arlee und Bud und dass ich nicht vorgehabt hatte, so schnell wieder schwanger zu werden, ganz zu schweigen davon, damit im Krankenhaus zu landen.

Jane zuckte die Achseln und betrachtete das Foto von Arlee, das auf meinem Nachttisch stand.

»Sie sieht aus wie meine Mutter«, sagte ich.

»Und?« Jane sah mich fragend an.

»Nein, wir haben sie nicht gefunden.«

Etwas an ihrem Ringfinger funkelte in der Sonne auf, und wir wechselten das Thema und sprachen über ihre bevorstehende Hochzeit.

Arlee verbrachte ihr zweites Weihnachten mit Ida, Maureen, Bud und manchmal auch mir in The Point um einen winzigen Baum herum, den Bud geschlagen und aufgestellt hatte und den wir dank Maureen mit ein paar Kerzen und Kugeln schmücken konnten.

Das neue Jahr, 1973, legte mit einer Bootsladung Grippe am winterlichen Ufer an. Anfang Januar lag die Hälfte von The Point flach, einschließlich Maureen, und Ida, die bis jetzt bei uns in Stoughton Falls geblieben war, kehrte nach Hause zurück.

Bis Mitte März schlugen wir uns durch. Jeden Samstag brachte Bud mich für eine Infusion ins Krankenhaus und vertrieb sich und Arlee die Zeit, während ich aufgepäppelt wurde. Ich versuchte, so viel wie möglich zu trinken und bei mir zu behalten. Manche Tage waren furchtbar, aber irgendwie spürte Arlee, wie es mir ging, und dann ließen wir es ruhig angehen. Wir lagen stundenlang auf meinem Bett und dösten. Bud brachte mich in die Bibliothek von Stoughton Falls, und ich lieh stapelweise Kinderbücher aus. Arlee und ich schauten uns die *Sesamstraße* und andere Kindersendungen im Fernsehen an. Abends kümmerte sich Bud um alles.

Ich tat mir leid. »Liebst du mich noch?«, winselte ich wie ein armseliges Hündchen.

»Sei nicht albern, natürlich liebe ich dich«, entgegnete er. »Aber ich kann dir sagen, ich mache drei Kreuze, wenn das Baby da ist.«

Ende März kam die Übelkeit mit voller Wucht zurück, und mein Rücken fing an herumzuzicken. Die Entscheidung, die ich dann traf, fiel mir so schwer wie keine andere davor oder danach. Ich willigte ein, Arlee zu Ida und Maureen zu bringen. Ich war zu krank, um mich um sie zu kümmern, und Bud wusste nicht mehr, was er tun sollte.

An dem Morgen, an dem ich zu schwach war, um aufzustehen, sagte er: »Florine ...«

»Ich weiß«, sagte ich, und Tränen liefen mir über die Wangen.

Wir packten Arlees Kleider und Spielsachen zusammen, und Bud brachte sie nach The Point. Beim Abschied lächelte sie auf Buds Arm, ihren Elefanten Dodo fest an sich gedrückt. Ich weinte von dem Moment, als ich Bud losfahren hörte, bis zu dem Moment, als er mich wieder in die Arme schloss und mir sagte, das sie fröhlich gespielt und einen Cupcake gegessen hatte, als er weggefahren war.

Ich zog das Laken von ihrer Matratze, damit ich es an mich drücken und sie riechen konnte. Nachts stellte ich mir vor, wie ihre helle Stimme nach einem von uns rief.

»Verdammt still hier«, sagte Bud eines Abends im Bett.

»Ich höre ständig, wie sie plappert und rumläuft«, sagte ich.

»Ich auch. Macht mich wahnsinnig.«

»Meinst du, wir könnten hinfahren und sie besuchen?«

»Schaffst du das denn? Und selbst wenn, es würde doch nur noch mehr wehtun, wenn wir wieder wegmüssen.«

Er hatte recht, aber das machte es nicht einfacher.

Einmal holte Ida sie ans Telefon, aber das verwirrte sie.
»Mama?«, sagte sie. »Mama?«
»Ich bin hier, meine Süße. Mama ist hier.«
»Mama. Mama. Unter.« Als Ida sie losließ, lief sie durchs Haus und rief nach mir, was mich schier umbrachte.

Manchmal warf ich in meinen Träumen ihre Abwesenheit und Carlies Verschwinden durcheinander. Dann klammerte ich mich so fest an Bud, dass er blaue Flecke an den Armen bekam.

Einmal weckte er mich aus so einem Albtraum und wurde streng mit mir. »Hör auf damit«, sagte er. »Ich vermisse sie auch. Lass mich schlafen. Lass uns *beide* schlafen, Herrgott noch mal!« Er verschwand kurz und brachte mir ein Glas Wasser. »So, und jetzt schlaf«, befahl er, und das tat ich.

Von da an dachte ich viel mehr über unser zukünftiges Baby nach. Ich schloss die Augen und strich mir über den Bauch, und dann trat es und bewegte sich. Ich schaltete das Radio ein und ließ es die neuesten Songs hören. Am besten gefielen ihm die Carpenters, Elton John und John Denver, jedenfalls waren das *meine* Favoriten. Ich sang ihm Lieder von Elvis und den Beatles vor, während ich auf dem Sofa oder im Bett lag.

Am Dienstag, dem 1. Mai, um neun Uhr morgens holten sie ihn. Bud nannte ihn Travis, weil er den Namen irgendwo gehört hatte und er ihm gefiel. Dazu bekam er Leeman als zweiten Vornamen, nach Daddy. Ich schlug vor, auch noch Sam hinzuzufügen, aber Bud schüttelte den Kopf.

»Bist du sicher?«, fragte ich. »Mehr Kinder werden wir nicht haben.« Ich hatte darum gebeten, meine Eileiter abzubinden. Noch einmal wollte ich mir das nicht antun. Und Bud auch nicht.

»Ja, ich bin sicher«, sagte Bud. »Wir haben Sam im Blut. Das genügt.«

13

An einem Tag Ende Mai fuhren wir mit Travis zurück nach The Point. Als wir bei Rays Laden vorbeikamen, schlug mein Herz schneller, und ich glaube, es war nicht nur Einbildung, dass Bud ein bisschen stärker aufs Gaspedal trat. Beim ersten Anblick des Hafens blieb mir vor Wiedersehensfreude die Luft weg. Die Wellen sahen genauso aus wie immer, obwohl das Wasser zweimal am Tag komplett ausgetauscht wurde. Wir rasten den Hügel hinunter und auf Grands Haus zu.

Madeline Butts trat aus ihrer Tür und winkte uns von ihrem frischen grünen Rasen aus zu. »Willkommen daheim!«, rief sie. Als Bud vor dem Haus hielt, kamen uns Ida, Maureen und ein kleines Mädchen, das ich fast nicht wiedererkannte, von nebenan entgegen.

»Bitte nimm mal das Baby«, sagte ich zu Bud und gab ihm Travis. Meine Beine zitterten, als ich aus dem Auto stieg. Lieber Gott, würde sie sich noch an mich erinnern? Oh ja. Bevor ich ihren Namen rufen konnte, riss sich Arlee von Maureens Hand los und lief holpernd und mit strahlendem Gesicht auf mich zu. »Mama!«, rief sie, und dann hielt ich sie im Arm. Ich drückte sie an mich, saugte jede Einzelheit in mich auf.

»Ich hab dich so vermisst, meine Süße«, flüsterte ich. Arlee schlang ihre Beine, die auf einmal viel länger waren, um meine Taille und klammerte sich an mich wie eine Entenmuschel an einen Felsen.

»Ich hab dir doch gesagt, sie hat dich nicht vergessen«, brummte Bud. Arlee streckte die Arme nach ihm aus, und wir tauschten die Kinder, damit er seine Tochter umarmen konnte.

»Sie war so aufgeregt«, sagte Maureen. »Ich habe ihr erzählt, dass Mummy und Daddy nach Hause kommen, und sie ist schon im Morgengrauen aufgewacht, hat mir ihr bestes Kleid hingehalten und konnte es kaum erwarten. Sie war die ganze Zeit kaum zu bändigen.«

»Auf jeden Fall ist sie schwerer geworden«, sagte ich. »Und größer. Womit habt ihr sie gefüttert?«

Ida war so fasziniert von Travis, dass sie mich gar nicht hörte. Es war schwer, seinem Zauber nicht zu verfallen. Er war ein ausgesprochen hübsches Baby.

»Er sieht aus wie Leeman«, sagte Madeline. »Was für ein süßer Junge.«

Er sah meinem Vater tatsächlich ähnlich. Sein Haar war hell und lockig, und er hatte die himmelblauen Augen seines Großvaters. Seine Hände und Füße waren groß für ein Neugeborenes. Und er war wirklich süß, jedenfalls meistens. Manchmal allerdings hatte er Launen wie ein Sommergewitter, das urplötzlich ausbricht und ebenso schnell vorbeizieht, wie es gekommen ist.

»Wie geht es dir?«, fragte Madeline. »Du hattest ja eine anstrengende Zeit.«

»Gut«, sagte ich. »Noch ein bisschen schlapp. Ich kann mir kaum noch vorstellen, dass es mir so schlecht gegangen ist.«

»Nächste Woche kommt Dottie nach Hause«, sagte sie.

Wir blieben noch eine Weile da draußen stehen, reichten

Kinder herum und tauschten Neuigkeiten aus, doch dann erhob das Haus hinter mir seine Stimme und sagte vernehmlich: »*Ich warte. Ich habe dich vermisst. Willst du nicht endlich reinkommen?*« Madeline gab mir einen Kuss auf die Wange und ging, und auch Ida und Maureen verschwanden den Hügel hinunter. Einen Moment lang war Arlee verwirrt, aber als ich sagte: »Los, komm«, hüpfte sie wie ein junges Lamm um uns herum und folgte uns ins Haus. Ich ging direkt in die Küche, wo die Sonne auf den Tisch schien, und stieß den Atem aus, den ich seit neun Monaten angehalten hatte. »Wir sind hier«, sagte ich. »Wir sind zu Hause.«

Irgendjemand hatte den Winter für uns aus dem Haus gefegt und Wasser und Strom eingeschaltet. Bud warf einen Blick in den Kühlschrank. »Milch. Brot. Butter. Irgendwas fürs Abendessen«, sagte er. »Und ein Sixpack Bier. Alles da.«

Auf dem Weg ins Wohnzimmer blieb ich vor der Vitrine mit dem rubinroten Glas stehen. Das Glas funkelte, und auf den Scheiben der Vitrine lag kein einziges Stäubchen. Mein Blick blieb an dem leeren Platz in der Mitte liegen, wo Grands rubinrotes Herz früher gelegen hatte, bis ich es in einem Anfall von Raserei an einem schrecklichen Wintertag ins Meer warf.

Travis holte mich mit einem leisen Wimmern zurück in die Gegenwart. »Er braucht ein Fläschchen«, rief ich Bud zu.

»Ich auch«, erwiderte er und ging hinaus zum Auto. Arlee folgte ihm hüpfend.

Ich ging zurück in die Küche und wärmte Travis' Fläschchen im Wasserbad auf. Jedes Geräusch, das ich dabei machte – das Scheppern des Topfes, das Rauschen des Wasserhahns, das Knacken des Herdknopfes –, war Musik in meinen Ohren. Die Schreie der Möwen draußen, der Wind, der über die

Wellen jagte, der Duft des Maihimmels, all das war das Paradies auf Erden.

Im Handumdrehen war das Fläschchen warm, und ich ging mit meinem Sohn auf die Veranda, für eine erste knarzende Runde in einem der alten Schaukelstühle. Ich setzte mich auf den Flechtsitz, legte Travis in meine Armbeuge und schob den Sauger in seinen gierigen Mund. Hinter mir trappelten zwei kräftige kleine Beine in die Küche. »Mama«, rief Arlee. »Mama, wo bistu?«

Wo bistu? Wie viele Male hatte ich das im Geist gefragt, nachdem Carlie verschwunden war? Und wie viele Male hatte ich mich danach gesehnt, das zu hören, was ich jetzt sagte: »Ich bin hier, Süße. Gleich hier.«

Arlee trappelte weiter durch die Küche, und ich fragte mich, ob sie das Gehen ganz gegen das Laufen getauscht hatte. Als sie bei uns ankam, musterte sie den weichen Flaum auf Travis' Kopf. Dann sah sie die Flasche in meiner Hand. »Will auch tinken«, sagte sie.

»Wie wär's, wenn du Travis fütterst?«, schlug ich vor. Ich stand auf und half ihr, auf den anderen Schaukelstuhl zu klettern. Sie setzte sich hin, als ob sie genau wüsste, was kam.

»Du bist der Boss«, sagte ich und legte ihr Travis in den Arm. Er nahm allen Platz ein, den sie ihm geben konnte. Ich griff nach einem alten Kissen und legte es zwischen die Armlehne und den Sitz. Dann gab ich Arlee das Fläschchen und führte ihre Hand zu seinem Mund. Nach ein paar Versuchen hatten wir den Sauger dort, wo er hingehörte, und Travis legte los.

»Jesses«, sagte Arlee. »Baby Hunger.«

Ich bekam kaum mit, wie der Tag verging, während ich lernte, mich um alle beide zu kümmern. Während Travis ein liebenswertes warmes Bündel war, sprang Arlee plappernd um mich herum wie ein junges Rehkitz um seine Mutter.

Nachmittags hatte ich eine kleine Pause, nachdem ich Travis im Wohnzimmer in sein Bettchen gelegt hatte. Arlee sah mir dabei zu, dann kletterte sie aufs Sofa und zupfte an Grands alter Wolldecke. Ich deckte sie damit zu, und innerhalb kürzester Zeit war sie eingeschlafen.

Auf Zehenspitzen ging ich Richtung Küche, doch als ich in der Diele ankam, hämmerte jemand an die Haustür. Ich hätte den Störenfried erwürgen können. Mit Mühe riss ich mich zusammen und öffnete die Tür. Draußen stand Stellas Schwester.

»Hallo, Grace«, sagte ich in der Hoffnung, das Ganze möglichst schnell hinter mich zu bringen.

»Ich wollte das Baby sehen, bevor ich aufbreche.«

»Gehst du weg?«

»Ja«, sagte sie.

»Ganz?«

»Ja.«

»Und du möchtest Travis sehen?«

»Heißt er so?«

»Ja. Sei leise. Sie schlafen beide.«

Ich drehte mich um, und Grace folgte mir ins Wohnzimmer. Als sie Travis erblickte, fing sie lauthals zu lachen an. Ich deutete Richtung Haustür, und sie verstand die Andeutung.

»Was sollte das denn?«, fragte ich wütend, nachdem ich die Tür hinter uns zugemacht hatte.

»Stella kriegt einen Anfall«, feixte sie. »Der Kleine sieht ja genauso aus wie ihr Kerl.«

Hinter mir ertönte Babygeschrei. »Warum verschwindet

ihr nicht alle beide?«, fauchte ich. »Dann sind wir euch endlich los.«

»Stella weiß nicht, wo sie sonst hinsoll«, sagte Grace. »Aber ich gehe, weil's mir hier nicht gefällt. Die Leute sind unfreundlich.« Und damit stapfte sie zurück über die Straße.

»Wo ist dein Vater?«, fragte ich Arlee kurz vor dem Abendessen, während ich in der Küche saß und Travis fütterte. Während des Tages hatte ich nicht darüber nachgedacht, wo Bud sein könnte, aber nun, da die Sonne meinen Hinterkopf wärmte, bevor sie sich schlafen legte, kam mir der Gedanke, ob er womöglich nach Stoughton Falls zurückgefahren war, ohne mir Bescheid zu sagen.

Arlee lief zum Fenster. »Da«, sagte sie, und ihr glückliches Gesicht spiegelte den Schein der untergehenden Sonne. Und dann kam er einfach zur Tür herein, als wäre er nie weg gewesen.

Er nahm Arlee auf den Arm und grinste mich breit an. »Hallo, Mama!«, rief er. Seine Augen tanzten und schwammen.

»Hast du getrunken?«, fragte ich.

»Na ja, ein paar Bierchen und 'nen Schluck Whiskey«, sagte er. »War mit Bert und 'n paar Kumpels im Lobster Shack. Wir haben gequatscht, und ich hab nicht auf die Uhr geguckt.«

»Ja, das sehe ich.«

»Oh, tut mir leid, dass ich es gewagt hab, mir 'ne kleine Auszeit zu nehmen. Ich dachte, Ma und Maureen helfen dir.«

»Nein«, sagte ich. »Der einzige Mensch, den ich heute gesehen habe, war Grace.«

»Nörgelst du etwa?«, fragte er grinsend. »Klingt nämlich

so.« Er beugte sich über mich und verpasste mir einen derben, feuchten Kuss auf die Lippen.

»Mama nörgelt«, sagte er zu Arlee. »Komm, wir gehen ans Wasser, bis sie sich wieder eingekriegt hat.«

Ich blickte den beiden hinterher, als sie zum Kai runtergingen. Es sah so aus, als wäre Arlees kleine Hand alles, was Bud aufrecht hielt. Während ich noch überlegte, ob ich ihnen nachgehen sollte, kam Maureen aus dem Haus der Warners und gesellte sich zu ihnen. Ich strich über Travis' Locken, bis er mit seinem Fläschchen fertig war.

Während ich das Abendessen vorbereitete, dachte ich über Buds Worte nach. *Mama nörgelt.* Was mich ärgerte, war vor allem die Art, wie er es gesagt hatte. So hatte er noch nie mit mir gesprochen. Scharf. Schneidend. Mit einem Anflug von Verachtung. Kam das vom Whiskey? Bei Daddy hatte er eine verheerende Wirkung gehabt. Nun ja, sagte ich mir, er hatte wirklich mal eine Pause verdient. Trotzdem nagte es an mir.

14

Bud wollte nichts essen und schlief wenig später sitzend auf dem Sofa ein. Ich versorgte derweil die Kinder und machte den Abwasch.

»Psst«, sagte Arlee irgendwann. »Daddy müde.«

Ich klapperte so laut wie möglich mit dem Geschirr. Als Arlee erneut sagte: »Daddy müde, leise sein«, war ich kurz davor, ihr den Unterschied zwischen Daddy müde und Daddy blau zu erklären. Um meine Laune ein wenig zu heben, beschloss ich, mir die Kinder zu schnappen und Ida zu besuchen. Die Sonne brachte die Baumwipfel im Westen zum Glühen, als wir zu ihrem Haus hinuntergingen.

»Na, wie war dein erster Tag in der Heimat?«, fragte Ida. Sie nahm mir Travis ab, und wir setzten uns ins Wohnzimmer.

»Als wäre ich nie weg gewesen«, sagte ich. »Danke fürs Putzen und die Vorräte im Kühlschrank. Und vor allem dafür, dass du dich um Arlee gekümmert hast.« Meine Tochter kletterte aufs Sofa und schmiegte sich an mich.

»Sie ist froh, dass du wieder da bist«, sagte Ida. »Du warst ein braves Mädchen, nicht wahr, meine Süße?« Statt einer Antwort kuschelte Arlee sich noch enger an mich. »Florine, wie kommst du damit klar, dass du jetzt zwei Kinder zu versorgen hast?«

»Heute war es kein Problem«, erwiderte ich. »Ach, Grace

war kurz bei mir. Hat mir erzählt, dass sie auszieht. Hängt Stella eigentlich schon wieder an der Flasche?«

»Sie gibt sich wirklich Mühe, nüchtern zu bleiben. Ich nehme sie jeden Sonntag mit in die Kirche. Ich bin stolz auf sie.«

»Klingt gut«, sagte ich.

»Ist es auch.«

Idas Miene verriet mir, dass es Zeit war, das Thema zu wechseln.

»Wie geht's Maureen?«, fragte ich. »Ich hatte gedacht, sie würde heute mal zu uns raufkommen.«

»Sie war mir eine große Hilfe«, sagte Ida. »Ich habe ihr erlaubt, heute Abend nach Long Reach zu fahren. Sie hat dort ein paar nette Freunde gefunden.«

»Sind sie und Evie befreundet?«

»Nicht so wie du und Dottie. Die beiden sind sehr verschieden.«

»Das sind Dottie und ich auch«, entgegnete ich. »Und wir verstehen uns prima.«

»Ich bin sehr zufrieden mit den Freunden, die Maureen jetzt hat«, sagte Ida, wieder mit diesem verschlossenen Gesichtsausdruck. Offenbar war das Thema nun auch beendet. Die Frau war wirklich gut darin, ein Gespräch abzuwürgen. Auf einmal spürte ich meine Müdigkeit in allen Knochen.

»Ida, manchmal ist es schwer, mit dir zu reden. Irgendwie habe ich dauernd das Gefühl, ich sage oder denke das Falsche.«

Sie sah mich mit großen Augen an. »Was meinst du damit, Florine? Du kannst mit mir über alles reden.«

»Nein, das kann ich nicht. Ich bin nicht so gut wie du und werde es auch nie sein. Ich stehe immer mit einem Bein in der Hölle, aber ich tue mein Bestes. Wirklich. Magst du mich überhaupt?«

Ida lächelte. »Natürlich mag ich dich! Ich habe dich sehr gern! In gewisser Weise habe ich dich ja sogar großgezogen. Ich glaube einfach nur, dass es wichtig ist, jeden Tag in Jesus' Sinne zu leben, so gut es eben geht.«

»Tja«, sagte ich und stand auf. »Ich bin dir dankbar für alles, was du für mich getan hast. Aber ich bin nun mal so, wie ich bin. Grand hat immer gesagt, Jesus liebt mich, ganz egal was ich tue. Ich schätze, das lässt mir eine Menge Raum, Mist zu bauen.«

»Ach, Liebes«, sagte Ida. »Sie hatte vollkommen recht. Und du bist einer von Jesus' besonderen Schützlingen. Ich würde dich kein bisschen anders haben wollen.«

»Nun, ich schon. Es war ein anstrengender Tag, Ida, und ich gehe jetzt nach Hause und bringe die Kinder ins Bett.« *Und dann muss ich mit deinem betrunkenen Sohn reden.* Sie stand auf, und ich nahm ihr Travis ab. »Sag deiner Großmutter Gute Nacht«, sagte ich zu Arlee. Ich wollte sie an die Hand nehmen, doch meine kleine Tochter hatte anscheinend auch einen anstrengenden Tag gehabt, denn sie quengelte und wich mir aus. Ida gab mir einen Kuss auf die Wange.

»Wenn du dich erst mal eingewöhnt hast, kommst du schon wieder auf die Beine«, sagte sie. »Du hast einen kräftezehrenden Winter hinter dir. Und denk dran, du kannst mit mir über alles reden.«

Ich seufzte innerlich, doch ich umarmte sie, und dann wanderten wir wieder den Hügel hinauf. Wir gingen ins Haus, als läge Bud nicht betrunken auf dem Sofa. Ich schaltete vorsichtig das Licht ein und ging auf Zehenspitzen die Treppe hinauf, um Travis nicht aufzuwecken, der auf meinem Arm eingeschlafen war. Ich nahm Arlee mit zu mir ins Bett und las ihr eine Geschichte vor. Dann brachte ich sie in ihr eigenes Bett und schlüpfte wieder unter meine Decke.

Bud kam ungefähr zwei Stunden später nach oben. Ich wurde wach, als er im Dunkeln ins Bad stolperte, knallend den Klodeckel hochklappte und ungefähr fünf Minuten lang pinkelte. Während der Wasserfall in die Schüssel rauschte, begann Travis zu wimmern. Bud knallte den Deckel wieder zu und drückte die Spülung, woraufhin Travis richtig anfing zu weinen.

Bud ging ins Kinderzimmer, und ich hörte seine tiefe Stimme, die Travis zu beruhigen versuchte. Mein kleiner Junge gab wirklich Ruhe, aber nur so lange, wie Bud brauchte, um ins Schlafzimmer zu kommen, die Decke zurückzuschlagen und sich ins Bett zu legen.

»Hab dich lieb«, sagte er zu meinem Rücken, küsste mich irgendwo in die Nähe meines Ohrs und rollte sich dann auf seine Seite vom Bett. Travis fing erneut an zu weinen, diesmal, weil er Hunger hatte, getröstet werden wollte oder eine frische Windel brauchte. Nach einer Weile drehte Bud sich um und sagte: »Florine? Bist du wach? Travis weint.«

»Fläschchen sind im Kühlschrank«, sagte ich. »Windeln beim Wickeltisch auf der Veranda.« Ich kuschelte mich fester in die Decke, während Bud seinen Sohn nach unten trug. Kurz darauf kam Arlee ins Schlafzimmer getapst, und ich holte sie in unser Bett, wo sie sich auf jedem Zentimeter breitmachte, den ich nicht beanspruchte. Am nächsten Morgen wachten wir aneinandergeschmiegt auf. Als ich ins Kinderzimmer ging, lag Bud zusammengerollt wie eine Schnecke in Arlees kleinem Bett.

Meine Kinder und ich begannen den Tag mit Fläschchen, Cornflakes und Tee, sofern ich es schaffte, mal einen Schluck davon zu trinken. Gerade als wir mit dem Frühstück fertig waren, kam Maureen.

»Guten Morgen«, sagte sie und steckte lächelnd den Kopf zur Tür herein, worauf Arlee eine Handvoll Cornflakes nach ihr warf.

»He, was ist das denn für eine Begrüßung?«, sagte Maureen. »Ich werfe doch auch nicht mit Cornflakes nach dir.« Arlee warf noch eine Portion, und Maureen fing eine Flocke mit dem Mund auf. Dann fragte sie: »Wie geht's dir, Florine?«

»Ganz gut«, sagte ich. »Schön, wieder zu Hause zu sein. Ich dachte, du wärst in der Stadt?«

»Ich bin gestern Abend noch zurückgekommen. Kann ich mit Arlee rausgehen?«

»Von mir aus gerne.« Ich folgte den beiden nach draußen und sah hinunter zum Wasser. Möwen kreischten in derbem Spott, während sie aufs Meer hinaussegelten, um mit den Fischern Fangen zu spielen. Mein Blick folgte ihnen über den endlosen Himmel, der seinerseits mit der Ewigkeit zu spielen schien.

Carlie hatte den Horizont geliebt. *Wenn du durch diese Linie gehen und auf der anderen Seite herauskommen könntest, wärst du in einer völlig anderen Welt. Wäre das nicht toll?*, hatte sie damals, in einem anderen Leben, am Mulgully Beach gesagt. Travis gluckste. Ich betrachtete sein Gesicht und verliebte mich zum tausendsten Mal in ihn. »Wem gehört denn dieses süße Baby?«, sagte ich zu ihm.

»Mir.« Mein Mann legte seine Arme um meine Taille und schmiegte seinen Kopf an meinen. »Und dir.«

»Du riechst nach einem feuchtfröhlichen Abend«, sagte ich.

Er ließ mich los. »Ja.«

»Ich habe nichts dagegen, wenn du dich amüsierst, aber werd hinterher nicht giftig«, sagte ich. »Und rede vor den Kindern nicht so mit mir.«

Immerhin stritt er nichts ab. »Es war ein langer Winter, Florine. Vielleicht musste ich das Eis in mir schmelzen. Deine Übelkeit hat nicht nur dich geschlaucht.«

»Das ist mir klar. Aber glaubst du vielleicht, das habe ich mit Absicht gemacht?« Travis fing an zu zappeln, als er meine Anspannung spürte. Ich versuchte mich zu entspannen und musterte Bud, während er in die Sonne blinzelte. Auf seinem Gesicht waren Spuren eines Katers, aber auch noch etwas anderes. Reue? Ärger?

Ich sagte: »Ich weiß, dass wir dem Krankenhaus Geld schulden. Ich weiß, dass die Versicherung nicht alles übernommen hat. Aber dich zu betrinken hilft dabei nicht.«

Bud lächelte matt. »Gestern hat's geholfen, jedenfalls für eine Weile.«

»Aber heute nicht, oder?«

Er schüttelte den Kopf. »Nein.« Dann sah er sich um. »Ich sollte mal den Rasen mähen.«

Ich rieb meine Nase an Travis' Kopf und sog seinen Babygeruch ein, während Bud Richtung Schuppen verschwand.

Dann ging ich wieder rein, froh, dass Dottie nächste Woche nach Hause kommen würde.

Gegen Mittag trug Maureen eine müde Arlee in die Küche. »Wir waren bei Ray und haben unsere Post geholt. Eure haben wir auch gleich mitgebracht.«

»Danke«, sagte ich. »Willst du was essen?« Maureen schüttelte den Kopf, aber Arlee war hungrig. Doch nachdem sie ein paarmal von ihrem Sandwich abgebissen hatte, schlief sie auf ihrem Hochstuhl ein. Ich legte sie aufs Sofa und deckte sie mit Grands Wolldecke zu. Travis schlief in der Wiege auf der Veranda. Bud war verschwunden, nachdem er den Rasen gemäht hatte.

»Ich hab nicht vor, einen zu bechern, nur damit du Bescheid weißt«, hatte er zu mir gesagt. »Ich gehe Fred besuchen. Ich bin in ein, zwei Stunden wieder da.«

Ich machte mir einen Tee und setzte mich an den Küchentisch. Die Stacheln in meinem Innern weichten einer nach dem anderen auf, als ich daran dachte, wie Bud an jedem dunklen, kalten Winterabend zu einer kranken, jammernden Frau nach Hause gekommen war.

»Die anderen rackern sich ganz schön für mich ab«, sagte ich zu meinen schlafenden Kindern. »Wär vielleicht ganz gut, wenn ich mich zur Abwechslung mal um sie kümmern würde.«

Ich griff nach dem Stapel Briefe, der vor mir lag, und sah ihn durch: Rechnungen, Werbung und ein Brief. Ein kleiner blauer Umschlag, genau wie der oben in meiner Kommode. Dieselben Druckbuchstaben. Kein Absender. Poststempel aus Lewiston, einer größeren Stadt ein Stück landeinwärts. Mein Herz fing an zu pochen, als ich den Umschlag mit dem Brotmesser aufschlitzte und ein zusammengefaltetes weißes Blatt herauszog. Diesmal war die Nachricht in Schreibschrift geschrieben, und es war sofort zu sehen, dass sie nicht von Bud stammte. Buds Schrift war unordentlich und gedrängt. Diese Schrift hingegen war schön, kühn geneigt wie ein Schoner bei kräftigem Wind. Dort stand:

C. Ich habe ewig auf dich gewartet. Ich habe dir gesagt, dass ich dich sehen will, und du bist nicht gekommen, obwohl du zugesagt hattest. Tu das nicht noch mal.

»Was zum Teufel ...?«, sagte ich laut.

15

Ich hielt das Blatt vor das Küchenfenster und sah hindurch, als könnten so noch irgendwelche verborgenen Wörter auftauchen. Der Rand über und unter der Nachricht war ungleichmäßig, als hätte da noch mehr gestanden und als hätte jemand den Rest abgerissen.

Ich stopfte das Stück Papier in meine vordere Jeanstasche, wo es brannte wie Feuer. Wer war »C.«? Ging es um Carlie? War auch der erste Brief an sie gerichtet gewesen? Wer hatte die Briefe geschrieben? Warum bekam ich sie?

Du giltst offiziell als tot, sagte ich zu Carlie. *Du bist fort. Bist du jetzt wieder da? Wenn ja, melde dich. Ich habe keine Zeit für solche Spielchen.*

Doch trotz allem, trotz des Schocks und der Ratlosigkeit und des starken Drangs, das Ganze aus meinem Leben zu verbannen, schob sich eine winzige grüne Knospe durch diesen ausgedörrten, von Rissen durchzogenen Teil meiner Seele.

Hoffnung.

Mein kleines Mädchen wachte auf und begann wegen eines winzigen Kratzers an ihrem kleinen Finger zu weinen, den sie sich bei dem Spaziergang zugezogen hatte. Ich holte ein Pflaster, klebte es um ihren Finger und drückte einen Kuss darauf. Als ich ihre weiche Haut berührte, fingen meine Gedanken erneut an zu kreisen. Wäre Carlie nicht begeistert von meinen beiden Kleinen? Ob sie überrascht wäre, dass ich mit Bud zusammengekommen war?

Bud. Oje, was würde er sagen? Ich beschloss, das mit dem zweiten Brief noch eine Weile für mich zu behalten, bis ich wusste, wie ich selbst dazu stand.

Bud kam pünktlich nach Hause, und wir folgten unserer Routine, zwei junge Eltern und ihre beiden kleinen Kinder: Abendessen, Fläschchen, baden, Schlafanzug, ein kleines Bilderbuch und dann Licht aus. Ausnahmsweise lief alles wie am Schnürchen.

Später, als wir im Bett lagen, sagte Bud: »Tut mir leid, das mit gestern. Ich habe mich wie ein Idiot benommen.«

»Ja, hast du«, sagte ich. »Bedauerst du, dass wir geheiratet haben?«

»Was ist denn das für eine dumme Frage? Natürlich nicht. Wieso? Du etwa?«

»Die Frage ist noch dümmer«, entgegnete ich. »Nein. Wer würde es denn sonst mit mir aushalten?«

»Stimmt. Mit dir hat man nichts als Ärger«, sagte er. Ich strich über seine Brust und seine Schenkel, und dann zeigte ich ihm, wie viel Ärger man mit mir haben konnte.

Früh am nächsten Morgen machte er sich auf den Weg nach Stoughton Falls. Ich sah ihm nach, als er die Straße hinauffuhr und für den Rest der Woche verschwand, während die Morgendämmerung einen neuen Tag aus seinem Versteck lockte.

Den ganzen Vormittag über arbeitete ich mit Arlees Hilfe im Garten, während Travis unter dem Geißblatt in seiner Trage schlief. Arlee und ich lockerten die Erde, entfernten die Laubreste, rupften das Unkraut, das sich im Beet niedergelassen hatte, und sorgten dafür, dass die Narzissen sich wohlfühlten. Arlee wählte zwölf sonnengelbe Blüten aus, und ich schnitt sie ab und stellte sie in eine Vase.

Nachmittags ging ich mit ihr zu dem kleinen Kiesstrand neben dem Kai, während Ida sich um Travis kümmerte. Arlee rannte sofort zum Wasser. Mit ihren kleinen Turnschuhen rutschte sie über die Steine, Algen und Schnecken. Ich jagte sie spielerisch, fing sie ein und brachte sie zurück auf den Strand, dann setzte ich sie wieder ab, und das Spiel begann von vorne. Schließlich zog ich uns beiden die Schuhe aus, und wir tauchten unsere Füße ins kalte Wasser.

Ich wartete darauf, dass sie anfing zu jammern und auf den Arm wollte, doch ihr kleines Gesicht öffnete sich wie eine von den Narzissen, die wir zuvor gepflückt hatten. Ich hielt ihre Hand, und sie planschte in dem kalten Salzwasser herum, bis ihre Zehen ganz rot waren. Sie wurde quengelig, als ich sie aus dem Wasser hob und ihr die Füße abtrocknete, fing jedoch an zu lachen, als ich alle ihre Zehen küsste. Wir blieben noch eine Weile am Strand und sammelten verlassene Schneckenhäuser und kleine Algenstücke, die Arlee behalten wollte. Als wir über den Kies gingen, sah ich plötzlich etwas Rotes auffunkeln. Ich bückte mich und hob es auf. Das gibt's doch nicht, dachte ich. Konnte das ein Stück von dem rubinroten Herz sein, das ich damals ins Meer geworfen hatte? Wahrscheinlich nicht. Das Herz war aus dickem Glas gewesen und jetzt vermutlich eher rund geschliffen. Dieses kleine rote Glasstück war scharfkantig.

Ich hielt es gegen die Sonne, und auf einmal war Arlee ich, und ich war Carlie, wir schlenderten über den Strand, sammelten Muscheln und liefen durch Wasser, das so gerade eben meine Fußsohlen benetzte. Ich trug eine hellblaue Latzhose, und mein lockiges Haar war zu einem winzigen Knoten gebunden. Carlies Zehennägel waren blutrot lackiert, und sie summte ein Lied vor sich hin. Auf den glatten, nassen Felsen rutschte ich beinahe aus. »Vorsicht«, sagte Carlie zu mir und ich zu Arlee, als sie ihrerseits ins Rutschen kam. Wir wurden wieder wir, und meine Mutter verschwand, wie sie es so gut konnte. Ich schob die rote Glasscherbe zu dem zusammengeknüllten Brief in die Hosentasche.

Blinzelnd sah ich zu dem Liegeplatz, wo Bert Butts sein Boot festmachte, die *Maddie Dee*. Vor Jahren waren Bud und ich zweimal dort hinausgeschwommen und bis zum Grund getaucht. Beim ersten Mal hatten wir ein Königreich voller Fische und Krebse gesehen. Beim zweiten Mal hatte ich eine grauenvolle Vision meiner Mutter gehabt, wie ihr angefressener, halb verwester Körper von der Strömung hin und her getrieben wurde.

Bei der Erinnerung daran überlief mich ein Schauder, und ich sagte schärfer, als ich es beabsichtigt hatte: »Komm, Arlee.« Sie wimmerte, als ich sie mitsamt ihrer Beute hochnahm und vom Strand trug. Auf dem Weg zu Grands Haus kämpfte ich mit den Tränen. »Travis geht es bestimmt gut«, sagte ich im Gehen zu meiner Tochter und küsste sie auf die Haare. »Ich brauche jetzt ... Ach, ich weiß auch nicht.« Auf dem Weg zum Haus sah ich, dass Madeline Butts' Auto in ihrer Einfahrt stand. Sie war zwar nicht Dottie, aber doch der nächstbeste Ersatz. Bevor ich klopfen konnte, riss sie die Tür auf.

»Ich hatte schon gehofft, dass ihr vorbeikommt«, sagte sie. »Hallo, Zuckerbäckchen!« Arlee lächelte, und Madeline nahm sie auf den Arm.

»Komm rein«, sagte sie über ihre Schulter. Madeline war Künstlerin und hatte immer irgendetwas in Arbeit. So auch an diesem Tag. Sie schob die Farbtuben und Leinwände beiseite, die auf dem Küchentisch lagen – ich konnte mich nicht erinnern, dass er je leer gewesen wäre –, und zog mir einen Stuhl heraus. »Setz dich«, sagte sie zu mir. Und zu Arlee: »Willst du einen Keks? Natürlich willst du.«

»Ich auch«, sagte ich, als sie ein selbst gebackenes Zimtplätzchen aus der alten Keksdose in Form eines Bienenkorbs nahm.

»Das lässt sich wohl einrichten«, sagte Madeline. »Hattest du nicht zwei Kinder? Wo ist dein Junge?«

»Ida hat ihn für ein paar Stunden übernommen.«

»Ja, das wundert mich nicht«, sagte Madeline. In ihren dunklen Haaren und den blauen Augen blitzte Evie auf. »Willst du ein bisschen Milch dazu, meine Kleine?«, fragte sie Arlee und holte bereits eine blaue Plastiktasse aus dem Schrank. Während sie die Milch hineingoss, fragte sie mich: »Wie ist es euch da draußen ergangen? Wie gefällt es dir in dem Trailer?«

»Es gefällt mir, mit Bud zusammen zu sein. Und der Trailer ist in Ordnung.«

»Trotzdem bist du sicher froh, wieder hier zu sein?«

»Ja, eigentlich schon. Doch, ich bin froh.«

»Eigentlich? Stimmt irgendwas nicht?«

»Ich habe mich den ganzen Winter nach dem Haus gesehnt. Ja, ich bin froh, wieder hier zu sein. Es ist mein Zuhause.«

»Was hast du dann mit *eigentlich* gemeint?«

»Ich hatte vergessen, wie sehr mich hier alles an Carlie erinnert. Sie taucht immer wieder auf.«

»Ach, Süße, das kann ich mir vorstellen. Aber sie würde sich bestimmt freuen, wenn sie dich und deine wunderbaren

Kinder sehen könnte. Sie würde wollen, dass du glücklich bist. Da bin ich mir ganz sicher.«

»Ja, aber irgendwie holt mich die Vergangenheit immer wieder ein.«

»Das ist doch ganz normal. Aber glaub mir, deine zwei Sprösslinge werden dich mindestens für die nächsten achtzehn Jahre immer wieder zurück in die Gegenwart holen.«

Draußen schlug eine Autotür zu, dann spritzte Kies auf, und der Wagen verschwand die Straße hinauf. Kurz darauf kam Evie breit grinsend hereinstolziert.

»Hallo«, sagte sie.

»War das Justin?«, fragte Madeline.

»Nö«, sagte Evie. »Der ist Geschichte.«

»Habt ihr euch getrennt?«

»Ja. Na, du süße Maus?« Evie hielt ihr herzförmiges Gesicht an Arlees und begrüßte sie mit Nasenreiben, was erst Arlee und dann uns alle zum Lachen brachte. »Kann ich sie haben? Los, komm, wir spielen mit den Puppen«, sagte sie und streckte die Arme aus. Ich gab ihr Arlee, und Evie setzte sie sich auf die wohlgeformte Hüfte und tänzelte hinaus.

Madeline schüttelte den Kopf. »Wie können zwei Kinder nur so verschieden sein?«, brummelte sie. »Dieses Exemplar bringt mich noch ins Grab.«

Darauf wusste ich nichts zu sagen.

»Im Ernst«, sagte Madeline und senkte die Stimme. »Sie macht, was sie will. Letzte Woche habe ich ihr Hausarrest verpasst, weil sie sich mitten in der Nacht rausgeschlichen hatte. Da hat sie mich bloß angesehen und gesagt: ›Ich gehe trotzdem aus.‹«

Auch dazu fiel mir nichts ein.

»Bert hat auch keinen Einfluss mehr auf sie«, fuhr Madeline fort. »Eines schönen Tages steht sie mit einem Kind da, wenn sie nicht aufpasst.«

Ich schnalzte mitfühlend und schüttelte den Kopf. »Ich muss Travis abholen«, sagte ich. »Kann ich Arlee solange bei euch lassen?«

»Na klar«, sagte Madeline. »Dann kann Evie wenigstens in den nächsten fünf Minuten nichts anstellen.«

In den fünf Minuten, während ich Travis holte, fütterte Evie Arlee mit einer halben Tüte M&Ms.

»Sie fand sie total lecker«, erklärte mir Evie, als sie Arlee zur Tür brachte.

»Das glaube ich dir sofort.«

Evie sah mich mit großen blauen Unschuldsaugen an. »Hab ich was falsch gemacht?«

»Kann sein, dass sie deshalb nicht schläft. Ich halte dich auf dem Laufenden. Danke, dass du auf sie aufgepasst hast.«

Arlee rannte über die Straße zu Grands Haus und hüpfte auf und ab, bis ich sie hineinließ. »Das wird eine lange Nacht, Trav«, sagte ich zu ihrem Bruder.

Und genauso kam es. Arlee schob ihre Spaghetti auf dem Teller hin und her, und Travis hatte ebenfalls keine große Lust auf sein Fläschchen. Aber während Arlee wie ein Flummi hin und her sprang, war Travis froh, in sein Bettchen zu kommen. Arlee tobte bis zehn Uhr überdreht um mich herum, dann war die Batterie leer, und sie schlief endlich ein. Nachdem ich sie in ihr Bett gelegt hatte, rief ich Bud in Stoughton Falls an.

»Gib unseren Kindern vorm Zubettgehen nie Süßigkeiten«, sagte ich, als er den Hörer abnahm.

»Okay. Und warum nicht?«

Ich erklärte es ihm.

»Ist ganz schön einsam hier ohne dich und die Kinder«, sagte er. »Komisches Gefühl.«

»Hier ist jede Menge los«, erwiderte ich. »Aber du fehlst mir auch.« Ich berichtete ihm die Neuigkeiten des Tages, und dann erzählte er mir, welche Autos in der Werkstatt waren und was daran gemacht werden musste. »Heute haben sie eins mit dem Abschleppwagen gebracht. Ein alter Mann ist gegen einen dicken Stein in seiner Einfahrt gefahren, um seiner Katze auszuweichen. Das Auto sieht vielleicht aus! Und dann kam eine Frau mit ihrem Wagen und behauptete, sie hätte gerade Öl nachgefüllt, obwohl kaum noch ein Tropfen drin war. Um ein Haar wäre der Motor hin gewesen.«

»Wo wir gerade bei Autos sind«, sagte ich. »Ich möchte ein paar Fahrstunden bei dir nehmen.«

»Machen wir, am Wochenende«, erwiderte Bud. »Den Führerschein hast du im Handumdrehen. Und ich finde hier bestimmt einen günstigen Wagen für dich und die Kinder.«

»Wir könnten doch Petunia aus ihrem Winterschlaf holen.«

»Nur über meine Leiche«, sagte Bud.

Sofort tauchten vor meinem inneren Auge Bilder einer toten Carlie auf, und ich brachte keinen Ton heraus.

»Florine? Alles in Ordnung?«

»Ja. Hör mal, Bud, ich habe schon wieder so einen Brief bekommen.«

»Noch einen? Was zum Teufel soll das?«

Bevor er sich in Rage reden konnte, sagte ich: »Warte, ich lese ihn dir vor.« Ich fingerte das Stück Papier aus meiner Hosentasche, strich es glatt und las vor.

»Nicht zu fassen«, sagte Bud. »Wer ist ›C.‹? Und wer zum Teufel hat ihn geschickt?«

»Ich weiß es nicht. Ich habe keine Ahnung, was ich damit machen soll.«

»Gib ihn Parker. Das ist doch Bockmist.«

»Vielleicht.«

»Klar ist das Bockmist. Irgendwer versucht, dich kirre zu machen.«

»Ich weiß«, sagte ich. »Du hast ja recht.«

»Gib ihn Parker. Was anderes kannst du nicht tun.«

Dann wechselten wir das Thema und sprachen darüber, was wir miteinander anstellen würden, wenn wir jetzt zusammen im Bett lägen. Wir verabschiedeten uns mit sehnsüchtigen Seufzern.

Nachdem ich aufgelegt hatte, schaltete ich unten das Licht aus, setzte mich auf die Veranda und schaukelte lange vor mich hin.

16

Fingerabdrücke werd ich darauf wohl nicht mehr finden, nachdem du die Dinger überall angefasst hast«, grummelte Parker. »Du hättest mich sofort anrufen sollen. Wenn noch so einer kommt, greifst du als Erstes zum Hörer, okay?«
Parker hatte seit dem Verschwinden meiner Mutter nach ihr gesucht. Er hatte mir geschworen, dass er niemals aufgeben würde, und ich glaubte ihm. Die Leute, die ich kannte, meinten, was sie sagten.
»Mache ich.«
»Bis auf die Poststempel kein Anzeichen, woher die kommen könnten. Komische Sache.« Parker schüttelte den Kopf, und mir fiel auf, dass in seinen buschigen Augenbrauen lauter lange weiße Haare gesprossen waren, wie Unkraut. »Ich lege sie in die Akte«, sagte er. »Und du meldest dich sofort, wenn wieder irgendwas in der Art passiert.« Er sah zu Arlee hinunter und lächelte. Sie hatte ihn von dem Moment an, als er an der Haustür geklopft hatte, mit offenem Mund angestarrt. Sie lächelte nicht zurück.
»Sonst klettert sie jedem auf den Schoß, ob sie ihn kennt oder nicht«, sagte ich.
»Das liegt an der Uniform«, meinte Parker. »Die wirkt selbst bei den Kleinen.«
Ich begleitete ihn hinaus und war erstaunt, wie erleichtert ich mich fühlte, weil die Briefe jetzt aus dem Haus waren.

»Tüss«, sagte Arlee, als er davonfuhr.

»Ach, hast du deine Stimme wiedergefunden?« Ich blieb in der Tür stehen und hielt Ausschau nach Bud, obwohl ich nicht damit rechnete, dass er früher kommen würde. Cecil wollte zum Wochenende immer gerne alle Autos fertig und aus seiner Werkstatt haben, und Bud hatte nichts dagegen, hart zu arbeiten. Er würde so lange bleiben, wie es nötig war. Er liebte es, mit seinen schlanken, ölverschmierten Fingern an einem Problem herumzubasteln, bis er die Lösung gefunden hatte.

Bei Daddys Haus schlug die Fliegengittertür zu, und als ich den Kopf wandte, sah ich Stella auf uns zukommen. Ihr schwarzes Haar sog die Sonnenstrahlen auf, während ihr weißes Gesicht sie zurückwarf. Sie wirkte vollkommen nüchtern. »Hallo, ihr beiden«, sagte sie. »Zwei Rotschöpfe in der Frühlingssonne. Was für ein hübscher Anblick an diesem wunderschönen Tag.« Arlee umklammerte mit der rechten Hand mein Knie und schob sich die Finger der linken in den Mund.

»Hallo«, sagte ich.

»Ich würd mir gern mal den Kleinen ansehen.«

»Er schläft.«

»Ich hab gehört, du hattest es ganz schön schwer mit der Schwangerschaft«, sagte sie.

»Es war nicht gerade ein Spaziergang.«

»Aber es geht dir wieder gut?«

»Einigermaßen, ja.«

»Mir auch«, sagte sie. »Vor allem jetzt, wo Grace nicht mehr da ist.«

»Sie hat sich von mir verabschiedet.«

»Das wundert mich. Sie hat's nicht so mit dem Reden. Oder

überhaupt mit irgendwas. Ich weiß, sie ist meine Schwester, aber ich hab's nicht mehr ausgehalten. Es war, als würde ich mit einem Holzpflock zusammenleben.«

Arlee gähnte, löste sich von mir und wanderte in den Garten.

»Ich bin immer wieder platt, wie sehr sie deiner Mutter –«

»Ich weiß«, sagte ich.

»Parker war hier?«

Ich nickte.

»Alles okay?«

»Ja. Uns geht's gut.«

»Hat er was Neues rausgefunden?«

Ich seufzte nur.

»Na, das wäre wohl auch ein Wunder«, sagte Stella.

Gott sei Dank fing in dem Moment Travis an zu weinen. »Arlee, wir müssen reingehen«, rief ich meiner Tochter zu.

»War nett, mit dir zu reden«, sagte Stella.

»Ich dachte, du wolltest das Baby sehen.« Ich trat zur Seite und ließ sie vor mir ins Haus. Auf keinen Fall würde ich sie je hinter mir hergehen lassen.

Sie wartete in der Küche, während ich meinen Sohn aus der Wiege auf der Veranda holte.

»Das ist er«, sagte ich.

»Großer Gott«, stieß sie aus und schlug die Hand vor den Mund.

»Ich weiß, er sieht aus wie Daddy.«

»Wie aus dem Gesicht geschnitten.« Stella wischte sich die Tränen aus den Augen, und ich fragte mich, ob sie an das Kind dachte, das sie vor ein paar Jahren verloren hatte.

»Du kannst ihn ruhig anfassen, wenn du möchtest«, sagte ich.

»Wirklich?« Zitternd streckte sie die Hand aus und strich über den Flaum auf seinem Köpfchen. Travis quäkte leise. »Hallo, Baby«, sagte sie, und ihr Lächeln war jung und verletzlich. Travis wand sich in meinen Armen. Seine hellen Augenbrauen zogen sich zusammen, und seine Mundwinkel wanderten in die Höhe.

»Oh!«, rief Stella. »Du bist ja ein Süßer!«

»Das sind nur Blähungen«, sagte ich. »Er ist noch zu klein, um zu lächeln. Er hat eben gepupst.«

»Nein, das war ein richtiges Lächeln.«

»Wie du meinst. Er braucht jetzt eine frische Windel, und wir müssen uns um das Abendessen kümmern.«

»Ich halte dich nicht länger auf«, sagte Stella. »Danke, dass ich ihn sehen durfte.« Dann ging sie.

Ich sah zu Arlee hinunter. »Habe ich da eben beinahe ein nettes Gespräch mit Stella gehabt?«, fragte ich sie.

»Jesses«, sagte Arlee.

Bud kam rechtzeitig zum Abendessen. Ich erzählte ihm von Parkers Besuch, aber vor allem konnten wir erst kaum die Augen und später kaum die Finger voneinander lassen. Er fing an, wir legten los, wir hörten auf, und dann fing ich wieder an. Einmal unterbrach uns Travis. Ich fütterte ihn, sang ihm etwas vor, legte ihn in sein Bettchen und kehrte in Buds wartende Arme zurück. Am nächsten Morgen sahen wir aus wie Überlebende eines Liebessturms. Buds Lippen waren geschwollen, und mein Kinn und meine Wangen leuchteten rot von seinen Bartstoppeln.

Beim Frühstück sahen wir uns immer wieder in die Augen und lächelten, während wir die Kinder versorgten, doch dann wurde er ganz still und beugte sich über seine Spiegeleier, als wären sie die wichtigste Mahlzeit, die er je eingenommen hatte.

»Alles in Ordnung?«, fragte ich ihn.

»Klar. Wieso?«

»Weil Arlee schon seit ungefähr einer Minute etwas von dir will, und du reagierst nicht.«

Er schwieg einen Moment, dann sagte er: »Ich glaube, das funktioniert so nicht.«

»Was zum Teufel soll das heißen?«, fragte ich mit rasiermesserscharfer Stimme.

»Meine Güte, reg dich doch nicht gleich so auf.«

»Was erwartest du denn, wenn du so was sagst?«

»Herrgott, beruhige dich«, sagte Bud. »Kann ich vielleicht mal ausreden? Was ich sagen wollte, ist, dass ich so nicht glücklich bin. Ich will nicht ohne dich und die Kinder sein. Jesses, flipp doch nicht gleich so aus, bevor ich überhaupt zu Ende geredet habe.«

»Dann denk halt erst zu Ende, bevor du anfängst zu reden«, entgegnete ich, obwohl ich selbst merkte, dass es Unsinn war. Travis fuchtelte mit seinen Armen herum, und ich wiegte ihn hin und her.

»Ich möchte, dass ihr nach Stoughton Falls zurückkommt«, sagte Bud.

Mein Herz stolperte, dann fing es sich wieder. Ich holte tief Luft. »Jetzt sofort?«

»Nein. Ich dachte mir, ihr bleibt bis zum 4. Juli hier, und dann fahren wir alle zusammen zurück. Verdammt, Florine, du fehlst mir. Neulich Abend habe ich vor dem Badezimmerspiegel gestanden und mit mir selbst geredet.«

»War es ein nettes Gespräch?«

»Im Vergleich zu den meisten Gesprächen, die ich jeden Tag so führe, ja, aber das ist nicht der Punkt.«

»Nein, der Punkt ist The Point«, sagte ich. »Mein Zuhause.«

»Es ist auch mein Zuhause«, sagte Bud. »Ich bin nur ein paar Meter von hier aufgewachsen. Spiel nicht den Schlaumeier.«

Das war, als hätte er mir das Atmen verboten. Ich starrte auf die viereckige rote Plastikuhr an der Wand. »Ich muss die Uhr mal abstauben«, sagte ich. »Die hängt da schon ewig.«

»Ist das alles, was dir dazu einfällt?«

»Das ist ein ziemlicher Brocken, den du mir da zum Frühstück servierst.« Ich stand auf, legte Travis in die Wiege, griff nach einem sauberen Lappen, machte ihn nass und wischte Arlee die Bananenreste aus dem Gesicht. Dann zählte ich die Cornflakes, die ich auf dem Tablett verschüttet hatte.

»Ich weiß, es ist viel verlangt«, sagte Bud. »Eigentlich wollte ich auch den Mund halten, aber ich war nur eine Woche weg, und Travis ist so gewachsen. Verdammt, Arlee sieht ein Jahr älter aus. Ich will nicht jemand sein, der nur zu Besuch kommt.«

»Es ist doch nur während des Sommers«, sagte ich. Wir sahen uns ein paar Sekunden lang an, dann drehte ich mich um und ging hinaus auf die Veranda. Möwen glitten mit dem Wind dahin, der sie in jede beliebige Richtung trug. Ich fragte mich, ob sie davon immer aufs Neue überrascht wurden oder ob sie ihr Ziel im Auge hatten.

Ich hörte, wie Buds Stuhl über den Boden schabte, dann kam er und stellte sich hinter mich. Er berührte mich nicht, aber seine Stimme wurde ganz tief und warm, und mein Herz schmolz wie Schokolade in der Sonne. »Ich weiß, du willst hier nicht weg«, sagte er. »Ich weiß, was ich von dir verlange. Und ich weiß, wie schwer es dir fällt.«

Der Sommerhimmel war so blau, dass er mir in den Augen wehtat. Die Gezeiten versprachen unsere Tage zu zählen, ob wir hier waren oder nicht. Aber der Sommer gehörte The Point. Das hatte Bud mir versprochen. Den Sommer musste ich nicht in einem Trailer an der Schnellstraße verbringen. Verdammt.

»Nach dem 4. Juli«, sagte ich und gab mir keine Mühe, meinen langen, schweren Seufzer zu unterdrücken.

»Klingt gut«, sagte Bud. »Ich habe den Rasen an der Vorderseite gemäht. Du könntest ein paar Blumen pflanzen, das sieht bestimmt schön aus.«

»Ja, könnte ich«, sagte ich. »Ich gehe ein bisschen spazieren. Passt du auf die Kinder auf?« Ohne seine Antwort abzuwarten, küsste ich Arlee auf den Kopf und ging hinaus.

»Ja, mach das«, rief Bud mir nach. »Lass dir Zeit.«

Zeit. Noch vor ein paar Jahren hatte sie sich auf dem Grund meines Herzens angesammelt, während ich wartete. Auf eine Nachricht von Carlie. Auf ihre Rückkehr. Darauf, dass Bud zu Verstand kam und begriff, dass ich zu ihm gehörte. Darauf, dass ich endlich erwachsen sein würde. Und jetzt? Jetzt lief sie mir davon, so schnell sie ihre großen Füße trugen.

Dennoch musste ich ab und zu einen Zipfel von ihr erhaschen, um mit solchen Überraschungen wie der, die Bud mir gerade serviert hatte, fertigzuwerden. Deshalb wanderte ich den Pfad hinauf, der zum Naturschutzgebiet führte. Doch diesmal ging ich nicht zu den Klippen, sondern zu einer Stelle, an der ich lange nicht mehr gewesen war. Ich bog auf einen schmalen Pfad ab, dessen Abzweigung in dem dichten

Unterholz kaum zu erkennen war. Aber ich kannte ihn gut, denn ich war ihn oft gegangen in dem Winter, als ich mit Andy Barrington im Sommerhaus seiner Eltern gewohnt hatte. Ein Schauer überlief mich, als ich an die Kälte in dem Haus dachte, die mir bis ins Mark gekrochen war. Die meiste Zeit hatten wir in Andys Schlafsack verbracht, wo wir eng aneinandergeschmiegt lagen und zusahen, wie das Feuer im Kamin brannte und schließlich verlosch. Ich liebte Bud so viel mehr, als ich Andy je geliebt hatte, und er war ein viel besserer Mann, aber während dieser wenigen Monate waren Andy und ich uns so nahe gewesen, wie ich es vielleicht nie wieder mit jemandem erleben würde.

Kurz bevor ich beim Grundstück der Barringtons ankam, bog ich rechts ab, auf einen noch schmaleren Pfad, der zu einer kleinen Lichtung führte. Seit ich das letzte Mal hier gewesen war, hatte sich kaum etwas verändert. Die Blaubeersträucher und Wacholderbüsche waren ein wenig gewachsen, aber der Glimmer in den drei großen, flachen Felsen dazwischen funkelte in der Sonne und lud mich ein, mich auf ihrer warmen Oberfläche niederzulassen. Die Kiefern ringsum wiegten sich wie zur Begrüßung. An diesem Ort herrschte Frieden. In all den Jahren ohne Carlie war ich manchmal hergekommen, um mit ihr zu reden. Manchmal auch, um über gar nichts nachzudenken, oder einfach nur ein bisschen zu schlafen.

Ich hob mein Gesicht in die Sonne und sog den holzigen Duft ein. Doch sofort tauchte hinter meinen geschlossenen Lidern das Gesicht eines winzigen Jungen auf. Die weichen, flammenfarbenen Locken seiner älteren Schwester kitzelten mich an der Nase, und ich musste niesen. Die dunklen Augen meines Mannes zogen mich zu sich, selbst aus dieser

Entfernung. Ich öffnete die Augen und lächelte. »Nur einen Moment«, sagte ich zu ihnen. Ich hatte seit langer Zeit nicht mehr mit meiner Mutter gesprochen. Sie hatte mir nie geantwortet, aber vielleicht würde sie mir heute etwas über die Briefe verraten.

Eine Krähe flatterte aus den Kiefern auf und flog davon. Im Unterholz raschelte es leise. Mit einem Seufzer machte ich es mir bequem, schloss die Augen und sagte leise: »Hallo, Carlie.«

»Hallo«, antwortete jemand, und ich sprang mit einem Satz hoch.

Vor mir stand Maureen, die Hand auf den Mund gepresst, die braunen Augen funkelnd vor Heiterkeit. »Tut mir leid«, sagte sie, aber danach sah es nicht aus.

»Mann, du hast mich vielleicht erschreckt«, sagte ich. »Aber ich bin froh, dass du es bist.« Dass ich sie für den Geist meiner toten Mutter gehalten hatte, behielt ich lieber für mich.

»Ich wusste nicht, dass du die Stelle kennst«, sagte sie. »Sie ist wunderschön. Hier kann ich viel besser mit Gott reden als in der Kirche, aber erzähl das nicht meiner Mutter. Wenn ich lange genug warte, habe ich das Gefühl, Jesus und alle möglichen anderen Leute tauchen hier auf.«

Anscheinend war dieser Ort viel besser besucht, als ich gedacht hatte. »Wer denn noch?«, fragte ich.

»Vor allem Dad. Dann sage ich ihm all das, was ich ihm schon immer sagen wollte. Und manchmal kommt auch Grand vorbei. Sie ist lustig. Mit ihr kann man richtig gut reden.«

»Erinnerst du dich noch gut an Grand?«

»Natürlich. Früher habe ich mir manchmal gewünscht, ich könnte bei ihr leben, so wie du.«

»Ich hätte dich gern als Schwester gehabt«, sagte ich. »Ich bin auch öfter hier gewesen, um mit meiner Mutter zu reden.«

Maureen blinzelte in die Sonne. »An sie erinnere ich mich nicht.«

»Du warst erst fünf, als sie verschwand.«

Maureen trat unentschlossen von einem Fuß auf den anderen.

»Komm, setzen wir uns«, sagte ich. »Hier ist genug Platz für zwei.«

Sie lächelte. Wir setzten uns auf die Felsen, und sie schmiegte sich an mich. »Ich bin so froh, dass du Bud geheiratet hast.«

»Ich auch.«

»Ich wusste die ganze Zeit, dass er dich am liebsten mochte.«

»Tja, das hat er aber ziemlich gut versteckt, mit Susan als Freundin und so.«

Maureen zuckte die Achseln. »Verrate ihm nicht, dass ich dir das erzählt habe, aber als er mit ihr zusammen war, ist er abends, wenn sie weg war, oft rausgegangen und hat zu Grands Haus rübergeschaut, bis alle Lichter aus waren.«

»Im Ernst?« Die Vorstellung machte mich ganz verlegen. »Wieso warst du denn um die Zeit noch wach?«, fragte ich, um davon abzulenken.

»Ich schlafe nicht viel«, sagte Maureen.

»Dann komm doch gegen zwei vorbei und gib Travis sein Fläschchen.«

»Mache ich, wenn du willst.«

»Ich schaffe das schon. Außerdem sind wir nicht mehr lange hier.«

»Warum nicht?«

»Bud will, dass wir mit ihm nach Stoughton Falls zurückgehen. Er sagt, er vermisst uns.«

»Nein!« Maureen sprang auf. »Ihr seid doch gerade erst gekommen. Ihr könnt nicht wieder gehen.«

»Wir bleiben bis zum 4. Juli hier«, sagte ich.

»Soll ich ihm sagen, er soll sich zur Hölle scheren?«

Ich lächelte. »Ich will bei ihm sein, Maureen. Natürlich will ich auch hier sein, aber erst mal werde ich mit ihm zurückgehen. Vielleicht können wir nächsten Sommer länger bleiben. Und vielleicht kommen wir zu Thanksgiving oder Weihnachten her.«

Maureen setzte sich wieder, und wir schwiegen eine Weile, während sie mit Jesus oder Sam oder Grand sprach und ich überlegte, ob ich gehen sollte. Plötzlich sah sie mich an, wurde rot und murmelte verlegen: »Manchmal rede ich auch mit Billy.«

»Tatsächlich?«

»Warum denn nicht?« Sie wandte sich wieder ab und hielt ihr Gesicht in die Sonne. »Ich liebe ihn. Ich werde ihn immer lieben, mein ganzes Leben lang.«

»Das ist eine lange Zeit«, sagte ich. »Aber ich weiß, was du meinst.«

»Wirklich? Oh, Gott sei Dank«, sagte Maureen. »Aber behalte das für dich, ja?«

»Na klar.«

Sie zappelte ein bisschen, als sie an Billy dachte, und ich musste lächeln. Dann wurde sie ernst. »Ich mache mir Sorgen um Glen.«

»Ja«, sagte ich. »Ich auch.«

»Ich verstehe nicht, warum er nicht will, dass ich ihm

weiter schreibe. Ich hab gedacht, meine Briefe muntern ihn auf. Ich bewundere ihn. Er ist mutig.«

»Das ist er«, stimmte ich ihr zu.

Ungefähr in dem Moment packten meine Kleinen mein Herz und rüttelten daran. »Ich muss nach Hause.«

»Ich komme mit«, sagte Maureen. Wir standen auf und gingen den Pfad zurück. Als wir die Abzweigung erreichten, sahen wir zum Haus der Barringtons hinüber. Maureen flüsterte: »Der Mann in dem Haus ist unheimlich.«

»Welcher Mann?«, fragte ich leise zurück, obwohl ich mir denken konnte, wen sie meinte.

»Der Vater von Andy, dem Jungen, mit dem du mal zusammen warst. Früher fand ich Andy süß, aber meine Mom hat gebetet, dass du dich von ihm trennst, und Bud mochte ihn auch nicht besonders.«

Wir bogen auf den Hauptweg ein. »Warum findest du Mr Barrington unheimlich?«

»Na ja, einmal, als ich auf der Lichtung war, hörte ich jemanden kommen, also versteckte ich mich hinter den Wacholderbüschen. Er ging zu den Steinen, kniete sich hin und weinte und fluchte eine halbe Ewigkeit lang. Dann stand er auf und verschwand, und ich traute mich wieder aus meinem Versteck. Das war echt seltsam.«

Mr Barrington kam auch zu der Lichtung? Mich überlief ein Schauder. »Er ist wirklich unheimlich. Geh ihm lieber aus dem Weg.«

»Immerhin kann ich schneller laufen als er. Er ist ein alter Mann.«

»Komm ihm gar nicht erst so nah, dass du weglaufen musst, okay? Versprichst du mir das?«

»Jetzt habe ich ein schlechtes Gewissen, weil ich schlecht

über ihn geredet habe. Jesus sagt, in jedem Menschen steckt etwas Gutes.«

»Kann schon sein, aber manchmal ist das Gute hinter Schlechtem verborgen. Manchmal denken die Leute, sie wären gut, und dann tun sie Dinge, die sie nicht tun würden, wenn sie wüssten, wie sich das für die anderen anfühlt. Halt dich von ihm fern. Du kannst für ihn beten, wenn du möchtest, aber geh ihm aus dem Weg.«

»Bitte sag meiner Mom nichts von alldem, ja?«

»Keine Sorge.«

Maureen legte mir den Arm um die Schulter. »Lass uns doch öfter mal spazieren gehen und reden.«

»Gern«, sagte ich. Dann lief ich schneller, wobei Maureen mit ihren langen Beinen locker mithielt. Es kam mir so vor, als könnte ich Travis schon weinen hören, bevor wir bei den Cheeks waren, aber als ich zu Hause ankam, schlief er tief und fest, und zwar schon, seit ich weggegangen war.

17

Ein paar Tage später ging ich mit Dottie und Arlee zu Rays Laden. Dottie war gerade vom College zurückgekommen, und ich war froh darüber. Bud war zwei Tage zuvor wieder nach Stoughton Falls gefahren, und es tat gut, meine beste Freundin bei mir zu haben.

»Mittlerweile weiß ich, dass Profi-Bowling in Maine nicht besonders gut bezahlt ist«, sagte Dottie. »Ich hab das mal durchgerechnet, und wenn ich nicht in meinem Auto hausen und den ganzen Winter über den Motor laufen lassen will, damit ich nicht erfriere, brauche ich zusätzlich einen vernünftigen Job.«

»Und was schwebt dir da so vor?«, fragte ich.

»Highschool-Mädchen durch die Turnhalle scheuchen – obwohl mir schon bei der Vorstellung graust. Ich weiß noch genau, wie wir früher unsere armen Sportlehrerinnen zum Wahnsinn getrieben haben. Undankbarer Job. Und den Mädels ist es garantiert schnurz, dass ich ein Bowling-Champion bin, also brauche ich wohl auch nicht mit ehrfürchtiger Bewunderung zu rechnen.«

»Tja, so schließt sich der Kreis«, sagte ich.

»Wie Hoppy, der versucht, seinen eigenen Schwanz zu fangen.«

Hoppy war Ray Clemmons' Beagle. Ray hatte ihn adoptiert, nachdem er zweimal quer durch die Hafenbucht geschwommen war und sich vor Rays Ladentür niedergelassen hatte. Beim ersten Mal hatte Ray ihn den Besitzern zurückgebracht. Beim zweiten Mal hatten sie gemeint, er solle den Köter behalten, sie hätten keine Lust mehr auf das Theater.

Hoppy hatte ein paar Eigenheiten. Er bellte jeden an, den er nicht innerhalb der letzten Stunde gesehen hatte, und er jagte seinen eigenen Schwanz, um die Leute zum Lachen zu bringen.

»Hoppy wird alt«, sagte ich und dachte daran, wie grau das Fell an seiner Schnauze geworden war.

»Wie wir alle.« Dottie bückte sich, hob Arlee hoch und drückte ihr einen laut prustenden Kuss auf den Hals. Arlee kreischte auf und kicherte.

Travis war bei Madeline. »Gib mir den Kleinen doch auch mal«, hatte sie gesagt, als sie morgens mit Dottie herübergekommen war. »Bei mir war er noch gar nicht. Ich werde ihn auch nicht verderben, Ehrenwort. Du siehst ja, was für wohlgeratene Töchter ich habe.« Dabei hatte sie die Augen verdreht, denn Evie hatte aushäusig übernachtet, aber nicht da, wo sie behauptet hatte. Madeline wollte ihr noch bis abends Zeit lassen, nach Hause zu kommen. »Wenn sie nicht schon irgendwo tot im Graben liegt, bringe ich sie eigenhändig um.«

Dottie setzte Arlee wieder auf der Straße ab, und prompt rief Arlee: »Noch mal!«

»Wir sind schon fast beim Laden«, sagte ich. »Dottie macht es ein andermal.«

»Hallo, Prinzessin!«, rief Ray, als er sie erblickte.

»Hallo, Jesses!«, sagte Arlee.

»Na toll«, murmelte ich.

»Er hat bestimmt schon Schlimmeres zu hören gekriegt«, erwiderte Dottie.

Ray griff hinter sich, zog die Post aus Grands Fach und reichte sie mir. Über dem Fach stand immer noch ihr Name, in ausgeblichener Schrift auf vergilbtem Papier: *Florence Gilham.* Ich hatte Ray nicht gebeten, es zu ändern, und würde es auch nie tun.

Ich fächerte die Briefe auf wie Spielkarten. Eins, zwei und drei. Alles Rechnungen.

»Ich werde mir auch einen Job suchen müssen«, sagte ich zu Dottie. »Kann ich dir nicht helfen?«

»Warum nicht?«, meinte Dottie. »Bring eine Trillerpfeife mit.«

Vier. Ein blauer Umschlag mit meinem Namen und meiner Adresse, in Druckschrift. Mein Herz schaltete einen Gang höher. »Verdammt.«

»Was ist?«, fragte Dottie.

Ray gab Arlee einen Lolli. Und noch einen. »Einer ist genug«, sagte die wachsame Mutter in mir.

»Zwei sind besser«, sagte er.

»Den darf ich nicht öffnen«, murmelte ich.

»Wieso denn nicht?«, fragte Dottie.

Ich wandte mich zu Ray. »Woher ist der?«

»Vom Postboten«, antwortete er. »Der kommt jeden Tag hier vorbei und bringt die Post, wie der Name schon sagt. Das tut er schon ziemlich lange und bei jedem Wetter.«

»Danke für die Aufklärung«, gab ich pampig zurück. »Ich dachte, du scheißt sie aus und packst sie dann ins Regal.«

Er sah mich irritiert an. Dottie auch. Und Arlee ebenfalls. Draußen begann Hoppy zu bellen. Stella kam herein, und wir starrten sie alle vier an.

»Was ist?«, sagte Stella. »Ist was passiert?«

»Hi, Stella«, sagte Dottie. »Wie geht's, wie steht's?«

»Ganz gut, danke. Besser als seit Langem. Und selbst?«

Während Dottie ein Gespräch mit Stella anfing, kam Ray um die Ladentheke herum zu mir. »Welche Laus ist dir denn über die Leber gelaufen?«, brummte er. »Bist du sauer auf mich oder auf den Postboten?«

»Tut mir leid, ich hätte das gerade nicht sagen sollen.« Ich nahm Arlees klebrige Hand, schob mich an Dottie und Stella vorbei und ging nach draußen.

»Dottie auch kommen«, sagte Arlee.

»Gleich«, sagte ich. Hoppy kam auf sie zugetrottet, und ich nahm sie auf den Arm, damit er sie nicht von oben bis unten ableckte. »Wir müssen jetzt nach Hause.«

Auf halbem Weg holte Dottie uns ein. »Ist hier irgendwas passiert, wovon ich nichts weiß?«, fragte sie, und ich erzählte ihr das mit den Briefen.

»Parker hat gesagt, wenn noch so einer kommt, soll ich ihn zu ihm bringen, bevor ich ihn aufmache«, erklärte ich Dottie. »Falls da Fingerabdrücke drauf sind.«

»Aber er ist an dich adressiert.«

»Stimmt.«

»Und du und Ray und der Postbote habt den Umschlag doch schon angefasst.«

»Stimmt auch.«

»Wir könnten ja versuchen, ihn mit Wasserdampf aufzumachen«, schlug Dottie vor. »Das schadet doch sicher nicht.«

»Ich könnte das Blatt an den Ecken rausziehen und nur am Rand anfassen.«

»Gute Idee.«

Und so schritten wir zur Tat. Dottie hielt den Umschlag in den Dampfstrahl des Teekessels, und die Klappe löste sich.

Wir drehten das Gas aus, setzten uns an den Küchentisch und starrten den geöffneten Umschlag an.

»Was ist?«, sagte Dottie. »Willst du ihn nicht lesen?«

»Ich schaue noch mal kurz nach Arlee.« Sie lag, in ihren Lieblingsquilt gewickelt, in einer Ecke der Veranda und schlief. Seit einer Weile ließ ich sie ihr Nachmittagsschläfchen halten, wo sie wollte. Mal lag sie unter dem Bett, mal hinter dem Sofa, dann wieder auf der Veranda oder unter dem Küchentisch. Ein paarmal hatte ich sie hochgehoben und in ihr Bett gebracht, aber als sie später dort aufwachte, war sie verwirrt und verängstigt, also ließ ich sie jetzt, wo sie war. Wenn sie einmal ihren Platz gefunden hatte, schlief sie mindestens zwei Stunden. Auch jetzt sah sie friedlich aus, und so ging ich zurück in die Küche und setzte mich.

»Also gut«, sagte ich. Meine Finger tanzten um die Ränder des Umschlags, als würde er brennen. »Andere Form als die letzten beiden. Länger«, sagte ich.

Vorsichtig zog ich den Bogen heraus, faltete ihn jedoch nicht auseinander. Meine Hände zitterten.

»Was ist?«

»Kann sein, dass da drin etwas über Carlie steht, wovon ich noch nichts wusste. Verdammt, Stella hat mal zu mir gesagt, Carlie wäre nicht so perfekt gewesen, wie ich dachte, und ich habe Angst, dass sie womöglich recht hatte.«

»Meine Güte«, sagte Dottie. »Niemand ist perfekt. Das ist sozusagen mein Lebensmotto.«

»Das stimmt auch wieder.«

»Denk lieber daran, dass uns der Brief vielleicht helfen kann herauszufinden, was mit ihr passiert ist.«

»Okay«, sagte ich. »Dann also los.« Ich zupfte an den Rändern des Blatts, bis es sich auseinanderfaltete.

Ich finde deine Spielchen nicht amüsant, und ich mag es nicht, wie ein Dummkopf dazustehen. Dann sag mir lieber ehrlich, dass du mich nicht mehr sehen willst. Bitte melde dich. Ich liebe dich.

Dieselbe elegante Handschrift wie im zweiten Brief.

»Von wem ist das, verdammt noch mal?«, sagte ich laut. »Was hat sie bloß getrieben?«

Ich dachte an Schiefzahn-Mike vom Mulgully Beach, in jenem letzten Sommer, in dem Carlie Teil meines Lebens gewesen war. Sie war mit mir zum Strand gefahren, um sich mit Patty zu treffen, ihrer Freundin und Kollegin vom Lobster Shack. Dann war Mike dort aufgetaucht und hatte mit Carlie geflirtet. Aber die Briefe waren bestimmt nicht von Mike. Zwischen ihm und Carlie war nie etwas gewesen, das hatte er mir später gesagt, als wir uns noch einmal über den Weg gelaufen waren. Um die Zeit, als Carlie verschwand, war dieser Mistkerl mit seiner Frau und ihrem neugeborenen Baby zusammen. Ich wünschte, ich könnte Patty den Brief zeigen, aber sie war nach Carlies Verschwinden in ihre Heimatstadt in New Jersey zurückgekehrt. Ich hatte Patty sehr gemocht; sie war witzig und verrückt, und ich hatte sie vermisst, nachdem sie fortgegangen war. Ich hatte ihr einen Brief geschrieben, weil sie mir versprochen hatte zurückzuschreiben, aber das hatte sie nie getan.

»Was wohl aus Patty geworden ist?«, sagte ich zu Dottie.

»Meine Güte, du springst vielleicht herum. Wie sieht's eigentlich in deinem Kopf aus?«

»Keine Ahnung. Wahrscheinlich so, wie wenn du beim Bowling einen Volltreffer gelandet hast.«

Dottie überlegte kurz und nickte dann. »Ja, das könnte

hinkommen«, sagte sie. »Gut, du stellst jetzt deine Kegel neu auf, und ich gehe mal kurz rüber und hole Travis. Dem Gezeter nach zu schließen, ist Evie wieder aufgekreuzt. Bin gleich zurück.«

Dottie verschwand, und ich starrte noch eine Weile auf den Brief. Dann ging ich zum Telefon und rief Parker an.

Ungefähr eine Stunde später war er da, und der Streifenwagen vor dem Haus verkündete weithin sichtbar, dass im Hause Gilham-Warner schon wieder etwas faul war.

»Ich habe nur die Ränder angefasst«, sagte ich.

Parker sah mich an, als glaubte er mir kein Wort.

»Das stimmt«, sagte Dottie.

Travis fing an zu weinen, und Dottie wiegte ihn in ihren Armen. Ich drückte Dottie sein Fläschchen in die Hand und sah zu, wie Parker sich am Tisch niederließ, seine Brille aus der Hemdtasche nahm und sie aufsetzte. Dann zog er ein Paar dünne Handschuhe über und griff nach dem Umschlag. »Abgestempelt in Long Reach.«

»Der erste war in Freeport abgestempelt«, sagte ich, »und der zweite kam aus Lewiston.«

Ich blickte Parker über die Schulter, während er den Brief las. *Ich finde deine Spielchen nicht amüsant, und ich mag es nicht, wie ein Dummkopf dazustehen.* Das konnte ich nachvollziehen. Dann las ich den Satz noch einmal. *Ich finde deine Spielchen nicht amüsant, und ich mag es nicht, wie ein Dummkopf dazustehen.* Wer redete so? Plötzlich machte es klick.

»Mr Barrington«, sagte ich und bekam eine Gänsehaut.

»Was?«, fragte Parker.

»Mr Barrington.«

»Was ist mit ihm?«

»Er sagt solche Sachen. Amüsant. Dummkopf. So reden die meisten Leute hier nicht.«

Parker zog die Augenbrauen hoch und sah mich ernst an. »Eine Menge Leute benutzen solche Wörter, Florine. Spiel hier nicht den Detektiv. Und wirf nicht mit Anschuldigungen um dich, die du nicht beweisen kannst. Und wenn du willst, dass ich dir helfe, hör auf, die Briefe zu öffnen.« Sein Stuhl scharrte, als er aufstand.

»Ich hab ja nicht gesagt, dass er das geschrieben hat. Ich hab nur gesagt, dass er so redet.«

»Wie gesagt, das tun viele.« Er wandte sich zum Gehen, drehte sich jedoch noch einmal um. »Weißt du, er hätte seinen Sohn anzeigen können, als der ihn blutend auf der Treppe liegen gelassen und ihm obendrein noch das Auto gestohlen und zu Bruch gefahren hat. Und dich hätte er als Komplizin drankriegen können. Aber das hat er nicht getan. Ihr zwei könnt von Glück sagen, du und Andy.«

»Da scheine ich ja einen wunden Punkt erwischt zu haben«, sagte ich.

»Gar nicht. Aber sei ein bisschen vorsichtiger. Und grüß Bud von mir.«

Nachdem Parker gegangen war, wollte Arlee malen, und so holte ich eine Schachtel mit Buntstiften und ein Malbuch aus der Küchenschublade. Während Arlee loslegte, ging ich mit Dottie und Travis auf die Veranda.

»Ich fand meine Bemerkung zu Mr Barrington nicht so schlimm«, sagte ich. »Er redet wirklich so. Und er ist mir unheimlich. Irgendwer muss diese Briefe ja geschrieben haben, und es kann schließlich nicht schaden, wenn Parker das mal überprüft.«

»Aber er hat ganz schön sauer reagiert«, erwiderte Dottie.

Dann wechselte sie das Thema. »Evie hat richtig Ärger am Hals. Sie hatte irgendeinen Typen im Schlepptau, den keiner von uns je gesehen hat. Schon älter. Hat sie nur zu Hause abgesetzt und zugesehen, dass er wegkam. Sie stinkt, als wäre sie in ein Bierfass gefallen.«

»Immerhin ist sie nicht ertrunken.«

»Wenn sie so weitermacht, kann das durchaus passieren. Bert ist kurz davor, sie aufs Boot zu schleifen und mit einem rostigen Anker an den Beinen ins Meer zu werfen.«

»Na, dann hoffen wir mal, dass sie zur Vernunft kommt. So wie ich.«

Dottie warf mir einen Seitenblick zu.

»Was denn?«

Kurz danach machte sie sich auf den Heimweg, und ich schnappte mir meinen Sohn, während ich mit der freien Hand schwungvolle lila Striche vom Küchentisch schrubbte. Ich schimpfte nicht mit Arlee, sondern erklärte ihr nur, dass sie innerhalb der Linien bleiben sollte. Aber das hatte ich selbst auch nie getan, und es sah ganz so aus, als ob sie nach mir schlug, was das anging.

Ich dachte an mein jüngeres Ich und an die Dinge, die ich angestellt hatte, und beschloss, Evie nicht zu verurteilen.

18

Der Juni verging auf seine stille, grüne Weise, und Arlee feierte ihren zweiten Geburtstag mit einem kleinen Kuchen, Luftballons und allen, die mitfeiern wollten. Der Juli nahm seinen Platz ein, was bedeutete, dass wir Ende der Woche nach Stoughton Falls zurückkehren würden. Bud kam für ein paar Tage rauf, und während ich anfing zu packen, ersetzte er mit Pastor Billy den alten, mittlerweile maroden Holzzaun, der das Grundstück von den Klippen trennte.

Von der Kante bis zu den Felsen darunter ging es ungefähr sieben Meter in die Tiefe. Als wir klein waren, hatte Grand trotz des Zauns oft von der Veranda herübergerufen, wir sollten von den Klippen wegbleiben. Sie besaß einen siebten Sinn dafür, wenn wir heimlich die Pforte aufmachten, um über den Rand nach unten zu schauen. Irgendwann hatte es für uns an Reiz verloren, Muscheln hinunterzuwerfen und zuzusehen, wie sie auf den Felsen zerbrachen, und ich hatte überhaupt nicht mehr daran gedacht, bis ich Mutter geworden war. Unsere beiden Kleinen würden ganz sicher genauso neugierig sein wie wir. Arlee war bereits äußerst geschickt darin, in der flirrenden Lücke zwischen zwei Sekunden zu verschwinden. Ich hätte nie gedacht, dass ein kleines Kind so schnell laufen konnte, aber ich lernte bald, wie einfallsreich sie war. Deshalb hatte ich beschlossen, dass der Zaun erneuert werden musste.

Billy kam am Morgen des 3. Juli zu uns, um sich mit Bud darum zu kümmern. Als er in der Tür stand, bemerkte ich die dunklen Schatten unter seinen Augen. Normalerweise strahlte sein Körper buchstäblich göttliche Energie aus, aber an diesem Tag war davon nichts zu spüren.

»Hallo, Florine«, sagte er.

»Hallo. Willst du einen Kaffee?«

»Nein, danke. Gibt viel zu tun. Ist Bud startklar?«

»Er kommt gleich runter.«

Als Billy Arlee erblickte, hellte sich sein Gesicht auf. »Lasset die Kindlein zu mir kommen …«, sagte er leise und lächelte. Er hob sie hoch, und sie umarmte ihn. Er schloss die Augen, und ich sah, wie ein Anflug von Trauer über sein Gesicht huschte. Dann setzte er sie wieder ab. »Na, ich fange am besten schon mal an«, sagte er und ging nach draußen.

Als Bud nach unten kam, erinnerte ich mich an etwas, das mir heute früh durch den Kopf gegangen war. »Was ist, wenn noch so ein Brief kommt?«, fragte ich und schenkte ihm einen Kaffee ein.

Er trank einen Schluck und zuckte die Achseln. »Ray schickt ihn uns nach, wie die andere Post auch«, erwiderte er. »Oder Dottie sagt uns Bescheid.«

Dottie würde für den Rest des Sommers in Grands Haus wohnen. Als ich es ihr anbot, hatte ich einen Moment lang Angst gehabt, sie würde sich auf mich stürzen und mich mit ihrer Umarmung zerquetschen. Das Leben im Haus der Butts war in den letzten Wochen ziemlich laut geworden, weil Madeline und Evie sich ständig in den Haaren lagen.

»Da wird mir zu viel gefaucht und gespuckt«, hatte Dottie zu mir gesagt. »Ich frage mich mittlerweile, warum ich überhaupt nach Hause gekommen bin.«

»Um mich zu sehen«, sagte ich.

»Du bist doch schon so gut wie weg. Ich würde am liebsten auch verschwinden, aber ich hab ja noch den verflixten Job im Naturschutzgebiet.«

»Bitte halte das Haus ein bisschen sauber«, sagte ich.

»Keine Sorge«, erwiderte sie. »Ich kann Grand förmlich schon hören: ›Dorothea, die Sachen bleiben nicht von alleine sauber.‹ Sie wird mich auf zack halten.«

Gegen Mittag, als Bud und Billy mit dem Zaun fertig waren, machte ich ihnen und Arlee etwas zu essen. Während ich am Herd stand und ein Fläschchen für Travis aufwärmte, rief Stella von der Fliegengittertür: »Ju-hu!« Ich verkniff mir eine bissige Entgegnung und sah Bud an.

»Komm rein«, rief er, und kurz darauf erschien sie mit einem Teller voll Brownies in der Küche und strahlte Bud und Billy an. »Ich habe gesehen, dass ihr zwei bei der Hitze so hart gearbeitet habt, und weil Florine ja sicher keine Zeit hat, etwas Aufwendiges zu machen, habe ich die hier gebacken.«

»Vielen Dank, Stella«, sagte Billy.

Ich verdrehte die Augen. Stella und ihr verdammtes Essen. Damit hatte sie Daddy damals rumgekriegt. Bud warf mir einen Blick zu. Ich zog eine Grimasse, doch er ging nicht darauf ein, sondern sagte: »Hast du schon zu Mittag gegessen, Stella? Hast du Hunger? Setz dich doch.«

Stella sah fragend zu mir. Ich hob die Augenbrauen und zuckte mit den Achseln, und sie wusste, mehr würde sie von mir nicht bekommen. Sie setzte sich, und ich machte ihr ein Sandwich mit Schinken und Käse.

»Wie geht es dir?«, fragte Billy sie.

»Danke, gut. Wirklich. Und selbst?«

Er nickte. »Auch gut«, sagte er. »Ich bin hier, an diesem wunderschönen Tag, helfe einem Freund, habe Kinder um mich und esse das beste gottverdammte Schinken-Käse-Sandwich meines Lebens.«

»Die Brownies sind auch nicht übel«, erwiderte Stella. »Ohne mich selbst loben zu wollen.« Sie sah zu mir. »Wo ist denn der süße Kleine?« Sie hatte Arlee, die auf ihrem Hochstuhl saß und Käsestückchen hin und her schob wie Spielsteine, kaum beachtet, und Arlee ignorierte sie ebenfalls, obwohl sie garantiert auch einen Brownie haben wollte, wenn es so weit war. Ich nahm Travis' Fläschchen aus dem Wasserbad und prüfte die Temperatur.

»In ungefähr fünf Minuten ist es genug abgekühlt«, sagte ich. »Willst du es ihm geben?«

Plötzlich herrschte Stille am Tisch. »Was ist los?«, fragte ich.

»Sehr gerne«, sagte Stella mit leiser Überraschung in der Stimme.

Sie hielt Bud und Billy den Teller mit den Brownies hin, und jeder nahm sich zwei. Bud gab einen davon Arlee, die ihn mit großen Augen ansah, hob sie aus ihrem Hochstuhl, und dann gingen die drei hinaus in den Sonnenschein, während ich Travis aus seiner Wiege auf der Veranda holte.

Ich legte ihn Stella in den Arm, drückte ihr das Fläschchen in die Hand und erklärte ihr, was zu tun war.

Stella säuselte hingerissen etwas, während Travis zufrieden seine pummeligen Händchen auf- und zumachte wie ein Katzenjunges, das mit seinen Pfoten den Bauch der Mutter knetet.

»Er ist wundervoll«, sagte Stella leise. »Na, du kleiner Prachtkerl? Bist du mein süßer Junge?«

»Nein, er ist *mein* süßer Junge«, sagte ich. »Was sollte das mit den Brownies?«

Sie hob den Kopf und grinste. »Ich wollte Billy und Bud vergiften. Du solltest besser mal nach ihnen sehen.« Als ich nicht lächelte, verdrehte sie die Augen. »Meine Güte, Florine, wo hast du bloß deinen Humor gelassen? Ist der versehentlich im Ausguss verschwunden?« Sie wandte sich wieder Travis zu. »Ich wollte diesen kleinen Wonneproppen sehen. Und hören, wie es Billy geht.«

»Warum?«, fragte ich. »Bist du jetzt hinter ihm her?«

»Herrgott noch mal! Nein. Billy hat Krebs, und da wollte ich wissen, wie es ihm geht. Oder hast du was dagegen?«

»Billy hat Krebs?«

»Ja«, sagte Stella. »Ich dachte, das wüssten alle.«

»Ich wusste es nicht.«

Stella rutschte auf dem Stuhl herum und rückte Travis auf ihrem Arm zurecht. »Eine Form von Leukämie. Er hat es letzten Sonntag der Gemeinde gesagt.«

Das erklärte, warum ich nichts davon wusste. Ich gehörte nicht zur Gemeinde. Ida und Maureen mussten es gewusst haben, aber sie hatten es für sich behalten. Ich war ein bisschen eingeschnappt, weil sie mir nichts davon gesagt hatten, aber schließlich ging es hier ja nicht darum, was ich wusste und was nicht.

Durch das Küchenfenster sah ich Ida und Maureen den Weg zum Haus heraufkommen, und kurz darauf hörte ich, wie sie im Garten mit Billy sprachen. Mir brach ein klein wenig das Herz. Ich ging nicht gerne in die Kirche, aber Billy mochte ich wirklich sehr.

In der schrecklichen Zeit nach Carlies Verschwinden war er eines Abends zu uns gekommen, als es Daddy richtig mies ging. Mit meinen elf Jahren hatte ich nicht mehr gewusst, was ich tun sollte. Ich vermisste meine Mutter und hatte Angst, dass Daddy sich in seiner bodenlosen Trauer und Trunkenheit etwas antun würde.

Als Billy spätabends an die Tür klopfte – vermutlich weil Grand ihn angerufen und um Hilfe gebeten hatte –, ließ ich ihn herein. In jener Nacht hatten er und Daddy es mit dem Teufel aufgenommen und ihm einen Waffenstillstand abgerungen. Das würde ich Billy niemals vergessen. Er hatte das Herz auf dem rechten Fleck, wie Grand gesagt hätte.

»Ich weiß einfach nicht, wie ich ihm dafür danken soll, dass er mir durch furchtbare Tage und Nächte geholfen hat«, sagte Stella. »Da dachte ich mir, ich könnte ihm wenigstens ein paar Brownies machen.«

»Lass uns rausgehen«, sagte ich, beugte mich hinunter und griff nach Travis. »Er kann sein Fläschchen auch im Garten austrinken.« Stella hielt ihn einen winzigen Moment lang fest. Ich erstarrte. Dann ließ sie los. Ich nahm Travis auf den Arm und ließ Stella nach draußen vorgehen.

Billy saß neben Maureen auf dem Rasen, während Ida und Bud es sich auf Grands alten dunkelgrünen Adirondack-Stühlen bequem gemacht hatten. Ich gab Travis und das Fläschchen an Bud weiter und setzte mich bei ihm auf die Armlehne. Stella zog sich einen Gartenstuhl heran und schloss damit unseren kleinen, krummen Kreis.

»Morgen ist der 4. Juli«, sagte Billy. »Gibt's wieder eine große Party unten am Strand?«

»Ray hat irgendwas geplant«, sagte Bud.

»Vielleicht komme ich dieses Jahr dazu und segne das Feuerwerk«, meinte Billy.

»Ich glaube, irgendwer will ein Spanferkel grillen«, sagte Ida.

»Das kann ich auch segnen.«

»Und den Kartoffelsalat?«, fragte Maureen.

»Wenn er mit genug Senf angemacht ist«, sagte Billy zwinkernd.

Wir verwoben Worte und Schweigen wie ein zartes Spinnennetz. Niemand erwähnte den Krebs. Wir sahen zu, wie Arlee über den Rasen lief und die Sonne ihr Haar zu feinen Kupferdrähten spann. Als sie bei Billy ankam, kletterte sie auf seinen Schoß und rief: »Billy Jesses!« Billys Augen wurden feucht, und er blinzelte, um wieder klar zu sehen. »Ich glaube, so etwas Schönes hat noch nie jemand zu mir gesagt«, brummte er und drückte sie an sich.

Wir saßen noch eine Weile da, bis die Hitze jeden von uns in seinen Tag zurücktrieb.

19

In der Nacht übergab sich Arlee. Ich brachte sie nach unten und legte sie auf das Sofa. Sie schlief ein wenig, übergab sich erneut, wimmerte, während ich ihr mit einem feuchten Waschlappen das Gesicht abwischte und sie mit verdünntem Ginger Ale und Salzkräckern fütterte, und schlief wieder ein. Ich döste neben ihr in einem Sessel vor mich hin und versuchte, möglichst kein Geräusch zu machen, um sie nicht zu wecken.

Gegen zwei Uhr morgens kam Bud mit Travis nach unten, wärmte ein Fläschchen auf und fütterte ihn. Er setzte sich in den zweiten Sessel neben mich, und wir sahen erst unsere Kinder an, dann einander. »Wie ist das passiert?«, fragte er.

»Wir haben vergessen, einen Plan zu machen«, erwiderte ich. Arlee bewegte sich und murmelte etwas. Ich berührte ihr kleines Gesicht. Es war wärmer als sonst, aber nicht heiß.

»Ich mag dich so, wie du jetzt bist. Deine Haare sind total zerzaust, und du hast grünliche Ringe unter den Augen. Ich hab mächtig Lust auf dich.«

»Die Stoppeln an deinem Kinn sind so lang, dass sich eine Maus darin verirren könnte. Und was die Haare angeht: Deine stehen kreuz und quer ab.«

»Aber du hast Lust auf mich, oder?«

»Nein.«

Bud grinste. »Normalerweise wäre ich jetzt verletzt, aber ich weiß, dass du lügst.«

»Tue ich nicht.«

»Bist du sauer, weil wir in ein paar Tagen zurückfahren?«

»Ich bin jedenfalls nicht begeistert darüber.«

»Wenn ich mir die Haare kämmen würde, hätte ich dann mehr Chancen bei dir?«

»Vielleicht«, sagte ich.

»Ich bin froh, dass du mit mir zurückkommst. Vielleicht gewöhne ich mich nächstes Jahr besser ans Alleinsein.«

»Ich glaube, nach einem ganzen Juli und August, Herbst, Winter und Frühling wirst du heilfroh sein, wenn du mal deine Ruhe hast. Die Kinder werden uns bis dahin auf der Nase rumtanzen.«

»Wenn ich mich rasiere, schenkst du mir dann all deine Liebe?«

»Mache ich, aber erst wenn Arlee mit der Kotzerei durch ist.«

Seine Augen begannen zu leuchten. »Was für eine Frau.« Er sah zu Travis, der den Sauger des Fläschchens losgelassen hatte und mit offenem Mund eingeschlafen war. »Schon wieder betrunken«, sagte er kopfschüttelnd.

»Lass ihn Bäuerchen machen, bevor du ihn hinlegst«, erinnerte ich ihn. »Wenigstens einmal.«

Bud legte sich seinen schlafenden Sohn über die Schulter und klopfte ihm auf den Rücken.

»Nicht so zaghaft«, sagte ich. »Er ist nicht aus Glas.«

Bud klopfte ein wenig fester und lehnte seinen dunklen Schopf an Travis' blonde Locken. »Bist du sicher, dass ich der Vater bin?«, fragte er. »Ich kann in beiden nicht viel von mir erkennen.«

»Du wirst jede Menge Gelegenheit haben, dich in ihnen wiederzufinden, wenn wir in Stoughton Falls sind. Sieh dir Arlees Hände und Füße an. Sie wird mal groß und schlank, so wie du. Travis hat viel von Daddy, aber wenn er sein kleines Gesicht bewegt, sehe ich dich. Seine Augen haben die gleiche Form wie deine. Und ich glaube, er hat deine Nase.«

»Siehst du«, sagte Bud. »Genau das vermisse ich. Diese kleinen Dinge, zu erkennen, was ihre Besonderheiten sind. Und ich mag es, dir zuzusehen, wenn du dich mit ihnen beschäftigst. Dann sage ich mir: ›Da hast du einen verdammt guten Fang gemacht, James Walter.‹« Sein einer Mundwinkel wanderte nach oben. »Und dann denke ich: ›Mann, hast du mit der Frau tollen Sex.‹«

»Das Wort sollten wir uns besser verkneifen«, sagte ich. »Sonst schnappt Arlee es sofort auf.«

»Wenn's sein muss«, seufzte Bud. »Aber es stimmt.«

»Du bist ein wunderbarer Mann, Bud. Bei so viel Zärtlichkeit muss ich mir gleich mit meinem zerzausten Haar die Tränen aus den grün umringten Augen wischen.«

»Lieber nicht, sonst vergesse ich mich noch«, sagte Bud und gähnte. In dem Moment gab Travis einen Rülpser von sich, dass die Wände wackelten.

Bud und Travis verschwanden wieder nach oben, während Arlee und ich im Wohnzimmer blieben und eine weitere Runde Spucken, Weinen, Abwischen, Trinken und Schlafen absolvierten. Gegen vier fühlte sich ihre Stirn wieder normal an. Ich trug sie nach oben, zog ihr einen frischen Schlafanzug an und legte sie in ihr Bett. Dann wankte ich in mein eigenes Bett und fiel kopfüber in tiefen Schlaf. Ich erwachte erst gegen zehn, allein, keine Spur von meinem Mann und meinen Kindern. Mit wild pochendem Herzen sprang ich auf.

Ich kämpfte gegen die Panik an, die mich manchmal überkam, wenn mir bewusst wurde, dass ich all das verlieren konnte. Dann hörte ich ein Mädchen lachen, und als ich aus dem Fenster blickte, sah ich Maureen, die Arlee im Kreis herumwirbelte. In der Morgensonne vermischten sich ihre Haare zu einem schimmernden braun-roten Fächer. Bud werkelte an Deck der im Garten aufgebockten *Florine*, und Travis war vermutlich bei Ida. Ich gönnte mir ein kurzes Bad. Irgendwo unten im Hafen knallten ein paar Feuerwerkskörper. Das würde den ganzen Tag und einen Gutteil der Nacht so weitergehen. Ray besorgte jedes Jahr ein »Spezialfeuerwerk« aus irgendwelchen verborgenen Quellen. Glen hatte früher oft die Vorräte seines Vaters geplündert und die Knaller zusammen mit Bud direkt neben unseren Häusern gezündet, um uns zu erschrecken, und dann waren sie lachend und feixend davongerannt.

In Vietnam gab es bestimmt jede Menge Knaller, dachte ich bei mir. Ich fragte mich, ob Glen immer noch lachte, wenn sie hochgingen.

Als ich mit dem Baden fertig war, ging ich nach draußen zum Boot. Bud blickte über die Reling zu mir hinunter. »Faultier«, sagte er lächelnd.

»Danke, dass ich ausschlafen durfte. Was machst du da oben?«

Er zog die Stirn kraus. »Als ich aufwachte, hatte ich plötzlich das Gefühl, Glen kommt bald nach Hause, und ich will das Boot für ihn fertig machen, bevor wir fahren.«

»Hast du zufällig auch das Gefühl, dass Carlie nach Hause kommt?«, fragte ich zu unser beider Überraschung. »Keine

Ahnung, wo das jetzt herkam. Vergiss es einfach. Wo ist unser Sohn?«

Er deutete mit dem Kopf zu Idas Haus. Dann wandte er sich wieder seiner Arbeit zu, und ich machte kopfschüttelnd kehrt.

Irgendwann im Lauf des Vormittags tauchten Madeline Butts und Ida mit Travis bei mir in der Küche auf. Madeline nahm sich ein Bier, und Ida trank starken schwarzen Tee, während ich einen Kartoffelsalat für das Spanferkelgrillen zusammenschnippelte. Arlee und Maureen waren den ganzen Tag unzertrennlich. Dottie würde gegen Abend dazustoßen, wenn sie im Naturschutzgebiet Feierabend hatte. Bud arbeitete immer noch an der *Florine*, mittlerweile mit Unterstützung von Bert. Von den Butts dröhnte laute Musik herüber. Evie hatte mal wieder Hausarrest.

»Allmählich mache ich mir wirklich Sorgen um sie«, sagte Madeline.

»Was ist denn los?«, fragte Ida.

»Also, wenn sie so weitermacht, ist sie spätestens nächsten Sommer schwanger. Ich hab keine Ahnung, wer dieser Junge ist, aber als sie vorletzte Nacht nach Hause kam, stank sie nach Alkohol und anderen Sachen. Außerdem war Blut in ihrem Schlüpfer, und ich weiß, dass sie erst vor zwei Wochen ihre Tage hatte.«

»Aber noch ist sie nicht schwanger, oder?«

»Soweit ich weiß, nicht. Ich hoffe es jedenfalls.«

»Vielleicht solltest du lieber mal mit ihr zum Arzt gehen.«

»Ja, vielleicht. Aber dann regt sie sich nur noch mehr auf. Sie schimpft jetzt schon dauernd, dass wir ihr nicht vertrauen.«

»Tut ihr's denn?«, fragte Ida.

»Natürlich nicht, aber darum geht es nicht.«

»Doch, vielleicht geht es genau darum«, sagte Ida.

»Sie erzählt euch irgendwelchen Mist«, sagte ich. »Glaub mir, ich weiß, wovon ich rede. Mir hat auch keiner vertraut, und sie hatten vollkommen recht damit.«

»Was hättest du denn aus heutiger Sicht anders gemacht?«, wollte Ida wissen.

»Ich hätte vielleicht nicht die Schule abgebrochen. Aber damals fühlte es sich richtig an.«

»Wenn Leeman wirklich versucht hätte, dich zu überreden, weiter zur Schule zu gehen, hättest du es getan?«

»Ich wollte damals nicht auf Daddy hören«, erwiderte ich. »Und auch auf sonst niemanden.«

Ida schmunzelte leise. »Und jetzt hörst du auf uns?«

»Jetzt habe ich keine Zeit, auf irgendwen zu hören oder überhaupt irgendwas zu tun«, entgegnete ich.

»Du hast das schon richtig gemacht«, sagte Madeline. »Ich war auch neunzehn, als ich Bert geheiratet habe. Und es hat prima funktioniert. Hast du noch ein Bier?«

Ich holte eine Dose aus dem Kühlschrank, riss sie auf und gab sie ihr.

»Ich war vierundzwanzig, als ich Sam geheiratet habe«, sagte Ida. Sie sah mich an. »Wusstest du, dass ich seine zweite Frau war?«

Das hatte ich nicht gewusst, und anscheinend sah man mir das an.

»Pony Barnes«, sagte Madeline. »Das ist schon so lange her, dass ich sie ganz vergessen hatte.«

»Wer war Pony Barnes?«, fragte ich.

»Oh, die hatte es faustdick hinter den Ohren«, sagte Madeline. »Fuhr mit den Männern zum Fischen raus. Sam ist um sie herumgeschwirrt wie eine Möwe, die darauf hofft, dass ihr ein paar Leckerbissen zugeworfen werden.«

»Die beiden haben geheiratet«, sagte Ida. »Ich weiß nicht, wieso. Sie hat wohl gedacht ... Ach, ich habe keine Ahnung, was sie gedacht hat.«

»Und sie hieß wirklich Pony?«, fragte ich.

Madeline warf mir über ihr Bier hinweg einen Blick zu. »Nein, sie hieß Lucille. Aber die Männer sagten, sie ließ sich gerne reiten, und wenn sie genug hatte, warf sie den Cowboy ab.«

»Ach, Maddie.« Ida errötete.

»Na ja, so war es doch«, sagte Madeline. »Als sie mit Sam verheiratet war, lernte sie einen Kerl von einem der anderen Boote kennen und galoppierte mit ihm davon. Ließ Sam mit nichts als einem Haufen Rechnungen zurück.«

»Da fing er an zu trinken«, sagte Ida. »Tatsächlich sind wir uns in einer Bar begegnet.«

»Was?«, rief ich aus. Ida in einer Bar?

»Damals war Jesus noch nicht Teil meines Lebens«, sagte Ida. »Ich danke Ihm jeden Tag dafür, dass Er es jetzt ist. Jedenfalls kamen Sam und ich ins Gespräch, und ich habe ihn dann nach Hause gebracht. Er wollte mich mit reinnehmen, aber so weit war ich da noch nicht. Wir sind dann ein paarmal miteinander ausgegangen, und ungefähr ein Jahr danach haben wir geheiratet. Bud kam acht Monate später.«

Mir klappte die Kinnlade herunter.

»Was ist? Er wurde in Liebe empfangen, genau wie Arlee.« Ida warf mir einen verschmitzten Blick zu. »Ich war nicht immer eine alte Langweilerin. Und du bist nicht der einzige kleine Teufel. Ich habe auch meinen Spaß gehabt«, sagte sie, und wir fingen alle an zu lachen.

Am frühen Abend, während die Vorbereitungen für das Fest am Strand auf Hochtouren liefen, schaute Maureen bei uns vorbei. »Hallo?«, rief sie von der Fliegengittertür.

»Komm rein«, sagte ich.

»Soll ich Arlee nehmen?«, fragte sie mich.

»Ja, Alee mitkommen!« Mein kleines Mädchen kam sofort angelaufen.

»Ihr könnt mir beide helfen, Holz für das Lagerfeuer zu sammeln«, sagte Bud, der inzwischen mit der *Florine* fertig war, und dann verschwanden sie alle drei.

Ich setzte mich mit Travis auf die Veranda. Während ich seine goldschimmernden Augenbrauen und seine langen, hellen Wimpern betrachtete, sog er gierig an seiner Flasche. »Was bist du für ein wunderhübscher Junge«, sagte ich leise zu ihm. Er riss die Augen auf und lächelte. »Lass uns einfach für immer hier sitzen bleiben«, sagte ich. »Nur wir beide.«

Wir saßen eine oder zwei Stunden einfach so da und schaukelten, und ich verliebte mich immer wieder aufs Neue in meinen kleinen Sohn, während die Sonne allmählich hinter den Kiefern auf der anderen Seite des Hafens versank.

Carlie flüsterte mir eine Erinnerung ins Ohr. Ich war acht Jahre alt, und wir saßen nach Sonnenuntergang unten am Kai.

»Schhh. Hör mal«, sagte sie.

»Was denn? Ich höre nichts«, sagte ich.

»Heute ist ein besonderer Tag«, sagte Carlie. »Die Gezeiten wechseln genau bei Einbruch der Dämmerung.«

Also saß ich ganz still. Die Wellen erstarben, die Vögel verstummten, und der Himmel hielt den Atem an. Gebannt wartete ich zusammen mit der restlichen Welt. Und dann setzte sich das Wasser wieder in Bewegung, die Sterne flirrten an ihren Platz zurück, und ein Fuchs bellte.

»Wir haben gerade die Zeit angehalten«, sagte Carlie.

Die Zeit kann man nicht anhalten, Carlie, sagte ich jetzt zu ihr, wütend, weil ich ihr das und so viele andere Dinge geglaubt hatte.

»Bist du da?«, rief Dottie aus der Diele.

»Nein«, sagte ich, und sie stapfte auf die Veranda und setzte sich neben mich.

»Könnte nicht schaden, mal Licht zu machen. Es wird dunkel, falls du das noch nicht gemerkt hast«, sagte sie. »Kommst du runter zum Strand?«

»Ich denke schon. Travis hat mich gerade angelächelt.«

»Na, herzlichen Glückwunsch.«

Die Flammen des Lagerfeuers leckten ein Loch in den Himmel.

»Los, komm«, sagte Dottie.

Vom Haus der Butts dröhnte wieder laute Musik herüber, als wir nach draußen traten.

»Evie ist total stinkig«, sagte Dottie. »Ma hat sie dazu verdonnert, zu Hause zu bleiben. Das lässt sie jetzt am Plattenspieler aus.«

»Das hört man.«

»Mhh, riechst du das Spanferkel?«

»Und ob«, sagte ich.

Ich war noch nie ein Partytyp gewesen, und schon gar nicht mit einem schlafenden Baby auf dem Arm. Als ich am Strand ankam, wäre ich am liebsten sofort wieder umgekehrt und zu meinem Schaukelstuhl zurückgegangen, aber ich riss mich zusammen und setzte mich neben Ida in einen Liegestuhl. »Billy kommt nicht«, sagte sie. »Es geht ihm nicht gut.« Das Lagerfeuer fing sich in ihren dunklen Augen und spiegelte ihre Traurigkeit.

»Wie schade«, sagte ich.

Sie nahm mir Travis ab. »Hol dir was zu essen«, sagte sie, und ich ging zu dem Tisch, den Ray aufgebaut hatte, und nahm mir von meinem eigenen Kartoffelsalat, ein paar Pommes und ein Stück von dem Spanferkel. Auf dem Weg zurück zum Liegestuhl machte sich plötzlich mein Mutterinstinkt bemerkbar, und ich blickte mich um. »Wo ist Arlee?«, fragte ich Bud, der das Lagerfeuer beaufsichtigte. »Bei Maureen«, sagte er.

»Und wo ist Maureen?«

Bud richtete sich auf und rief ihren Namen. Keine Antwort.

Ich stellte meinen Teller auf den Stuhl. »Maureen«, rief ich. »Arlee?«

Wieder keine Antwort.

»Vielleicht sind sie im Haus«, sagte Ida. »Schau doch mal nach.«

»Ich hab sie vor ein paar Minuten noch gesehen«, sagte Bud.

»Sie sind bestimmt hier irgendwo«, sagte Madeline.

Ich ging den Pfad zu Idas Haus hoch und rief erneut ihre Namen. Nichts. Dann klopfte ich bei den Butts, aber Evie hörte wegen der Musik nichts. Ich ging hinein, doch im Wohnzimmer und in der Küche war niemand. Dann ging ich zu unserem Haus zurück, aber auch dort traf ich niemanden an. Als ich aus der Tür trat, stieß ich beinahe mit Stella zusammen, die auf dem Weg zum Strand war.

»Hast du Maureen und Arlee gesehen?«, fragte ich sie.

»Nein. Wieso, sind sie verschwunden?«

»Nein«, sagte ich. »Sie müssen hier irgendwo sein.«

»Soll ich dir helfen –«, begann sie, doch ich schüttelte nur den Kopf und winkte ab.

Beruhige dich, ermahnte ich mich. Es ist nichts passiert. Doch meine Nerven spielten verrückt. »Nein, bei mir hat sie sich nicht gemeldet. Warum?«, sagte Daddy in meinem Kopf. Damals hatte ich zum ersten Mal geahnt, dass mit Carlie irgendetwas passiert war. Danach war alles den Bach runtergegangen. *Vermisst. Verschollen. Fort.*

Stopp.

Mir schnürte sich die Kehle zusammen, und ich bekam keine Luft mehr. Ich beugte mich vor und stützte die Hände auf die Knie. Auf dem Schotter näherten sich Schritte, und als ich mich aufrichtete, sah ich Bud auf mich zukommen. Bevor ich etwas sagen konnte, nahm er mich fest in die Arme. »Dreh nicht durch«, sagte er. »Sie sind hier irgendwo.«

»Aber wo?«, wimmerte ich. »Wo sind sie? Maureen? Arlee?«

Bud ließ mich los und sah hoch zu Rays Laden. »Was ist das denn?«, sagte er. In der Dunkelheit von Rays Veranda blitzte ein kaltes weißes Licht auf. Dann ein zweites und ein drittes. Wunderkerzen.

Ein kleines Mädchen lachte, und ich rannte bereits, bevor Bud sich auch nur rühren konnte. »Arlee!«, schrie ich und sprang mit einem einzigen Satz auf die Veranda. Maureen kniete neben ihr. Ihre Gesichter leuchteten im flirrenden, silbrigen Licht der Wunderkerzen.

»Warum hast du mir nicht geantwortet?«, brüllte ich Maureen an, die erschrocken aufsprang. »Ich hab ein Dutzend Mal nach euch gerufen.« Arlee fing an zu weinen, und ich nahm sie hoch.

»Entschuldige, meine Süße«, sagte ich und strich ihr übers Haar. »Mama wollte dich nicht erschrecken.«

»Florine, ist doch alles in Ordnung«, sagte Bud. Nun fing auch Maureen an zu weinen.

»Jesses«, grummelte eine Männerstimme aus der Dunkelheit. »Jetzt regt euch doch nicht so auf.« Dann leuchtete noch eine Wunderkerze auf, und in ihrem knisternden Licht funkelten Glens Augen. »Die beiden waren hier bei mir.«

»Du musst mir sagen, wo ihr hingeht«, ermahnte ich Maureen. »Ich muss das wissen.«

»Ich hatte so eine Ahnung, dass du heute hier sein würdest«, sagte Bud zu Glen.

»Bin gestern Abend angekommen. Hab bei Germaine übernachtet und mir die bescheuerte Parade in der Stadt angeguckt. Dann bin ich per Anhalter hier rausgefahren.«

»Bist du ganz wieder hier?«

»Ganz nicht.« Glen hielt die Wunderkerze hoch und wandte den Kopf nach links. Dort, wo sein Ohr gewesen war, klaffte jetzt ein unförmiges Loch. Maureen schnappte nach Luft.

»Eine Kugel hat's mir weggerissen. Da drüben haben sie mich nur noch van Gogh genannt.«

»Wer ist das denn?«

»Ein Maler, dem ein Ohr fehlte.«

»Der mit den Sonnenblumen«, sagte ich. »Madeline hat ein Poster davon im Wohnzimmer.«

»Tatsächlich?« Glen sah mich an. »Komm her«, sagte er zu Maureen, und sie vergrub den Kopf an seiner breiten Brust. »Florine ist eine gemeine alte Ziege.«

»Ach, verdammt«, sagte ich. »Maureen, ich werde nun mal kribbelig, wenn ich nicht weiß, wo jemand ist. Ich will einfach nur, dass du mir Bescheid sagst, wo ihr hingeht.«

»Krieg dich wieder ein«, sagte Glen.

Nachdem ich Maureen unglücklich und mich selbst verrückt gemacht hatte, beschloss ich, Travis vom Strand zurückzuholen und mit meinen beiden Kindern nach Hause zu verschwinden. Doch vorher wollte ich Glen noch sagen, was ich von seiner dämlichen Bemerkung von wegen »wieder einkriegen« hielt.

In dem Moment ertönte ein gewaltiger Knall. Ray hatte einen Riesenböller gezündet. Glen stieß Maureen beiseite, warf sich bäuchlings auf den Verandaboden und schützte seinen Kopf mit den Händen. »Scheiße«, sagte er dumpf. »Diese verdammten Idioten.«

20

Glen war also wieder zu Hause – mit einem Ohr weniger und ständig in Alarmbereitschaft. Früh am Morgen des 5. Juli, als Bud und Arlee noch schliefen, holte mich das Geräusch schwerer Schritte ans Küchenfenster. Durch den Nebel sah ich Glen die Straße herunterkommen. Er bemerkte mich und nickte kurz in meine Richtung, ohne zu lächeln, dann stapfte er am Haus vorbei und auf die *Florine* zu. Der Nebel hatte ihn bereits wieder verschluckt, als Bud leise nach unten kam und »Guten Morgen« krächzte. Er sah ziemlich mitgenommen aus. Ich schenkte ihm Kaffee ein, und obwohl der noch glühend heiß war, trank Bud ihn in einem Zug. »Mannomann«, sagte er. »In Stoughton Falls bin ich bestimmt besser aufgehoben. Da ist wenigstens keiner, der mich auf dumme Gedanken bringt.«

Am Abend zuvor hatte er Glen von der Veranda hochgezerrt und ihm klargemacht, dass das nur ein verdammtes Feuerwerk war, nichts weiter, und dass es da unten am Strand etwas zu essen gab. Dann waren wir alle wieder runtergegangen, Bud und unser wackeliger Freund vorneweg, dahinter Arlee und ich, und Maureen als Schlusslicht. An dem Abstand, den sie zu uns hielt, merkte ich, wie sehr ich sie in meiner Panik verletzt hatte, aber ich war noch nicht bereit, etwas Versöhnliches zu sagen. Die Angst, weil meine Tochter vorübergehend verschwunden war, gefolgt von Glens

Reaktion auf den Knall, hatte mich völlig aus dem Gleichgewicht gebracht.

Als ich bei Grands Haus ankam, rief ich Bud zu: »Bringst du mir Travis?«

Arlee und ich schauten uns Rays Feuerwerk von der Veranda aus an, ich im Schaukelstuhl und sie auf meinem Schoß, während Travis neben uns in seiner Wiege lag. Offenbar spürte Arlee, wie wund mein Herz war, denn sie blieb vollkommen still, abgesehen von den Oohs und Aahs, die wir ausstießen, wenn die grünen, blauen, roten und gelben Funkenblumen am Himmel aufleuchteten. Travis hingegen war nicht beeindruckt. Er quengelte, bis das Feuerwerk vorbei war und ich sie beide ins Bett brachte.

Bud war gegen zwei Uhr morgens nach Hause gekommen, nach Bier und Holzrauch stinkend. Er hatte sich mit dem Rücken zu mir ins Bett gelegt, doch als ich den Arm um seine Taille legte, hatte er seinen Arm auf meinen gelegt, und so waren wir eingeschlafen.

Jetzt stand er gähnend in der Küche. »Mehr«, brummte er und machte sich daran, frischen Kaffee aufzusetzen. »Ich brauche mehr, und zwar sofort.«

»Schläft Arlee noch?«, fragte ich.

»Ja.«

»Glen ist draußen bei der *Florine*.«

»Er hat gesagt, er wollte früh loslegen.«

»Wann soll sie denn ins Wasser?«

»Keine Ahnung. Ist seine Entscheidung.«

»Glaubst du, er kommt klar?«

In dem Moment rief Arlee von oben: »Daddy?«

Bud wandte sich um und ging zur Treppe. »Na ja. Er ist nicht mehr der Alte.«

»Niemand ist mehr der Alte«, sagte ich, aber so leise, dass er es nicht hören konnte. Ich setzte mich an den Küchentisch, gab Travis sein Fläschchen und lauschte dem Hin und Her zwischen Bud und Arlee darüber, was sie anziehen sollte.

Während der nächsten beiden Tage packten wir die letzten Sachen zusammen, hauptsächlich Kleider und Vorräte. Immer wieder hätte ich Bud am liebsten an den Kopf geknallt, dass er sich zum Teufel scheren sollte und dass wir hierbleiben würden. Doch nachdem ich mir ausgemalt hatte, wie die Szene weitergehen würde, hielt ich jedes Mal den Mund. Aber es war schwer, alles für die Abreise vorzubereiten, während draußen das Meer in der Sonne blitzte und lockte. Ich nutzte mehrmals Idas Angebot, die Kinder zu nehmen, während ich packte und das Haus zum letzten Mal in diesem Sommer sauber machte. Danach schlich ich mich an Idas Haus vorbei zum Strand und versuchte, kein schlechtes Gewissen zu haben, während ich barfuß über den Sand und die Kiesel schlenderte und dem sanften Gemurmel der Wellen lauschte. »Du kommst zurück«, flüsterten sie, bevor sie sich in Schaum auflösten. Ich tauchte meine Zehen in den Schaum, hob ihn auf und lauschte, wie die winzigen Blasen zersprangen. Ich hätte schwimmen gehen können, aber ich vermisste die Gesellschaft meiner Freunde. Nächsten Sommer, nahm ich mir vor. Nächsten Sommer gehen wir alle zusammen schwimmen.

Als Letztes nahm ich das rubinrote Glas aus der Vitrine, wusch jedes einzelne Teil, trocknete es ab und stellte es wieder an seinen Platz. Die schillernden Seifenblasen brachten Erinnerungen an Grand, und das Zitronenöl, mit dem ich das Holz der Vitrine polierte, duftete nach uns. Während ich in Gedanken versunken dastand, rief Dottie von der Tür: »Hallo, jemand zu Hause?«, und kam herein.

»Ich will nicht weg«, sagte ich zu ihr.

»Du kommst doch wieder.«

»Das ist aber nicht dasselbe. Ich kann mein Herz nicht an einen Ort hängen, den ich immer wieder verlassen muss.«

»Klar kannst du das«, sagte Dottie. »Zumindest einen Teil davon. Nimm den Teil mit, der Bud und den Kindern gehört, und den Rest lässt du einfach hier. Und wenn du Sehnsucht hast, brauchst du bloß dreimal die Hacken zusammenzuschlagen und zu sagen: ›Nirgends ist es schöner als zu Hause.‹«

»Du klingst wie die gute Hexe Glinda aus *Der Zauberer von Oz*.«

Dottie schnaubte. »Die konnte ich noch nie leiden. Wieso hat sie Dorothy das mit dem Hackenzusammenschlagen nicht gesagt, *bevor* sie das Land der Munchkins verlassen hat? Das hätte allen 'ne Menge Ärger erspart. Die böse Hexe hat wenigstens gleich klargestellt, was sie vorhatte.«

»Aber mir gefiel Glindas Kleid«, sagte ich. »Und die Seifenblase, in der sie herumgeflogen ist.«

»Ich würde lieber auf einem Besen herumfliegen und Sachen an den Himmel schreiben.«

»Hast du eigentlich Glen mal getroffen?«, fragte ich.

»Ja, heute Morgen, auf dem Weg zur Arbeit. Hoffentlich bleibt er nicht so miesepetrig.«

»Bud meint, es geht ihm nicht gut.«

»Dann soll er sich mal am Riemen reißen«, sagte Dottie. »Sonst kriegt er es mit mir zu tun.«

»Ich glaube, er hat es schon mit einigen Leuten zu tun gekriegt.«

»Na, warten wir's ab.«

Wir traten ans Küchenfenster und sahen zu Glen, Bud und Bert hinüber, die draußen um die *Florine* herumstanden und redeten. Wenn ich lange genug hinschaute, konnte ich beinahe Daddy an Deck stehen sehen. Ich stellte mir vor, wie er Hummerfallen auswarf und einholte, den Himmel musterte, aus dem Hafen tuckerte oder zurückkam.

»Leeman freut sich bestimmt, wenn sie wieder ins Wasser kommt«, sagte Dottie.

»Hör auf, meine Gedanken zu lesen!«, protestierte ich.

»Sind in der Dose noch Kekse?«

»Frisch gebacken«, sagte ich. »Teil sie dir gut ein. Das sind die letzten für diesen Sommer.«

Bevor wir fuhren, schloss ich Frieden mit Maureen. Als ich fertig war mit Packen und Putzen, ging ich zu Idas Haus, um die Kinder abzuholen. Maureen und Arlee hockten auf dem Boden und malten. Arlee kritzelte schwungvolle azurblaue Striche über die vorgezeichneten Linien einer Fee. Maureens Fee auf dem Blatt daneben trug ein Kleid in Rot, Orange und Gelb, alles innerhalb der Linien. Beide schauten nicht auf. Schließlich tippte ich Maureen auf den Rücken.

»Komm mal mit«, sagte ich, und zusammen gingen wir nach draußen.

Sie schirmte ihre Augen gegen die tief stehende Sonne ab. »Es tut mir leid, dass ich dir Angst gemacht habe.«

»Und mir tut es leid, dass ich dich verletzt habe«, sagte ich. »Ich drehe einfach durch, wenn ich jemanden nicht finden kann. Das hat nichts mit dir zu tun, sondern mit den schlechten Erfahrungen, die ich gemacht habe. Weißt du, Dottie ist die Bowling-Königin, deine Mutter die Kirchenkönigin, Madeline die Malkönigin und Evie die Königin des Ärgermachens. Na ja, und ich bin halt die Königin der Verschwundenen.«

»Wegen deiner Mutter«, sagte Maureen.

»Ja, und wegen Grand und Daddy«, sagte ich. »Trotzdem tut es mir wirklich leid. Du bist immer so gut zu Arlee gewesen. Und zu mir. Zu uns allen.«

»Sie wird mir fehlen. Und du auch.« Ihr Gesicht verzog sich, und aus ihren hübschen braunen Augen rannen Tränen. »Ich hab euch alle so gern.«

»Kümmere dich gut um unseren geheimen Ort im Wald, während ich weg bin«, sagte ich.

»Mache ich.« Dann lächelte Maureen, das gleiche schiefe Lächeln wie ihr Bruder. »Und was für eine Königin bin ich?«

»Die Königin der Liebenswürdigkeit«, antwortete ich sofort. »Und du hast tolle Beine.«

Maureen kicherte und lief tomatenrot an.

Ich breitete die Arme aus, und wir drückten uns fest. Dann gingen wir zurück ins Haus.

Am Sonntagabend gegen neun brachen wir auf. Bud musste am nächsten Tag arbeiten, und eigentlich wollten wir schon früher los, aber die ganzen Abschiede und das Abendessen, das Ida für uns gekocht hatte, hatten dann doch länger gedauert. Wir zogen Arlee ihren Schlafanzug an und setzten sie auf den Rücksitz. Sie quengelte, als Bud ihr den Sicherheitsgurt umlegte. Travis lag neben ihr in seinem Tragekorb und schlief. Wir schwiegen, als wir The Point verließen. Ich drehte mich nicht nach Grands dunklem Haus um und bemühte mich, nicht zu weinen. Bud legte seine Hand auf meine.

Wir kamen um Mitternacht in Stoughton Falls an. Ich

brachte die Kinder ins Bett, und wir öffneten alle Fenster und Türen, um frische Luft hereinzulassen. Dann gingen wir in unser kleines Schlafzimmer, und ich lag da und lauschte auf das Summen des Kühlschranks und die Autos, die auf der Schnellstraße vorbeifuhren. Ich vermisste meine Seeluft und die großen Fenster in Grands Haus. Und ich würde den Rhythmus der vertrauten, alltäglichen Hausarbeiten vermissen, bei denen jede Bewegung und jeder Handgriff wie von selbst abliefen. Im Geist wanderte ich durch den Garten und blieb vor der Wand aus orangeroten Taglilien stehen, die gerade vor ein paar Tagen zu blühen begonnen hatten. Nun, diesmal mussten sie ohne meine Bewunderung auskommen. Ich hoffte, dass Dottie sich die Zeit nehmen würde, ihnen ab und zu Hallo zu sagen.

»Danke«, sagte Bud neben mir leise. Er nahm mich in die Arme, und für eine Weile wurde er mein Zuhause und ich seins.

21

Die süße Hochsommerluft wurde im Innern des Trailers schnell sauer, und so ließ ich die Türen und Fenster die ganze Zeit offen, um die frische Luft hereinzulocken und die verbrauchte hinauszuscheuchen. Dadurch gewöhnte ich mich an den Lärm der Autos und LKW auf der Route 100. Ich beschäftigte mich drinnen und versuchte, es so gemütlich wie möglich zu machen. Ich arrangierte mich, wie Grand gesagt hätte.

Und ich musste zugeben, es war schön, jeden Tag neben Bud aufzuwachen. Jeden Morgen stand ich in der Tür und winkte ihm nach, wenn er zur Arbeit fuhr, und jeden Abend erwartete ich ihn mit Arlee und Travis am Panoramafenster, wenn er zurückkam.

Wir wurden eine richtige Familie. Ich verbrachte meine Tage mit meinen Kindern und lernte sie besser kennen. Ich merkte, wie viel Spaß ich mit Arlee haben konnte. In The Point hatten Maureen und Ida sie meistens in Hochform erlebt. Ich hatte sie zurückbekommen, wenn sie müde war und sich von ihrer anstrengenden Seite zeigte. Während der langen Sommertage in Stoughton Falls tanzten und sangen wir zur Radiomusik im Garten. Es störte sie nicht, dass meine Stimme klang wie die einer Krähe mit Sägespänen im Hals. Sie war ein lustiges kleines Mädchen und hatte die Fantasie meiner Mutter. Wenn ich sie mal dazu bekam, still zu sitzen, bürstete ich ihre Haare, drehte sie zu seidigen Locken und küsste die kupferfarbenen Strähnen, die ich um meinen Finger schlang. Ich war dankbar dafür, dass sie meiner Mutter so ähnlich sah, und ich liebte sie dafür, dass sie mein Kind war. Trotzdem war sie vor allem sie selbst.

Travis war unbeschreiblich süß. Er konnte stundenlang lächeln und strampeln und niedliche Geräusche machen. Arlee und ich liebten es, ihm etwas vorzusingen. Ich flüsterte ihm alberne Sachen ins Ohr und nannte ihn »meinen süßen Sonnenjungen«.

Am frühen Nachmittag, wenn die Bäume entlang der Straße genug Schatten warfen, gingen wir in den vorderen Garten, oder wir veranstalteten im hinteren Garten ein Picknick. Bud hatte einen Sonnenschirm und ein aufblasbares Planschbecken gekauft, und dahin verzogen wir uns, wenn der August vor lauter Hitze selbst ins Schwitzen geriet.

Wir lernten, Brücken über die schlechten Tage zu bauen, wenn Arlee sich selbst im Weg stand und sich verwirrt fragte, warum sie hier war. An solchen Tagen war ihre Laune wie die Buntstifte, die sie so liebte, blau und lila. Meine Farben mussten dann zurückhaltend und neutral sein, grau und braun. Ab und an tauchten knallige Orange-, Gelb- und Rottöne auf und wirbelten wie wild gewordene Funken um uns herum. Wenn das geschah, atmete ich tief durch und dachte daran, wie viel Geduld Grand mit mir gehabt hatte. Wie sehr ich mir wünschte, ich könnte sie anrufen! Doch allein der Gedanke an sie beruhigte mich.

Während der kurzen Pausen zwischen Frühstück, Mittagessen, Nachmittagsschläfchen, Abendessen und Schlafenszeit überlegte ich, was ich mit dem Vorgarten machen könnte. Ich beobachtete, wann die Sonne wo stand. Eines Tages machte ich mich zusammen mit Arlee an die Arbeit, während Bud ein Baseballspiel im Fernsehen schaute. Sie lief mit einer schaukelnden Plastikgießkanne herum und tat so, als würde sie jeden Grashalm gießen, der aus der Erde lugte. Währenddessen ging ich mit einer Handschaufel umher und markierte die Stellen, wo ich Tulpen- und Narzissenzwiebeln setzen wollte. Ich fragte mich, ob Strandrosen hier wachsen würden. »Die wachsen überall«, hatte Grand zu mir gesagt. »Regen, Sonne und irgendein Boden, dann sind sie glücklich.«

Ich hörte, wie Bud von innen an das Panoramafenster klopfte, und als ich aufsah, bedeutete er mir, dass ich ans Telefon kommen sollte. Ich schnappte mir Arlee, die erst den halben Rasen geschafft hatte. »Wasser«, jammerte sie.

»Jesses, Arlee«, sagte ich, und sie lachte, als ich sie kopfüber ins Haus trug.

»Dottie ist dran«, sagte Bud.

»Wo ist Travis?«, fragte ich.

»Mit seinen Kumpels auf Kneipentour.«

»Komm schon, wo ist er?«

»Im Bett, frisch und sauber.«

Ich setzte Arlee ab. »Kannst du sie bitte auch fürs Bett fertig machen?«

Seufzend erhob sich Bud aus seinem Sessel. Doch als Arlee in die Hände klatschte und strahlte, schmolz er dahin. Er verschwand mit ihr im Bad.

Ich griff nach dem Hörer. »Was ist los? Hab ich wieder Post bekommen?«

»Reizend. Wie wär's erst mal mit Hallo?«, sagte Dottie. »Aber: Nein, keine komischen Briefe mehr.«

»Na, das ist doch was. Und wie geht's dir?«

»Gut«, sagte Dottie. »Aber hier spukt's.«

»Was meinst du damit?«

»Na ja, ich sitze hier so nach dem Abendessen, und da sagt mir plötzlich eine Stimme, ich soll meinen Arsch hochkriegen und den verdammten Abwasch machen. Nur dass sie nicht ›Arsch‹ und ›verdammt‹ sagt.«

»Den Geist kenne ich«, sagte ich.

»Ist ganz schön komisch, ohne dich hier zu sein.«

»Ich vermisse The Point auch.«

»Das glaube ich dir. Und bei euch? Alles okay?«

»Besser, als ich gedacht hatte«, sagte ich. »Ich bin dabei, einen Garten anzulegen. Ich finde es wunderbar, die Kinder ganz für mich zu haben. Und es ist schön, Bud jeden Tag zu sehen.«

»Wo wir gerade bei Kindern sind«, sagte Dottie. »Rate mal, wer schwanger ist.«

»Du?«

»Das wäre dann aber eine unbefleckte Empfängnis. Nein, Evie.«

»Das ist ein Witz, oder?«

»Schön wär's. Madeline ist völlig ausgerastet.«

»Und jetzt?«

»Das ist noch nicht klar. Evie will die Schule abbrechen und das Kind selbst aufziehen. Bert und Madeline wollen davon nichts wissen. Sie bestehen darauf, dass sie die Schule zu Ende macht. Dazu meint Evie: ›Florine hat auch mit der Schule aufgehört, und ihr geht's prima.‹«

»Freut mich, dass ich helfen konnte«, sagte ich.

»Ja, schönen Dank auch.«

»Und was haben Bert und Madeline dazu gesagt?«

»Erst mal gar nichts. Dann meinten sie zu Evie: ›Ruf Florine doch mal an und frag sie, wie sie das mit der Schule jetzt sieht.‹«

»Du meinst, ich soll mit ihr reden?«

»Um Himmels willen, nein. Ich hab gesagt: ›Lasst Florine da raus. Die hat genug eigene Probleme.‹«

»Stimmt. Die hab ich.«

»Na, fürs Erste geht sie noch zur Schule, bis man es sieht. Aber das dauert nicht mehr lange. Das Kind kommt im Dezember.«

»Und wer ist der Vater?«

»Sagt sie nicht.«

»Aber nicht Glen, oder?«

»Um Himmels willen, nein. Ich habe ihn gefragt. ›Wie zum Teufel kommst du denn darauf?‹, hat er gebrüllt. Er war richtig sauer auf mich. ›Wieso denken alle, ich wär der Vater? Denkt ihr alle, ich bau nur Scheiße, oder was?‹ Und so weiter. Er hat sich überhaupt nicht wieder eingekriegt.«

»Wie geht's ihm denn sonst so?«, fragte ich.

»Ich sehe ihn kaum. Er ist von morgens bis abends mit dem Boot unterwegs. Fangen tut er aber kaum was. Fährt einfach nur da draußen rum. Und wandert stundenlang im Dunkeln durch die Gegend. Besucht keinen und redet mit keinem. Maureen hat ihm neulich ein paar Brownies gebacken. Sein Kommentar: Sie kann sich die Dinger sonst wohin stecken. Da ist Ida richtig stinkig geworden.«

»Ach du meine Güte.«

»Sie hat ihm so richtig die Meinung gegeigt. Sie ist die Einzige, die ihn vielleicht wieder zu Verstand bringen kann.«

»Wo wohnt Glen denn jetzt? Bei Ray?«

»Nein, er wohnt in einem Zelt, auf halbem Weg zwischen den Cheeks und dem Naturschutzgebiet.«

»Und was gibt's sonst Neues?«

»Reicht das nicht?«

»Na ja, eigentlich schon.«

»Pastor Billy geht's wieder etwas besser. Er war neulich hier. Wirkte ziemlich überrascht, als ich in der Tür stand. Ich hab ihm einen Tee gekocht, und dann ist er zum Abendessen zu Ida gegangen.«

»Du hast Tee gekocht?«

»Ja. Hab den Herd angemacht, den Kessel aufgesetzt, einen Teebeutel in einen Becher getan und Wasser drübergegossen.«

»Ich bin stolz auf dich, Dorothea. Mir kommen gleich die Tränen.«

»Tja, ich muss jetzt aufhören. Ich hab ja noch was anderes zu tun. Und meiner Schwester geht's wirklich nicht gut. Sie fällt mir zwar mächtig auf die Nerven, aber trotzdem mache ich mir Sorgen um sie.«

»Das glaube ich dir.«

»Außerdem war das alles, was es von hier zu berichten gibt. In einer Woche geht's wieder ans College.«

»Ich weiß«, sagte ich. »Wir kommen mal ein Wochenende rüber, um alles für den Winter einzupacken.«

»Grüß Bud von mir.«

»Mache ich. Telefonieren wir noch mal, bevor du fährst?«

»Na klar.«

Nachdem wir aufgelegt hatten, saß ich noch eine Weile in der Küche und hörte zu, wie Bud Arlee etwas vorsang. Ausnahmsweise war ich froh, hier zu sein und nicht in The Point.

22

Ich verstehe heute noch nicht, wie ich es durch meine Jugend geschafft habe, ohne Autofahren zu lernen. Genau genommen verstehe ich nicht, wie ich es überhaupt durch meine Jugend geschafft habe, aber das ist ein anderes Thema.

Grand ist nie gefahren, und Daddy wollte mich nicht ans Steuer lassen. Er meinte, ich wäre zu jung. Und nach dem Unfall mit Andy traute ich mich kaum, in ein Auto zu steigen, geschweige denn selbst zu fahren. Doch nachdem Bud bei mir eingezogen war, hatte er mich dazu gebracht, mich ab und zu ans Steuer zu setzen und mit ihm abends über Schotterwege zu kleinen Stränden zu fahren, die kaum jemand kannte. Diese mickrigen Sandstreifen waren nicht zu vergleichen mit großen Stränden wie Mulgully und Popham, aber uns gefielen sie. Wir gingen stundenlang unter dem prallen Mond spazieren, der die Gezeiten hin und her trieb. Wir setzten uns auf die Felsen am Ufer und redeten. Oder auch nicht. Manchmal, wenn das Mondlicht hell genug war, fuhr Bud ohne Licht über den Sand, durch bleiche Dünen und silbriges Gras.

Die Grundlagen kannte ich also. Gas- und Bremspedal, Scheinwerfer, Scheibenwischer und wie man den Fahrersitz passend einstellt. Ich wusste, wie man vorwärtsfährt. Das mit dem Rückwärtsfahren hatte immer Bud übernommen. Als ich mit Arlee schwanger war, hatte ich das Fahren ganz gelassen, obwohl ich mir manchmal ausmalte, wie es sein würde, hinter Petunias Steuer zu sitzen, mit meinen Fingernägeln den Takt zu einem meiner Lieblingssongs zu klopfen und mit den Kindern hinten auf dem Rücksitz einfach draufloszufahren, wohin das Leben uns trug.

Ich war völlig überrascht, als Bud mich bei der Fahrschule anmeldete. Die Theoriestunden fanden abends in einem Klassenzimmer der Grundschule von Stoughton Falls statt. Bud brachte mich jedes Mal mit den Kindern dorthin, und alle drei holten mich danach auch wieder ab. Ich liebte dieses kleine Ritual. Arlee strahlte immer, wenn sie mich sah, und ihr Vater warf mir funkelnde Blicke zu, während ich auf das Auto zuging.

Nach dem theoretischen Unterricht war der praktische dran.

»Ich bin nervös«, sagte ich zu Bud. »Ich weiß nicht, ob ich es schaffe, auf einer echten Straße zu fahren und alles richtig zu machen. Und die Leute sind so schnell. Die Verrückten, die hier bei uns vorbeirasen, haben noch nie von einer Geschwindigkeitsbegrenzung gehört. Was ist, wenn sie schneller sind als ich und mir hinten reinfahren?«

»Und was ist, wenn nicht?«, entgegnete er.

»Bud, mir wird alles passieren, was passieren kann.«

»Mach dich nicht verrückt«, sagte Bud.

Das tat ich natürlich trotzdem, und es passierte wirklich etwas. Nicht mir, jedenfalls nicht zuerst, aber dann doch.

Jeden Samstagmorgen holte der Fahrlehrer Mr Dion mich ab. An jenem Samstag im September fuhr eine andere Schülerin, eine ältere Frau namens Olga Carlson, in unsere Einfahrt und hupte. Sie war knapp siebzig, schon fast zu alt zum Fahren. Sie erzählte, dass ihr Mann George blind wurde und sie nun trotz ihrer großen Angst den Führerschein machen musste, weil sie nicht von jemand anderem abhängig sein wollten, der sie herumfuhr.

Ich stieg hinten ein und winkte Arlee und Bud, die am Fenster standen, zum Abschied. »Ach, wie reizend!«, sagte Mrs Carlson und winkte zurück. »Nein, was für ein zauberhaftes kleines Mädchen!« Daraufhin ließ sie sich begeistert über ihre Enkelin aus, die nur drei Monate älter war als Arlee. Mrs Carlson redete gern und viel. Wahrscheinlich war das ihre Art, ihre Nerven zu beruhigen. Ich hingegen schwieg und hielt den Atem an. Mr Dion, der den gesamten Beifahrersitz ausfüllte, aß in einem fort.

Mr Dion wies Mrs Carlson an, den Rückwärtsgang einzulegen. Sie holte tief Luft, umklammerte mit ihrer knochigen Hand den Automatikhebel und stellte ihn auf »R«. Dann wandte sie den Kopf, so weit sie konnte, um die Straße hinter sich sehen zu können, stellte den Fuß aufs Gaspedal und rollte so langsam, dass der Stundenzeiger der Uhr sie locker überholt hätte, aus der Einfahrt.

»Nicht vergessen, Sie haben auch Spiegel«, sagte Mr Dion. Woraufhin Mrs Carlson sofort auf die Bremse trat, um seiner Anweisung zu folgen.

»Sie müssen dafür nicht anhalten. Genauer gesagt, Sie *dürfen* dafür nicht anhalten. Schauen Sie einfach nur hinein, um zu sehen, was hinter Ihnen ist«, sagte Mr Dion. »Genau dafür sind die Spiegel da.«

»Ah, ich verstehe«, sagte Mrs Carlson. »George sagt immer, schau über beide Schultern, nicht nur einmal, sondern zweimal, damit du sicher sein kannst, dass niemand kommt.«

»George ist ein kluger Mann«, sagte Mr Dion. Er hob die Hand und rückte die abgewetzte Golfkappe zurecht, die auf seinem kurz geschnittenen, von Grau durchzogenen Haar saß. Dann griff er in seine Chipstüte und holte fünf oder sechs Chips auf einmal heraus. Er stapelte sie übereinander und biss hinein, während er sprach, sodass die Krümel und sein Speichel bis auf das Armaturenbrett flogen. Ab und an wischte er sie mit dem Ärmel seiner hellbraunen Jacke weg, der mit Fettflecken und Essensresten übersät war.

Schließlich hatte Mrs Carlson die Einfahrt geschafft und schaltete zurück auf »D«. Sie wartete, bis ein ungeduldiger Fahrer einen Schlenker um sie herum gemacht hatte, blickte über die Schulter, zweimal, auf jeder Seite (»Benutzen Sie die Spiegel, Mrs Carlson«), und dann ging es los. Jeden Samstag fuhren wir über die Route 100 nach Portland. Sobald wir die Stadtgrenze erreicht hatten, befahl Mr Dion Mrs Carlson, in eine Seitenstraße der Washington Avenue abzubiegen, damit sie das Rückwärtseinparken üben konnte. »Oh, dabei werde ich immer so nervös«, sagte sie jedes Mal. Bisher hatte sie es noch nicht geschafft. Das eine Mal, als sie fast so weit gewesen war, war ein Autobesitzer aus seinem Haus gestürmt und hatte uns angebrüllt, wir sollten gefälligst woanders üben; er wolle nicht noch eine Macke in seinem Wagen haben. Das hatte Mrs Carlson so erschreckt, dass sie seither immer panisch die Türen der umstehenden Häuser beobachtete. »Ich möchte nicht noch mal angeschrien werden«, sagte sie.

»Das wird nicht passieren, keine Sorge«, sagte Mr Dion. »Manchmal werden die Leute eben nervös, und dann suchen wir uns eine andere Stelle.«

»Jemand könnte auf uns schießen«, meldete ich mich von hinten.

»Das ist nicht sehr hilfreich, Mrs Warner«, sagte Mr Dion. Doch an jenem Samstag schaffte Mrs Carlson das Rückwärtseinparken. Mit Mr Dions ruhiger Anleitung und mithilfe der Spiegel schlängelte sie sich hinter einen lilafarbenen VW-Bus, der über und über mit »Peace«-Aufklebern bedeckt war, landete millimetergenau an der Bordsteinkante und stellte den Schalthebel auf »P«.

»Du lieber Gott. Bin ich wirklich drin?«, fragte sie.

Mr Dion öffnete die Beifahrertür und sah prüfend nach unten. »Perfekt«, sagte er. Ich lächelte Mrs Carlson vom Rücksitz aus zu. »Gut gemacht!« Ihr Gesicht erstrahlte wie ein Leuchtfeuer. Sie sah mich im Rückspiegel an, der von nun an für immer ihr Freund sein würde, und erwiderte das Lächeln.

Doch ihr Erfolgserlebnis war nicht von Dauer. Wir fuhren wieder aus der Parklücke, nachdem sie sich vergewissert hatte, dass niemand kam, und bis zum Ende der Straße, die in den Baxter Boulevard mündete. Ich liebte diesen Teil von Portland. Die breite Straße führte um eine kreisförmige Bucht, die Back Cove, die bei Flut Wasser von der Casco Bay aufnahm und bei Ebbe wieder leer lief, sodass nur nasser Schlick übrig blieb. Jetzt gerade war Flut, und die Schaumspitzen der fröhlich tanzenden Wellen blitzten. Ich sehnte mich danach, mich ans Ufer zu stellen und mit ihnen zu scherzen. Entlang der Straße standen große, prächtige Häuser. Einige davon waren ein Stück von der Straße entfernt oder durch makellos geschnittene Hecken verdeckt, aber alle hatten einen wunderbaren Blick auf die Bucht und den östlichen Teil von Portland.

»Wer lebt in diesen Häusern?«, hatte ich Mr Dion gefragt, als wir zum ersten Mal daran vorbeifuhren.

»Ärzte«, erwiderte er. »Anwälte. Richter. Solche Leute.«

Oft herrschte am Samstag eine Menge Verkehr, weil viele

Leute von außerhalb am Wochenende in die Stadt fuhren. Mir wurde ganz mulmig, wenn ich Mrs Carlson zusah. Ich wusste genau, wie sie sich fühlte. Wir hatten beide kein gutes Gespür für den richtigen Moment, um sich in eine Reihe fahrender Autos einzufädeln.

»Jetzt«, sagte Mr Dion dann, doch Mrs Carlson traute sich meistens nicht und verpasste den Moment, um nach rechts auf den Boulevard einzubiegen. Normalerweise brauchte es zwei oder drei »JETZT!« von Mr Dion, bis sie aufs Gaspedal trat und sich zwischen die fahrenden Autos wagte.

Doch an diesem Samstag hatte Mrs Carlson gerade das Rückwärtseinparken gemeistert. Offenbar dachte sie, sie hätte Zeit genug, sich einzufädeln, und tat es einfach. Mr Dion brüllte: »NICHT JETZT!«, Mrs Carlson riss das Steuer herum, und der Wagen knallte gegen die Bordsteinkante. Ein lautes POPP erklang, untermalt vom wütenden Hupen des Fahrers hinter ihr. Ich landete mit der Schulter an der Seitenwand.

»Oh nein«, rief Mrs Carlson.

»Grundgütiger«, sagte Mr Dion und stieg aus dem Auto. Er blickte auf den rechten Vorderreifen und schüttelte den Kopf.

»Ach herrje, jetzt sehen Sie sich an, was ich gemacht habe«, sagte Mrs Carlson zu mir.

»Es ist doch nur ein platter Reifen«, erwiderte ich.

»Ich komme mir so dumm vor.« Sie fing an zu weinen. »Ich hasse das. Ich hasse es, dass George nicht mehr fahren kann. Ich kann das nicht. Ich kann das einfach nicht.«

»Natürlich können Sie das«, sagte ich. »Jeder hat mal einen Platten. Ich wette, mir passiert das auch noch, bevor wir fertig sind.«

»Oh, aber Sie fahren gut. Sie sind noch jung. Sie werden noch viele Jahre Auto fahren.«

»Sie auch«, sagte ich.

Nachdem Mr Dion den Reifen gewechselt hatte, war ich dran mit Fahren. Mrs Carlson schlüpfte schweigend auf den Rücksitz. Ich warf ihr im Rückspiegel einen Blick zu. »Alles in Ordnung?« Sie nickte kurz, dann schaute sie aus dem Fenster. Ich fuhr los, wir folgten dem Boulevard und bogen ab Richtung Stadtzentrum. Als ich die Strecke das erste Mal gefahren war, hatte mir der Schweiß auf der Stirn gestanden, aber jetzt genoss ich es, langsam durch die Congress Street zu rollen. Es ging nur im Schritttempo vorwärts, und so hatte ich Zeit, mir die hohen Gebäude rechts und links anzusehen und die Leute, die daran vorbeigingen. Wie immer achtete ich besonders auf rothaarige Frauen. Vor dem wachsamen Blick von Mr Dion, der kauend neben mir saß, musste ich das natürlich verbergen, aber ich tat, was ich konnte. Irgendwann, etwa auf der Mitte der Congress Street, fiel mir auf, dass Mrs Carlson die ganze Zeit nichts gesagt hatte. Normalerweise gab sie zu allem, was draußen geschah, einen Kommentar ab. Als ich vor einer roten Ampel anhalten musste, blickte ich über die Schulter und sah, dass sie gegen das Seitenfenster gesunken war.

»Mrs Carlson?«, sagte ich. Sie rührte sich nicht. »MRS CARLSON?«, wiederholte ich ein wenig lauter. Keine Reaktion.

»Herrgott, was ist denn nun schon wieder?« Mr Dion drehte sich um und berührte Mrs Carlson am Knie. Immer noch nichts. »Verdammt.«

»Was machen wir jetzt?«, fragte ich. »Soll ich rechts ranfahren?«

»Nein. Das Krankenhaus ist nicht weit von hier. Fahren Sie dorthin.«

Es dauerte nur fünf Minuten, fühlte sich aber an wie eine Stunde. Mr Dion tastete nach Mrs Carlsons Puls. Er war schwach, aber fühlbar, sagte er. Ich arbeitete mich von einer roten Ampel zur nächsten vor, bis ich die Abzweigung zum Maine Medical Center erreichte, wo ich vor gar nicht langer Zeit auf der Entbindungsstation gelegen hatte.

Sobald ich vor der Notaufnahme hielt, rannte Mr Dion so schnell, wie ich es ihm bei seiner Figur kaum zugetraut hätte, ins Gebäude. Ich stieg aus und öffnete die hintere Tür. Mrs Carlson stöhnte leise.

»Mrs Carlson?«, rief ich. Das Ganze erinnerte mich fatal an Grands Schlaganfall. »Kommen Sie, wachen Sie auf«, flehte ich. Ihre Lider flatterten, und dann sah sie mich an.

»Was ist passiert?«, fragte sie.

Dann übernahmen die Leute von der Notaufnahme. Während Mr Dion telefonieren ging, um Mrs Carlsons Mann anzurufen, setzte ich mich im Warteraum neben eine Frau mit einem kleinen Jungen, der etwas älter als Arlee war. Der Junge wollte sein Gesicht nicht zeigen, aber auf seinem T-Shirt war Blut zu sehen.

»Er hat einen Buntstiftstummel in der Nase«, sagte seine Mutter.

»Welche Farbe?«, fragte ich.

Sie überlegte einen Moment. »Gebranntes Siena.«

»Wenn meine kleine Tochter sich einen Buntstift in die Nase stecken würde, wäre es wahrscheinlich Azurblau.«

Wir lächelten, und dann kam eine Frau mit einem Klemmbrett und rief einen Namen. Die Mutter sagte: »Das sind wir. Komm, Bodie.«

Die Frau mit dem Klemmbrett war ungefähr in meinem Alter. Ihr Haar, das sie zu einem Pferdeschwanz gebunden hatte, war dunkelrot, und sie hatte braune Augen. Sie trug einen gestreiften Rock und eine weiße Bluse mit einer gestreiften Weste darüber. Als sie mich ansah, machte mein Herz einen Satz, weil ich plötzlich an meine Cousine Robin denken musste. Ich war ihr nur einmal begegnet, als wir beide noch klein gewesen waren. Meine Eltern waren mit mir nach Massachusetts gefahren, um Carlies verrückte Familie zu besuchen. Robin und ich hatten mit ihren Puppen gespielt. Danach hatte ich sie nie wieder gesehen. Einen Moment lang überkam mich Traurigkeit, als die junge Frau den Jungen und seine Mutter hinter einen Vorhang führte, und ich fragte mich, wo Robin jetzt wohl war.

Mir gegenüber saß ein alter Mann, der aussah, als wäre er in Alkohol eingelegt worden. Sein kahler Schädel war von Altersflecken übersät, und seine Nase erinnerte mich an einen kleinen violetten Kohlkopf. In der Luft hing ein Geruch nach getrocknetem Urin.

Die junge Frau mit dem Klemmbrett kam wieder hinter dem Vorhang hervor. Mir stockte der Atem, und ich bekam eine Gänsehaut. Sie lächelte mir kurz zu und half dem alten Mann hoch, als würde sie ihn kennen. Ich erhob mich mit wackeligen Beinen. »Robin?«, krächzte ich heiser.

Sie sah mich an. »Ja?«

»Ich bin's, Florine.«

»Hallo, Florine«, sagte sie. »Ich bin gleich bei Ihnen.« Sie ging ein paar Schritte mit dem alten Mann. Doch dann blieb sie stehen, ließ seinen Arm los und starrte mich mit offenem Mund an.

»Du lieber Gott«, sagte sie.

In dem Moment beugte der alte Mann sich vor und erbrach sich auf ihre weißen Schuhe, und Mr Dion kam mit Mrs Carlson zurück. Mrs Carlson war ein wenig blass, sonst aber offenbar in guter Verfassung. »Ohnmächtig geworden«, sagte Mr Dion.

»Ach, das ist mir furchtbar peinlich«, sagte Mrs Carlson. »Ich muss wirklich daran denken, morgens zu frühstücken.«

»Wie ist deine Telefonnummer?«, fragte ich Robin.

Sie fischte ein Stück Papier aus ihrer Tasche und schrieb sie mir auf. Dann sah sie hinunter auf ihre Schuhe, zuckte jedoch nur die Achseln. Als sie mir den Zettel gab, berührten sich unsere Hände, und wir lächelten uns an.

»Ich melde mich bei dir«, sagte ich zu ihr, bevor sie sich wieder ihrem Patienten zuwandte und ich mit Mr Dion und Mrs Carlson nach draußen ging.

23

»Sei doch nicht so zappelig«, sagte Bud.

»Bin ich ja gar nicht«, entgegnete ich, aber das stimmte nicht. Ich konnte keine Minute still sitzen. Ich schob die Käseplatte auf dem kleinen Esstisch herum und arrangierte das selbst gebackene Brot neu auf dem Teller.

»Bot haben«, sagte Arlee. Ich zupfte ein Stück von der obersten Brotscheibe und arrangierte alles noch mal neu. Travis grinste mich aus seiner kleinen Schaukel im Wohnzimmer an und gluckste laut.

»Genau, Kumpel, das finde ich auch«, sagte Bud.

Er saß auf dem Sofa vor dem Panoramafenster in der Sonne und las die Cartoons in der Sonntagszeitung. Arlee kletterte neben ihn, und er las ihr vor, wobei er mit dem Finger von Bild zu Bild wanderte. Er schnupperte. »Mmh, riecht lecker, das Bot.«

Ich seufzte. »Willst du eine Scheibe?«

»Da würd ich nicht Nein sagen.«

»Wie heißt das Zauberwort?«

»Haben«, sagte Bud.

Ich gab ihm eine Scheibe Brot.

»Und vielleicht auch ein bisschen Käse?«, bat er.

»Großer Gott.«

»Es ist bloß Käse, Florine«, sagte Bud.

»Ich hatte gerade alles so schön hergerichtet. Ach, was

soll's.« Ich klatschte ihm eine Scheibe Käse in die Hand. »Da.« Ich sah, wie sein einer Mundwinkel nach oben wanderte.

»Kannst du mir ein richtiges Bot machen?«, fragte er und stieß Arlee an, die zu kichern begann.

Ich schnappte mir das Brot und den Käse, stapfte in die Küche und holte Senf, Mayonnaise und zwei Messer heraus, denn beides durfte auf keinen Fall mit demselben Messer verteilt werden, obwohl Bud es zusammen aß. Ich bestrich die Brotscheibe, legte den Käse darauf, schnitt sie durch und klappte die beiden Hälften zusammen. Irgendwie landete dabei das Senfglas auf dem Fußboden und bespritzte meine nylonbestrumpften Beine.

»Sie kommt«, rief Bud.

»Das war ja klar«, sagte ich. »Verdammter Mist.« Ich schälte mich aus der Strumpfhose, warf sie in den Müll und lief hinaus, um die schmale Frau zu begrüßen, die gerade aus einem dunkelblauen Toyota Corolla stieg. In der einen Hand hielt sie eine kleine Topfpflanze. Sie schloss die Autotür, und dann standen wir voreinander und sahen uns an.

»Ich hab mir gerade Senf über die Beine gekleckert«, sagte ich, und sie grinste. Sie stellte die Pflanze auf dem Boden ab, und wir umarmten uns lachend und weinend und erinnerten uns an unsere erste Begegnung, bei der wir sofort gewusst hatten, dass wir für immer Freundinnen sein würden – auch, wenn wir uns mal fast zwanzig Jahre nicht gesehen hätten.

»Ich hab im Krankenhaus meinen Augen nicht getraut«, sagte ich.

»Ich habe schon seit ein paar Jahren Ausschau nach dir gehalten«, sagte sie. »Ich bin nach Maine gekommen, um eine Ausbildung zur Krankenschwester zu machen. Als du deinen

Namen sagtest, dachte ich nur, es gibt nicht viele Leute, die so heißen. Und dann hat es klick gemacht!«

Nach ein paar Minuten kam Bud mit Travis auf dem Arm und Arlee an der Hand heraus.

»Das ist mein Mann Bud«, sagte ich.

Sein Blick wanderte zwischen uns hin und her. »Ja, ihr beide seht euch tatsächlich ein bisschen ähnlich.«

»Freut mich sehr, dich kennenzulernen«, sagte Robin. »Und dich auch«, sagte sie zu Travis, der zappelnd die Arme nach ihr ausstreckte und sie anstrahlte. »Du bist ja ein ganz Süßer.«

Arlee stand still neben ihrem Vater, ließ seine Hand nicht los und starrte Robin an. Robin ging in die Hocke und fragte: »Magst du Blumen?« Sie drehte sich um und zeigte auf das kleine violette Usambaraveilchen, das auf dem Boden stand.

Arlee nickte.

»Meinst du, du kannst ihr Wasser geben und dafür sorgen, dass sie ein bisschen Sonne kriegt?«

Wieder nickte Arlee.

»Na, dann gehört sie dir«, sagte Robin. Arlee ließ Buds Hand los und ging vorsichtig auf die Pflanze zu, als hätte sie Angst, dass sie davonlaufen würde. Dann bückte sie sich, hob sie auf und drückte sie an sich. »Jesses Bume«, sagte sie strahlend.

»Wir müssen ihr das abgewöhnen«, sagte Bud.

»Was denn?«, fragte Robin. »Was hat sie gesagt?«

»Jesses ist Jesus«, erklärte ich. »Ida, Buds Mutter, hat ihr gesagt, Jesus ist in allem und jedem. Deshalb denkt Arlee, er wäre auch in der Blume.«

»Kann ja sein«, sagte Robin achselzuckend.

»Ich fahre mit den Kindern zum Spielplatz«, sagte Bud. »Dann könnt ihr euch in Ruhe unterhalten.«

»Du musst nicht gehen«, sagte Robin.

»Doch, er muss«, sagte ich. Ich gab ihm einen Kuss und versuchte, Arlee die Pflanze abzunehmen, aber davon wollte sie nichts wissen. Sie kletterte auf den Rücksitz des Fairlane und hielt das Veilchen im Arm, als wäre es ein Welpe.

Wir winkten ihnen nach, und plötzlich überkam mich Befangenheit. »Na, dann komm rein.«

»Schöner Rasen«, sagte Robin.

»Wir wohnen nicht die ganze Zeit hier«, sagte ich. »Ich muss dich mal nach The Point mitnehmen.«

»Ich habe mal versucht, euren Ort zu finden, aber ich konnte mich nicht mehr an den Namen erinnern. Schließlich landete ich an einem anderen Ort am Meer, und da war es so schön, dass ich aufgegeben und mir den Sonnenuntergang angesehen habe.«

»Setz dich doch«, sagte ich und deutete auf den Esstisch.

»Wie hübsch«, sagte Robin. »Dieser Trailer ist ja ein echtes Schmuckstück.« Wir ignorierten geflissentlich den Senfgeruch. Ich war Bud dankbar, dass er die Spuren beseitigt hatte, solange wir noch draußen waren. Robin begeisterte sich für die Art, wie ich die Räume dekoriert hatte. Ich hatte nicht groß darüber nachgedacht, nur hier und da eine Stelle bemerkt, die mir leer vorkam, und überlegt, was dorthin passen würde, ohne dass es überladen wirkte. Grand hatte mir beigebracht, dass ein Haus nicht aussehen sollte wie ein Krimskramsladen.

»Ich kann so was nicht«, sagte Robin. »Manche Leute wissen einfach, was wohin gehört. Grandma Maxine hatte auch immer ein Händchen dafür.«

Ich brauchte einen Moment, bis ich begriff, dass sie von Carlies Mutter sprach. »Ich habe sie nur das eine Mal gesehen, als wir bei euch waren«, sagte ich. »Wie geht es ihr?«

Robins Gesicht wurde ernst. »Sie ist gestorben, als ich zehn war.«

Ich verspürte einen Anflug von Trauer um eine Großmutter, die ich nie gekannt hatte. Dann fragte ich: »Kaffee? Und nimm dir was von dem Brot und dem Käse. Habe ich selbst gemacht. Das Brot, nicht den Käse.«

»Kaffee wäre prima«, sagte Robin. »Grandma Maxine war ganz begeistert von dir. Sie fand dich so hübsch. Sie wollte euch besuchen kommen. Wirklich.«

Ich sah sie an. Wir hatten die Begrüßungsfloskeln hinter uns, jetzt ging es um das Wesentliche. »Daddy hat gesagt, Carlies Vater wäre ein gemeiner Mistkerl gewesen und hätte Carlie aus dem Haus getrieben. Er hat mir erzählt, warum Carlie damals weggegangen ist.«

»Er ist, ungefähr ein Jahr nachdem ihr bei uns wart, gestorben«, sagte Robin. »Als wir damals bei ihnen eingezogen sind, war er schon so krank, dass er kaum noch etwas tun konnte. Er hatte Lungenkrebs, aber er hat weiter geraucht wie ein Schlot. Ich bin ihm aus dem Weg gegangen, so gut es ging. Ich erinnere mich kaum an ihn.«

»Aber wenn er gestorben ist und Grandma Maxine uns besuchen wollte, warum hat sie es dann nicht getan? Und warum hat sie dir unsere Adresse nicht gegeben?«

»Sie hatte schlimmes Rheuma. Nach Grandpas Tod war es, als würde ihr Körper plötzlich loslassen. So etwas passiert manchmal. Der Körper sammelt sozusagen den Stress, und wenn der äußere Druck nachlässt, löst sich auf einmal das ganze Gift, das sich angestaut hat. Eigentlich würde man meinen, dass es den Menschen dann besser geht, und oft ist es auch so. Aber sie wurde nach seinem Tod richtig krank und hat sich auch nie wieder erholt.«

»Aber sie hätte dir doch die Adresse geben können. Sie wusste, wo wir wohnten.«

»Nein«, sagte Robin. »Das wusste sie nicht. Carlie hat ihnen nie auch nur eine Karte oder einen Brief geschrieben, nachdem sie fortgegangen war. Das einzige Mal, dass wir sie gesehen haben, war bei eurem Besuch. Dein Daddy – er sah gut aus, und er war groß, nicht wahr? – hat uns eingeladen, aber er hat uns nicht gesagt, wo ihr wohnt. Grandma wurde krank, mein Dad musste sich um sie kümmern, und Ben und ich waren damals noch klein. Dann hat Dad wieder geheiratet, und Valerie ist zu uns gezogen und hat bei allem geholfen. Nach Grandmas Tod hat Dad das Haus verkauft, und wir sind alle zusammen nach Kalifornien gezogen. Als ich mit der Schule fertig war, habe ich mich in Portland für die Ausbildung zur Krankenschwester beworben. Ich hatte fest vor, dich zu finden, aber ich hatte ziemlich viel um die Ohren. Du auch, wie's aussieht.«

Ich lächelte. »Könnte man so sagen.« Ich sah sie an, und plötzlich stiegen mir Tränen in die Augen. »Ich kann's gar nicht glauben, dass du hier bist, Robin. Es ist fast ein bisschen so, als hätte ich Carlie wiedergefunden. Du bist ein Stück von ihr und von mir. Und jetzt sehe ich auch die Ähnlichkeit zwischen uns.«

»Ja, das geht mir genauso«, sagte Robin. Sie lächelte. »Weißt du noch, wie wir uns gegenseitig die Haare gebürstet haben?«

»Das vergesse ich nie.«

»Wir könnten Schwestern sein.«

»Das ist doch *mein* Satz«, sagte ich, und wir lachten.

Dann wurde sie wieder ernst. »Hast du irgendwann erfahren, was mit Carlie passiert ist? Ich weiß, sie ist verschwunden, aber das war ungefähr zu der Zeit, als Grandma krank wurde.«

Ich erzählte ihr alles, wir aßen etwas, und irgendwann kam Bud mit der schlafenden Arlee auf dem Arm herein. Ich ging nach draußen und holte Travis aus dem Auto. Er hatte Hunger, und Robin fragte, ob sie ihm das Fläschchen geben dürfte. Danach ließ sie ihn wie ein Profi Bäuerchen machen, und er schlief auf ihrer Schulter ein.

Sie kam leicht mit Bud ins Gespräch, was an ein Wunder grenzte, so schüchtern, wie er war. Vielleicht machte ihre Ähnlichkeit mit mir es ihm etwas einfacher. Sie fragte ihn nach seiner Arbeit und erzählte ein paar Dinge über ihr Auto und dessen Macken. Dann fragte sie ihn nach seiner Familie und danach, wie wir uns kennengelernt hatten. Sie blieb, bis Arlee aufwachte und quengelig etwas zu essen verlangte. Und zwar sofort.

»Willst du nicht noch zum Abendessen bleiben?«, fragte ich.

»Würde ich gerne, aber ich hab noch was vor«, sagte sie.

Da ich sie schlecht an den Stuhl fesseln und zum Bleiben zwingen konnte, begleitete ich sie nach draußen. Der Wind hatte aufgefrischt.

»Bitte komm bald mal wieder«, sagte ich.

Robin lachte. »Natürlich.«

»Nein, im Ernst. Ich will dich nicht bedrängen oder so, aber ich würde mich wirklich freuen.«

Sie umarmte mich fest. »Ich komme auf jeden Fall wieder.« Sie gab mir einen Kuss auf die Wange, dann fuhr sie. Ich stand wie festgenagelt in der Einfahrt und wusste nicht, was ich fühlen sollte. Ich wusste es wirklich nicht.

Bud klopfte von innen an das Panoramafenster. Ich drehte mich zu ihm um, und er deutete auf sein Auto und sagte etwas durch die Scheibe.

Ich sah ihn fragend an. Er hob Arlee hoch, deutete erst auf sie, dann auf das Auto und wiederholte, was er gesagt hatte. Ich ging zum Wagen und öffnete die Fahrertür, doch er schüttelte den Kopf. Dann versuchte ich es an der hinteren Tür, und diesmal nickte er. Als ich hineinschaute, sah ich das Usambaraveilchen auf dem Boden stehen. Ich holte es heraus und hielt es hoch, und Bud und Arlee lächelten.

24

Im November bestand ich die Führerscheinprüfung, und kurz darauf unternahmen wir unsere erste Fahrt nach The Point mit Bud auf dem Beifahrersitz. Das war sowieso schon ein seltsames Gefühl, aber obendrein saß er stocksteif da und sagte so gut wie nichts, was mich ein wenig nervös machte.

»Was ist?«, fragte ich ein paarmal. »Mache ich irgendwas falsch?«

»Nein, alles in Ordnung«, sagte er.

»Liegt es daran, wie ich fahre? Bin ich zu langsam? Oder zu schnell?«

»Ein bisschen langsam. Aber das ist okay.«

Wir fuhren ein paar Meilen. Dann fragte ich: »Warum sagst du nichts?«

»Gibt nichts zu sagen.«

»Fühlt es sich komisch an, auf dem Beifahrersitz zu sitzen?«

»Ein bisschen.«

»Möchtest du lieber Country-Musik hören?«

»Nein, der Sender ist gut.«

»Du bist so still.«

»Ich spare mir das Reden auf.«

»Wofür?«

»Meine Güte, Florine. Wenn ich was zu sagen habe, sage ich es.«

Ich stellte mir vor, wie es wäre, wenn Dottie oder Robin neben mir säße. Wir würden reden und lachen, und die Fahrt würde wie im Flug vergehen. »Oh!«, sagte ich.

»Was ist?«

»Jetzt kann ich ja Mädelswochenenden machen.«

»Was meinst du damit?«

»So wie Carlie früher. Mit Robin und Dottie oder mit einer von ihnen Ausflüge machen. Irgendwo übernachten, Sehenswürdigkeiten anschauen und lecker essen gehen.«

»Ja, könntest du wohl.«

»Vielleicht nächsten Sommer.«

»Wie soll das gehen? Wer kümmert sich um die Kinder?«

»Ida. Oder du. Für ein Wochenende schaffst du das doch wohl.«

Schweigen. Ich schaltete das Radio aus.

»Bud?«

»Ich denk darüber nach.«

Ich fragte mich, warum ich abwarten sollte, wie seine Entscheidung ausfiel. Schließlich würde ich ja nicht für immer verschwinden. »Ich brauche deine Erlaubnis nicht«, sagte ich. »Du bist nicht mein Vater.«

»Habe ich auch nie behauptet. Aber wo du schon davon anfängst: Du hast doch sowieso nie gemacht, was er wollte.«

»Also, für mich ist es beschlossene Sache. Ich frage Dottie und Robin, was sie davon halten.«

»Jesses, du regst dich auf, wenn ich ein paar Bier trinke und spät nach Hause komme. Wieso darf ich jetzt nichts dazu sagen?«

»Weil du dich scheußlich benimmst, wenn du betrunken bist.«

»Du wirst schneller. Du kannst nicht einfach so fahren,

wie du dich fühlst. Halt dich an die Geschwindigkeitsbegrenzung.«

»Ich bin eine gute Mutter, und ich bin es gerne, aber es wäre schön, mal für eine Weile rauszukommen.«

»Ich dachte, The Point wäre dein Urlaub.«

»Urlaub ist, wenn man wegfährt. Dieselbe Diskussion hatten meine Eltern auch andauernd. Carlie wollte weg, Daddy wollte zu Hause bleiben.«

»Wir sind nicht deine Eltern. Wir sind auch nicht meine Eltern. Zum Glück.«

»Alles, was ich will, ist irgendwohin fahren, ein paar Tage faul sein und tun, wonach mir der Sinn steht. Ist das zu viel verlangt?«

»Fahr nicht so schnell.«

»Sag schon.«

Bud schwieg, und ich konzentrierte mich darauf, nicht wütend das Gaspedal durchzutreten. Während der restlichen Fahrt sagte keiner von uns mehr etwas. Arlee sang immer wieder *Twinkle, Twinkle, Little Star*, bis ich dachte, ich würde durchdrehen. Als wir endlich in The Point ankamen, war es bereits gegen elf Uhr vormittags.

Bevor ich den Motor ausgeschaltet hatte, kam Maureen schon den Hügel heraufgelaufen. Trotz ihrer langen Beine wirkte sie weniger schlaksig. War es wirklich erst ein paar Monate her, seit ich sie zuletzt gesehen hatte? Sie sah weniger wie ein Mädchen aus, mehr wie eine Frau. Sie umarmte mich, dann holte sie Arlee vom Rücksitz, die ihre Eltern innerhalb von Sekunden vergaß.

»Ich hab euch alle so vermisst«, sagte Maureen.

Bud nahm Travis aus seiner Trage, und Maureen riss die Augen auf. »Oh mein Gott!« Sofort schlug sie sich die Hand vor den Mund, als hätte sie Angst, ihre Mutter könnte gehört haben, wie sie den Namen Gottes außerhalb eines Gebets gebrauchte. »Ist der groß geworden!«

»Ja, er ist ein Riesenbaby«, sagte ich. Travis schmiegte schüchtern das Gesicht an den Hals seines Vaters. Maureen ging zu ihrem Bruder und gab ihm einen Kuss auf die Wange. »Hallo, Bud. Schön, dich zu sehen.«

»Ihr seid ja gleich groß«, sagte ich.

»Ich weiß«, sagte Maureen. »Früher, wenn er mich geärgert hat, habe ich immer gesagt, er soll sich vorsehen, weil ich eines Tages genauso groß bin wie er.«

»Das hast du geschafft«, sagte Bud.

»Ist es okay, wenn ich Arlee mit zu uns nehme?«, fragte Maureen.

Bevor ich antworten konnte, sagte Bud: »Ich komme mit«, und die beiden verschwanden.

»Von mir aus«, murmelte ich vor mich hin, während ich die Haustür aufschloss. »Ist mir doch egal, wenn ich alles alleine machen muss.« Ich stand in der Diele und lauschte auf die Kälte und die Stille. Die Heizung war nur so weit an, dass die Rohre nicht einfroren. Ich drehte den Thermostat höher und sah mich um. So sauber, wie alles war, hatte Dottie das Haus sicher nicht hinterlassen. Außerdem hatte jemand – vermutlich Ida – das Nötigste an Vorräten besorgt. Auf dem Küchentisch lag ein kleiner Stapel Post. Ich hob ihn auf und sah ihn durch.

Zwei Briefe, an mich adressiert, in denselben Druckbuchstaben wie die anderen, beide in Lewiston abgestempelt. »Verdammt«, sagte ich. Ich überlegte, ob ich Parker anrufen sollte, aber allein der Gedanke machte mich müde, außerdem war es der Tag vor Thanksgiving, und er war sicher mit seiner Familie beschäftigt. »Das kann warten«, beschloss ich. Erst mal mussten die Sachen aus dem Auto geholt und die Betten bezogen werden. Gerade als ich Teewasser aufsetzte, kam Bud in die Küche. Er war wütend auf mich, das sah ich an seinem flackernden Blick.

»Was ist los mit dir?«, fragte ich.

»Das kann ich dir sagen. Du hättest *mich* fragen können, ob ich mit dir wegfahren will.«

»Was?«

»Ich bin derjenige, der das Geld für uns verdient. Und ich bin derjenige, mit dem du wegfahren solltest. Aber du hast mich nicht mal gefragt, verdammt noch mal.«

»Ich dachte, du hättest keine Lust wegzufahren«, sagte ich.

»Natürlich hab ich das. Ich bin nicht dein Vater. Ich fahre gerne weg. Ich fänd's toll, ins Auto zu steigen und die Küste raufzufahren. In einem Hotelbett mit dir Sex zu haben und danach lecker essen zu gehen. Noch mal Sex zu haben, wenn wir aufwachen, und dann zusammen zu frühstücken. Jesses, denkst du eigentlich auch mal an irgendwen anders als an dich selbst?«

»Natürlich tue ich das. Ich denke immer an dich.«

»Von wegen. Wieso bin ich eigentlich allein für euch alle zuständig? Ich wollte immer irgendwohin, ein Abenteuer erleben. Und du denkst nicht mal lange genug an mich, um auf die Idee zu kommen, dass ich mit dir wegfahren will. Nein, du denkst als Erstes an jemand anders.«

»Ich fand die Vorstellung einfach toll, mal etwas mit meinen Freundinnen zu unternehmen. Das hat doch nichts mit dir zu tun. Natürlich würde ich gerne mit dir zusammen wegfahren. Es tut mir leid. Ich denke immer an dich«, wiederholte ich.

»Ach, Quatsch!«

»Bud.«

»Bud. Bud. Bud.«

»Geh«, sagte ich. »Du wirst gemein. Komm zurück, wenn du dich beruhigt hast.«

»Vielleicht komme ich zurück«, sagte er. »Vielleicht auch nicht. Aber hör auf, so verdammt egoistisch zu sein.«

Er stapfte nach draußen und knallte die Tür hinter sich zu. Ich sank auf einen Küchenstuhl. Trauer und Reue sickerten durch mein Herz. »Ach, Bud«, seufzte ich. Ich dachte an seine Spaziergänge. Seine Rastlosigkeit. Seine Einsamkeit, wenn wir nicht bei ihm in Stoughton Falls waren, und seine Geduld mit mir während der Schwangerschaft mit Travis. Der Wasserkessel pfiff. Ich stand auf, machte mir einen Becher Tee, gab Milch dazu und stellte ihn auf den Tisch. »Es gibt viel zu tun«, sagte ich zu mir selbst.

Während ich das Gepäck aus dem Auto holte, dachte ich weiter über Buds Worte nach. Er hatte recht. Ich war verdammt egoistisch. Ich fragte mich, ob er mit mir wirklich so einen guten Fang gemacht hatte. Vielleicht wäre er mit seiner Highschool-Freundin Susan besser dran gewesen. Mit ihr hätte er irgendwohin gehen können, und sie wäre nicht schwanger geworden, so wie ich. Sie hätte einen Plan für sie beide gehabt. Sie hätte sich um ihn gekümmert, anstatt dass er allein das Geld für eine Frau und zwei Kinder verdienen musste. Vielleicht dachte er genau dasselbe. Vielleicht war er fertig mit mir. Tränen stiegen mir in die Augen, während ich am Kofferraum stand und auf unsere Sachen starrte. »Mist«, sagte ich. »Was ist denn bloß los mit mir?« Eine Tür fiel ins Schloss, und Madeline rief von ihrem Haus herüber: »Hallo, Florine. Happy Thanksgiving!« Ich wischte mir über die Augen und lächelte, als sie auf mich zukam und mich umarmte.

»Danke, dir auch«, sagte ich.

»Hat Dottie dir erzählt, dass ich Großmutter werde?«

»Ja. Wie geht es Evie?«

»Oh, sie ist munter, wie immer. Und kugelrund.«

»Ich muss noch auspacken«, sagte ich. »Aber ich komme nachher rüber. Ist Dottie schon da?«

»Ja, aber sie ist in die Stadt gefahren. In ein, zwei Stunden ist sie sicher zurück.«

Ich trug die letzten Taschen ins Haus. Dann ließ ich mich aufs Sofa fallen, wie gelähmt von der Vorstellung, dass Bud mich verlassen könnte.

Während ich dasaß und mich quälte, kam Bud herein.

»Wirst du mich verlassen?«, fragte ich ihn.

Er sah mich überrascht an. »Was? Unsinn. Wie kommst du denn darauf?«

»Du warst vorhin so wütend.«

»War ich auch. Aber das heißt doch nicht, dass ich abhaue.«

»Du hast gesagt, vielleicht kommst du nicht zurück.«

Er zuckte die Achseln. »Das war blöd.«

»So aufgebracht habe ich dich noch nie erlebt.«

»Ich wusste nicht, dass ich so wütend war«, sagte er. »Manchmal bleibt das, worüber ich mich aufrege, an irgendwas anderem hängen, worüber ich mich vorher aufgeregt habe, was ich dir aber nicht gesagt habe, und dann klebt beides zusammen.«

»Von jetzt an sagst du mir, was los ist, bevor irgendwas irgendwo hängen bleiben kann. Und mach das nie mit den Kindern, sonst wirst du erleben, wie verdammt egoistisch ich wirklich sein kann.«

»Verstanden«, sagte er und trottete Richtung Küche.

»Und ich liebe dich mehr als irgendwen sonst«, sagte ich, als er an mir vorbeiging. »Vergiss das nicht. Sind die Kinder noch bei Ida?«

»Ja.«

»Dann gehe ich jetzt eine Runde an die Luft. Ich bin bald wieder da.«

Ich ging die Straße zu Rays Laden hoch und bog dann nach rechts in das Naturschutzgebiet ab. Ich wollte zu der Bank auf der Klippe, aber als ich darauf zusteuerte, sah ich, dass bereits jemand dort war. »Mist«, murmelte ich und machte kehrt, um zu der Lichtung zu gehen, doch nach ein paar Schritten rief eine Männerstimme: »Florine!«

Ich erstarrte. Mr Barrington. Er war der Letzte, dem ich jetzt begegnen wollte. Andererseits wäre es vielleicht eine gute Gelegenheit, ihn zu fragen, ob er und Carlie mal etwas miteinander gehabt hatten.

Ich drehte mich um. Der Mann, der auf mich zukam, hinkte ein wenig. Es war nicht Mr Barrington. Es war Andy.

25

Ich wartete auf ihn, wartete darauf, dass der lebenshungrige, rastlose Junge mit dem breiten Lächeln erschien. Doch der Junge war verschwunden, und an seine Stelle war ein hagerer, zögernder Mann getreten. Seine dunklen Augen wanderten unruhig hin und her, sahen mich kurz an und wandten sich dann wieder ab. Auf seinen ausgemergelten Zügen lag ein nervöses Lächeln, und der Novemberwind zerzauste sein sandfarbenes Haar, das ein gutes Stück kürzer war als ein paar Jahre zuvor. Seine Ohren waren von der Kälte gerötet.

»Du brauchst eine Mütze«, sagte ich.

Er breitete die Arme aus, und ohne nachzudenken, trat ich auf ihn zu, und wir umarmten uns. »Es tut so gut, dich zu sehen«, flüsterte er. »Mein Gott, tut das gut.« Er zitterte am ganzen Körper.

Mir stieg der Geruch nach Zigaretten und Haschisch in die Nase. Er drückte mich noch fester an sich.

»Okay, das reicht jetzt«, sagte ich lachend.

»Ja. Natürlich.« Sein Blick irrte über mein Gesicht. »Du bist noch genauso schön wie damals. Das Leben bekommt dir.«

»Jedenfalls besser als bei unserer letzten Begegnung«, sagte ich. »Da wäre es uns beinahe im Hals stecken geblieben.«

»Oh Gott, ja. Die Nacht verfolgt mich immer noch. Du

hättest sterben können, durch meine Schuld.« Seine Augen wurden feucht.

Ich versuchte, das Gespräch in andere Bahnen zu lenken. »Es ist schön, dich munter und auf den Beinen zu sehen.«

»Na ja, ich hinke«, sagte er. »Das wird auch so bleiben. Hab mich ziemlich gründlich zerlegt.«

»Aber wir sind noch da«, sagte ich. »Das ist doch schon was. Ich bin jetzt Mama. Und Ehefrau.«

»Ich weiß. Freut mich für dich, wirklich.« Er sah mich an. »Mein Gott, ich hatte ganz vergessen, wie schön du bist.«

»Ich habe ein Mädchen, Arlee, fast zweieinhalb, und einen Jungen, Travis, sieben Monate alt.«

Andy stieß einen Pfiff aus. »Donnerwetter, du warst ja fleißig.«

Ich wechselte das Thema. »Was tust du hier?«

»Ich gönne mir eine Pause«, sagte er. »Die Familie ist hier, wegen Thanksgiving.«

»Die ganze Familie?«

Er lachte. »Na ja, so groß ist sie ja nicht.«

»Als wir uns das letzte Mal gesprochen haben, solltest du auf die Militärschule.«

»Ich war ein halbes Jahr da. Sie haben versucht, das Hinken aus mir rauszuexerzieren, aber als das nicht klappte, hat mein Vater mich gehen lassen. Mithilfe von ein paar Privatlehrern habe ich die Highschool abgeschlossen, und irgendwie hat mein Vater es geschafft, mir einen Platz an der Uni zu besorgen, aber das war nichts für mich. Jetzt überlege ich, wie es weitergehen soll.«

»Dottie macht im Frühjahr ihren Abschluss«, sagte ich.

»Nicht schlecht. Ich hab den anderen Typen – Glen? – ab und zu hier getroffen. Wir haben ein paar Joints zusammen geraucht.« Er spuckte auf die Erde. »Scheißkrieg. Das einzig Gute an unserem Unfall war das Hinken. Deshalb wollten sie mich bei der Armee nicht.«

Ich wusste nicht, was ich darauf sagen sollte.

»Du hast mir durch eine schwere Zeit geholfen, Florine. Ich weiß nicht, was ich ohne dich getan hätte.«

»Geht mir genauso«, sagte ich. »Wir haben uns gegenseitig durch eine schwere Zeit geholfen.«

Er fasste mich an den Armen und sah mich eindringlich an. »Ich meine es wirklich ernst«, sagte er leise.

Ich löste mich sanft aus seinem Griff. »Ich muss gehen. Bud ist unten im Haus, und die Kinder haben bestimmt Hunger.«

»Können wir uns irgendwann mal treffen?«

»Ach, ich weiß nicht.«

»Ich schätze, das heißt Nein.« Andy nickte und senkte den Kopf. Sein abgestoßener Wanderschuh malte einen Halbkreis in die Fichtennadeln.

»Aber ich bin froh, dass wir uns begegnet sind«, sagte ich. »Und dass es dir gut geht.«

Wieder füllten sich seine Augen mit Tränen, und er wischte sie weg, als wären es lästige Insekten. Dann lächelte er und umarmte mich noch einmal ganz fest, bis ich betete, er würde mich endlich loslassen. War er schon immer so bedürftig gewesen? So verzweifelt? Und ich womöglich auch?

»Du wirst immer etwas Besonderes für mich sein, Florine«, flüsterte er. »Ich hoffe, das weißt du. Ich werde dich immer lieben. Immer.«

Diesmal sah ich ihn eindringlich an. »Und ich werde Bud lieben. Immer. Ich hoffe, du findest jemanden, der dich glücklich macht.«

Andy lachte bitter. »Nein. Ich stehe unter einem Fluch. Schon seit Jahren. Daraus wird nichts. Mach's gut, du Süße.« Er drehte sich um und hinkte davon, den Kopf gesenkt und die Hände in den Taschen seiner ausgeblichenen Jeans vergraben.

Ich versuchte, nicht zu laufen, aber ich konnte nicht anders.

Bud saß auf der Veranda, als ich zurückkam. »Ma will wissen, ob wir mit ihr und Maureen zu Abend essen wollen.«

»Von mir aus gerne«, sagte ich. »Ich hole die Kinder aber erst mal wieder bei ihr ab, dann können sie noch ein Stündchen schlafen.«

»Klingt gut.« Seine Stimme klang müde.

»Bin gleich wieder da.«

Kurz vor Idas Haus traf ich Glen, der vom Hafen heraufkam.

»Hallo«, sagte er.

»Hallo. Wie geht's dir?«

Er zuckte die Achseln. »Geht so.«

»Bud ist zu Hause«, sagte ich.

Er nickte und ging weiter, an Grands Haus vorbei. »Dann eben nicht«, murmelte ich und kam gleich darauf in eine gemütliche Küche voller Frauen und Kinder. Ich setzte mich zu ihnen, drückte den warmen Körper meines Sohnes an mich und sah zu, wie meine Tochter durch das Haus tollte, Herrscherin über Maureen und ihr Königreich. Ich blieb etwa eine Stunde, dann ging ich mit den Kindern nach Hause. Als wir in die Diele kamen, hörte ich Bud oben schnarchen. »Pssst!«, sagte ich. »Daddy ist müde.« Auch wenn Travis das wohl kaum verstanden haben konnte, ließ er sich ohne Gequengel in die Wiege legen, während Arlee sich unter dem Beistelltisch im Wohnzimmer zusammenrollte. Freie Zeit. Ich stand in der Küche und überlegte, wie ich sie verbringen wollte. Dann fielen mir die Briefe wieder ein. Ich setzte mich hin, griff nach den Umschlägen und seufzte. In dem Moment kam Bud in die Küche.

»Hast du noch mehr von diesen Briefen bekommen?«, fragte er.

»Sieht so aus. Aber eigentlich soll ich sie Parker geben, ohne sie aufzumachen.«

»Auf den anderen Briefen hat er doch nichts gefunden, oder?«

»Nein.«

»Na, dann wird er auf denen hier vermutlich auch nichts finden. Außerdem sind sie an dich adressiert, nicht an Parker.«

»Einerseits will ich sie nicht lesen, und andererseits will ich sie nicht *nicht* lesen, falls das irgendwie einen Sinn ergibt.«

»Nicht mehr und nicht weniger als die ganze Geschichte als solche.«

Er nahm mir einen der beiden Umschläge aus der Hand und sah mich fragend an. Ich nickte. Er holte das kleine Taschenmesser, das er immer dabeihatte, aus der Hosentasche und schlitzte den Umschlag auf. Dann zog er vorsichtig den Bogen heraus, faltete ihn auseinander und legte ihn mir hin.

Kein Datum. Keine Anrede. Keine Unterschrift.

Ich könnte dich den ganzen Tag und die ganze Nacht lang anschauen, ohne dieses Anblicks jemals überdrüssig zu wer-

den. Aber das hier ertrage ich nicht länger. Ich habe dich mehr geliebt als du mich. Das weiß ich. Und deshalb sage ich jetzt Lebwohl, meine Geliebte.

»Jesses«, sagte Bud. »Was schreibt der denn für hochgestochenes Zeug? *Ohne dieses Anblicks jemals überdrüssig zu werden* – großer Gott.«

»Wenn du so was zu mir sagen würdest, würde ich mich wegschmeißen vor Lachen.«

Er griff nach dem zweiten Brief, öffnete ihn und legte ihn ebenfalls auf den Tisch.

Ich kann dich nicht verlassen. Ich liebe dich. Bitte hab Geduld mit mir. Es tut mir leid.

»Der Kerl sollte sich mal entscheiden«, sagte Bud.

»Und ich sollte die Briefe Parker geben«, sagte ich.

Bud schüttelte den Kopf. »Heb sie lieber noch eine Weile auf und warte ab, ob noch welche kommen. Vielleicht ergibt das Ganze dann mehr Sinn.«

Ich hätte ihm beinahe von der Begegnung mit Andy erzählt, aber dann tat ich es doch nicht. Ich würde es für mich behalten, so wie Bud seinen Zorn für sich behielt. Und so, dachte ich, entstehen Vulkane.

Arlee rief aus dem Wohnzimmer nach mir. Ich wollte aufstehen, um nach ihr zu sehen, doch Bud fasste mich am Arm und hielt mich fest. Ich setzte mich wieder, und er ließ mich los.

»Was ist?«, fragte ich.

»Vielleicht ist es nicht perfekt«, sagte er. »Aber ich werde *deiner niemals überdrüssig werden*. Und außerdem bist du auch nicht perfekt, *meine Geliebte*.« Unsere Hände trafen sich auf den Briefen und verwischten alle Spuren, die sich möglicherweise darauf befanden.

26

Robin konnte es gar nicht fassen, als sie The Point sah. »Meine Güte, ist das schön hier!«, rief sie. »Und du bist hier aufgewachsen? Was war denn bloß los mit unseren blöden Eltern? Wenn die nicht so verkracht gewesen wären, hätten wir euch ständig besuchen können!«

Arm in Arm sahen wir hinaus in den kalten Novembertag. »Du solltest es erst mal im Sommer sehen«, sagte ich.

Sie schüttelte den Kopf. »Nein, ich mag die Farben im Herbst am allerliebsten, das Rot und das Braun und das Gelb. Der Herbst leuchtet wie die Glut eines ersterbenden Feuers.« Sie seufzte.

»Wo hast du das denn her?«, fragte ich.

»Ich fühle mich gerade inspiriert.«

Bud und ich hatten darüber diskutiert, ob wir sie zu Thanksgiving einladen sollten. Als ich ihn darauf angesprochen hatte, hatte er achselzuckend erwidert: »Klar, warum nicht?« Dabei hatten wir vor Kurzem erst über ihren neuen Platz in meinem Leben gestritten.

»Ist es für dich wirklich in Ordnung?«, fragte ich.

Er verdrehte die Augen. »Natürlich. Jetzt lad sie schon ein, Herrgott noch mal.«

»Ich hatte nämlich den Eindruck, dass du ein bisschen eifersüchtig geworden bist, als ich gesagt habe –«

»Schon gut, ich weiß«, knurrte er. »Hol sie her. Es ist bestimmt genug zu essen da. Ma macht sowieso immer viel zu viel.«

»Keine Sorge, ich passe auf, dass sie nicht zu viel isst«, sagte ich. »Ich pikse sie mit der Gabel in die Hand, falls sie sich nachnehmen will.«

»Vor allem beim Kürbis-Pie. Von dem gebe ich nichts ab.«

Da hatte *ich* dann die Augen verdreht, und kurz danach hatte ich Robin angerufen. Sie hatte sich gefreut und gesagt: »Ich bringe einen Kürbis-Pie mit.« Ich hatte in mich hineingegrinst, mich bedankt und gesagt, dass ich es kaum erwarten konnte.

Sie war früh in Portland losgefahren und kam schon vormittags in ihrem kleinen Corolla den Hügel heruntergerollt. Untergebracht war sie bei Ida, in Buds altem Zimmer, aber als Erstes zeigte ich ihr Grands Haus. Sie war vollkommen begeistert. Am besten gefielen ihr die Küche und die Veranda mit den Schaukelstühlen. Seltsamerweise gefiel ihr auch Stellas Haus. Madeline hatte erzählt, dass Stella seit zwei Wochen weg war, und ich hatte auch kein Licht gesehen. Ich zeigte Robin das Haus von außen, und danach den Garten und die Cheeks oben am Hang.

»Die Felsen machen ihrem Namen alle Ehre, die sehen wirklich aus wie zwei Pobacken«, sagte sie. Dann blickte sie wieder zu Stellas Haus hinunter. »Es ist wunderschön. So klein und gemütlich. Ich sehe schon mein Auto in der Einfahrt und einen Hund auf dem Rasen.«

»Ja, es war schön«, sagte ich. »Damals.«

Sie lächelte mich an. »Vielleicht wird es das ja auch wieder. Wer weiß, was noch kommt.«

»Ich habe einen Zweitschlüssel, falls du es von innen sehen willst.«

Robin schüttelte den Kopf. »Nein, lass nur.«

»Die meisten Leute verlieben sich in Grands Haus, wenn sie es sehen«, sagte ich. »Manche klopfen sogar an die Tür und fragen, ob es zu verkaufen ist.«

»Wirklich?«

»Ja, das ist schon öfter vorgekommen, auch als Grand noch lebte. ›Nun ja‹, sagte sie dann immer, ›eine Million für das Haus und noch mal zwei Millionen für die Aussicht. Darüber könnten wir reden.‹ Aber sie lachte dabei, und manchmal ließ sie die Leute auch hereinkommen und lud sie auf einen Tee ein. Aber ich bin nicht Grand. Ich bin nicht so freundlich. Es ist auch erst ein Mal passiert, seit das Haus mir gehört. Ein paar Monate nachdem Bud bei mir eingezogen war, kam ein junges Paar aus Connecticut. Nette Leute, aber ich sagte nur: ›Schönen Urlaub noch‹, und machte die Tür wieder zu. Sie haben Ray ihre Karte dagelassen, für den Fall, dass ich meine Meinung ändere, aber das wird nie passieren.«

»Ich nehme an, sie haben dasselbe gesehen, was Tante Carlie damals gesehen haben muss«, sagte Robin. »Es ist so romantisch und schön wie im Märchen.«

»Manchmal eher wie in einem Schauerroman. Im Winter kann es hier ziemlich kalt und einsam sein. Vor ein paar Jahren hat ein paar Orte weiter eine Frau ihren Mann umgebracht, als sie ihren ersten Winter hier verbracht haben.«

Robin schüttelte sich. »Aber ich finde es trotzdem schön. Und meinem Dad würde es auch gefallen.«

»Wo du gerade von Onkel Robert sprichst: Sieht er Carlie eigentlich ähnlich?«

Sie schüttelte den Kopf. »Nein, eher Maxine: dunkel, schmal und groß. Und still. Ich kenne niemanden, der so schweigsam ist wie Dad.«

»Bud ist auch nicht gerade gesprächig.«

»Aber kein Vergleich mit Dad.«

»Wie stand er zu Carlie?«

»Das weiß ich gar nicht so genau. Er ist zehn Jahre älter als sie und war schon verheiratet und aus dem Haus, als sie ihre schwierige Phase hatte.«

»Und was macht deine Mutter?«

»Sie lebt in Boston. Arbeitet als Barfrau. Und sie liebt dieses Leben. Nachts ist sie unterwegs, und tagsüber schläft sie. Mittlerweile ist sie zum dritten Mal verheiratet. Ich hasse sie nicht, aber ich kenne sie kaum. Ab und zu treffen wir uns mal und reden ein bisschen.«

»Und Ben?«

Robin lächelte. »Mein Bruder ist Surfer mit Leib und Seele. Damit verdient er auch sein Geld. Dad und Valerie haben sich damit abgefunden. Ich schimpfe manchmal mit ihm, aber letzten Endes ist es mir egal. Anscheinend macht es ihn glücklich. Er ist erst neunzehn.«

»Ich hab mit neunzehn ein Kind gekriegt«, sagte ich. »Und Carlie auch. Was ist mit dir?«

»Ich hole schon irgendwann auf. Aber fürs Erste lasse ich mir von Leuten auf die Schuhe kotzen und wische ihnen den Hintern ab. Warum sollte ich dieses glamouröse Singledasein aufgeben?«

An Thanksgiving versammelte sich mittags ein großer Kreis um den Esstisch in Idas kleinem Haus: Maureen, Robin, Bud und ich mit den Kindern, Ray und natürlich Ida selbst. Nach dem Essen brachten Robin und ich die Kinder rüber zu uns. Während Arlee und Travis ihr Nachmittagsschläfchen hielten, spielten wir mit Maureen und Ida, die dazustießen, Karten. Irgendwann tauchte dann auch noch Dottie auf.

»Du musst Robin sein«, sagte sie zu meiner Cousine. »Wurde auch Zeit, dass du dich endlich mal blicken lässt.«

»Ich komme immer zu spät«, erwiderte Robin.

»Florine auch. Aber sie kann wenigstens die Kinder vorschieben. Was ist deine Entschuldigung?«

»Ich versuche, deinen Bowlingrekord zu schlagen.«

Alle starrten sie an.

»Du bowlst?«, fragte ich überrascht. »Wusstest du, dass Dottie die letzte Meisterschaft gewonnen hat?«

»Natürlich. Das weiß doch jeder, der bowlt.«

»Nicht jeder«, sagte Dottie. »Es gibt bestimmt noch ein paar, die das nicht wissen.«

»Sei nicht so bescheiden«, sagte Robin. Dann sah sie mich an. »Ich wusste, wer Dottie war, lange bevor wir uns wiederbegegnet sind.« Sie stand auf und reichte Dottie die Hand. »Eines Tages werde ich dich besiegen.«

Dottie schlug ein. »Das darfst du gerne versuchen.«

»Mit dem größten Vergnügen.«

Nachdem das geklärt war, setzten sich die beiden, und Ida und Maureen machten sich auf den Heimweg. Robin und Dottie verstanden sich prächtig und tauschten sich angeregt über ihre Bowlingabenteuer aus. Irgendwann wachten die Kinder auf und wurden unruhig, deshalb machte ich ihnen ein frühes Abendessen. Kurz danach wurde Arlee wieder müde und kroch unter den Küchentisch, um weiterzuschlafen. Ich brachte Travis nach oben, badete ihn und sang ihm mit meiner schiefen Stimme etwas vor. Während ich mit ihm auf dem Arm im Schlafzimmer saß, lauschte ich auf das Gespräch unten in der Küche. Ich liebte es, mit meinem kleinen

Jungen hier oben zu sitzen, und ich liebte es, wenn das Haus voller Menschen war. Genauso will ich für immer leben, dachte ich.

Ich legte Travis in sein Bett, und gerade als ich wieder nach unten ging, klopfte es leise an der Tür. Draußen standen Glen und eine sehr schwangere Evie. Beide grinsten etwas albern und hatten blutunterlaufene Augen.

»Kommt rein«, sagte ich. »Die Party ist in vollem Gang.«

Evie lachte schnaubend.

»Was ist?«, fragte ich. »Habe ich was Komisches gesagt?«

»Nein. Ich schätze nur, wir beide haben nicht dieselbe Vorstellung von einer Party.«

»Schon möglich. Komm trotzdem rein und setz dich. Du siehst aus, als könntest du's gebrauchen.«

»Happy Thanksgiving«, sagte Glen und umarmte mich so fest, dass meine Knochen knackten. Erschrocken ließ er mich los. »Jesses, hab ich dir wehgetan?«

»Nein, ich glaube nicht«, sagte ich. »Wahrscheinlich war es sogar gut für meinen Rücken.«

Robin und Dottie verstummten, als die beiden in die Küche kamen. Sie waren aber auch ein schräges Paar. »Das ist meine Schwester Evie«, sagte Dottie. »Und das ist unser Freund Glen. Das Baby ist nicht von ihm. Nur Evie weiß, wer der Vater ist – zumindest hoffen wir, dass sie es weiß.«

Evie streckte ihrer Schwester die Zunge heraus.

Robin stand auf und gab Glen die Hand. »Ich habe schon viel von dir gehört«, sagte sie.

Er wurde rot und sah zu Boden. »Nicht alles davon ist wahr«, murmelte er.

»Es war nur Gutes«, sagte Robin. Dann wandte sie sich zu

Evie, doch die war zurückgewichen und hatte die Hände hinter ihrem Rücken versteckt. »Hi«, sagte Robin zu ihr.

»Hi«, sagte Evie. Robin sah sie so lange an, dass Evie schließlich fragte: »Was ist? Habe ich was zwischen den Zähnen?«

»Nein, aber du hast gekifft«, erwiderte Robin. »Und du bist schwanger und hast geschwollene Hände und ein geschwollenes Gesicht.«

»Ja und?«, sagte Evie. »Was geht dich das an?« Sie ergriff Glens Hand. »Komm, lass uns verschwinden.«

»Ach, bitte geht nicht«, sagte Robin. »Ich mache mir nur Sorgen. Wann ist der Geburtstermin?«

»15. Dezember«, sagte Evie. »Schütze.« Sie strahlte, als wäre das eine großartige Neuigkeit.

Robin lächelte. »Ich bin auch Schütze. Optimistisch, idealistisch und gnadenlos ehrlich. Ach so, ich bin übrigens Florines Cousine und angehende Krankenschwester.«

Evie war nach Robins Ansprache so verwirrt, dass sie nur »Aha« murmelte und an ihrer Schwangerschaftsbluse herumzupfte.

»Hast du Bier da?«, fragte Glen.

»Du weißt ja, wo es steht«, sagte ich, und er steuerte auf den Kühlschrank zu.

»Wo ist Bud?«, fragte er.

»Der ist drüben und guckt Football.«

Er ließ sich auf einen Stuhl fallen. »Vielleicht sollte ich auch zu den Männern rübergehen.«

»Warum das denn, wenn du hier lauter schöne Frauen um dich haben kannst?«, sagte Dottie.

Glen lachte.

»Was ist daran so komisch?«, fragte ich.

»Nichts. Außer ihr sitzt da, wo ich jetzt sitze, und schaut euch alle an.«

»Wir sind vielleicht nicht hübsch«, sagte Dottie. »Aber wir sind stark und können dir eine ordentliche Tracht Prügel verpassen, wenn du dich nicht benimmst.«

»Außer Evie vielleicht«, sagte Robin.

»Wartet's ab«, sagte Evie. »Was zum Teufel sollte das heißen, Glen?«

»Nichts.« Glen lehnte sich mitsamt dem Stuhl zurück, bis nur noch die beiden hinteren Beine auf dem Boden standen.

»Runter«, sagte ich. »Sofort. Ich meine es ernst.«

»Er ist doch kein Hund«, sagte Evie.

Ich warf ihr einen Blick zu, der selbst sie zum Schweigen brachte. »Glen.«

Er hörte auf zu kippeln, doch als er die Beine ausstreckte, traf er mit seinem riesigen Kampfstiefel Arlees zarten Arm. Als sie aufschrie, zuckten wir alle zusammen.

»Ach, verdammt«, sagte ich. »Sie war so still, dass ich sie ganz vergessen hatte.« Ich kroch unter den Tisch, um nach meiner Kleinen zu sehen, die sich aufgesetzt hatte und lautlos zu weinen anfing. Alle schoben ihre Stühle zurück und spähten hinunter zu Arlee, die die Hand auf ihren Arm presste.

»Lass Mama mal sehen«, sagte ich. Sie schüttelte den Kopf, holte Luft und ließ einen Sturm aus Tränen, Rotz und Geheul los.

»Süße, komm mal her. Mama muss sich deinen Arm ansehen.«

»Tut mir leid, Arlee«, sagte Glen von oben. »Tut mir schrecklich leid. Warum hat mir denn keiner gesagt, dass sie da unten ist, verdammt noch mal? Tut mir leid, meine Kleine.« Er hockte sich auf den Boden. Arlee wich panisch zurück zur anderen Seite des Tisches. Dottie hob sie hoch und setzte sie sich auf den Schoß.

Glen erhob sich wieder, und ich kroch unter dem Tisch hervor. Dabei stieß ich mir den Kopf und musste mich zusammenreißen, um nicht laut zu fluchen.

»Oh Mann«, sagte Evie. »Das wird aber langsam ein echter Scheißtrip.«

Wir umringten Arlee wie eine Art Hexenkreis, was ihr nur noch mehr Angst einjagte.

»Zurück«, sagte Robin leise. »Geht alle mal ein Stück weg.« Wir gehorchten. Sie nahm Arlee hoch, während Dottie die Karten auf dem Tisch beiseiteschob, und setzte sie auf die frei gewordene Stelle.

»Mama«, schluchzte Arlee und streckte den rechten Arm nach mir aus. Der linke bewegte sich nicht.

»Oh nein«, sagte ich. »Ist er gebrochen?«

»Verflucht«, stöhnte Glen. »Es tut mir so leid, Arlee.« Er wandte sich ab und schlug die Hände vor das Gesicht. »Ich baue nur Mist.«

»Hör auf zu flennen«, sagte Dottie. »Du hast es ja nicht mit Absicht getan.«

Robin strich sanft über Arlees Arm. »Nicht weinen, Süße. Es ist nichts Schlimmes. Das ist bald wieder gut.«

»Nein, ist es nicht«, sagte Glen. Er zitterte am ganzen Körper.

Arlee fing wieder an zu heulen.

»Ich gehe«, sagte Evie. »Mir ist komisch.« Und damit verschwand sie.

»Glen«, sagte Robin. »Dottie hat recht. Wenn du keine

große Sache daraus machst, beruhigt Arlee sich. Aber wenn du dich zu sehr aufregst, gehst du besser, bis wir wissen, was mit ihr ist.«

Wortlos stapfte Glen aus dem Haus und knallte die Tür hinter sich zu.

Arlee hatte einen dicken Bluterguss, aber zum Glück war nichts gebrochen. Ich holte Eiswürfel und ein Handtuch, und Robin kühlte damit Arlees Arm. Nach einer Weile beruhigte sie sich.

»Das wird noch ein, zwei Tage wehtun«, sagte Robin. »Kühl die Stelle dreimal täglich eine Viertelstunde lang. Ich sehe morgen früh noch mal nach ihr.«

»Ich kann einfach nicht fassen, dass ich sie da unten vergessen habe«, sagte ich. »Was bin ich bloß für eine Mutter?«

»Eine gute«, erwiderte Dottie. »Wir haben sie alle vergessen.«

»Die Party ist vorbei«, sagte ich. »Dieses kleine Mädchen muss jetzt ins Bett. Und ich auch.«

Während ich Arlee auf der Veranda noch etwas vorlas, kam Bud herein und steuerte auf die Treppe zu.

»Wir sind hier«, rief ich. Er machte kehrt und setzte sich neben mich in den zweiten Schaukelstuhl. Als er die Arme ausstreckte, krabbelte Arlee zu ihm. Er küsste sie auf ihre Locken. »Na, geht es Daddys Mädchen wieder besser?«, sagte er, und Arlee schniefte leise. »Robin meinte, ich sollte mir keine Sorgen machen, aber natürlich hab ich mir dann erst recht Sorgen gemacht. Was ist denn passiert? Darf Daddy mal sehen, wo's wehtut?« Arlee hob die Arme, und Bud zog ihr das Schlafanzugoberteil aus. »Du liebe Güte«, sagte er, als er den großen blau-schwarzen Fleck sah. Er warf mir einen fragenden Blick zu.

»Sieht schlimmer aus, als es ist. Aber Glen fühlt sich schrecklich.«

»Ich sollte wohl besser mal nach ihm sehen.« Bud seufzte. »Das wirft ihn bestimmt um Monate zurück.«

»Wo steckt er denn?«, fragte ich.

»Ich nehme an, er ist zu seinem Zelt gegangen.«

»Ist das nicht zu kalt?«

»Wahrscheinlich. Es soll sogar Schnee geben«, sagte Bud.

»Hol ihn her. Sag ihm, er kann auf dem Sofa schlafen.«

Bud verschwand wieder, und ich brachte Arlee ins Bett. Danach zog ich mich bis auf das T-Shirt aus und schlüpfte unter die Decke. Bud blieb länger weg, als ich gedacht hatte. Ich hörte, wie vor dem Haus der Butts eine Autotür zuschlug. Dann sprang der Motor an, und das Auto fuhr den Hügel hinauf. Kurz darauf schlug noch eine Tür zu, und ein zweiter Motor sprang an. Das Auto folgte dem ersten. Ich fragte mich, wer da wohin fuhr und ob einer von beiden Evie war. Ich war halb eingeschlafen, als Bud ins Schlafzimmer kam.

»Evie ist auf dem Weg ins Krankenhaus«, sagte er. »Ich schätze mal, es geht los.«

»Das kann nicht sein«, sagte ich.

»Glen habe ich nicht gefunden. Ich war bei seinem Zelt, aber da war er nicht. Auf dem Rückweg kamen mir erst Madeline, Bert und Evie entgegen und dann Dottie. Sie hat gesagt, bei Evie wär die Fruchtblase geplatzt.«

»Ich hoffe, es geht alles gut«, sagte ich. Bud zog sich aus und legte sich neben mich.

»Ich auch«, sagte er. Sein Gesicht an meiner Schulter war ganz kalt. Seine Hand wanderte zwischen meine Beine.

Ich nahm sie und legte sie auf meine Hüfte. »Bin zu müde«, murmelte ich.

Er schwieg einen Moment, dann seufzte er und sagte: »Ich auch.«

Wir schmiegten uns aneinander und schliefen ein.

27

Evie hatte eine furchtbare Nacht. Ihr Blutdruck kletterte in schwindelerregende Höhen, und die Ärzte mussten kämpfen, um sie und das Baby zu retten. Zum Glück schafften es beide, und in den frühen Morgenstunden kam Archer Bertram Butts zur Welt.

Dottie kriegte sich gar nicht wieder ein. »Du musst ihn dir ansehen«, schwärmte sie. »Das schönste Baby der Welt. Ich hab keine Ahnung, wem er ähnlich sieht, aber er sieht klasse aus. Dunkles Haar. Lange Beine. Schmale Füße. Große Hände. Ich werde ihn überallhin mitnehmen. Ihm Klamotten kaufen. Und Spielzeug. Und ich bringe ihm jede Sportart bei, auf die er Lust hat.« Ich hatte sie noch nie so glücklich erlebt.

Robin kam im Lauf des Vormittags vorbei. Sie setzte sich an den Küchentisch zu Bud, mir und den Kindern. Arlee, die auf meinem Schoß saß, zeigte auf ihren Arm.

»Aua«, sagte sie.

»Lass mal sehen.« Robin untersuchte die Stelle kurz. »Sieht schon viel besser aus«, sagte sie zu Arlee.

Die Antwort gefiel Arlee gar nicht. Sie runzelte die Stirn und schmiegte sich enger an mich. »Nein«, sagte sie. »Tut weh.« Ich küsste sie auf ihre Locken.

»Ich habe mich heute Morgen sehr nett mit Ida und Maureen unterhalten«, sagte Robin. »Ida hat geredet wie ein Wasserfall.«

»Normalerweise ist sie eher still«, erwiderte ich.

»Vielleicht fällt es ihr leichter, mit jemandem zu sprechen, den sie nicht so gut kennt. Und ihre Quilts sind einfach toll. Sie ist wirklich eine Künstlerin. Sie sollte sie verkaufen.«

»Das möchte sie nicht«, sagte Bud. »Sie meint, Gott hat ihr das Talent gegeben, damit sie andere beschenkt.« Er fütterte Travis im Tiefflug mit einem Löffel Apfelkompott. »Wrumm, wrumm.«

»Sie hat mir erzählt, dass sie früher auch Krankenschwester werden wollte«, sagte Robin. »Sie hatte sich schon für die Ausbildung angemeldet, aber dann hatte das Leben etwas anderes mit ihr vor.«

»Wirklich?«, fragte ich. »Bud, wusstest du das?«

Er wischte Travis Kompott vom Mund. »Was denn?«

»Dass deine Mutter Krankenschwester werden wollte?«

»Nein.«

»Mei«, sagte Travis. »Mei.«

»Genau, Kumpel«, sagte Bud. »MeiMei.«

»Was heißt das?«, fragte Robin.

Bud zuckte die Achseln. »Es heißt MeiMei.«

»Hätte ich mir denken können. So, ich glaube, ich mache mich jetzt mal auf den Heimweg.«

»Schon?«, sagte ich. »Kannst du nicht noch bleiben?«

»Nein«, sagte Robin. »Ich muss morgen arbeiten, und ich will noch ein bisschen Zeit für mich haben. Aber wir sehen uns bald wieder.«

»Na gut. Danke, dass du gekommen bist.«

»Danke, dass du mich eingeladen hast. Was für ein herrlicher Ort! Und die Leute hier sind auch nicht übel.« Wir standen beide auf. Ich wollte Arlee auf dem Boden absetzen, aber sie hielt die Beine hoch, also setzte ich sie mir auf die Hüfte.

Robin verabschiedete sich von Bud, der zum Gruß einen weiteren Löffel Apfelkompott in die Luft hielt. Arlee und ich zogen uns eine Jacke über und brachten Robin zum Auto. Der graue Novembertag gab uns einen Vorgeschmack auf den nahenden Winter.

»Bist du sicher, dass Bud mich mag?«, fragte Robin.

»Natürlich. Wieso denn nicht?«

»Ich weiß nicht, er wirkt so ... so still und distanziert, wenn ich da bin.«

»So ist er immer«, sagte ich. »Bud ist wie eine Schnecke, die sich in ihrem Haus verkriecht und mit Algen zudeckt.«

Sie roch nach Shampoo und Seife, als wir uns umarmten. »Ich bin so froh, dass es dich gibt«, sagte ich. »Seit ich weiß, dass du da bist, geht es mir viel besser.«

»Geht mir genauso«, erwiderte Robin. Sie gab Arlee einen Kuss und stieg ins Auto.

Als sie aus der Einfahrt fuhr, winkte Arlee eifrig mit ihrem verletzten Arm.

»Sieht aus, als würdest du es überleben«, sagte ich zu ihr. »Hast du Lust, spazieren zu gehen?« Sie nickte. »Dann musst du aber runter.« Sie schüttelte den Kopf und grinste, aber dann fing sie an zu zappeln, und ich setzte sie ab. Wir schlugen den Weg Richtung Naturschutzgebiet ein. Bevor wir dort ankamen, blieben wir oben im Wald stehen, und ich spähte durch die Kiefern und Fichten. Bud hatte mir die Stelle beschrieben, aber es war nicht leicht, den schmalen Pfad zu Glens Lagerplatz zu finden. Schließlich entdeckte ich eine kaum sichtbare Spur, die zwischen den Bäumen hindurchführte. »Wollen wir Glen besuchen?«, fragte ich Arlee. Sie griff sich an den Arm und sagte: »Aua.«

Wir duckten uns unter einem tief hängenden Ast hindurch und folgten dem Pfad. Kurze Zeit später roch ich Rauch. »Glen ist zu Hause«, sagte ich zu Arlee. Wir gingen noch etwa fünfzig Meter, dann rief ich: »Glen?« Keine Antwort. »Glen? Wir sind's, Florine und Arlee.«

»Kommt her«, rief jetzt Glens Stimme. Wir schlängelten uns zwischen den Bäumen hindurch, die bis zu dem Tag, als Glen hier sein Zelt aufgeschlagen hatte, allein vor sich hin gewachsen waren, die Zweige zur Sonne gereckt, und ihre Nadeln und Blätter ungehört auf den weichen Waldboden hatten rieseln lassen.

Als Glens Zelt, das mit Tarnnetzen bedeckt war, in Sichtweite kam, blieb Arlee stehen. »Nach Hause.«

Ich hockte mich hin und sah sie an. »Glen würde sich sehr freuen, dich zu sehen«, sagte ich.

Sie fasste sich wieder an den Arm.

»Er wollte dir nicht wehtun. Er ist traurig. Bestimmt geht es ihm besser, wenn wir ihn besuchen.«

Arlee zog die Stirn kraus. Dann schob sie mich energisch beiseite und stapfte auf das Zelt zu, neben dem Glen auf einem Campingstuhl saß. Sie hielt ihm ihren Arm hin und sagte: »Küssen.«

Glen gab dem Arm einen lauten Schmatzer. »Jetzt besser?«, fragte er. Dann stand er auf, holte einen zweiten Campingstuhl aus dem Zelt und deutete darauf. Ich setzte mich.

»Was ist das?«, fragte Arlee und zeigte auf eine Laterne, die an einem dicken, gegabelten Ast hing. Das andere Ende des Astes war in den Boden gerammt. Nachdem Glen ihr erklärt hatte, dass die Laterne ihm Licht gab, inspizierte sie den ganzen Zeltplatz und fragte Glen alles Mögliche. Als sie in das Zelt kroch, folgte er ihr. Ich hörte, wie er ihr einen Zeichenblock und Buntstifte anbot.

»Sie malt«, sagte er, als er wieder zu mir nach draußen kam.
»Ich wusste gar nicht, dass *du* malst«, sagte ich zu ihm.
»Hab ich früher auch nicht getan«, erwiderte er. »Erst seit ich zurückgekommen bin.«
»Und was malst du?«
Er zuckte die Achseln. »Feuerwerk. Leuchtraketen. Urwaldbäume. Ein paar von den Jungs.«
»Kann ich mal sehen?«, fragte ich, doch er schüttelte den Kopf.
»Tut mir leid, aber das ist mir zu persönlich.«
»Wieso bist du eigentlich nicht bei Evie im Krankenhaus?«
»Sie hat mich weggeschickt. Meinte, sie müsste schlafen. Also bin ich gegangen.«
»Dottie sagt, der Kleine ist wunderschön.«
Glen lächelte. »Ist er. Der kriegt auch mal diese unglaublich blauen Augen.«
Wir schwiegen eine Weile. Aus dem Innern des Zelts kam Gesang: »*Itsy Bitsy spidah up the wadda spout ...*«
»Ich liebe diese kleine Maus«, sagte Glen.
»Ich weiß. Sie hat Glück, dass sie dich in ihrem Leben hat.«
»Ich würde ihr nie wehtun. Niemals.«
»Ich weiß.«
»Nein, weißt du nicht«, sagte Glen, und dann begann er zu weinen.
Ich legte meinen Arm um ihn, doch er schüttelte ihn ab.
»*... down came the wain and washa spidah out.*«
»Was ist los?«, fragte ich Glen.
»Das würdest du nicht verstehen«, sagte er. »Ich gehöre nirgends mehr hin. Alles ist so sinnlos.«
»Was soll das heißen? Du gehörst hierhin. Du hast immer –«

»Nein, das meine ich nicht. Ich gehöre nicht mehr auf diese Welt.«

Mich überlief ein Schauer.

»... *out came a sun and dwied up alla wain.*«

»Wovon redest du?«, fragte ich.

Er wischte sich mit der flachen Hand die Tränen aus dem Gesicht. »Ich bin so verdammt blöd, dass ich es nicht mal erklären kann.« Unser Atem vermischte sich in der kalten Novemberluft. Ich wünschte, ich hätte Handschuhe mitgenommen. Stattdessen schob ich die Hände unter meine Achseln.

»Du könntest schon. Du willst bloß nicht.«

»Doch, will ich. Ich will es euch allen erklären, aber ihr würdet es nicht verstehen.«

»Versuch's doch mal.«

Glen schniefte und holte tief Luft.

»*Pony boy pony boy wonchew be my pony boy ...*«, sang Arlee.

28

Glen öffnete den Mund und schloss ihn wieder. Er schüttelte den Kopf. Dann setzte er ein zweites Mal an. Und verstummte erneut. »Es ist schwer«, sagte er.

»Glaube ich dir.«

»*Doe'n say no, here we go wyding coss da pains ...*«

Er holte tief Luft. »Da drüben, das war die Hölle. Nicht nur für mich, für alle. Keiner von uns wusste, was wir eigentlich da verloren hatten. Insekten, so groß wie Hoppy. Heißer als ein Dampfkochtopf, und geschüttet hat's, das war die reinste Sintflut. Ich hab Schimmel angesetzt an Stellen, von denen ich gar nicht wusste, dass sie schimmeln können. Wir sind bis zum Hals durch Sümpfe gewatet, und überall lauerten kleine gelbe Kerle, die uns aufschlitzen wollten.

So sieht der Teufel aus, Florine: diese kleinen gelben Kerle, die hinter dir her sind. Es waren nicht alle hinter uns her, aber woher sollten wir wissen, welche gefährlich waren und welche nicht? Ich habe Menschen erschossen, Florine. Ich weiß nicht, wie viele. Manchmal wusste ich nicht, ob ich die richtigen erwischt hatte oder die falschen. Sie lebten in kleinen Dörfern, und manchmal lächelten sie sogar, aber sobald du dich umdrehtest, warfen sie mit Granaten. Ich habe auch Frauen getötet. Ich weiß, dass ich das getan habe.«

»*Twinkle, twinkle little star ...*«, sang Arlee. »*How I wondah what you ah ...*«

Glens Schmerz jagte durch den Stuhl, auf dem er saß, bohrte sich durch die Erde, schoss meinen Stuhl hinauf und grub sich mit seinen scharfen Fängen in meine Eingeweide. »Du brauchst nicht weiterzusprechen«, sagte ich leise.

Er starrte mich wütend an. »Du wolltest es doch wissen. Jetzt erzähle ich es dir auch, verdammt noch mal.«

Ich rührte mich nicht.

Er schüttelte den Kopf. »Scheiße.«

»*Scheiße, Scheiße, Scheißescheißescheiße* ...«, trällerte Arlee. Glen und ich mussten lachen. »Tut mir leid«, sagte er.

Ich lächelte. »Ich wünschte, ich hätte eine Thermosflasche mit Whiskey und heißem Kakao für dich«, sagte ich. »Weißt du noch, als Grand im Sterben lag und du mir was davon ins Krankenhaus gebracht hast? Es hat geholfen. Wirklich. Ich wünschte, ich hätte jetzt auch so was für dich.«

»Nichts hilft«, sagte Glen. »Ich hab das Gefühl, ich bin am Ende.«

»Sag so was nicht.«

»Weißt du, Florine, ich bin zur Armee gegangen, weil ich nicht bei Ray im Laden arbeiten wollte. Ray hat nichts damit zu tun. Ich hab's getan, weil ich nicht wusste, was ich wollte. Die Highschool war vorbei. Football war vorbei. Zum Studieren bin ich zu blöd. Wenn ich hiergeblieben wäre, hätte ich Evie in Schwierigkeiten gebracht, lange bevor das jemand anders übernommen hat. Also hab ich mich freiwillig gemeldet. Klar liebe ich mein Land, aber das war nicht der Grund. *Ich hab's getan, weil mir einfach nichts anderes eingefallen ist.* Mann, wie kann man bloß so bescheuert sein? Das haben sich die anderen auch gefragt. Wir haben uns angesehen und gefragt: ›Was machen wir hier eigentlich?‹, und die Antwort war: ›Weiß der Henker.‹«

»*Jesus loves me dis I know ...*«, klang Arlees Stimme herüber.

»Ich meine, wir haben da doch keine Amerikaner gerettet, oder? Vietnam ist weit weg. Ich glaube kaum, dass die Schlitzaugen irgendwann in nächster Zeit hier einfallen. Es ging auch nicht darum, die Welt zu retten. Angeblich haben wir gegen die ›kommunistische Bedrohung‹ gekämpft, aber eigentlich haben wir die ganze Zeit nur versucht, nicht zu verrotten oder erschossen zu werden.«

»*... dey are weak but we ah stwong ...*«

»Überleg mal, wie du dich fühlen würdest«, sprach Glen weiter, »wenn du mit Dottie spazieren gehst, und plötzlich erschießt sie jemand. Keine Dottie mehr, nur noch ihr toter Körper, mit offenem Mund, und überall Blut. Sie kann ihren Satz nicht mehr beenden. Kein Bowling mehr. Keine Treffen mit dir. Und gerade eben noch hat sie dir einen Witz erzählt, und ihr habt gelacht. Weißt du, wie das ist, wenn du siehst, wie die Seele einen Menschen verlässt, Florine?«

»Ich habe gesehen, wie Grands Seele gegangen ist«, sagte ich.

»Ich meine, von jetzt auf gleich«, sagte Glen. »Die Seele verschwindet, und du hast nur noch die tote Hülle von jemandem, den du gernhattest und den jemand anders wahrscheinlich sogar geliebt hat, und der Anblick ist alles andere als schön. Und du hast nicht mal einen Kratzer. Das fühlt sich an, als wäre die Kugel eigentlich für dich gedacht gewesen, und der andere hat sie abgefangen, ohne dich zu fragen.«

Ein Teil von mir wünschte sich, Arlee würde aus dem Zelt kommen und jammern, dass sie nach Hause wollte. Aber sie plapperte und sang weiter vor sich hin, während sie malte, und ich wusste, ich musste dableiben. Ich musste warten, bis Glen sich alles von der Seele geredet hatte.

»Du solltest besser gehen«, sagte Glen, als hätte er meine Gedanken gelesen.

»Nein«, sagte ich. »Red weiter.«

»Irgendwann verloren die Briefe von zu Hause ihre Bedeutung, weil sie nichts mit dem zu tun hatten, was um mich herum passierte. Es war die reinste Folter, Florine. All diese muntern Sätze und Neuigkeiten aus einer Welt, die nicht mehr existierte. Ich hasste es, wenn die Post verteilt wurde. Ich hasste es, Briefe von jemandem zu kriegen, der genauso gut auf dem Mond leben könnte. Deshalb hab ich Maureen gesagt, sie soll aufhören, mir zu schreiben. Ich hab ihre Sätze angestarrt und überhaupt nicht begriffen, was sie bedeuteten. *Ich bete jeden Abend für dich. Ich denke jeden Tag an dich und hoffe, dass es dir gut geht.* Scheiße, natürlich ging es mir *nicht* gut! Es war die Hölle.«

»Sie war verletzt, als du ihr gesagt hast, sie soll dir nicht mehr schreiben.«

Glen nickte. »Ich weiß. Es war nett gemeint. Und es war nicht ihre Schuld. Aber ihr wisst nicht, wie das war. Ein paar von den Jungs sind einfach in den Dschungel gelaufen und nie wiederaufgetaucht.

Und dann diese verdammten Demonstranten. Ich verstehe ja, warum sie es falsch fanden, dass wir da drüben waren. Wir haben ja selbst nicht kapiert, was wir eigentlich da verloren hatten.« Wieder liefen ihm Tränen über das Gesicht. »Auf dem Flughafen in Boston hat jemand Pisse auf mich gekippt.«

»Großer Gott, Glen.«

Sein Kinn zitterte. »Es war eine junge Frau. Hübsch. Sie lächelte mich an, als würde sie mich kennen, also bin ich zu ihr gegangen. Sie hielt ein Glas in der Hand, und als ich nah genug war, schüttete sie mir das Zeug ins Gesicht. Es war warme Pisse. Wenn ich die Augen schließe, kann ich es immer noch riechen. Sie haben sie weggezerrt, aber da war es schon passiert. Sie geben uns die Schuld, Florine. Den Soldaten. Dabei haben sie keine Ahnung.« Glen verstummte für einen Moment. Auf einmal kam Arlee übermütig aus dem Zelt gelaufen und gab erst mir, dann Glen einen Kuss auf die Wange, bevor sie wieder hinter den Tarnnetzen verschwand.

»Jetzt sitze ich hier und versuche herauszufinden, was ich tun soll«, fuhr Glen fort. »Ich komme mir so verdammt blöd vor. Und ich fühle mich so verloren.«

Ich griff nach einem mickrigen Strohhalm. »Was ist mit Evie?«, fragte ich. »Vielleicht könnt ihr beide ja ...«

»Evie ist nicht die, für die ich sie gehalten habe. Vielleicht kann sie nicht anders. Ich weiß es nicht. Hast du ihr mal in die Augen gesehen? Sie ist hart wie Stahl. Irgendwas stimmt mit ihr nicht. Zum Glück hat das Baby ein paar nette Leute in seinem Leben.«

»Vielleicht kannst du ja helfen, Archer großzuziehen. Und vielleicht läuft dir jemand über den Weg ...«

Er schüttelte den Kopf. »Madeline und Bert und Dottie werden helfen, Archer großzuziehen. Und ich glaube nicht, dass mir irgendwer über den Weg läuft. Und selbst wenn, wüsste ich gar nicht, wie ich mich verhalten soll. Fürs Erste bleibe ich hier.« Er deutete mit dem Daumen auf das Zelt, in dem Arlee saß. »Zum Glück gibt's eure beiden Kleinen, für die ich ein bisschen da sein kann. Und es tut gut, wieder draußen auf dem Wasser zu sein. Da ist keiner, der mich anspuckt, der etwas auf mich wirft, der schießt oder mich anstarrt, als hätte ich die Pest. Da ärgern mich nur die Hummer und die Möwen.«

Arlee krabbelte aus dem Zelt und zeigte mir ihr Bild. Fast

das ganze Blatt war mit orangefarbenen, roten und gelben Strichen bedeckt. In der Mitte krümmte sich eine wackelige Linie zu einem Kreis.

»Was ist das?«, fragte ich sie.

»Aua«, sagte sie.

Sie schenkte ihr Bild Glen, umarmte ihn und hielt ihm noch mal den Arm hin, damit er ihn küsste. Ich gab ihm einen Kuss auf die Stirn und strich ihm über den Kopf, und dann machten Arlee und ich uns auf den Heimweg. »Ach«, sagte ich und wandte mich noch mal um. »Wie wär's, wenn du den Winter über in Grands Haus wohnen würdest? Hier draußen wird's bestimmt ziemlich kalt.«

Glen nickte. »Ich denk drüber nach«, sagte er. »Ray weiß nicht, was er mit mir anfangen soll, und zu Germaine in die Stadt will ich auch nicht. Ist vielleicht keine schlechte Idee.«

Arlee und ich gingen durch den Wald zurück nach Hause. Ich war froh, als ich sah, dass das Licht in der Küche brannte, gegen den trüben, düsteren Tag.

29

Zu meinem Erstaunen hatte Robin recht gehabt: Bud mochte sie nicht. Wenn sie anrief, schüttelte er den Kopf und verzog das Gesicht, ganz gleich, ob sie während des Abendessens anrief oder später, wenn er in seinem Sessel saß und fernsah. Er behauptete, das täte er, weil meine Stimme dann immer so schrill und überdreht würde.

»Du klingst überhaupt nicht wie du selbst«, sagte er.

»Ich fühle mich aber wie ich selbst, und zwar mehr, als wenn ich mit sonst irgendwem rede, außer mit dir oder Dottie«, entgegnete ich. »Sie gehört zur Familie. Was stört dich an ihr?«

Er zuckte die Achseln. »Sie nimmt Zeit weg.«

»Was soll das heißen?«

»Wir haben eh schon so wenig Zeit, wegen der Kinder. Wenn sie anruft, nimmt sie uns Zeit weg, die wir gar nicht haben.«

»Was? Das ergibt doch keinen Sinn.«

»Ich weiß, was ich damit meine, und das reicht mir«, sagte Bud.

»Aber mir nicht.«

»Dein Problem.«

»Bist du immer noch sauer, weil ich mit ihr und Dottie wegfahren wollte?«

»Nein.«

»Was ist es dann?«

Schweigen. Typisches Bud-Schweigen. Davon gab es zwischen Thanksgiving und Weihnachten eine Menge.

Ich hasste es, wenn wir im Trailer stritten, vor allem bei kaltem Wetter, wenn man nirgendwohin konnte. Verletzte Gefühle prallten an der Küchenwand ab, trafen die Schlafzimmerwand, knallten von dort an das Dach und dann auf den Boden.

Manchmal floh ich vor seiner Muffeligkeit in Arlees Zimmer und las ihr etwas vor, oder ich setzte mich zu Travis und summte ihm etwas in sein süßes, kleines Ohr. Nachdem sie eingeschlafen waren, kehrte ich zurück ins Wohnzimmer zu meinem missgelaunten Mann. An manchen Tagen gingen wir ohne ein Wort zu Bett, und morgens brachte er dann auch kaum einen Satz heraus, bevor er zur Arbeit fuhr. Ich hasste diese Tage, und ich konnte mir nicht vorstellen, dass es Bud anders ging.

Ich hoffte, er würde sich mit der Zeit ein wenig für Robin erwärmen. Ich gewöhnte mir an, mit ihr zu telefonieren, wenn er nicht zu Hause war. Wenn sie keinen Unterricht hatte oder im Krankenhaus arbeitete, lud ich sie ein, mich und die Kinder für ein, zwei Stunden zu besuchen.

»Was macht ihr eigentlich an Weihnachten?«, fragte sie mich während eines solchen Besuchs.

»Bud möchte hierbleiben«, sagte ich. »Er will dieses Jahr im kleinen Kreis feiern, nur wir vier.«

»Ah«, sagte Robin. »Na ja, wenn ich kleine Kinder hätte, würde ich diese gemeinsame Zeit sicher auch sehr genießen.«

»Nicht dass ich etwas dagegen hätte, wenn du uns besuchen kämst ...«

»Nein, nein, ich verstehe schon ...«

»Ich meine, ich würde mich riesig freuen, wenn du mit uns feiern würdest.«

»Nein, ich habe sowieso schon etwas vor«, sagte Robin, aber das glaubte ich ihr nicht. Wir kannten uns mittlerweile ziemlich gut. Ich hasste es, sie außen vor zu lassen, noch dazu, wenn ich es gar nicht wollte.

Eines Tages rief Dottie an und fragte, ob sie eine Nacht bei uns auf dem Sofa schlafen könnte. »Die Falmouth Junior High braucht eine Sportlehrerin. Wenn sie mich mögen, kriege ich den Job vielleicht.«

»Natürlich werden sie dich mögen. Außerdem kriegen sie eine Meister-Sportlerin«, sagte ich. »Klar kannst du bei uns übernachten.«

Bud strahlte, als ich ihm erzählte, dass Dottie uns besuchen würde.

»Warum freust du dich auf Dottie, aber nicht auf Robin?«, fragte ich.

»Dottie ist Dottie«, sagte er.

»Und Robin ist Robin.«

»Ja, aber Dottie ist mehr Dottie, als Robin Robin ist.«

»Bud, welche Farbe hat die Sonne auf deinem Planeten?«, fragte ich. Er lachte, erläuterte aber nicht, was er gemeint hatte.

Dottie fand schließlich die Erklärung. »Er will nicht, dass jemand Neues dich ihm wegnimmt«, sagte sie an dem Abend, als sie zu uns kam. Wir saßen in Arlees Zimmer und lasen ihr gemeinsam eine Geschichte vor. Dottie las eine Seite und ich die nächste, was Arlee unglaublich lustig fand. Dottie sagte: »Er sieht sie, er sieht dich, und er sieht, wie glücklich du bist, wenn sie da ist, als wäre sie ein neues Spielzeug oder so, und dann wird er eifersüchtig.«

»Das ist wie Hummer und Muscheln«, sagte ich.

»Was meinst du damit?«

»Zwei völlig verschiedene Dinge. Ich wäre nie auf die Idee gekommen, dass er so leicht eifersüchtig wird.«

»Du hast ihn nicht erlebt, als du mit Andy zusammen warst«, sagte Dottie.

»Wieso das denn? Er hatte doch Susan.«

»Tja, aber die hat er jetzt nicht mehr, oder?«

Ich wechselte das Thema. »Wie geht's Archer? Wenn du den Job in Falmouth kriegst, ist er doch ganz schön weit weg. Wie willst du das aushalten?«

Jedes Mal, wenn von ihm die Rede war, leuchtete Dotties Gesicht auf. »Ich werde ihn ganz oft besuchen«, sagte sie. »An den Wochenenden und in den Ferien, einfach bei jeder Gelegenheit. Ich werde ihn nicht zu lange allein lassen.«

»Und wie kommt Evie mit ihm zurecht?«

»Geht so.«

»Was heißt das?«

Dottie runzelte die Stirn. »Na ja, sie ist halt Evie. Sie benimmt sich genauso wie vorher. Sie klemmt ihn sich an die Brust, dann sieht sie zu, dass sie ihn möglichst schnell wieder loswird, und rennt zum Spiegel, um zu sehen, ob ihr Make-up noch sitzt und ob sie weiter abgenommen hat. Madeline versucht die ganze Zeit, sie zum Essen zu kriegen, damit sie bessere Milch hat, aber Evie weigert sich. Sie findet sich zu dick.«

»Na und?«, sagte ich. »Es sieht sie doch keiner.«

»Nach den Weihnachtsferien geht sie wieder zur Schule. Sie hat alle Hausaufgaben gemacht, die ihr zugeschickt wurden, und sie hat alle Tests mit Eins bestanden. Für jemanden, der so intelligent ist, benimmt sie sich ziemlich dumm.

Madeline kümmert sich tagsüber um Archer, und ich, wann immer ich kann.«

»Was ist mit Bowling?«

»Archer ist besser als Bowling«, sagte Dottie.

»Vielleicht hast du eines Tages deinen eigenen kleinen Archer.«

»Dazu müsste ich erst mal einen Kerl finden, mit dem ich es aushalte.«

»Klingt aber nicht gerade romantisch«, sagte ich.

»Nein, klingt verdammt anstrengend«, erwiderte Dottie.

Ich sagte ihr nicht, dass es das zum Teil auch war. Natürlich beschwerte ich mich ab und zu über irgendwelche Kleinigkeiten, aber dass Bud mich manchmal richtig wahnsinnig machte, behielt ich für mich. Außerdem war ich oft selber nicht gerade einfach. Wir hatten geschworen, einander zu lieben, zu achten und zu ehren. Das Erste war leicht. Der Rest war schwieriger, aber genauso wichtig. Für mich bedeuteten Teil zwei und drei des Schwurs, dass Bud und ich unsere Probleme nicht lösten, indem wir mit Außenstehenden übereinander herzogen.

Kurz vor Weihnachten rief Robin an und erbot sich, einen Samstag auf die Kinder aufzupassen, damit Bud und ich Zeit hatten, in Ruhe nach Portland zu fahren und einzukaufen.

»Wirklich?«, sagte Bud, nachdem ich aufgelegt hatte. »Das würde sie tun?«

»Natürlich würde sie das tun«, erwiderte ich. »Sie gehört zur Familie, und sie ist ein WUNDERBARER MENSCH.«

»Na ja«, sagte Bud. »Auf jeden Fall ist es nett von ihr.«

Und so kam Robin am letzten Samstag vor Weihnachten vormittags zu uns, und Bud und ich fuhren nach Portland.

»Wann hatten wir beide eigentlich unser letztes Date?«, fragte ich, während er den Fairlane über den Baxter Boulevard steuerte.

»Ich glaube, wir hatten noch gar keins«, sagte Bud. In unserem ersten Jahr waren wir ab und zu im Kino gewesen, aber dann war Arlee gekommen und danach Travis.

»Wir waren zu beschäftigt.«

»Allerdings«, sagte Bud.

Der Parkplatz, auf dem er den Wagen abstellte, war ihm eigentlich zu teuer, und er grummelte ein wenig, aber dann schlenderten wir Hand in Hand durch das Gedränge der Stadt, gingen in Geschäfte und schauten uns Regale voller Spielzeug, Kleider und anderer Dinge an. Wir kauften Spielsachen für Arlee und ein paar Kleinigkeiten für Travis, der sich ohnehin mehr für die Verpackung interessieren würde. Für Maureen hatte ich bereits eine Mütze aus Mohair gestrickt und für Ida einen Schal. Jetzt saß ich gerade an einem Paar Handschuhen für Dottie, ohne Daumen, Zeige- und Mittelfinger auf der rechten Seite. Archer bekam eine violette Babydecke und ein paar Babysachen, aus denen mein kleiner Junge herausgewachsen war. Für Robin hatte ich einen dicken Pullover mit Zopfmuster. Dunkelbraun, wie ihre Augen.

Zum Mittagessen gingen wir in einen kleinen Imbiss an der Congress Street. Wir setzten uns ans Fenster, damit wir uns die Leute draußen auf der Straße ansehen konnten.

Bud bestellte einen Cheeseburger mit Pommes, ich ein überbackenes Tomaten-Käse-Sandwich.

»Toll, dass Robin das möglich gemacht hat«, sagte ich.

»Hmmm«, machte Bud kauend.

»Schön, dass es hier jemanden gibt, der uns hilft.«

»Ja.«

»Bud, sie gehört ab jetzt dazu.«

»Okay«, sagte Bud und biss wieder in seinen Burger.

Plötzlich sprang mein Carlie-Radar an, als ich eine zierliche rothaarige Frau erblickte, die vor dem Fenster vorbeiging. Es war nicht Carlie, sie war es nie, aber mir gefiel ihr munterer, leicht wippender Gang, den Kopf erhoben, die Arme voller Tüten und Pakete. Sie bemerkte, dass ich sie ansah, und bevor ich den Blick abwenden konnte, lächelte sie mir zu. Ich lächelte zurück, und sie ging weiter.

»Ich hoffe nur, du gewöhnst dich daran«, sagte ich. Mein Magen schlug einen Salto, und ich legte mein kaum angebissenes Sandwich auf den Teller. »Lass uns gehen.«

»Willst du nicht aufessen?«, fragte Bud.

»Ich hab keinen Hunger mehr.«

»Warte, wir müssen erst noch bezahlen. Was ist denn los mit dir?«

Ja, was war los? Ich zuckte die Achseln und sah ihm beim Essen zu. Irgendetwas in meinem Innern klirrte wie eine zerbrochene Christbaumkugel. Das Lächeln der rothaarigen Frau, die gar nicht wusste, was ihre Haarfarbe bei mir auslöste, hatte mich durcheinandergebracht. Dazu Buds Sturheit. Und die Tatsache, dass jemand mir ein Sandwich gemacht, es vor mich hingestellt und mir die Zeit gegeben hatte, es in Ruhe zu essen.

»Ich bin müde«, sagte ich. »Wenn ich die Kinder mal nicht um mich habe, möchte ich mich am liebsten hinlegen. Eigentlich müsste ich jetzt voller Energie sein, aber ich will einfach nur schlafen.« Ich lächelte. »Verrückt, oder?«

Bevor Bud antworten konnte, kam die Kellnerin zu uns an den Tisch. Sie nahm mein Sandwich mit, packte es in eine braune Papiertüte und brachte es mir zurück. Wir zahlten und gingen zum Parkplatz. Kleine Graupelkörner piksten uns ins Gesicht. Der Wind, der zwischen den hohen Häuserreihen hindurchjagte, trieb mir die Tränen in die Augen. Wir bezahlten bei dem dick eingemummelten Parkwächter und fuhren wieder aus Portland heraus.

»Ich will mehr«, sagte Bud, als wir die Stadt hinter uns gelassen hatten.

»Was meinst du damit?«, fragte ich. »Hättest du noch einen Nachtisch haben wollen?«

Er schüttelte den Kopf. »Nein. Bitte hör mir zu und werd nicht gleich sauer. Ich meine damit, dass ich mehr vom Leben will. Ich will nicht einfach nur in einem Trailer in Stoughton Falls leben. Ich will herumreisen, an verschiedenen Orten arbeiten. Ich will was sehen.«

»Okay. Was denn zum Beispiel?«

»Ich weiß nicht. Die Golden Gate Bridge. Den Grand Canyon. Oder Florida. Wär doch nett, den Winter mal irgendwo zu verbringen, wo es warm ist.«

»Wir können doch Urlaub machen. Aber lass uns noch ein paar Jahre warten, bis die Kinder größer sind, damit sie sich später daran erinnern.«

Wir schwiegen eine Weile. Dann sagte Bud: »Vielleicht will auch mal allein irgendwohin.«

»Moment mal. Neulich hast du dich noch darüber aufgeregt, dass ich allein mit meinen Freundinnen wegfahren will. Sagst du das jetzt, um dich zu rächen?«

»Nein, aber es hat mich nachdenklich gemacht. Es ist wie früher, wenn ich nachts draußen rumgelaufen bin. Manchmal bin ich rastlos und will raus. Keine Sorge, ich komme zurück. Aber ich würde vielleicht gerne ab und zu alleine irgendwohin fahren.«

»Noch vor ein paar Monaten konntest du es nicht ertragen, von uns getrennt zu sein«, sagte ich. »Ich wäre gerne in The Point geblieben, aber ich habe die Sachen gepackt und bin mit dir zurückgefahren. Und jetzt willst du Zeit für dich allein. Ich kapier's nicht.«

»Ich kapier's auch nicht«, sagte Bud. »Aber ich will was von der Welt sehen. Nicht weil ich dich nicht mehr liebe, und wir werden auch zusammen verreisen. Aber manchmal will ich halt allein wegfahren.«

Ich starrte auf das leichte Schneetreiben draußen und fragte mich, wie es sich wohl anfühlen würde, die Scheibe einzuschlagen. Nach ungefähr einer Minute erinnerte ich mich wieder daran zu atmen.

»Was ist?« Bud legte seine Hand auf meine, die zur Faust geballt in meinem Schoß lag. Ich zog sie weg.

»Falls du den Bud siehst, den ich geheiratet habe, sag ihm, dass ich ihn vermisse.«

»Florine.«

»Ich mag jetzt nicht mehr reden«, sagte ich. »Lass uns nach Hause fahren. Ich will die Kinder sehen, die du nicht auf deine Reisen mitnehmen willst.«

»Jesses«, murmelte Bud und trat das Gaspedal durch. Das Auto fing auf der glatten Straße an zu schlingern.

»Nicht!«, schrie ich. »Lass das, verdammt noch mal!«

Wir schafften es nach Hause, ohne noch mal zu schlingern. Oder zu reden.

Robin saß mit Arlee und Travis auf dem Fußboden, als wir hereinkamen. »Hallo«, sagte sie und lächelte. Ich bückte mich, um Travis hochzuheben, der mit schokoladenverschmiertem Mund auf mich zukrabbelte.

Bud nickte Robin kurz zu, zog seinen Mantel aus und verschwand im Badezimmer.

»War's schön in der Stadt?«, fragte Robin.

Ich zwang mich zu einem Lächeln. »Ja. Der Weihnachtsmann kommt dieses Jahr auf jeden Fall zur Familie Warner.«

»Das ist gut«, sagte sie.

Ich steuerte auf die Küche zu, meinen Sohn auf dem Arm, meine Tochter am Mantelzipfel. »Hast du Hunger?«, fragte ich Robin.

»Nein. Wir haben gerade erst Erdnussbutter-Sandwiches und Schokopudding gegessen.«

»Das sehe ich«, sagte ich und wischte Travis den Mund ab.

Bud kam aus dem Bad und ging ins Schlafzimmer.

Robin nahm mir Travis ab, und ich schälte mich aus meinem Mantel, den ich Arlee über den Kopf warf. Sie kicherte.

»Oh«, sagte Robin. »Hier hat jemand angerufen. Parker?«

»Parker Clemmons? Was wollte er?«

»Er hat gesagt, du sollst ihn so bald wie möglich zurückrufen.« Als sie meinen Blick sah, fragte sie: »Was ist?«

»Vielleicht hat er eine Spur. Vielleicht auch nicht«, sagte ich. »Willst du hier übernachten? Da draußen ist es ziemlich ungemütlich.«

Robin schüttelte den Kopf. »Nicht nötig. Wenn ich jetzt losfahre, müsste ich noch einen Parkplatz in der Nähe meiner Wohnung finden.«

»Danke noch mal.« Ich nahm Travis, und wir umarmten uns ein wenig ungeschickt. »Das war wirklich nett von dir.« Sie war schon halb aus der Tür, als mir etwas einfiel. »Halt, warte!« Ich setzte Travis auf dem Fußboden ab und lief ins Schlafzimmer, wo Bud im Dunkeln auf dem Bett lag, die Arme über den Augen. Ich öffnete den Kleiderschrank, fischte ein Päckchen heraus und machte im Gehen die Tür wieder hinter mir zu. »Hier«, sagte ich zu Robin. »Fröhliche Weihnachten.«

»Das wäre aber nicht nötig gewesen. *Du* bist doch dieses Jahr mein Geschenk.«

»Aber mich kannst du nicht einpacken«, sagte ich. »Und anziehen auch nicht. Aber nicht vor Weihnachten aufmachen.«

»Danke.« Sie zwinkerte mir zu. »Wenn du einen Moment Zeit hast, schau mal in den Topfschrank.«

Nachdem sie fort war, legte ich die Arme um meine beiden Kinder und drückte sie an mich, solange sie mich ließen. Ich wollte diesen Augenblick auskosten, bevor das, was Parker zu sagen hatte, vielleicht wieder unser ganzes Leben änderte. Wir saßen auf dem Sofa, bis Arlee sich für ihr Schläfchen mit ihrer Decke unter den Esstisch verzog. Ich legte Travis in sein Bett und strich ihm übers Haar, bis ihm die Augen zufielen. Dann schloss ich die Tür und versuchte, mein pochendes Herz zu beruhigen. Ich ging ins Schlafzimmer, wo Bud immer noch lag, die Arme jetzt auf der Brust verschränkt. Er sah aus wie tot.

»Parker hat angerufen, während wir weg waren«, sagte ich. Er setzte sich auf, plötzlich putzmunter.

»Was wollte er?«

»Weiß ich nicht.«

»Dann sollten wir ihn fragen«, sagte er.

Wir gingen zusammen in die Küche, und ich wählte die Nummer, die Robin in ihrer sauberen Handschrift notiert hatte.

»Ich bin's, Florine«, sagte ich, als Parker sich meldete.

»Erinnerst du dich an die Briefe, die du mir gegeben hast?«

»Natürlich.«

»Nun, heute hat jemand ein ganzes Bündel Briefe hier abgeliefert.«
»Was? *Wer?*«
Das Blut rauschte so laut in meinen Ohren, dass ich den Namen nicht verstand.

30

Ich hatte Andys Mutter nie kennengelernt. Sie war nur eine Schattengestalt in seinem Leben gewesen, die auf irgendeine sonnige Insel verschwunden war und ihm in jenem Winter, als wir zusammen gewesen waren, das Sommerhaus überlassen hatte. Sie hatte sich auch nicht blicken lassen, als wir uns damals nach unserer Böllerattacke entschuldigen mussten; nur das Hausmädchen hatte uns gerügt, weil wir Mrs Barringtons Rosenstrauch verbrannt hatten. Sie tat mir leid, weil sie mit Mr Barrington verheiratet war, aber deswegen hätte mir jede Frau leidgetan.

Jetzt war sie aus dem Schatten getreten und hatte Parker ein Bündel Briefe übergeben. Nach Parkers Worten war sie zur Tür hereingetaumelt, betrunken oder mit Medikamenten vollgepumpt, mit verschmiertem Make-up und verrutschter Mütze, und hatte gesagt: »Hier. Ich habe sie gefunden. Endlich. Ich wusste, dass er überall seine Mätressen hatte, sogar hier. Widerwärtig. Dieser verlogene Mistkerl.«

»Mätressen?«, fragte ich, als ich mit Bud bei Parker auf der Wache saß. Die Kinder waren bei Ida und Maureen. Es sah so aus, als würden wir Weihnachten nun doch mit der Familie verbringen, wogegen ich überhaupt nichts hatte.

»Diese Leute gebrauchen tatsächlich Wörter, von denen wir nicht mal wissen, dass es sie gibt«, sagte Parker.

Die Schrift auf den Umschlägen, die vor uns auf dem

Tisch lagen, war die meiner Mutter. Die Poststempel, sofern man sie entziffern konnte, stammten aus der Zeit vor meiner Geburt. Ich starrte fassungslos auf die Briefe.

»Ich schätze, du hattest recht«, sagte Parker.

»Ach ja? Womit?«

»Barrington. Dass ich mal mit ihm reden sollte.«

»Und, hast du?«, fragte Bud.

»Er kommt nach Weihnachten mit seinem Anwalt hierher. Erst wollte er nicht, aber ich hab ihm gesagt, das sollte er sich gut überlegen. Die Kollegen in Boston haben ihn schon auf dem Kieker. Er ist unter Beobachtung.«

»Warum verhaftest du ihn nicht sofort?«, fragte ich. »Er hat Carlie getötet.«

»Das wissen wir nicht«, erwiderte Parker. »Sei nicht so voreilig, Florine. Das hab ich dir schon mal gesagt. Spiel nicht die Detektivin.«

»Muss ich ja, wenn es sonst keiner tut«, gab ich patzig zurück.

Bud schüttelte den Kopf. »Was ist, wenn er nicht auftaucht?«

»Keine Sorge, der kommt«, sagte Parker.

»Und wann genau?«, fragte ich.

»Am 27. Dezember, irgendwann im Lauf des Vormittags.«

»Was ist, wenn er gesteht?«

»So weit sind wir noch nicht.«

»Er wird einfach alles leugnen«, sagte ich frustriert und stand auf.

»Die Briefe müssen wir erst mal noch behalten«, sagte Parker. »Aber du kriegst sie später zurück. Du wirst sie sicher lesen wollen.«

Ich schüttelte den Kopf. »Nein, danke, ich will die verdammten Dinger nie wieder sehen.« Dann sagte ich zu Bud: »Es ist Weihnachten. Gehen wir zu den Kindern.«

Dieses Jahr hätte Weihnachten in einer nebelgrauen Schachtel mit schwarzer Schleife gesteckt, wenn es mir nicht gelungen wäre, dieses »Überraschungsgeschenk« in eine dunkle Ecke meines Kopfes zu verbannen. Ich sagte *Ihr könnt mich alle mal* zu meiner verschwundenen Mutter und der gesamten verfluchten Barrington-Familie und wandte mich wieder dem Licht zu, in das meine Kinder die Feiertage mit ihrer Freude und ihrer unerschöpflichen Energie tauchten. Mit ihnen zu spielen und zu schmusen, sie zu füttern, zu ermahnen, zu trösten und zu lieben ließ mir wenig Zeit, darüber nachzudenken, was meine Mutter vielleicht mit Mr Barrington getan hatte. Jedes Mal, wenn in meinem Kopf ein Bild davon entstehen wollte, verscheuchte es eine kleine Hand oder eine helle Stimme.

Es tat gut, mit allen unseren Lieben in The Point zu sein.

Diesmal wohnten wir bei Ida. Erst hatte ich gedacht, wir könnten zusammen mit Glen in Grands Haus wohnen. Doch nach unserer Ankunft bei Ida war ich rübergegangen, um zu sehen, wie er zurechtkam. Als auf mein Klopfen niemand antwortete, schloss ich mit dem Zweitschlüssel auf und ging hinein, um mich zu vergewissern, dass alles in Ordnung war. Ich rief seinen Namen, doch er antwortete nicht. Dann warf ich einen Blick in die Küche und ins Wohnzimmer. Die Küche war ein einziges Chaos; überall stand schmutziges Geschirr, und der Fußboden war seit Ewigkeiten nicht mehr gewischt worden. Das Wohnzimmer war komplett umgebaut. Glen hatte alle Möbel an die Wand geschoben und in der Mitte das Zelt aufgestellt, in dem Arlee und ich ihn besucht hatten. Es roch nach Marihuana und abgestandenem Bier.

Verdammt noch mal, Glen, dachte ich. Wie konnte er es wagen, Drogen in Grands Haus zu bringen? Doch dann spürte ich Grands große, weiche Geisterhand auf meiner Schulter. *Er muss zu sich zurückfinden, wenn er es denn schafft*, sagte sie zu mir. *Er ist ganz tief unten.* Nun, wenn sie damit kein Problem hatte, dann brauchte ich wohl auch keins zu haben. Aber es fiel mir schwer, einfach wieder aus dem Haus zu schleichen, die Tür hinter mir abzuschließen, als ob ich nie hier gewesen wäre, und zu Ida zurückzugehen.

Die Zimmer bei ihr waren winzig. Weil es praktischer war, schliefen Arlee und ich bei Maureen, und Bud nahm Travis mit in sein altes Zimmer. Nachdem Arlee eingeschlafen war, unterhielten Maureen und ich uns noch eine Weile flüsternd.

»Ich bin froh, dass ihr hier seid«, sagte sie.

»Ich auch.«

»Es ist ganz komisch, neben mir jemand anders atmen zu hören. Aber nett.«

»Dein Bruder schnarcht«, sagte ich. »Das höre ich jede Nacht.«

»Dad hat so laut geschnarcht, dass Madeline Butts einmal mitten in der Nacht zu uns rübermarschiert ist und laut an die Tür geklopft hat. Als Mom ihr aufmachte, schimpfte Madeline, wenn sie nicht sofort dafür sorgen würde, dass Sam still ist, würde sie ihn umbringen.«

Ich lachte. »Die Geschichte kannte ich noch gar nicht.«

»Von da an sorgte Mom immer irgendwie dafür, dass er nicht so laut wurde.«

»Na, ich hoffe, Bud eifert seinem Vater da nicht zu sehr nach«, sagte ich. Im gleichen Augenblick ertönte im Nebenzimmer ein lautes Schnorcheln, und wir fingen beide an zu kichern.

An Heiligabend gingen Bud, Arlee und Maureen in den Wald neben dem Naturschutzgebiet und schlugen einen Baum für Idas Wohnzimmer. Ich blieb mit Ida, Travis und Dottie, die mit einem Gips an ihrer Bowlinghand vom College gekommen war, zu Hause. Als wir im Wohnzimmer saßen, erzählte sie mir, wie es passiert war.

»Irgendein Idiot hat Bier oder was auch immer auf dem Boden verschüttet«, sagte sie. »Ich bücke mich, hole Schwung, und in dem Moment, wo ich die Kugel losschicke, rutsche ich weg und falle auf meine verdammte Hand. Das Gelenk ist ›nur‹ verstaucht, aber es tut elend weh.«

»Und was machst du jetzt?«

»Mal sehen. Vielleicht versuche ich's mit der linken Hand. Dann haben die anderen wenigstens eine faire Chance.«

»Vielleicht gewinne ich dann ja sogar gegen dich«, sagte ich.

»Glaub ich nicht. Du bist einfach eine Niete.«

»In manchen Dingen bin ich ganz gut«, wandte ich ein.

»Jeder hat seine Stärken«, stimmte sie zu.

Ich erzählte ihr von Carlies Briefen. Sie sagte nicht viel dazu, denn, wie sie meinte: »Was zum Teufel soll man dazu schon sagen?« Aber sie fand auch, dass Mr Barrington ein Mistkerl war.

»Aber wenn er einer ist, gilt dasselbe für meine Mutter.«

»Ach, Unsinn«, sagte Dottie.

»Es fällt mir jedenfalls schwer, an ihre guten Seiten zu denken, wenn ich den Beweis für das Gegenteil schwarz auf weiß habe.«

»Jetzt sei doch nicht so hart. Du hast die Briefe ja noch nicht mal gelesen. Wir kennen nicht die ganze Geschichte.«

»Dies ist eine Zeit der Freude und der Liebe«, sagte Ida, die aus der Küche herüberkam. »Seid dankbar für die, die euch lieben, und für die, die ihr liebt.«

»Jawohl, Ma'am«, sagte Dottie. »Jauchzet dem Herrn.«

Der Baum kam, und wir schleppten ihn herein, stellten ihn auf und schmückten ihn. Arlees kleiner Mund öffnete sich zu einem staunenden O, als wir die Lichterkette einschalteten. Sie berührte die Zweige und betrachtete den Baum andächtig.

Am ersten Weihnachtstag weckte mich Maureen um halb sechs.

»Was ist denn los?«, murrte ich und drehte mich zur Wand.

»Los, aufstehen«, flüsterte Maureen. »Wir müssen nachsehen, was der Weihnachtsmann uns gebracht hat.«

»Die Kinder schlafen noch. Das ist mein Geschenk.«

Doch da muckste sich Travis, und ich stand auf und schleppte mich nach nebenan. Ich schwankte einen Moment in der Dunkelheit, dann schlich ich auf Zehenspitzen zu seinem Bettchen. Doch er atmete ganz ruhig und gleichmäßig. Ich berührte seine Locken.

»Wo du schon mal hier bist«, flüsterte Bud. »Ich hätte da ein Geschenk für dich.«

Ich zog mein Nachthemd aus und schlüpfte neben ihn in das schmale Bett. »Hat der Weihnachtsmann es gebracht?«

»Der hat damit nichts zu tun«, sagte Bud, und dann schenkten wir uns einander, mit Schleife und allem.

»Frohe Weihnachten«, sagte Bud hinterher.

»Ich hab gekriegt, was ich wollte«, erwiderte ich. »Besser kann's nicht mehr werden.«

»Wer weiß«, sagte er verheißungsvoll, doch dann wurde Travis wirklich wach, und ich löste mich von meinem Mann, streifte das Nachthemd wieder über und ging zu meinem Sohn.

Dieses Jahr machte es Spaß, Arlee zu beobachten. Sie packte ihre eigenen Geschenke aus, die ihr sehr gut gefielen, aber dann wollte sie auch alle anderen Geschenke auspacken, was sich als ein wenig schwierig herausstellte, weil sie so lange dafür brauchte. Schließlich ließ ich sie meine auspacken, während Maureen, die den Weihnachtsmann spielte, die übrigen an alle verteilte. Travis saß in einem Haufen zerrissenen Geschenkpapiers und zerrte übermütig an den Bändern und Schleifen herum.

Buds anderes Geschenk war eine kleine Schachtel mit einem Schlüssel darin, ganz ähnlich wie die, die ich ihm in unserer Hochzeitsnacht gegeben hatte.

»Du schenkst mir Petunia zurück?«, fragte ich.

»Nein. Ich schenke dir den Fairlane.«

»Das ist ja nett«, sagte ich und strahlte. Dann stutzte ich. »Und womit fährst du?«

»Ich mache mir einen 1967er Ford F 100 Pick-up fertig«, sagte er. »Den habe ich günstig gekriegt.«

»Wie günstig?«

Bud lächelte. »Günstig genug.«

»Danke, Liebster«, sagte ich. Es würde wunderbar sein, einen eigenen fahrbaren Untersatz zu haben. Und ich hatte einen Mechaniker mit ausgesprochen geschickten Händen, der nicht vorhatte, mich zu verlassen. Alles, was eventuell kaputtging, würde sich reparieren lassen.

31

Der Morgen des 27. Dezember 1973 war für mich eine Qual, weil ich wusste, dass Mr Barrington in Parkers Büro war. Ich stellte mir vor, wie er Parker gegenübersaß, ein kleines Lächeln auf den Lippen, ganz entspannt und lässig, während er log, dass sich die Balken bogen. Vielleicht sprach er in dem leisen Flüsterton, der sich zu einem Brüllen verdichten und sein Gegenüber ohne jede Vorwarnung niederstrecken konnte.

Während ich auf Neuigkeiten wartete, erinnerte ich mich in allen Einzelheiten an ihn. Dinge, die mir vorher unbedeutend erschienen waren, verpassten mir eine Ohrfeige und beschimpften mich als Dummkopf. Damals, nach Carlies Verschwinden, als ich Mr Barrington im Wald begegnet war und er mich so verwirrt angestarrt hatte. Da hatte er wohl gedacht, ich wäre Carlie. Im Nachhinein war ich der Wandertruppe dankbar, die unser Gespräch unterbrochen hatte. Was wäre sonst wohl geschehen?

Bud, Ida und Maureen kümmerten sich an dem Morgen um die Kinder. Einmal gab Ida mir meinen Sohn. Ich hielt seinen kräftigen, strampelnden Körper im Arm, vergrub meine Nase an seinem Hals und sog seinen Babyduft ein. Doch er spürte meine Unruhe und wollte zurück zu seiner Schwester und den anderen. Ich konnte es ihm nicht verübeln.

Die nächste Szene. Ein Weinglas, das am Kamin zerschellt.

Andy und ich standen im Wohnzimmer des Sommerhauses, während Mr Barrington darüber schimpfte, was für ein Versager sein Sohn war. Andy hatte furchtbare Angst vor ihm gehabt, und an dem Abend war es mir genauso gegangen.

Was hatte er meiner Mutter angetan?

Gegen Mittag verschwand Bud und schickte dafür Dottie und den kleinen Archer herüber.

»Er sieht seiner Mutter so ähnlich«, sagte ich. Dunkle Locken, blaue Augen, rote Lippen. Makellose Haut, sanft geschwungene Brauen und zarte Hände. Archer stupste mit seinem Kopf gegen Dotties Brust, auf der Suche nach Nahrung. »Da ist nichts zu holen, mein Kleiner«, sagte Dottie und fischte ein Fläschchen mit Milch aus ihrer Jackentasche.

»Wo ist Evie?«, fragte ich.

»Weiß der Henker.« Dottie schob den Sauger zwischen Archers Lippen, und er fing sofort an, wie ein Profi zu saugen. »Darin ist er richtig gut«, sagte Dottie mit Stolz in der Stimme.

Arlee kam in die Küche, gefolgt von Maureen, die sich begeistert über Archer beugte. Ida gesellte sich mit Travis dazu, und er strahlte Dottie über das ganze Gesicht an. Ich machte Arlee ein Sandwich mit Erdnussbutter und Marmelade. Dann zerdrückte ich eine Banane für Travis, verfrachtete ihn in seinen Hochstuhl und ließ ihn damit herumschmieren. Als wir lachten, blinzelte er.

»Das ist neu«, sagte ich.

Dann klopfte es an der Tür. Ida, die in die Richtung schaute, hörte auf zu lachen und stand auf. Neugierig drehten wir uns um.

Es war Mr Barrington, der durch das Fenster in der Haustür schaute.

»Verdammt.« Ich stand auf und betrachtete das Gesicht des Mannes, der wahrscheinlich meine Mutter umgebracht hatte, durch die kleine Glasscheibe. Doch es war nicht das Gesicht, an das ich mich erinnerte. Es war alt geworden. Falten durchzogen seine Stirn wie ein Fischernetz, und tiefe Furchen grenzten an die nach unten gezogenen Mundwinkel. Seine dunklen Augen waren gerötet, als hätte er geweint.

Was zum Teufel wollte er hier?

»Ruft Parker«, sagte ich. »Bringt die Kinder hier raus und ruft Parker.« Stühle scharrten, und die anderen verschwanden mit den Kindern ins Wohnzimmer. Nur Arlee wollte nicht mit, sondern klammerte sich an meine Beine. »Geh mit Grammy Ida«, sagte ich, doch sie rührte sich nicht vom Fleck. Mr Barrington sah kurz zu ihr hinunter und dann wieder zu mir.

Ich legte ihr die Hand auf den Kopf und schob sie hinter mich. »Was wollen Sie?«, rief ich Mr Barrington zu. »Verschwinden Sie, oder wir rufen Parker.«

Mr Barrington hob seine behandschuhten Hände. »Ich will nichts Böses«, rief er von draußen. Von seinem Atem beschlug die Scheibe.

»Das ist mir egal, Sie Mistkerl«, brüllte ich. »Sie haben kein Recht, sich mir oder meiner Familie zu nähern.« Arlee kam wieder nach vorn. »Wer ist der Mann?«, fragte sie. »Ist er böse?«

»Geh«, sagte ich erneut zu ihr. »Bitte.«

»Nein.«

Wieder sah Mr Barrington sie an, und zu spät begriff ich, dass die Tür nicht abgeschlossen war. Im gleichen Moment, als er den Knauf drehte und die Tür ein Stück aufschob, sprang ich vor und drückte mich dagegen. »Verschwinden Sie«, brüllte ich. »Sie haben hier nichts verloren.«

»Herrgott noch mal, Florine, beruhige dich«, sagte er durch den Türspalt. »Ich will nur kurz mit dir reden, weiter nichts. Ehrenwort.«

»Nein. Sie haben mir nichts zu sagen.« Und dann wurde mir klar, dass Parker ihn nicht verhaftet hatte. Warum war er nicht auf dem Weg ins Gefängnis? War er überhaupt bei Parker gewesen?

Als hätte er meine Gedanken gelesen, sagte Mr Barrington: »Ich habe mit Mr Clemmons gesprochen.«

»Blödsinn«, schrie ich und drückte mit aller Kraft gegen die Tür. Er wich zurück, und ich knallte die Tür zu und schloss ab. »Los, gehen Sie.«

»Ich habe sie geliebt«, sagte er. Etwas, das wie eine Träne aussah, lief über seine Wange. »Ja, ich bin ein Mistkerl, aber ich hätte Caroline niemals etwas antun können.«

Caroline. Nicht Carlie, sondern ihr vollständiger Name. Jemand hatte sie Caroline genannt. Jemand, den ich von ganzem Herzen hasste. Arlee wimmerte, dass sie auf meinen Arm wollte, und ich hob sie hoch.

»Ich wollte, dass du das weißt«, fuhr er fort. »Und ganz gleich, was ich versucht habe, um sie an mich zu binden, sie hat deinen Vater mehr geliebt als mich.«

»Halten Sie den Mund«, sagte ich mit Tränen in den Augen. »Sie sind ein Lügner.«

»Nein, es ist wahr. Und ich wollte, dass du es weißt.«

»Verpissen Sie sich«, sagte ich. Jemand berührte mich an der Schulter, und ich zuckte zusammen. Ida murmelte: »So was sagen wir in diesem Haus nicht, Florine. Lass ihn herein.«

»Bist du verrückt? Auf keinen Fall!«

»Das hier ist mein Haus«, sagte Ida. »Hör dir an, was der

Mann zu sagen hat. Und nimm dich zusammen. Jesus wird uns beschützen.«

Von wegen, dachte ich.

»Maureen, Dottie, das, was hier besprochen wird, ist sicher nichts für die Kinder. Bitte seid so gut und bringt sie rüber zu euch, Dottie«, sagte Ida. Ich setzte Arlee ab. »Geh mit Maureen, meine Süße. Ich komme bald und hole dich.« Zögernd ging Arlee zu Maureen, die Travis im Arm hielt, und zusammen mit Dottie und Archer verschwanden sie durch die Hintertür. Als sie fort waren, öffnete Ida die Haustür. »Guten Tag, Mr Barrington. Kommen Sie doch herein.«

Er sah mich fragend an. Ich wich zurück und stellte mich in die Wohnzimmertür, die Hände rechts und links gegen den Rahmen gepresst. Durch das Fenster sah ich, wie Maureen, Dottie und die Kinder durch den Schnee den Hügel hinaufgingen.

»Möchten Sie einen Tee?«, fragte Ida.

Mr Barrington kam herein. »Sehr gern. Vielen Dank, Mrs Warner.«

»Milch? Zucker?«

»Einen kleinen Schuss Milch, bitte.«

»Setzen Sie sich.« Ida deutete auf den Küchentisch, und er ließ sich auf dem Stuhl nieder, wo Dottie wenige Minuten zuvor Archer gefüttert hatte.

Ich schlang die Arme um meinen Körper.

»Florine«, sagte Ida. »Für dich auch einen Tee?«

»Nein.«

»Warum setzt du dich nicht, Liebes?«

»Ich bleibe lieber hier stehen.«

»Wie du willst«, sagte Ida. »Hatten Sie schöne Weihnachtstage, Mr Barrington?«

Was zum Teufel hatte sie vor?

Doch Mr Barrington spielte mit. »Ja, Mrs Warner. Und Sie?«

»Oh ja. Es ist wunderbar, die Kinder über die Feiertage hier zu haben.«

»Ja. Bei mir ist es schon lange her, aber ich kann's mir vorstellen.«

»Herrg- Verdammt noch mal, Mr Barrington«, stieß ich aus. »Sagen Sie, was Sie zu sagen haben, und verschwinden Sie.«

»Erst, wenn er seinen Tee getrunken hat.« Ida warf mir einen mahnenden Blick zu, den ich jedoch ignorierte.

»Also gut«, begann er. Genau in dem Moment stürmte Bud zur Tür herein, dicht gefolgt von Glen.

»Wo ist der Kerl?«, knurrte Bud.

»Was zum Teufel haben Sie hier zu suchen?« Glen ließ sich auf den Stuhl gegenüber von Mr Barrington fallen und beugte sich drohend vor. Mr Barrington wich ein Stück zurück.

»James Walter, benimm dich«, sagte Ida. »Und Glen, wenn du weiter so redest, verlässt du das Haus.«

Glen murmelte: »'tschuldigung.«

Der Kessel pfiff, und Ida nahm ihn vom Herd. »Florine, hol mir mal eine Tasse aus dem Schrank. Bud, die Milch, bitte.«

Ich rührte mich nicht, sodass Ida selbst die Tasse holen musste, aber Bud gehorchte.

Dottie kam wieder herein und blickte sich um. »Na, da sind wir ja mal wieder alle versammelt. Wie geht's Ihnen?«, sagte sie zu Mr Barrington.

»Ich hatte ein paar gesundheitliche Probleme«, antwortete er. »Aber mittlerweile geht es mir wieder besser, danke der Nachfrage – Dolly?«

»Dottie«, korrigierte sie ihn.

»Tut mir leid.« Er deutete auf ihren Gips. »Wie ich sehe, hattest du einen Unfall. Ich hoffe, der Arm heilt bald wieder.«

Ida gab einen Schuss Milch in Mr Barringtons Tasse.

»Ida«, sagte ich, so ruhig ich konnte. »Dieser Mann hat möglicherweise meine Mutter umgebracht.«

»Nein, das habe ich nicht«, entgegnete er. »Ich habe dir eben schon gesagt, ich hätte ihr niemals etwas antun können. Ich habe sie geliebt.«

»Dazu hatten Sie kein Recht.«

»Nach einer Weile nicht mehr, nein, zumindest juristisch gesehen nicht. Außerdem liebte sie deinen Vater. Aber das hat mich nicht daran gehindert, sie zu lieben.«

Ida stellte ihm den Tee hin.

»Vielen Dank«, sagte er. Wir sahen alle zu, wie er den Teebeutel herausfischte, ausdrückte und in das Schälchen legte, das Ida ihm hingestellt hatte. Er trank einen Schluck, dann stellte er die Tasse wieder ab und sah mich an. »Ich verstehe, warum du glaubst, ich hätte Caroline etwas angetan. Du hast unglücklicherweise erlebt, wie wütend ich werden kann. Aber ich – und ganz gewiss auch sie – hätte nie gewollt, dass du von uns erfährst. Und es gab auch kein ›uns‹ mehr, nachdem sie Leeman getroffen hatte, jedenfalls nicht in ... dieser Hinsicht.« Er wedelte ein wenig hilflos mit der Hand durch die Luft.

»Sie sind ein Lügner«, sagte ich.

Er lächelte, und ich sah, dass sein einer Schneidezahn sich verfärbt hatte. »Ich bin alles Mögliche, Florine, aber kein Lügner. Ja, ich habe Geheimnisse, aber wenn sie ans Licht kommen, wie es hier der Fall ist, würde ich mich der Wahrheit niemals entziehen.«

»Können Sie nicht einfach mal normal reden?«, grummelte Dottie.

»Er meint, dass er nicht lügen würde«, sagte Ida.

»Ja, genau, das meine ich«, sagte Mr Barrington. »Wie dem auch sei, ich würde dir gerne erzählen, wie alles angefangen hat.«

Ich schüttelte abwehrend den Kopf, doch Ida nahm meinen Arm und sagte: »Lass ihn erzählen, Florine. Wenn er gesagt hat, was er sagen will, wird er gehen.«

32

Märchenstunde bei den Warners. Halb rechnete ich damit, dass Mr Barrington mit »Es war einmal ...« anfangen würde, doch so blöd war selbst er nicht.

»Caroline und ich haben uns in Boston kennengelernt«, begann er. »Sie war siebzehn, behauptete aber, älter zu sein. Ich war zweiundzwanzig. Wir sind uns in einem Park begegnet. Ich studierte damals Englisch und brauchte gerade eine Pause vom Lernen. Es war Herbst. Genau genommen war es kurz nach ihrem siebzehnten Geburtstag – 13. Oktober, stimmt's?« Er sah mich an.

Ich fand die Vorstellung furchtbar, dass er ihren Geburtstag kannte, und reagierte nicht.

Er zuckte die Achseln. »Jedenfalls ging ich im Park spazieren. Es war ein grauer Tag, aber auf einer Bank rechts von mir loderte eine Flamme. Das war Carolines Haar. Es war lang und lockig und fiel wie ein leuchtender Wasserfall über ihre Schultern. Der Anblick war so belebend, dass ich vor ihr stehen blieb. Sie saß zusammengesunken da, die Hände in den Manteltaschen vergraben. Ist es nicht erstaunlich, woran man sich erinnert? Der Mantel war dunkelblau, und darunter trug sie einen rot karierten Rock, der offenbar zu einer Schuluniform gehörte. Ich dachte: ›Eine Katholikin, die die Schule schwänzt?‹«

Mr Barrington lächelte mich an. »Du schaust genauso wie

sie, wenn du dich über jemanden ärgerst. ›Was willst du?‹ war das Erste, was sie zu mir sagte, und dabei sah sie mich genauso an wie du jetzt.

Ich antwortete: ›Ich will dir sagen, dass du wunderschönes Haar hast und dass es meinen düsteren Tag zum Leuchten gebracht hat.‹ Darauf entgegnete sie: ›Und wer zum Teufel bist du?‹ Ich habe mich sofort in sie verliebt.«

»Wie kommen Sie darauf, dass uns dieser Mist interessiert?«, fragte ich. »Meine Mutter ist seit zehn Jahren verschwunden. Wenn Sie sie so gut kannten, warum haben Sie nicht schon eher was gesagt?«

»Was hätte ich denn sagen sollen? Dass wir befreundet waren? Dass wir uns seit Jahren kannten? Dass ich sie liebte?« Zum ersten Mal seit er gekommen war, verlor er ein wenig die Beherrschung.

»Warum nicht?«, hakte Bud ein.

»Wozu hätte das gut sein sollen?«, entgegnete Mr Barrington. »Ich weiß doch genauso wenig wie ihr, was mit ihr passiert ist.« Seine Hand zitterte, als er die Tasse auf die Untertasse stellte.

»Sie hatten die Briefe«, sagte ich. »Die hätten uns vielleicht weiterhelfen können.«

»Die Briefe waren sehr persönlich. Außerdem waren sie viele Jahre alt und hätten niemandem geholfen, Caroline zu finden.«

»Jetzt gelten sie aber als Beweisstücke«, sagte Bud. »Oder zumindest sah Ihre Frau das so.«

Mr Barrington starrte ihn wütend an.

»Sehen Sie ihn nicht so an«, sagte ich, und prompt wanderte sein Blick zu mir. »Ach, und übrigens hat mir jemand Teile von Briefen geschickt, die Sie Carlie geschickt hatten.

War das vielleicht auch Ihre Frau? Parker hat doch bestimmt mit Ihnen darüber gesprochen.«

»Ja«, erwiderte er. »Er hat mir ein paar zerschnittene Briefe gezeigt. Und ja, es sind Briefe, die ich an Caroline geschrieben habe, aber das geht niemanden etwas an. Ich –«

»Was?«

»Bitte, Florine, lass mich ausreden. Ich habe keine Ahnung, wer dir die Briefe geschickt hat. Barbara hat sie nie zu Gesicht bekommen. Und ich weiß wirklich nicht, warum sie jetzt auf einmal auftauchen.«

»Was Sie in einigen davon geschrieben haben, klang ganz schön wütend«, sagte ich.

»Das war ich auch. Ich hatte die Frau verloren, die ich liebte. Ich war verzweifelt und rasend vor Zorn, und heute schäme ich mich für diese Briefe. Ich hätte sie niemals schreiben sollen.«

Mein Schädel begann zu pochen. Ich hasste diesen Mann, und ich wollte, dass er aus dieser Küche verschwand. Also schaltete ich noch einen Gang hoch und wechselte das Thema.

»Warum sollten wir uns für die Sache zwischen Ihnen und meiner Mutter interessieren? Mich interessieren nur mein Vater und meine Eltern als Paar. Im Vergleich zu meinem Vater sind Sie bloß ein mieser –«

»Florine«, sagte Ida.

»Halte dich da raus«, fauchte ich. »Das geht nur ihn und mich was an. Und ich hätte ihn erst gar nicht in dieses Haus gelassen.«

Ida verschränkte ihre dünnen Arme vor der Brust. Das zierliche Goldkreuz, das an ihrem Hals hing, glitzerte auf ihrer blassen Haut.

»Florine«, sagte Mr Barrington, und seine Stimme war

plötzlich ganz leise. »Ich möchte die Dinge zwischen uns klären. Ich nehme an, du hast Fragen, und das ist auch dein gutes Recht. Lass mich zu Ende erzählen, und sei es nur, um einen Punkt hinter unsere Geschichte zu setzen.«

»Ihre blöde Geschichte interessiert mich nicht«, entgegnete ich und blinzelte gegen die Tränen an.

»Jetzt haben Sie sie zum Weinen gebracht«, sagte Glen. »Ich mochte Sie vorher schon nicht, und jetzt mag ich Sie noch viel weniger.«

Mr Barrington sah Glen an. »Das war nicht meine Absicht. Ich wollte ihr klarmachen, dass ihre Mutter geliebt wurde und dass ihre Mutter nur einen Mann geliebt hat. Und das war nicht ich.«

Ida sagte: »Mr Barrington, bitte kommen Sie auf den Punkt. Sie sind hier zwar willkommen, aber ich glaube, es wäre klug, wenn Sie sich kurzfassen.«

»Legen Sie einen Zahn zu, damit wir Sie wieder loswerden«, übersetzte Dottie.

»Gut«, sagte Mr Barrington. »Ich fasse mich kurz. Wir kamen ins Gespräch und gingen dann in ein Café in der Nähe. Damals war Caroline unglücklich zu Hause. In der Schule auch, aber die Schule war immer noch besser als ihr Zuhause.«

Er hielt inne und sah mich an. »Weißt du etwas über ihre Jugend und ihr Elternhaus?«

Ich nickte. »Natürlich.«

»Dann weißt du auch, wie schwer es für sie dort war. Also ging sie manchmal zur Schule, und die Nachmittage und Abende verbrachte sie mit mir. Obwohl sie die Schule hasste, liebte sie es zu lernen, und wir haben oft lange über Poesie und Literatur diskutiert. Ich ermutigte sie, die Schule abzuschließen und aufs College zu gehen. Ich fand es wunderbar, mit ihr zusammen zu sein. Sie war witzig und intelligent, jung und gleichzeitig sehr alt. Sie war eine regelrechte Muse. Meine Dichtermuse.«

Bevor ihn irgendwer fragen konnte, was das nun wieder war, meldete sich Ida zu Wort. »Eine Muse ist so was wie eine Inspiration«, erklärte sie. »Mr Barrington meint damit, dass Carlie ihn inspiriert hat.«

»Ich glaubte, ich würde Gedichte und Romane schreiben«, fuhr er fort. »Ich hatte eine Menge Ideen, und es war vermutlich die beste Zeit meines Lebens, nur dass ich das damals nicht wusste. Bald wurde es kälter, und Caroline blieb manchmal auch über Nacht bei mir. Wir wurden ein Liebespaar. Doch dann, im Mai, war die Schule zu Ende. Sie suchte sich für den Sommer einen Job als Kellnerin in der Stadt und zog mit ein paar Kolleginnen zusammen, und ich fuhr hierher, nach Maine, zu meiner Familie.

Wir Barringtons kommen schon seit Generationen her. Ich liebe diesen Ort. Nicht auf die gleiche Art wie ihr, ich bin ja nicht hier geboren, aber auf meine Weise. Es ist eine andere, eigene Welt. Eine andere Wirklichkeit. Alles, was hier geschieht, bleibt innerhalb der Besitzgrenzen.«

Er hielt einen Moment inne. »Caroline fehlte mir, und anfangs schrieb ich ihr andauernd. Liebesbriefe. Ja, in einigen von den Briefen stehen Dinge, die dich nichts angehen und dich auch nicht betreffen, Florine. Deine Mutter hatte ein Leben vor dir und Leeman, und ich war ein Teil dieses Lebens. Ich bedaure es nicht, und ich glaube, du hast kein Recht, mir unsere gemeinsame Zeit wegnehmen zu wollen.«

»Sagen Sie mir nicht, welche Rechte ich habe«, gab ich zurück.

Er seufzte. »Anfang August wurden die Briefe weniger.

Ich war mit dem beschäftigt, was hier geschah, und sie hatte mit ihrem Job sicher auch genug zu tun. Und dann begegnete ich meiner späteren Frau. Sie war mit Freunden von uns verwandt und in einem der benachbarten Sommerhäuser zu Besuch. Sie studierte genau wie ich Englisch, am Vassar College, und schrieb an einem Roman. Barbara war für ein paar Wochen hier, und wir ... nun ja, wir kamen zusammen. Das hatte nichts mit meiner Liebe zu Caroline zu tun, sondern mit diesem Sommer, mit dem Menschen, der ich zu der Zeit war, und mit den Leuten, mit denen ich zu tun hatte, wenn ich hier war.

Als der Sommer zu Ende ging, sagte ich Barbara, dass es ein Fehler gewesen war, dass es da eine andere gab, die ich liebte. Es war hart für sie, aber sie ließ mich gehen. Ich kehrte nach Boston und zu Caroline zurück und vergaß Barbara völlig. Was war das für ein Jahr! Mein Vater bezahlte mir die Miete für ein eigenes Zimmer, und da lebten wir. Wir waren trunken voneinander, von der Sprache, von Gedichten und von der Liebe.«

»Beeilen Sie sich«, sagte ich.

»Ich bitte um Verzeihung, Florine. Wie ich schon sagte, es ist nicht meine Absicht –«

»Jetzt sehen Sie endlich zu, dass Sie fertig werden!«, brüllte ich. Bud stand vom Tisch auf, kam zu mir und legte den Arm um mich. »Nimm's nicht so wichtig«, flüsterte er. »Das ist doch eine uralte Geschichte, die längst vorbei ist.«

Mr Barrington hatte Buds Worte gehört. »Manche Dinge sind nie vorbei«, sagte er. »Lass mich zu Ende erzählen. Im Mai darauf schloss ich mein Studium ab, und Caroline schaffte den Abschluss an der Highschool, aber sie bewarb sich nicht bei irgendwelchen Colleges, wie ich gehofft hatte. Heute weiß ich, dass es für sie schon ein Sieg war, einen Tag nach dem anderen zu überstehen, und dass es in so einer Situation nicht möglich ist, vorauszuplanen. Außerdem war sie jünger, als sie vorgegeben hatte. Und obwohl ich es nicht wollte, begann ich darüber nachzudenken, wie es sein würde, mit einer Frau verheiratet zu sein, die nicht studiert hatte und nicht aus meinem gesellschaftlichen Umfeld stammte. Ja, ich dachte ans Heiraten. Ich liebte sie. Aber ich stellte sie nie meiner Familie vor. Und dafür schäme ich mich. Ich dachte wohl, ich wäre zu gut für sie. Doch in Wirklichkeit war es genau andersherum. Und das bedauere ich mehr als alles andere in meinem Leben.

Ich fuhr nach Maine, um meiner Mutter zu helfen, die gesundheitlich angegriffen war und eine Weile im Sommerhaus bleiben wollte. Barbara war zu der Zeit auch hier, weil sie in Ruhe ihren Roman fertig schreiben wollte. Wir kamen wieder zusammen. Barbara hatte etwas Ätherisches, was ich damals ziemlich anziehend fand. Sie war das absolute Gegenteil von deiner Mutter.« Mr Barrington lachte. »Die war zupackend, entschlossen und voller Überraschungen. Zum Beispiel wusste ich nicht, dass sie in der Zwischenzeit von ihrem Ersparten den Führerschein gemacht hatte, und ich hatte auch keine Ahnung, wie gut sie Poker spielen konnte. Das Auto, das sie Petunia nannte, hatte sie bei einem Pokerturnier in der Bar gewonnen, wo sie arbeitete.

Sie hatte mir auch nichts von ihren Plänen erzählt, mit ihrer Freundin Patty nach Maine zu kommen und hier im Lobster Shack zu arbeiten. Ich kannte Patty damals noch nicht, wir sind uns erst später begegnet.« Er runzelte die Stirn und senkte den Blick. »Wie sich herausstellte, kannte Patty um zwei Ecken den Besitzer des Lobster Shack. Über diese Verbindung hatte sie dort einen Sommerjob bekommen und Caroline gefragt, ob sie nicht mitmachen wollte. Ich hatte keine Ahnung, dass deine Mutter auf dem Weg hierher war, aber letzten Endes war das auch gleichgültig. Sie ging in Rays Laden, traf dort deinen Vater und meldete sich nie bei mir. Eines Abends gingen Barbara und ich im Lobster Shack essen, und da war sie und brannte vor Liebe, aber für jemand anderen. Mir ist das Herz aus der Brust gefallen, und ich habe es nie zurückbekommen.

Natürlich begehrte ich sie da erst recht. Aber sie wollte nichts mehr von mir wissen. Oder jedenfalls wollte sie nicht mehr mit mir zusammen sein. Wir haben uns nur manchmal oben im Wald getroffen, um zu reden.«

»Und ich weiß auch, wo«, sagte ich.

Mr Barrington sah mich überrascht an. »Wirklich?«

»Natürlich. Auf der Lichtung mit den drei Felsen. Und ich glaube Ihnen nicht, dass Sie nur mit ihr geredet haben.«

Er blinzelte, und ein Anflug von Panik flog über sein Gesicht, doch er hatte sich schnell wieder im Griff. »Wir haben geredet, Florine, sonst nichts. So verrückt es klingt, obwohl ich sie betrogen hatte, war ich wütend, weil sie einen anderen liebte. Aber wir sprachen noch immer gerne über Bücher, Musik und das Leben. Später dann über dich und Andrew. Im Juli sagte Barbara mir, dass sie schwanger war, und Ende Dezember kam Andrew zur Welt. Caroline heiratete im August, und im Mai darauf wurdest du geboren. Du und Andrew seid euch einmal oben im Wald begegnet, als ihr noch klein wart. Du hast mit einem Kiefernzapfen nach ihm geworfen, und er hat angefangen zu weinen.«

Glen schnaubte. »Was für eine Überraschung.«

»Kurz danach hörten wir auf uns zu treffen. Aber ich werde

diese kostbaren Momente nie vergessen. Sie hatte allerdings eine Bedingung gestellt: Wir sprachen nie über ihre Ehe mit Leeman. Ich durfte ihn nicht erwähnen. Sie war die Wache an seinem Tor, und die wenigen Male, als ich ihn trotzdem erwähnte, hätte sie mich fast mit ihren Blicken getötet. Ich wünschte, ich ... Ach, ich wünschte so vieles, aber die Vergangenheit lässt sich nun mal nicht mehr ändern.«

Mr Barrington trank noch einen Schluck Tee und stand dann auf. »Um das Ganze zu Ende zu bringen: Ich weiß nicht, was mit ihr passiert ist, aber die Sonne verlor viel von ihrem Glanz, als ich von ihrem Verschwinden erfuhr. Nach einiger Zeit ließ ich die Bank mit der Inschrift dort oben an der Klippe aufstellen. Ich werde es immer bedauern, dass ich mein Leben nicht mit ihr verbracht habe. Und es tut mir leid, dass ich Barbara, die viel zerbrechlicher ist, als ich dachte, so verletzt habe. Ich wünschte, sie hätte Carolines Briefe nicht an Mr Clemmons weitergegeben. Er hat gesagt, ich werde sie nicht zurückbekommen. Ich werde auch die Vergangenheit und Caroline nicht zurückbekommen, und ich kann die Fehler, die ich begangen habe, nicht ungeschehen machen.

Wenn du älter bist, wirst du feststellen, dass auch du Fehler machst. Ich hoffe, du hast dann genug Mitgefühl, um zu verstehen, dass wir jung waren und uns liebten. Du sollst wissen, dass deine Mutter geliebt wurde. Und dass sie dich mehr geliebt hat als ihr Leben.«

Mr Barrington gab Ida die Hand. »Ich danke Ihnen, Mrs Warner.« Dann wandte er sich wieder mir zu. Keiner von uns beiden streckte die Hand aus. »Irgendwie habe ich es geschafft, dich gegen mich aufzubringen, erst über Andrew und dann über die Beziehung zu deiner Mutter. Ich erwarte nicht, dass du mir vergibst. Ich erwarte gar nichts. Ich wollte nur Klarheit schaffen.« Er nickte mir kurz zu und drehte sich um.

»Sie sagen, Sie hätten meiner Mutter niemals etwas antun können«, sagte ich. »Den Ausdruck haben Sie benutzt: etwas antun. Wissen Sie, dass ihr jemand etwas angetan hat?«

Er wandte sich wieder um, die blasse Stirn so stark in Falten gelegt, dass es aussah, als wäre sie in der Mitte zerteilt. »Was meinst du mit der Frage?«

»Sie haben sie doch gehört.«

Seine Augen wurden noch dunkler, falls das überhaupt möglich war. Als er einen Schritt auf mich zu trat, versuchte Bud mich ein Stück zurückzuziehen. Doch ich wich keinen Millimeter von der Stelle. »Wissen Sie definitiv, dass jemand ihr etwas angetan hat?«, fragte ich erneut.

»Nein«, erwiderte er, ohne meinem Blick auszuweichen. »Aber ich habe versucht mir vorzustellen, was damals geschehen ist, und ich bin zu dem Schluss gekommen, dass es etwas Tragisches sein muss. Sie hätte dich niemals freiwillig zurückgelassen.«

Damit drehte er sich endgültig um, ging hinaus und schloss leise die Tür hinter sich. Kurz danach hörten wir, wie sein Wagen ansprang.

Bud ließ meine Schulter los, legte die Hand jedoch sofort wieder dorthin, als er merkte, wie ich in mich zusammensackte.

»Mir ist ein bisschen flau«, sagte ich. Bud führte mich zum Küchentisch, und ich ließ mich auf einen Stuhl fallen.

»So«, sagte Ida. »Das wäre geschafft.« Sie nahm Mr Barringtons Teetasse und stellte sie in die Spüle.

»Irgendwie hab ich das Gefühl, der Kerl sagt nicht die Wahrheit«, brummte Glen. »In der Armee haben sie mir beigebracht, drauf zu achten, wie die Leute dastehen und wie sie gucken. Irgendwas ist da faul.«

Ich konnte förmlich sehen, wie Ida ein Schauer überlief. Das, was sie gerade getan hatte, war ihr ganz offensichtlich nicht leichtgefallen. »Ich will nie wieder so eine unheimliche Stimmung im Haus haben«, sagte sie. »Das war ja geradezu, als wäre der Teufel höchstpersönlich hier gewesen.«

»Die Wirkung hat er meistens«, sagte ich.

Als es erneut an der Tür klopfte, zuckten wir alle zusammen. Doch es war nur Parker, und Ida ließ ihn herein.

»Ich hab vorhin mit Mr Barrington gesprochen«, sagte Parker zu mir.

»Wir auch«, erwiderte ich.

»Er war hier?«

»Ja«, sagte Ida.

»Tja, Florine, es tut mir leid, aber ich habe nichts gegen ihn in der Hand. Ich kann ihn ja schließlich nicht dafür verhaften, dass er Briefe bekommen hat.«

»Er weiß etwas«, sagte ich.

Parker runzelte die Stirn. »Florine –«

Und da überraschte Ida mich ein weiteres Mal. »Ich würde ihn im Auge behalten«, sagte sie.

Parker sah mich an. »Ich habe dir damals versprochen, dass ich niemals aufgeben werde, und das tue ich auch nicht. Wir kriegen raus, was passiert ist.«

33

Am Tag nach Mr Barringtons nervenaufreibendem Besuch fragte ich Glen, ob es ihm etwas ausmachen würde, wenn ich vorbeikäme, um Grands Haus aufzuräumen und zu putzen. Er zuckte die Achseln und meinte, natürlich nicht, es wäre ja schließlich mein Haus; er würde mich in Ruhe machen lassen und es täte ihm leid, dass er so ein Chaos veranstaltet hätte. Er fuhr mit Bud nach Long Reach, was auch immer sie da vorhatten, und Arlee und Travis blieben bei ihrer Großmutter und ihrer Tante.

Ich fing oben bei den Schlafzimmern an; dort war nicht viel zu tun, da Glen die Räume offenbar nicht benutzt hatte. Als ich bei Arlee Staub wischte, stieß ich mit dem Fuß gegen etwas unter dem Bett. Ich bückte mich und angelte Bo hervor. So nannte Arlee die alte Zigarrenkiste, die ich ihr gegeben hatte. Der Anblick ihrer Sammlung aus getrockneten, verknitterten Blumen und Kleeblättern, Kieselsteinen und Muscheln rührte mich. Ich entfernte den Staub unter dem Bett und schob Bo wieder darunter.

Während ich das Bad putzte, hielt ich die Luft an und überlegte, ob ich Glen sagen sollte, dass es an der Zeit war, das Klo sauber zu machen, wenn die Schüssel sich braun verfärbte. Der Schmutzring an der Badewanne war hartnäckig, und ich brauchte eine ganze Menge Ausdauer und einen Haufen nicht gesellschaftsfähiger Ausdrücke, um ihn zu entfernen.

Ich beschloss, Glen einen Zettel hinzulegen, denn wenn ich das nicht tat, würde ich im Sommer fast fünf Monate gesammelten Dreck wegschrubben müssen.

Unten arbeitete ich mich durch das Wohnzimmer, wobei ich mich bemühte, Glens Zelt und seine Sachen nicht anzurühren, doch irgendwann war die Versuchung zu groß. Ich öffnete den Reißverschluss, schlug die Plane zurück und kroch hinein.

Durch den beige-braunen Stoff kam nur gedämpftes Licht, und es stank so nach Schweißfüßen, dass mir übel wurde. Doch nach einer Weile gewöhnte ich mich daran, und ich setzte mich im Schneidersitz hin und sah mich um. Glen hatte einen Hocker aus der Küche geholt, eine Petroleumlampe darauf platziert und das Ganze neben seinen Schlafsack gestellt.

Auf dem Boden neben dem improvisierten Nachttisch lagen ein paar Zeitschriften mit großbusigen Frauen, die einem einsamen Soldaten, der in einem Zelt im Haus seiner Freunde wohnte, billige und willige Gesellschaft anboten. Ich nahm gerade eine davon in die Hand, um meine armseligen kleinen Brüste mit dem zu vergleichen, was auf den bunten Seiten präsentiert wurde, als ich hörte, wie jemand zur Haustür hereinkam.

»Mist«, fluchte ich leise und warf das Heft auf Glens Schlafsack, wo es genau in der Mitte aufklappte. Das blonde Pin-up-Girl hatte die Beine gespreizt, und sie zeigte lächelnd ihre intimsten Teile, als würde ihr das Spaß machen. Du meine Güte, dachte ich, aber ich wagte es nicht, mich zu rühren. Vielleicht würde der ungebetene Besucher ja wieder verschwinden. Doch dann ging jemand mit schweren Schritten und raschelnder Jacke durch den Flur. Mein Herz machte einen Satz, und ich hielt den Atem an. Bitte lass es nicht Glen sein, dachte ich. Ich hatte kein Recht, hier herumzuschnüffeln. Mit dem verschlossenen Zelteingang hatte er deutlich gezeigt, dass dies sein privater Bereich war.

Fieberhaft überlegte ich, wie ich ihm erklären sollte, was ich in seinem Zelt zu suchen hatte. Die Schritte kamen näher, ich sah dicke Stiefel und eine Kordhose, und plötzlich tauchte Dotties Gesicht im Eingang auf. »Was zum Teufel machst du da?«, fragte sie. Dann sah sie das Pin-up-Girl. »Ist das das, wonach es aussieht?«

»Ja«, sagte ich. Dottie kroch herein und setzte sich neben mich auf den Schlafsack. Sie griff nach dem Heft und blätterte darin. Dann legte sie es achselzuckend wieder hin. »Ich hab schon Besseres gesehen«, sagte sie mit anzüglichem Grinsen.

»Was? Was soll das heißen?«

»Ich mag Frauen«, sagte sie.

»Was meinst du damit?«

»Erinnerst du dich noch, was Grand damals gesagt hat, als es um Germaine ging?«

Ja, ich erinnerte mich. Germaine, Glens Mutter, war zu ihrer Freundin Sarah nach Long Reach gezogen. In der Schule wurde Glen deswegen ziemlich übel gehänselt. Dottie und ich wollten Grand schockieren, indem wir sie fragten, was eine Lesbe ist, aber Grand hatte den Spieß umgedreht. »Tut Germaine euch damit weh, was sie mag oder tut?«, hatte sie uns gefragt. Als wir das verneinten, hatte sie hinzugefügt: »Gut, denn es geht euch nichts an.«

Dotties braune Augen funkelten. »Ich musste es dir sagen. Ich wollte es dir sagen. Aber sonst hab ich's keinem gesagt.«

»Dann sag ich es auch keinem. Wie lange weißt du es schon?«

»Noch nicht so lange. Ich hab 'ne Menge interessante Leute kennengelernt.«

»Das kann ich mir denken.« Zum ersten Mal, seit wir uns kannten, wusste ich nicht so recht, was ich sagen sollte. Mir schossen alle möglichen Sachen durch den Kopf, zum Beispiel ob sie schon mal mehr in mir gesehen hatte als einfach eine Freundin.

Als hätte sie meine Gedanken gelesen, sagte Dottie: »Keine Sorge, du bist nicht mein Typ. Zu mager.«

»Besser als zu dick«, entgegnete ich spitz. Dann sagte ich: »Das muss ich erst mal verdauen.«

»Was gibt's denn da zu verdauen?«

Das kleine Mädchen in mir, das sich gewünscht hatte, immer hier in The Point zu leben, mit meinen Freunden und Freundinnen nebenan, und später dann auch mit deren Männern und Frauen und Kindern, drehte sich um und ging davon. An seine Stelle trat eine Frau, die die Dinge sah, wie sie waren. Ich atmete tief durch.

»Bist du glücklich?«, fragte ich.

Dottie zuckte die Achseln. »Genauso wie vorher, glaub ich.«

»Das ist gut. Aber was ist mit Kindern?«

»Ich hab doch schon eins. Sieht ganz so aus, als müsste ich auf Dauer die Mama für Archer spielen. Dagegen hätte ich gar nichts einzuwenden.«

»Und dem Kleinen wird's bestimmt nicht schaden. Hauptsache, du bist glücklich.«

»Hier drin stinkt's wie im Pumakäfig«, sagte Dottie. »Lass uns verschwinden.« Ich klappte die breitbeinige Blonde wieder zu und legte das Heft zurück zu den anderen. Dottie strich den Schlafsack glatt, und dann krochen wir aus dem

Zelt und zogen den Reißverschluss vom Eingang wieder zu, in der Hoffnung, dass wir alles so zurückgelassen hatten, wie es vorher war.

»Ich kapier nicht, wieso er hier drinnen ein Zelt braucht«, sagte Dottie.

»Vielleicht ist es dasselbe wie mit Arlees Schmusedecke. Ohne die kann sie nicht einschlafen.«

»Ja, vielleicht.«

»Magst du mir bei dem rubinroten Glas helfen?«

Wir nahmen jedes einzelne Teil aus der Vitrine, wuschen und trockneten es ab, ölten das Holz der Vitrine, putzten die Glasscheiben und räumten alles wieder ein. Währenddessen sprachen wir über den Besuch von Mr Barrington.

»Egal was der Kerl sagt oder tut, er ist mir unheimlich«, erklärte Dottie. »Selbst wenn er Flügel hätte und Harfe spielen würde, wäre er für mich ein Widerling.«

»Ich frage mich, warum er überhaupt bei uns aufgekreuzt ist, nachdem er bei Parker war. Wozu sollte das gut sein? Und was sollte diese komische Bemerkung: ›Ich könnte Caroline niemals etwas antun‹? Wer sagt denn, dass ihr jemand etwas angetan hat?«

»Ida war auch misstrauisch«, sagte Dottie. »Und Parker hat auf sie gehört.«

»Ich weiß. Ihr glaubt er, aber mich hält er für verrückt.«

»Bist du ja auch.«

»Kann sein. Trotzdem sollte er mich ernst nehmen. Schließlich bin ich Carlies Tochter, verdammt noch mal.«

»Wahrscheinlich denkt er, du bist einfach zu nah dran.«

»Natürlich bin ich zu nah dran«, entgegnete ich. »Aber ich will dieses Kapitel endlich abschließen. Die Briefe haben einiges aufgewirbelt, aber ich habe jetzt mein eigenes Leben.

Ich will, dass Carlie nach Hause kommt, auf welche Weise auch immer.«

»Ja, das wäre gut«, sagte Dottie.

Wir arbeiteten eine Weile schweigend weiter, dann fragte ich: »Und, hast du dir schon eine Freundin ausgeguckt?«

Dottie lachte. »Bis jetzt nicht. Ich hab's nicht eilig, mich an die Leine legen zu lassen. Außer von Archer.«

Zu meiner Überraschung half sie mir auch noch dabei, die Küche aufzufegen und die Arbeitsfläche und den Tisch abzuwischen.

Wir waren fast fertig, als Glen und Bud hereinplatzten. Beide rochen nach Bier, Whiskey und Zigaretten.

»Wir haben 'ne nette Bar in Long Reach entdeckt, das Harbor Light«, sagte Bud. »Da haben wir uns 'n paar genehmigt. Jetzt reg dich nicht gleich wieder auf, Mama. Ich weiß, du kannst es nicht leiden, wenn ich mich amüsiere.«

Glen stieß einen Rülpser aus, dass die Scheiben bebten.

»Jesses. Gibt's den auch zum Mitnehmen?«, sagte Dottie zu ihm.

»Für dich immer, Dolly«, erwiderte Glen, und er und Bud schütteten sich aus vor Lachen.

»Wir gehen jetzt«, sagte ich. »Glen, bitte putz ab und zu das Klo und die Badewanne, ja?«

»Jawoll, Sir. Wird gemacht, Sir«, sagte Glen und salutierte.

»Ganz schön zickig, was?«, sagte Bud zu ihm. »Sie schwingt manchmal gern die Peitsche.« Er grinste mich an.

»Wir sehen uns bei Ida«, entgegnete ich. »Wenn dir danach ist, dich da blicken zu lassen.«

Als Dottie und ich das Haus verließen, prusteten die beiden wieder los.

»Bud ist ziemlich gemein, wenn er was getrunken hat«, sagte Dottie.

»Whiskey und er vertragen sich nicht«, sagte ich. »Und Whiskey und er und Bier erst recht nicht. Ich hoffe, das wird nicht zur Gewohnheit.«

34

Am 29. Dezember fuhren wir zurück nach Stoughton Falls, und bevor wir fertig ausgepackt hatten, fegte 1974 heran und feierte den Jahreswechsel mit einem kräftigen Schneesturm. Es verteilte auch großzügig Erkältungen an beide Kinder, und als Zugabe noch eine an Bud. Zur Abwechslung blieb ich diesmal gesund, und so hatte ich reichlich Gelegenheit zu lernen, wie man drei Kranke versorgte.

Arlee war weinerlich, bekam keine Luft und hatte Fieber. Da sie mir nicht von der Seite weichen wollte, legte ich mich abends zu ihr ins Bett, bis sie in einen rotzerfüllten Schlaf sank, aus dem sie jedoch immer wieder erwachte.

Bud hing auf dem Sofa oder im Sessel herum und starrte mit geröteten Augen auf den Fernseher. Ich fütterte ihn mit allerlei Suppen, bis er mich anflehte, damit aufzuhören. »Das Zeug kommt mir schon aus den Ohren«, krächzte er. »Ich mache mir selbst was, wenn ich Hunger habe.« Ich widersprach nicht, weil ich mit den beiden Kindern genug zu tun hatte.

Travis tat mir am meisten leid. Seine Nase war vollkommen verstopft, und er hasste den kleinen Gummisauger, den ich ihm in die Nasenlöcher schob, um sie frei zu bekommen. Er weinte und hustete so schlimm, dass ich eines Nachts mit ihm ins Bad ging und die Dusche so lange heiß laufen ließ, bis alles voller Dampf war. Das hatte mir die Kinderärztin geraten. Am nächsten Tag ging ich mit ihm zu ihr.

»Er hat Krupp«, sagte die Ärztin. »Das geht im Moment um.«

»Es klingt furchtbar, wenn er hustet.«

»Ja, aber keine Sorge, das wird schon wieder.«

»Dann setzen Sie sich doch mal nachts an sein Bett und hören sich das an«, gab ich schlecht gelaunt zurück.

»Glauben Sie mir«, sagte sie, »ich habe schon viel Schlimmeres gesehen und gehört. Außerdem scheint er doch die beste Pflegerin zu haben, die er sich wünschen kann, oder nicht?«

Wenn sie es so formulierte, konnte ich natürlich schlecht widersprechen.

Sie gab mir ein Medikament, das Travis überhaupt nicht mochte, aber es half.

Nachdem ich eine Woche lang mit Medikamenten und Taschentüchern zwischen Schlafzimmer, Bad und Wohnzimmer hin und her gelaufen war, erholten sich die drei allmählich wieder. Währenddessen schneite es ununterbrochen weiter.

»Überall ist Januar«, sagte ich eines Morgens beim Frühstück zu Bud.

»Ist das schlimm?«, fragte Arlee.

»Nein«, sagte Bud. »Es dauert nur elend lang.«

Und so war es. Jedes Mal. Während der Sommer sich über unsere Wintererinnerungen lustig machte, riss der Winter die unbeschwerten Lügen des Sommers in Fetzen. Doch sobald es den Kindern besser ging, packte ich uns alle warm ein und schleifte uns nach draußen. Ich setzte Travis in einen Schlitten und zog ihn durch den Garten, während Arlee in ihrem eigenen Tempo hinter uns herlief. Manchmal blieb sie stehen, um Schnee zu essen, oder sie warf sich bäuchlings hinein und kreischte vor Lachen, und dann fing auch Travis an zu kichern und zu glucksen. Ihr Übermut wies den Januar zumindest für kurze Momente in die Schranken und bewahrte mich davor, völlig den Verstand zu verlieren.

Wenn Bud von der Arbeit kam, war es dunkel. Er aß zu Abend, spielte eine Weile mit den Kindern und setzte sich dann zu den Sechs-Uhr-Nachrichten vor den Fernseher, wo er das erste der zwei bis vier Biere aufmachte, die er mittlerweile jeden Abend trank. Ich ließ ihn bis ungefähr halb acht in Ruhe, wenn die Kinder im Bett waren. Dann setzte ich mich, mit meinem Strickzeug bewaffnet, in Grands Verandaschaukelstuhl, der ebenfalls vor dem Fernseher stand. Ich hatte ihn nach Thanksgiving mit hierhergeschleppt und würde ihn im Frühjahr wieder zurückschleppen. Wenn ich darin saß, war es, als würde ich bei Grand auf dem Schoß sitzen, während ich gegen die dunklen Monate anstrickte.

Das Bier floss den ganzen Abend, aber zumindest machte Bud keine bissigen Bemerkungen, sondern saß nur still da, sah fern und trank. Wenn wir ins Bett gingen und noch die Energie hatten, liebten wir uns, und dann sprach er klar und deutlich zu mir, mit seinem Mund, seinen Händen und seinem ganzen Körper. Danach schliefen wir eng umschlungen ein, wie ineinander verkeiltes Treibholz, das die Flut ans Ufer gespült hat. Er half mir mit den Kindern, er brachte Geld nach Hause, und er fuhr morgens noch im Dunkeln zur Arbeit, mit einem Lunchpaket, das ich für ihn vorbereitet hatte. Er verhielt sich wie ein hingebungsvoller Ehemann und Vater. Aber es wirkte nicht echt, sondern wie eine Rolle, die er spielte.

»Ist alles in Ordnung?«, fragte ich ihn eines Abends.

»Warum fragst du?«

»Du bist so still.«

Er schnaubte. »Ich hab halt nicht viel zu sagen. Ich bin müde. Es ist dunkel. Ich bin froh, wenn ich es schaffe, wach zu bleiben.«

»Das weiß ich.«

»Wenn ich was zu sagen hab, sag ich's.«

Ich machte mir eher Sorgen um das, was er nicht sagte. Aber ich hatte keine Zeit für Streitereien. Ich schob es beiseite, genau wie die Sache mit meiner Mutter. Außer den Briefen und Mr Barringtons merkwürdigem Besuch in Idas Haus war nichts mehr passiert. Ich wandte mich wieder meinem endlosen, gleichförmigen Leben zu. Um es ein wenig aufzupeppen, rief ich Ende Januar bei Robin an.

»Ich bin gerade aus Kalifornien zurück«, erzählte sie mir. »Dad hat mir den Flug spendiert. Du musst gerochen haben, wie ich aus dem Flieger gekommen bin. Wie war euer Weihnachten?«

Ich berichtete ihr von den Ereignissen. »Seither ist nichts weiter passiert«, schloss ich.

»Muss ja schrecklich frustrierend sein«, sagte sie. »Erst kriegst du ein paar Informationsschnipsel und dann nichts mehr.«

»Das geht schon über zehn Jahre so. Ich habe mich an das Warten gewöhnt.«

»Ja, aber weißt du, was ich seltsam finde? Alles kommt zu dir. Die Briefe. Die Leute. Ohne dass du suchst. Sie tauchen einfach auf.«

»Und?«

»Na ja, ich hoffe, du hältst mich nicht für verrückt …«

»Du bist meine Cousine. Wie könntest du da normal sein?«

»Stimmt. Ich meine nur, vielleicht sorgt Carlie irgendwie

dafür, dass diese Dinge passieren. Vielleicht will sie nach Hause kommen, auf welche Weise auch immer. Vielleicht will dir das Universum etwas sagen.«

»Das klingt wirklich verrückt.«

»Kann schon sein. Aber auch nicht verrückter als alles andere, was passiert ist, oder?«

»Nein, wahrscheinlich nicht.«

»Ich würde mich freuen, dich bald mal wiederzusehen.«

»Ich mich auch. Das kriegen wir schon irgendwie hin.«

Doch ein Treffen zu organisieren wurde schwieriger als gedacht, weil bis weit in den Februar hinein ein Schneesturm auf den nächsten folgte. Ein Pick-up, der in den Maschendrahtzaun um unseren Vorgarten rutschte, brachte für ein paar Tage ein wenig Aufregung in unser Leben, aber dreißig Zentimeter Neuschnee verdeckten schon bald die Reifenspuren. Nur der zerrissene Zaun hing weiterhin schief in den Garten. Travis bekam noch eine Erkältung, doch Arlee blieb gesund, wenn auch nörgelig. Mit einem kranken Kind war es schwer, aus dem Haus zu kommen. Unsere Geduldsfäden waren so gespannt, dass viele Situationen in Tränen endeten. Bud sagte immer noch nichts, erweiterte aber sein abendliches Pensum um ein weiteres Bier.

Eine Sache, die mich einigermaßen bei Laune hielt, war mein wöchentlicher Einkauf. Samstagmorgens überließ ich Bud die Kinder und fuhr in den nahe gelegenen Supermarkt. Bevor wir nach Stoughton Falls gezogen waren, hatte ich so gut wie nie in Supermärkten eingekauft. Fast alles, was wir brauchten, bekamen wir bei Ray. Wenn jemand nach Long Reach fuhr, fragte er vorher, ob er den anderen etwas mitbringen konnte.

Rays Laden war für die Bedürfnisse meiner kleinen Familie vollkommen ausreichend gewesen. Aber ich liebte es, in Stoughton Falls einzukaufen. Es machte mir Spaß, das Auto auf den großen Parkplatz zu stellen, einen Wagen aus der langen Reihe zu ziehen, meinen Einkaufszettel herauszuholen und loszumarschieren. Wenn man durch die gläserne Schiebetür ging, war es, als würde man einen fremden Planeten betreten. Leute schoben Einkaufswagen durch die Gänge und nahmen sich aus den Regalen, was sie brauchten. Ich sah die Leute nicht an, und sie sahen mich nicht an. Ich kannte sie nicht und würde sie auch nie kennenlernen, aber ich war froh, dass sie mir Gesellschaft leisteten. Ich fragte mich, ob es den anderen genauso ging wie mir, ob sie es auch so seltsam fanden, dass wir beispielsweise nebeneinanderstanden und auf die verschiedenen Kekspackungen starrten, anstatt uns in die Augen zu sehen. Dennoch schienen wir alle das Bedürfnis zu haben, uns unter Gleichgesinnte zu mischen. Nach diesen Ausflügen fühlte ich mich immer aufgemuntert und freute mich, wenn ich hupend in unsere Einfahrt fuhr und Bud und die Kinder mir durch die Panoramascheibe zuwinkten.

An einem Samstag Ende Februar, einem der seltenen klaren Tage dieses Winters, stand Robins blauer Corolla in der Einfahrt, als ich vom Supermarkt zurückkam. Ich fragte mich, was Bud wohl davon hielt, dass sie einfach so aufgetaucht war. Ich blickte zum Panoramafenster, aber da war niemand. »Dann eben nicht«, sagte ich, während ich den Kofferraum des Fairlane aufmachte. Sechs prall gefüllte Einkaufstüten zwinkerten mir zu, und ich überlegte gerade, wie viele davon ich wohl tragen konnte, als Bud herauskam, um mir zu helfen.

»Wie lange ist Robin schon da?«, fragte ich.

»Ungefähr eine halbe Stunde«, antwortete er. »Sie ist spontan vorbeigekommen, um zu fragen, ob du Lust auf einen kleinen Ausflug hast.«

Er sah mich nicht an, aber der Zug um seinen Mund, als er drei von den Tüten aus dem Kofferraum hievte, verriet mir alles, was ich wissen musste.

»Willst du stattdessen mal raus?«, fragte ich. »Oder sollen wir alle zusammen mit den Kindern zum Spielplatz fahren?«

Er rückte die Tüten in seinen Armen zurecht. »Ja, ich würd ganz gern mal raus«, sagte er. »Ich fahr vielleicht für ein paar Stunden in die Stadt. Ist das okay für dich?«

»Ja, sicher«, erwiderte ich. Aber es war nicht okay. Überhaupt nicht. Als ich Bud in den Trailer folgte, saß Robin mit den Kindern auf dem Boden und rollte Arlee einen Ball zu. Meine Kleine rollte ihn weiter zu Travis, der lachte, als würde er totgekitzelt. Er schlug mit seiner Patschehand so kräftig darauf, dass der Ball ihm beinahe ins Gesicht geflogen wäre. Robin sah auf und lächelte. »Hallo, Cousinchen. Schön, dich zu sehen.«

»Du siehst gut aus«, sagte ich. Hinter mir nahm ich jede Bewegung von Bud wahr. Bildete ich es mir nur ein, oder setzte er die Tüten heftiger als sonst auf der Arbeitsfläche ab?

»Ich gehe«, sagte er unvermittelt, kam zu mir und drückte mir einen Kuss auf die Wange. »Viel Spaß.« Und schon war er aus der Tür, sprang in den Pick-up und setzte schlingernd aus der Einfahrt.

Ich ergriff Robins Hand und zog sie vom Boden hoch. »Ich auch«, sagte Arlee und streckte ihre Hand aus. Robin nahm sie und zog sie ebenfalls hoch. Dann hob Travis die Arme, und wir lachten.

»Komm, wir fahren in die Stadt«, sagte ich, nachdem ich

die Einkäufe weggepackt hatte. Wir zogen die Kinder warm an, packten sie in mein Auto und fuhren nach Stoughton Falls. Ich parkte neben der Bibliothek, holte die Kinder aus dem Wagen und setzte sie auf dem freigeschaufelten Pfad ab, der in den kleinen Stadtpark führte.

»Kannst du mal den Schlitten aus dem Kofferraum holen?«, bat ich Robin, und wenig später spazierten wir los, Travis hinten auf dem Schlitten, während Arlee vor uns herlief und sich in den aufgehäuften Schnee warf.

»Ich frage mich, ob ich hier je wirklich dazugehören werde«, sagte ich.

»Es ist wahrscheinlich nicht viel anders, als in The Point zu leben«, sagte Robin. »Nur dass es in einer Kleinstadt ein paar mehr Leute gibt, die ihre Nase in deine Angelegenheiten stecken können.«

»Ich nehme an, das wäre auf Dauer nichts für dich, oder?«

Robin schüttelte den Kopf. »Nein. Ich bin lieber unter vielen Menschen. Ein paar davon kenne ich vielleicht, und einige wenige kenne ich wirklich gut, aber es gefällt mir, wenn mich die meisten nicht kennen.«

»Geht mir ähnlich«, sagte ich. Mit Robin war es so unkompliziert. Dottie war meine beste Freundin und würde es auch immer bleiben, aber sie und ich waren so verschieden, wie man nur sein konnte. Bei Robin fühlte es sich an, als wäre sie ein Teil von mir.

»Ich gehe zurück nach Kalifornien«, sagte sie plötzlich.

Ich blieb stehen. »Was? Wann?«

Sie lächelte. »Im Juni, wenn ich die Ausbildung fertig habe. Ich wollte es dir nicht am Telefon sagen.«

»Meine Güte«, sagte ich. »Aber ich dachte ...«

»Ich weiß. Ich bin auch hin- und hergerissen, aber mir gefällt das Wetter da, und ich möchte in der Nähe meiner Familie sein.«

»Ich auch. Es gefällt mir, dich hier zu haben. Es ist schön zu wissen, dass du hier bist. Ich werde dich vermissen.«

»Du kannst mich besuchen kommen«, sagte sie. »Ihr könnt alle zusammen kommen, und dann fahren wir nach Disneyland und an den Strand. Es gibt so viel, was man dort machen kann. Und du kannst meinen Dad kennenlernen. Er ist schon ganz gespannt auf dich.«

»Ja. Vielleicht.«

»Ich wollte dich nicht traurig machen. Ich glaube einfach nur, dass ich dort glücklicher bin.«

»Geht schon in Ordnung«, sagte ich. Sie hatte mir gerade das Herz herausgerissen, aber mit welchem Recht könnte ausgerechnet ich jemanden davon abhalten, das zu tun, was er wollte? Ich lächelte, und sie lächelte auch und hielt ihre Hände Arlee hin, die ihr zwei Schneebälle gab, mit denen sie nach mir werfen sollte.

Später, nachdem sie fort war, machte sich Winternebel in meiner Seele breit, und ich schlich missmutig herum und bemerkte auf einmal jedes Staubkorn und jeden Fleck auf dem schmutzigen Fußboden des Trailers.

»Ich hab Hunger«, sagte Arlee schließlich, und ich schleppte mich in die Küche. Wir aßen ein wenig später als sonst zu Abend, als klar war, dass Daddy nicht rechtzeitig da sein würde und es auch nicht für nötig hielt, uns das mitzuteilen. Ich brachte die Kinder ins Bett, dann setzte ich mich eine Weile vor den Fernseher und verfolgte die Irrungen und Wirrungen von Filmmenschen, deren Probleme sich am Ende in Wohlgefallen auflösten. Gegen halb zehn schaltete ich den Fernseher aus und ließ sie alle verschwinden. Gerade als ich erwog, eine Tablette zu nehmen, um den Knoten in meinem Magen aufzulösen, erleuchteten die Scheinwerfer des Pick-ups die Einfahrt.

35

Bud stieg torkelnd aus und bewegte sich auf das Haus zu, dann fiel ihm auf, dass er das Scheinwerferlicht angelassen hatte, und er machte noch einmal kehrt.

Schließlich kam er hereingestolpert, drückte die Tür zu, sah mich und blieb stehen. »Bist du noch auf?«

»Nein«, sagte ich. »Das ist mein Geist, der hier steht und zusieht, wie mein Mann besoffen nach Hause kommt.«

»Stimmt, du siehst 'n bisschen blass aus«, erwiderte Bud und lachte. Ich verzog keine Miene.

»Jesses, fehlt nur noch das Nudelholz«, brummte er.

»Das ist in The Point. Hier brauche ich keins. Hier ist ja nicht genug Platz, um einen Kuchenteig auszurollen.«

»Ja, ja, ich weiß, das hier ist kein Palast. Bitte um Vergebung. The Point, The Point, das wunderbare, einzig wahre The Point«, sagte Bud in einem Singsang. »Ich hab Hunger. Gibt's hier was zu essen? Sollte man annehmen, du warst ja schließlich einkaufen.«

»Ja, The Point ist wunderbar. Aber ich brauche keinen Palast. Und ich habe keine Lust, mit dir zu reden, wenn du so miese Laune hast. Ich gehe jetzt ins Bett. Mach dir selbst was zu essen. Das kannst du doch wohl, oder?«

»Nicht so hastig, verdammt noch mal. Setz dich hin.«
»Warum sollte ich?«

»Du fragst mich dauernd, was mit mir los ist. Ich bin zwar

besoffen, wie du so treffend gesagt hast, aber jetzt bin ich bereit zu reden. Also setz dich hin. Nein, mach mir erst mal 'n Sandwich oder irgendwas in der Art. Ich muss pissen wie 'n Weltmeister. Komischer Ausdruck eigentlich – hab noch nie 'n Wettpissen gesehen«, sagte er lachend und balancierte auf einem unsichtbaren Hochseil Richtung Badezimmer.

Als er an mir vorbeiging, stieg mir Whiskeydunst in die Nase, vermischt mit dem muffigen Gestank nach Trübsinn und kaltem Rauch, der sich in den Kleidern von Kneipenhockern festsetzt. Ich ging zur Tür, riss sie auf und sog die kalte, klare Winterluft ein. Dann ließ ich mich im Schaukelstuhl im Wohnzimmer nieder und wartete auf ein tröstendes Wort von Grand. *In guten wie in schweren Tagen*, sagte sie. Danke, sagte ich. Botschaft angekommen.

Polternd kam Bud aus dem Bad, zog den Reißverschluss hoch und ließ sich dann aufs Sofa fallen. Er sah mich mit gerunzelter Stirn an und schien etwas in seinem vernebelten Hirn zu suchen. Schließlich wurde er fündig. »Essen«, sagte er. »Was ist mit dem Sandwich?«

»Mach dir dein verdammtes Sandwich selbst«, entgegnete ich.

»Oh-oh«, sagte er grinsend. »Na gut, dann mach ich mir mein verdammtes Sandwich selbst.« Leise lachend ging er in die Küche, holte klappernd und polternd Mortadella, Käse, Weißbrot, Mayonnaise und Senf heraus, als wäre es heller Tag und wir hätten keine schlafenden Kinder.

»Nicht so laut«, mahnte ich.

»Ich kann's nicht ändern«, sagte er. »Das Zeug macht halt Krach.«

Er murmelte vor sich hin, während er sein Sandwich zubereitete. Als er fertig war, schnitt er es durch, nicht quer, wie ich es immer tat, sondern diagonal. »Siehst du«, sagte er. »Ich mag's lieber so. Du schneidest es immer andersrum.«

»Das höre ich zum ersten Mal«, gab ich zurück. »Und selbst wenn, was soll's?«

Bud setzte sich wieder hin, das halbe Sandwich in der Hand. Er nahm einen großen Bissen davon und sagte mit vollem Mund: »Willst du wissen, warum ich Robin nicht mag?« Das Brot klebte an seinem Gaumen fest, und er schmatzte laut. Warum zum Teufel habe ich mich bloß in dich verliebt?, dachte ich.

»Ja, will ich.« Ich sagte nicht: Sie zieht weg, also ist es sowieso egal.

»Weil sie mich an Susan erinnert.«

Susan. Die perfekte Susan. Seine Freundin, die rechtzeitig geflüchtet war. Oder die er hatte gehen lassen. In meinem Herzen begann ein Wirbelsturm zu wüten. *Beruhige dich, Florine*, sagte Grand.

»Ich versuch's ja«, erwiderte ich laut.

Bud sah sich verwirrt um. »Mit wem redest du? Außer mir ist doch niemand hier, oder?«

»Nur zwei oder drei Doubles von dir«, sagte ich. »Weshalb erinnert dich Robin an Susan?«

Er legte den Kopf schief, und ein Stück Käse fiel aus seinem Sandwich auf den Beistelltisch, mitten auf eine zerrissene Seite aus Arlees Malbuch. Mit einem ihrer Lieblingsbuntstifte hatte sie dem Einhorn eine türkisfarbene Mähne gemalt, doch dann hatte Travis das Papier gepackt und fast ganz durchgerissen. »Hübsch«, murmelte Bud. Er blickte auf und grinste mich an. »Immerhin haben wir ziemlich tolle Kinder.«

»Ich hoffe, wir haben noch mehr als das«, sagte ich. »Es tut mir leid, wenn du nicht glücklich bist.«

Bud knallte den Rest seines Sandwichs auf den Beistelltisch. »Herrgott noch mal, Florine, es geht nicht darum, ob ich unglücklich bin. Ich bin's, aber das ist nicht das Problem. Das Problem ist, ich bin dreiundzwanzig und habe eine Frau und zwei Kinder. Und das ist vielleicht alles, was ich je haben werde.«

Mein Herz krampfte sich zusammen. »Ist das denn nicht genug? Was ist daran so schlimm? Ich dachte, das hättest du immer gewollt.«

»Das ist auch so. Dreh mir nicht die Worte im Mund um. Aber Susan wollte, dass ich was aus mir mache. Das hab ich nicht getan. Wir beide sind zusammengekommen, dann warst du schwanger ...«

»Woran du nicht ganz unschuldig bist«, warf ich ein.

»Ja. Ich weiß. Ich war dabei.« Er stand auf, holte sich die zweite Sandwichhälfte und ließ sich wieder aufs Sofa fallen.

»Herrgott«, murmelte er. »Jedenfalls erinnert mich Robin deshalb an Susan, weil sie was aus sich macht. Und weil sie mich daran erinnert, dass ich das nicht tue.« Er sah mich mit feucht glitzernden Augen an. »Warum tun wir das nicht, Florine? Warum können wir nichts aus uns machen? Ich sag's dir: weil wir keine Zeit und kein Geld dafür haben. Ich werde nie was anderes sein als ein beschissener Mechaniker in einer beschissenen Werkstatt, der sich Woche für Woche für beschissenes Geld krumm schuftet, nur um in der Woche drauf genau denselben beschissenen Job zu machen.«

Mit zitternder Stimme sagte ich so ruhig wie möglich: »Dann müssen wir einen Weg finden, das zu ändern. Wenn die Kinder in der Schule sind, kann ich meinen Abschluss nachholen, und vielleicht –«

»Wenn die Kinder in der Schule sind?«, rief Bud. »Mein

Gott, das ist doch noch Jahre hin! Bis dahin renne ich weiter jeden verfluchten Tag zur Arbeit, während du hier zu Hause hockst und Gott weiß was tust.«

Ich nahm mir vor, eine Liste anzufertigen und ihm, wenn er nüchtern war, zu zeigen, was ich den ganzen Tag hier tat, aber fürs Erste ging ich nicht darauf ein.

»Hör zu«, sagte ich. »Arlee kommt in zwei Jahren in die Schule und Travis in vier. Ich kann meinen Abschluss schon vorher nachholen, in der Abendschule, und dann kann ich mir einen Job suchen. Das hilft uns schon mal weiter, und vielleicht hast du bis dahin eine Idee, was du machen willst, und du kannst erste Schritte in die Richtung machen.«

Bud schob sich den Rest seines Sandwichs in den Mund und starrte mich an, als wäre ich dumm wie ein Felsblock. Dann schlang er den Bissen runter wie eine gierige Möwe und sagte: »Ich bin müde. Morgen ist Sonntag. Da kann ich diesen Mist aus mir rausschlafen und den ganzen Tag fernsehen.« Er stand auf und gab mir einen Kuss auf den Kopf. »Nacht.« Damit verschwand er, und ich blieb zurück, zusammen mit der Unordnung, die er in der Küche hinterlassen hatte.

36

Am nächsten Morgen bekam ich Bud nicht mal wach. Die Kinder und ich beschäftigten uns ein paar Stunden ohne allzu viel Tränen und Geschrei, dann beschloss Arlee, Daddy zu wecken, damit er mit uns spielen konnte. Als Bud im Flur auftauchte, sah er so jämmerlich aus, dass ich lachen musste.

»Das ist nicht witzig«, sagte Bud.

»Nein, ist es nicht.«

»Ich brauch 'nen Kaffee«, sagte er und steuerte auf die Küche zu.

Während er versuchte, wach zu werden, ging ich mit den Kindern nach draußen. Tauwetter machte dem Winter Beine. Wasser tropfte vom Dach, und ein riesiger Eiszapfen fiel vor unseren Augen in den Vorgarten. Wir bauten Schneemänner in allen Größen. Für die Augen und den Mund nahmen wir Rosinen, die ich aus dem Küchenschrank holte, und für die Nase brach ich Möhren entzwei. Nach einer Weile wurde es Travis zu kalt, und ich brachte ihn nach drinnen zu seinem Vater, aber Arlee und ich machten mit unserem Projekt weiter. Nach der abendlichen Auseinandersetzung mit Bud beruhigte mich die Arbeit an unserer Schneemann-Familie, sie pustete mir den Kopf frei. Wir blieben bis zum Mittag draußen, und als wir schließlich hineingingen, saß Bud am Esstisch und fütterte Travis.

Ich machte für Arlee, Bud und mich Sandwiches mit Erdnussbutter und Marshmallowcreme und schnitt sie quer durch, wie ich es immer getan hatte. Als ich ihm seins hinstellte, sagte ich: »Kann ich sonst noch was für dich tun, mein Liebster? Ich hoffe, es genügt deinen Ansprüchen.«

»Wieso bist du so sarkastisch?«, fragte er.

»Erinnerst du dich nicht?«

Er schüttelte den Kopf. »Ich hab keine Ahnung, wovon du redest.«

»Anscheinend habe ich die ganze Zeit, seit wir uns kennen, deine Sandwiches immer falsch durchgeschnitten. Gestern Abend hast du es mir zum ersten Mal gesagt.«

»Meine Güte«, sagte Bud und fuhr sich mit den Händen durchs Gesicht. »Das ist doch völlig egal.«

»Das habe ich auch gesagt. Aber gestern Abend war es dir wichtig.«

»Florine ...«, setzte er an. »Es tut mir leid, was immer ich gesagt habe. Ich weiß nicht mal, was es war. Können wir es einfach abhaken?«

»Nein. Das, was du gesagt hast, hat mich ziemlich ins Nachdenken gebracht, über uns, über dich und was und wen du in deinem Leben haben willst. Wenn du nicht glücklich bist, können wir vielleicht etwas dagegen tun. Vielleicht aber auch nicht.«

»Was soll das heißen?«

»Das weiß ich noch nicht. Aber du hast eine Entscheidung getroffen, als du mich geheiratet hast. Du hast nicht Susan geheiratet. Du wusstest, was die Unterschiede zwischen ihr und mir sind, oder zumindest dachte ich das. Du hast mir gesagt, dass du mich liebst und dass du mich niemals verlassen wirst. Jetzt frage ich mich, ob du das, was vorher war, wirklich hinter dir gelassen hast. Und wenn du das zurückhaben willst, solltest du darüber nachdenken und mir sagen, wie du damit umgehen möchtest.«

Der Ausdruck auf seinem Gesicht wechselte von Verwirrung zu Abwehr und dann zu Reue. Er sah hinunter auf seinen Teller, danach zu Arlee, die ihr Sandwich auseinandergenommen hatte und mit dem Zeigefinger im Belag herummalte, und schließlich zu Travis, der in seinem Hochstuhl eingeschlafen war. Keiner von uns hatte die Stimme erhoben, und ich hatte auch nicht vor, es zu tun.

»Arlee, iss dein Brot«, sagte ich. »Spiel nicht damit herum.« Ich sah Bud an. »Und du spiel nicht mit mir.« Dann stand ich auf und ging ins Bad. Ich hockte ungefähr zehn Minuten auf dem Klo und ließ die Tränen laufen. Schließlich ging ich ins Schlafzimmer, bezog die Betten neu, räumte auf und öffnete die beiden kleinen Fenster über dem Bett, um den Mief der letzten Nacht rauszulassen.

Bud stand im Türrahmen und sah mir zu. »Ich liebe dich.«

»Ich liebe dich auch«, sagte ich. »Aber du bist ein Mistkerl.«

Er ließ den Kopf hängen. »Nicht immer. Nicht oft.«

»Aber immer öfter.«

Das Telefon klingelte. »Soll ich drangehen?«, fragte er.

»Nein.« Als ich an ihm vorbeiging, hielt er mich am Arm fest und drehte mich zu sich. Seine Lippen berührten meine für einen kurzen Moment, und sein Blick suchte mein Herz. »Es tut mir leid«, flüsterte er.

»Das sollte es auch«, sagte ich und lief zum anderen Ende des Trailers, um den Hörer abzunehmen.

»Hallo, Florine«, sagte Ida. »Wie geht es euch?«

Oh Gott, dachte ich. »Gut, danke. Und euch? Arlee vermisst euch.«

»Wir vermissen sie auch, und Travis natürlich ebenso. Aber ich rufe aus einem bestimmten Grund an. Bevor ihr es von jemand anders erfahrt: Pastor Billy wird für eine Weile bei uns wohnen. In Buds altem Zimmer.«

»Was? Wieso das denn?«

»Nun, er ist jetzt seit ein paar Monaten in Behandlung und musste Medikamente mit ziemlich starken Nebenwirkungen nehmen. Ich habe ihn jeden Sonntag aufmerksam beobachtet, und sein Zustand wurde immer schlechter. Letzten Sonntag hat er dann mitten in der Predigt aufgehört und der Gemeinde gesagt, er müsse sich hinsetzen. Bevor ich mich rühren konnte, ist Maureen aufgesprungen und hat ihm auf eine Bank geholfen. Und dann – ich hab meinen Augen nicht getraut – ist sie auf die Kanzel getreten und hat zehn Minuten lang mit uns gesungen und das Schlussgebet gesprochen! Ich war so stolz auf sie. Das hat sie alles ganz allein gemacht, und das mit sechzehn!«

Ich lächelte. »Grand wäre auch stolz auf sie gewesen«, sagte ich und stellte mir vor, wie ihr liebes, altes Gesicht gestrahlt hätte. »Sie ist ein Prachtexemplar.«

»Ja, das ist sie«, sagte Ida. »Na, jedenfalls war Billy nach dem Gottesdienst so schwach, dass er sich kaum auf den Beinen halten konnte. Wir haben ihm angeboten, ihn ins Krankenhaus nach Long Reach zu bringen, aber das wollte er nicht. Er wollte, dass wir ihn zu seinem Haus in Spruce Point bringen. ›Nein‹, sagte Maureen, ›Sie kommen mit zu uns. Sie können in Buds Zimmer bleiben, bis es Ihnen besser geht. Nicht wahr, Ma?‹ Ich dachte mir, warum nicht? Also sagte ich Ja.

Billy wollte erst nicht, aber du weißt ja, wie stur Maureen

sein kann, wenn sie sich etwas in den Kopf gesetzt hat, und so haben wir ihn mit zu uns genommen.«

»Und wie geht es ihm?«

»Na ja, die meiste Zeit schläft er«, sagte Ida. »Der Arme ist vollkommen erschöpft, weil er die ganze Zeit versucht hat, irgendwie weiterzumachen. Ich weiß aus der Zeit, als Sam Krebs hatte, dass er vor allem Ruhe braucht, und deshalb ist er hier. Maureen leistet ihm Gesellschaft, und sie reden über die Bibel und solche Dinge. Und jetzt kommt der Knüller: Bis sie eine Vertretung für ihn als Pastor gefunden haben, kümmert Maureen sich darum, dass jemand anders den Gottesdienst abhält, und manchmal tut sie es sogar selbst. Zusammen mit Billy erarbeitet sie eine Predigt, und dann übt sie in seiner Gegenwart. Bei Gott, ich kann es kaum glauben, aber ich habe eine Predigerin in der Familie!«

Ihr verkaterter Sohn polterte hinter mir herum, während Ida berichtete, und tränkte die Luft mit den stechenden Dünsten des abendlichen Whiskeys. »Ich kann's auch kaum glauben«, sagte ich. »Aber Maureen war schon immer zu Höherem berufen, wie Grand sich ausgedrückt hätte.«

»Ja, nicht wahr?«, sagte Ida glücklich. Dann sprachen wir noch ein wenig über die Kinder und alltägliche Dinge. Es fiel mir schwer, ihr nicht die Wahrheit zu sagen. Ich wusste, sie hätte es verstanden, aber Bud war ihr Sohn, und zu wissen, dass er ein Alkoholproblem hatte, hätte sie an Sam und seinen traurigen Niedergang erinnert, und sie freute sich gerade so über Maureen.

»Wie geht es Glen?«, fragte ich Ida.

»Ach, das wollte ich dir ja auch noch erzählen«, sagte sie. »Er ist aus eurem Haus ausgezogen. Vor ein paar Tagen hat er sein Zeug zusammengepackt und ist verschwunden. Er hat sauber gemacht, so gut er konnte, aber du kennst ja Glen. Ich gehe noch mal gründlich durch, bevor ihr das nächste Mal kommt. Weißt du schon, wann das sein wird?«

»Vielleicht eher, als du denkst«, sagte ich. »Bitte kümmere dich nicht ums Saubermachen. Es kann gut sein, dass ich bald für ein paar Tage mit den Kindern raufkomme. Das wäre mal eine nette Abwechslung. Also überlass das Putzen ruhig mir.«

»Ich würde mich natürlich freuen, dich zu sehen«, sagte Ida. »Und erst recht die Kinder!«

»Hast du denn eine Ahnung, wohin Glen gegangen sein könnte?«

»Nein. Und ich hatte auch noch keine Gelegenheit, Ray zu fragen.«

Armer Glen. Noch eine verlorene Seele, die irgendwo da draußen in dem feuchten, grauen Nebel umherirrte, mit dem der Winter sich verabschiedete. Vielleicht würde ich Bud bitten herauszufinden, wohin Glen verschwunden war. Vielleicht würde ich ihn auch bitten herauszufinden, wohin er selbst verschwunden war. Hoffentlich würde er sich wiederfinden, bevor er zu weit fort war.

Nachdem ich an dem Abend die Kinder ins Bett gebracht hatte, ging ich ins Schlafzimmer und griff nach meinem Strickzeug, dessen Wolle die Farbe von Travis' Augen hatte. Während ich an einem Pullover für ihn arbeitete, ging mir durch den Kopf, wie der längere Anblick einer bestimmten Farbe meine Stimmung veränderte. Wenn ich etwas Rotes strickte, hatte ich mehr Energie. Gelb machte mich fröhlicher. Blau beruhigte mich, und Lila stimmte mich nachdenklich. Verschiedene Farben zusammengesponnen erinnerten mich an einen Fluss, bei Fluss dachte ich ans Meer, und das brachte mich zurück zu The Point. *Das wunderbare, einzig wahre The Point.* Damit war ich wieder bei unserem »Gespräch« vom letzten Abend. Ich seufzte.

»Was hat dieser Seufzer zu bedeuten?«, fragte Bud von der Tür aus.

»Ich dachte gerade an *The Point, The Point, das wunderbare, einzig wahre The Point*«, erwiderte ich.

»Wovon redest du? Und was wollte Ma eigentlich? Ich hab ganz vergessen zu fragen.«

Ich erzählte ihm von Billy und von Maureens Karriere als Ersatzpastorin.

Er schüttelte lächelnd den Kopf. »Ich hab keine Ahnung, woher sie das hat. Wahrscheinlich hat sie das Beste von Ma und Sam geerbt.« Er sah mich an. »Er hatte auch eine gute Seite, weißt du. Er war nicht nur ein Säufer.«

»Niemand ist nur ein Säufer. Niemand ist nur dies oder jenes.«

»Bloß weil ich ab und zu ganz gerne mal was trinke, bin ich noch kein Säufer.«

Mir rutschte eine Masche von der Nadel, und ich sammelte sie wieder ein. Ich sagte nichts.

»Glaubst du, ich bin nur ein Säufer?«, fragte Bud.

»Glaubst du, ich bin nur ein dummes Mädchen ohne Schulabschluss, das sich ein Kind hat andrehen lassen?«, gab ich zurück.

»Jesses, was soll das denn? Jetzt nimm dir doch nicht so zu Herzen, was ich angeblich gestern Abend gesagt habe. Ich bin schließlich hier bei dir, oder nicht? Ich hab das richtige Mädchen geheiratet, das weiß ich genau. Meine Güte, wofür hältst du mich denn?«

»Du solltest dich mal hören, wenn du blau bist. Dann würdest du dich auch für einen miesen Kerl halten.«

»Du hältst mich also die ganze Zeit für einen miesen Kerl?«, sagte er.

»Nein, das tue ich nicht«, erwiderte ich. »Nur wenn du dich volllaufen lässt. Und wenn *du* dich die ganze Zeit für einen miesen Kerl hältst, dann tut's mir leid.«

»Du solltest mal in meiner Haut stecken.«

»Nein danke, ich hab so schon genug Probleme.«

Bud sackte in sich zusammen. Meine Stricknadeln klapperten. Er holte tief Luft und atmete wieder aus. Der Kühlschrank sprang an, brummte ein paar Minuten und schaltete sich wieder ab.

»Tja«, sagte er. »Ich komme dann bald ins Bett.«

»Okay«, sagte ich. Meine Nadeln blitzten, als ich das Tempo steigerte, um gegen die Angst anzustricken, die mit leisen, schnellen Schritten meine Wirbelsäule hochschlich.

37

Im März lichtete der Winter den Anker, und der Vorgarten verwandelte sich in einen Sumpf. Durch die wärmeren Temperaturen schmolzen die Schneemänner, was Arlee nicht verstand, bis ich einen Klumpen Schnee hereinholte und ihn in einer Schüssel auf den Tisch stellte, um ihr zu zeigen, was es mit dem Schmelzen auf sich hatte. Der Besitzer des Trailers schickte jemanden vorbei, um den Zaun zu reparieren, sodass der Garten nicht länger so aussah, als hätte ein Riese ein Stück davon abgebissen. Bud und ich gingen höflich miteinander um, und manchmal im Bett auch mehr als das. An einem Mittwochabend, nachdem wir uns auf Kinderschlaf schonende Weise geliebt hatten, schmiegten wir uns aneinander.

»Ich liebe dich«, flüsterte Bud. »Ich hätte nie gedacht, dass ich jemanden so sehr lieben könnte.«

»Ich weiß«, sagte ich. »Ich liebe dich auch.«

Er legte seine Arme fester um mich. »Ich habe dich nicht gewählt – du hast mich gewählt. Ich konnte ganz lange gar nicht glauben, dass du wirklich mich wolltest. Du weißt nicht, wie die Leute dich ansehen, wenn du irgendwo reinkommst. Du weißt nicht, wie schön du bist. Du hast keine Ahnung, was du bei anderen Menschen auslöst. Ich kann's kaum fassen, dass ich der Glückliche bin, der dich jede Nacht im Arm halten darf.«

Was konnte ich nach so einer Ansprache anderes tun als meine Lippen auf seine zu pressen, mich auf ihn zu schwingen und ihn zu reiten, als wüsste ich, was ich tat und was das mit ihm machte?

Er hatte recht. Ich wusste das alles nicht. Aber damit war ich sicher nicht die Einzige. Ich wäre jede Wette eingegangen, dass die meisten Menschen das nicht wussten. Jeden Tag gingen die Leute aus dem Haus, nachdem sie sich die Zähne geputzt und die Haare gekämmt hatten, und hofften, dass die Welt nicht auf sie eindrosch. Alle versuchten nur, irgendwie zurechtzukommen. Niemand käme auf die Idee, dass er vielleicht die Welt veränderte, einfach nur dadurch, dass er irgendwo auftauchte.

Nachdem er mir das gesagt hatte, war ich netter zu Bud. Und er war auch netter zu mir. Er beschränkte sich auf ein Bier, wenn er sich abends nach der Arbeit vor den Fernseher setzte und ich mich mit meinem Strickzeug zu ihm gesellte. Für die nächsten zwei Wochen blieb das Thema, wie wir in Zukunft leben wollten und welche Veränderungen nötig waren, in der Schublade.

Und dann tauchte Glen auf.

Es war in einer Nacht von Freitag auf Samstag. Ich wurde davon wach, dass Bud aufstand. Er zog seine Jeans an und ging hinaus in den Flur. Mit pochendem Herzen folgte ich ihm. »Was ist los?«, fragte ich flüsternd.

Durch die zugezogenen Vorhänge am Panoramafenster zeichnete sich die Doppelsonne eines Scheinwerferpaars ab. »Bleib lieber da«, sagte Bud zu mir und ging leise zur Eingangstür. Die Scheinwerfer erloschen, und ich stand im dunklen Wohnzimmer. »Bud?«

»Psst.« Stille. Dann schlug eine Autotür zu. Schritte

knirschten über den wieder gefrorenen Schnee in der Einfahrt.

Bud schaltete die Außenleuchte ein, und die Schritte verstummten. »Jesses«, sagte jemand, und Bud und ich stießen gleichzeitig einen Seufzer der Erleichterung aus.

Bud öffnete die Tür. »Komm rein.«

Glen polterte die Stufen hoch und brachte einen Schwall kalter Märzluft mit herein. Dann schloss er die Tür hinter sich.

»Hab 'ne Weile gebraucht, um herzufinden. War mir auch nicht sicher, ob ich hier richtig bin, bis ich den Fairlane gesehen hab. Wie geht's euch?«

»Gut«, sagte ich und warf einen Blick auf die Uhr am Herd. »Dafür, dass es drei Uhr morgens ist.«

»Oh, ist es schon so spät? Mist. Ich dachte, es wär um Mitternacht rum. Aber ich schlafe nicht so gut, da verliere ich manchmal den Überblick über die Zeit. Wie auch immer, ich war grad in der Gegend, und –«

»Schon gut«, sagte ich. »Bud, mach doch mal das Licht an, damit wir uns alle besser sehen können.«

Er tat es, und in dem Moment fiel mir ein, dass ich ein ziemlich dünnes Nachthemd anhatte, das vermutlich das eine oder andere zur Schau stellte, was ich in Gesellschaft lieber verdeckt haben wollte. »Bin gleich wieder da. Bud, setzt du Kaffee auf?« Es würde wohl eine lange Nacht werden, aber trotzdem war ich froh, dass Glens Wanderungen ihn zu uns geführt hatten, ganz egal wie spät es war. Grand hätte gesagt, eine verlorene Seele findet nur durch den Trost und Beistand lieber Menschen zu sich zurück.

Nachdem ich mir meine Jeans und ein Sweatshirt übergezogen hatte, ging ich zurück ins Wohnzimmer, wo Glen mit lang ausgestreckten Beinen in Grands Schaukelstuhl saß.

»Sieht aus, als hättest du es dir schon bequem gemacht«, sagte ich und gab ihm einen Kuss auf die Wange. Sie fühlte sich kalt an, und ich fragte mich, ob er mit offenem Fenster gefahren war. »Willst du nicht deine Stiefel und deine Jacke ausziehen? Ich nehme mal an, dass du nicht gleich wieder weiterwillst, oder?«

Ich streckte die Hand aus und half ihm hoch. »Jacke an den Haken neben dem Kühlschrank und Stiefel auf die Matte darunter.« Glen gab mir einen Kuss auf den Kopf und ging an mir vorbei. Er schälte sich aus seiner gefütterten Tarnjacke und hängte sie auf, dann zog er seine Kampfstiefel aus und ließ sie auf die Matte plumpsen.

»Willst du was essen?« Ich trat an den Kühlschrank und holte kalten Braten, Brot, Käse und Senf heraus. Glen ließ sich wieder in den Schaukelstuhl sinken und stieß einen kellertiefen Seufzer aus. »Verdammt«, sagte er. »Bin ich froh, euch zu sehen.«

Bud, der sich an den Frühstückstresen zwischen Küche und Wohnzimmer gelehnt hatte, rieb sich die Augen und grinste. »Danke, gleichfalls, Kumpel«, sagte er und verschwand ins Schlafzimmer.

»Freut er sich so sehr, dass er wieder ins Bett geht?«, sagte Glen zu mir.

»Ich nehme an, er zieht sich was über.«

Ich machte einen Stapel Sandwiches und stellte eine Kanne Kaffee auf den Esstisch. Bud war inzwischen zurückgekommen, und wir setzten uns alle hin. Glen machte sich wie ein ausgehungerter Wolf über das Essen her.

»Wo kommst du denn jetzt her?«, fragte ich ihn. »Warum

bist du nicht in Grands Haus geblieben? Es ist doch noch kalt. Du hättest gut noch ein, zwei Monate dort bleiben können.«

»Ich hatte keine Ruhe mehr«, sagte Glen. »Ich wollte einfach weiter. Liegt wahrscheinlich an Vietnam. Auf und los. Danke, dass ich so lange bei euch bleiben durfte.«

»Und wo wohnst du jetzt?«, fragte ich.

»Oh, du kannst ihn jetzt nicht sehen, aber ich habe mir einen neuen Pick-up gekauft, der hat 'ne Abdeckung über der Ladefläche. Da hab ich mein Lager. Ist warm genug da drin.«

»Und wo stellst du das Auto ab?«

»Wo ich grad Lust habe«, sagte Glen. »Ich fahr ein bisschen rum, mache abends ein kleines Lagerfeuer, und dann leg ich mich schlafen. Und am nächsten Tag wieder dasselbe. Ich war schon überall. Bis rauf nach Crow's Nest Harbor und sogar noch weiter.«

Das rief Erinnerungen wach. In Crow's Nest Harbor war Carlie im August 1963 verschwunden. Vor ein paar Jahren waren wir zu viert dorthin gefahren – Bud, Dottie, Glen und ich –, um uns umzusehen und ein Gefühl für den Ort zu bekommen. Und ein bisschen herumzuforschen. Wir hatten mit einem Zimmermädchen von dem Motel gesprochen, in dem Carlie und Patty immer abgestiegen waren, und mit einem Polizisten, der sich gut an den Vorfall erinnern konnte. Dann waren wir wieder nach Hause gefahren.

Glen sprach immer noch. »Ich bin bis zur äußersten Spitze vom County gefahren.«

»Von welchem County?«, fragte Bud.

Glen schnaubte. »Vom einzig wichtigen, Aroostook. In ein paar Tagen geht's runter nach Kittery, und von da im Zickzack Richtung Norden. Maine ist ja groß genug. Und da draußen gibt's jede Menge Elche. Wir beide sollten uns 'ne Jagderlaubnis besorgen«, sagte er zu Bud. »Hat ordentlich Fleisch, so 'n Vieh. Wir könnten nach Rangeley fahren. Oder nach Katahdin. Zum Moosehead Lake. Oder zum Mooselookmeguntic.«

Bei dem Namen musste ich lachen. »Musleckmi-was?«

»Ja, warum nicht?«, sagte Bud und rieb sich über das Gesicht. »Könnte Spaß machen.«

»Wann warst du das letzte Mal auf der Jagd?«, fragte ich Bud. Er hatte früher gejagt, aber nicht mehr, seitdem wir zusammen waren.

»Ist schon ewig her«, antwortete er. »Bis jetzt hab ich erst einen Hirsch geschossen. Dürfen gern noch ein paar mehr werden, bevor ich den Löffel abgebe.«

Er und Glen fingen an, sich darüber auszulassen, wie viel Spaß es machte, Bambi & Co. zur Strecke zu bringen. Da mir das Thema nichts sagte, stand ich gegen halb fünf vom Tisch auf und beschloss, mir noch ein, zwei Stunden Schlaf zu gönnen. Ich legte mich angezogen aufs Bett und schlief ein.

Als ich aufwachte, zwängte sich Tageslicht durch die Vorhangritzen, und Arlee saß neben mir und bürstete mir die Haare mit einer Schuhbürste. Bud polierte seine Arbeitsschuhe damit jeden Sonntagabend auf Hochglanz, und sie waren schwarz.

»Brave Mama«, sagte Arlee und strich mit der Bürste von der Stirn bis zu den Spitzen. »Bist du wach?«

»Ja, bin ich.« Ich wickelte eine ihrer dicken roten Locken um meinen Zeigefinger und zog sanft daran. Sie sprang wie eine Feder zurück.

Drüben im Wohnzimmer lachte Travis so laut, dass ich lächeln musste.

»Gen ist da«, sagte Arlee. »Komm mit.« Sie zog an meinem Arm.

»Okay, ich stehe auf.« Als ich ins Wohnzimmer kam, sagten Bud und Glen wie aus einem Mund: »Was ist denn mit deinem Gesicht passiert?«

»Wie ist Arlee an die Schuhbürste gekommen?«

Bud saß auf dem Sofa und hatte die Beine quer durchs halbe Wohnzimmer ausgestreckt. »Hab ich wohl in den falschen Schrank gelegt. Tut mir leid.«

Ich ging ins Bad und wusch mir gründlich das Gesicht. Meine Haare hatten an der Stirn einen hübschen dunklen Ton angenommen.

»Es ist ja schon zwölf«, sagte ich, als ich wieder herauskam. »Wieso habe ich so lange geschlafen?«

»Ich schätze mal, weil du müde warst«, sagte Glen.

»Haben die Kinder schon zu Mittag gegessen?«

»Noch nicht«, sagte Bud. »Wir wollten was machen, haben's dann aber doch nicht getan.«

Ich ging in die Küche. »Ich nehme an, wir wollen alle was essen, oder?«

»Also, ich hätte nichts dagegen, wenn's dir nichts ausmacht«, sagte Glen.

Ob es mir was ausmachte oder nicht, ich versorgte die, die Zähne hatten, wiederum mit Sandwiches, und meinen kleinen Jungen, der gerade Zähne bekam, mit einer Mischung aus Hüttenkäse und Birnenkompott. Ich aß ein halbes Sandwich, aber eigentlich hatte ich keinen Hunger. Ich versuchte, nicht auf die wachsende Ansammlung leerer Bierdosen zu starren, die auf dem Esstisch standen, aber es gelang mir nicht. Ich fragte mich, wohin es führen würde, wenn Bud so früh schon mit dem Trinken anfing und darin noch von Glen angestachelt wurde.

Es dauerte nicht lange, bis ich es herausfand.

38

»So habe ich Bud und Glen noch nie erlebt«, sagte ich zu Dottie, die Hand schützend vor den Telefonhörer gelegt. In meiner Verzweiflung hatte ich sie in ihrem Zimmer im College angerufen.

»Wie kann das denn sein?«, fragte Dottie. »Ich dachte, wir hätten sie schon in jeder denkbaren Verfassung gesehen.«

»Die beiden sitzen hier rum und trinken Bier und vielleicht auch noch was anderes und schmeißen sich weg vor Lachen«, sagte ich. »Das kennen wir schon, aber neu ist, dass sie mich völlig ignorieren. Ich könnte genauso gut für den Rest des Tages verschwinden.«

»Was machen die Kinder?«

»Travis ist in seinem Laufstuhl, und Arlee klettert auf Glen und Bud herum, springt runter und klettert wieder rauf.«

»Klingt doch, als würden sie sich prächtig amüsieren«, sagte Dottie.

»Tun sie auch, aber ich habe Angst, dass sie ausrutscht und runterfällt.«

»Tja, ist wohl dein Job, dir Sorgen zu machen.«

»Kannst du dich nicht doch ins Auto setzen und herkommen?«

»Nein. Ich will ein paar Runden mit Addie bowlen.«

»Addie? Wer ist das? Hat sie einen Nachnamen?«

»Noch nicht. Den muss sie sich erst verdienen.«

Ich drehte mich zum Wohnzimmer um und sah gerade noch, wie Arlee auf Buds Schoß das Gleichgewicht verlor, fiel und mit dem Kopf gegen den Esstisch schlug. Leere Bierdosen kollerten in alle Richtungen.

»Ich muss Schluss machen«, sagte ich und legte auf. Bud hatte Arlee schon auf dem Arm. »Es geht ihr gut, sie hat sich bloß erschrocken«, sagte er. Arlee schrie und streckte die Arme nach mir aus. Ich nahm sie, beruhigte sie, tauchte einen Waschlappen in kaltes Wasser und drückte ihn auf ihre Stirn. Bud gab ihr einen Kuss und strich ihr übers Haar. »Ist doch nichts passiert«, sagte er.

»Das werden wir ja sehen. Mal abwarten, wie dick die Beule auf ihrer Stirn wird«, erwiderte ich.

»Jetzt reg dich nicht auf, Mama«, sagte er. »Ist doch alles halb so wild.«

»Das war abzusehen, dass so was passiert«, sagte ich. »Du hättest –«

»OKAY. Ist ja gut, Florine. Jesses, man könnte meinen, sie wär tot.«

Bud ging zum Kühlschrank und holte noch zwei Bier heraus.

»Vermehren die sich da drin?«, fragte ich, doch er schnaubte nur. Ich ging mit Arlee ins Schlafzimmer und wiegte sie eine Weile in meinen Armen, bis ihr die Augen zufielen, dann brachte ich sie in ihr Bett. Das war fürs Erste wohl der sicherste Ort für sie. Ich holte Travis aus dem Wohnzimmer und legte ihn ebenfalls für seinen Mittagsschlaf hin.

Danach überlegte ich, was ich tun sollte. Ich hätte mich auf ein Bier zu Bud und Glen setzen können, aber für mich schmeckte Bier wie die Dosen, in denen es verkauft wurde. Oder ich hätte mich ins Schlafzimmer zurückziehen und stricken können, aber das wäre unhöflich gewesen. Am Ende setzte ich mich mit meinem Strickzeug zu den beiden, die in Erinnerungen an alte Zeiten schwelgten. Nachdem ich ein paar Minuten vor mich hin gestrickt hatte, bemerkte ich die Whiskeygläser und die Flasche Jack Daniels, die auf dem Beistelltisch standen. Verdammt, dachte ich. Das ist nicht gut.

»Weißt du noch, wie wir Holzfäller gespielt und Mas Schneidebretter mit der Hand zerhackt haben? Mann, war die wütend.«

»Jesses, darauf hätt ich jetzt Lust«, sagte Glen mit wehmütigem Blick.

»Worauf?«, fragte ich.

»Sachen zerhacken, Mama«, sagte Bud. »Das ist gut für die Seele.«

»Dann lasst aber meine Schneidebretter in Ruhe und holt euch Holz aus dem Schuppen.«

»Nur keine Angst«, sagte Glen. »Wir machen schon nichts kaputt, woran du hängst.«

»Gute Idee, Florine«, sagte Bud. »Ich hab noch ein paar Bretter im Schuppen.« Die beiden standen auf und liefen nach draußen, ohne Jacke oder Mütze, so glücklich, wie zwei Saufkumpane nur sein konnten.

Mir schwante nichts Gutes. Travis gab ein leises Wimmern von sich, doch als ich nach ihm sah, schlief er tief und fest, offenbar in einen aufregenden Traum versunken. Jemand kam herein und ging wieder hinaus, wobei jedes Mal die Tür knallte. Von draußen drang Lachen herein. Ich schloss die Tür von Travis' Zimmer und schaute aus dem Panoramafenster. Dort stand Glens riesiger schwarzer Pick-up. Um da reinzukommen, braucht man ja eine Leiter, dachte ich.

Und dann sah ich mein Bügelbrett, das mitten in der Einfahrt aufgebaut war.

An diesem Bügelbrett hing ich. In dem Herbst, als ich zehn war, waren Carlie, Patty und ich bei einem unserer seltenen Ausflüge nach Long Reach über einen privaten Flohmarkt gestreift, den jemand in seinem Garten abhielt. Patty ging gerne auf Schatzsuche, wie sie es nannte. Carlie fand zwar, dass sie meistens nur Krempel erstand, aber manchmal ging sie trotzdem mit, und an dem Samstag hatten die beiden mich mitgenommen. Die ganze Rasenfläche war übersät mit Sachen: ausrangiertes Spielzeug, alte Bücher, ein hässliches Sofa mit zwei passenden Sesseln, zerknüllte Kleider und jede Menge anderes Zeug. Carlie kaufte mir drei Trixie-Belden-Bücher für dreißig Cent. Danach schlenderten wir umher.

»Ich find's langweilig«, sagte Carlie. »Aber sag Patty nichts davon. Ich habe ihr versprochen, mich nicht zu beschweren.«

»Ist gut«, sagte ich. Patty stand ein Stück entfernt und stritt sich mit jemandem um eine scheußliche gelbe Lampe. Plötzlich packte Carlie mich am Arm. »He, was haben wir denn da?«, sagte sie und deutete auf ein hölzernes Bügelbrett, das an einem alten Spiegel lehnte.

»Wozu brauchst du das?«, fragte ich. »Du bügelst doch nie.«

»Was soll das heißen, ich bügele nie?«, entgegnete sie ehrlich schockiert. »Natürlich tue ich das. Oder ich würde es tun, wenn ich ein Bügelbrett hätte.«

»Haben wir überhaupt ein Bügeleisen?«, fragte ich.

»Sei nicht albern, natürlich haben wir eins«, sagte Carlie. »Glaube ich zumindest.« Wir erstanden unser Bügelbrett für einen Vierteldollar, dann nahm ich das vordere Ende und sie das hintere, und wir trugen es zu Pattys Auto und verstauten es im Kofferraum.

Carlie stellte es in die Abstellkammer und benutzte es kein einziges Mal. Als ich zu Grand zog, nachdem Stella sich bei Daddy eingenistet hatte, schleppte ich es mit über die Straße.

»Ich habe schon ein Bügelbrett«, sagte Grand zu mir. »Wir brauchen kein zweites.« Doch als sie meinen Gesichtsausdruck sah, nahm sie es mir ab und schob es in die Lücke zwischen dem Kühlschrank und der Küchenwand, neben ihr eigenes. »So«, sagte sie. »Dann hat meins wenigstens Gesellschaft.« Später benutzten wir dann tatsächlich manchmal beide, um die Strickpullover und die gehäkelten Decken zu glätten. Ich hatte das Bügelbrett mitgenommen, als wir in den Trailer gezogen waren, weil ich eins brauchte und weil es mich an meine Mutter erinnerte. Und jetzt stand es in der Einfahrt. Das konnte nichts Gutes bedeuten. Ich weiß nicht, was mich davon abhielt, rauszulaufen und das Bügelbrett zu holen, doch ich stand wie versteinert drinnen an meinem Platz.

Dann kam Bud mit einem Stapel alter Bretter aus dem Schuppen und warf ihn neben dem Bügelbrett auf den Boden. Der böige Märzwind zerzauste ihm und Glen die Haare.

»Wir sollten uns was überziehen«, sagte Glen, laut genug, dass ich ihn durch das geschlossene Fenster hören konnte.

»Ach was«, erwiderte Bud. »So lange bleiben wir ja nicht draußen. Florine kriegt garantiert 'nen Anfall.« Weswegen?, dachte ich. Wegen zweier erwachsener Männer, die sich wie kleine Jungs aufführen? Doch dann legte Bud eins von den Brettern so auf mein Bügelbrett, dass das eine Ende seitlich ein Stück über den Rand ragte. »Das zerhacke ich«, sagte er zu Glen. »Und wenn ich es schaffe, zahlst du das Bier, wenn wir uns das nächste Mal treffen. Wenn ich es nicht schaffe ... dann gehen wir wieder rein und trinken noch 'ne Runde.«

»Klingt gut«, sagte Glen und hielt das überstehende Ende des Brettes fest.

Bud atmete tief durch, lockerte Arme und Hände und stellte sich in Position. Dann hob er den rechten Arm und schlug schwungvoll mit der Handkante zu, worauf das Brett nicht durchbrach, sondern auf der Erde landete. Glen machte einen Satz zur Seite, und ich zuckte unwillkürlich zusammen, als Bud sich die Hand hielt und laut »SCHEISSE!« schrie.

Glen lachte sich kaputt, was Bud natürlich wütend machte. Er packte das widerspenstige Brett und warf es in hohem Bogen in den Garten. Und das Bügelbrett hinterher.

Ich stürmte aus dem Haus. »Bud«, brüllte ich. »Hör auf damit.«

»Bud, hör auf damit«, ahmte er mich mit Fistelstimme nach. Er ging zu dem Bügelbrett, hob es auf und warf es noch ein Stück weiter in den matschigen Garten.

»He, Bud, lass gut sein«, sagte Glen. Ich lief los, um das Bügelbrett aufzuheben.

»Ich hol's ja schon, Herrgott noch mal«, sagte Bud. »Geh wieder rein.«

»Nein, ich hole es«, sagte ich.

Er zuckte die Achseln. »Wie du willst.« Sein Tonfall war so herablassend, dass ich ihm am liebsten den Hals umgedreht hätte. Ich hob das Bügelbrett auf, trug es an ihnen vorbei in den Trailer und stellte es zurück an seinen Platz in der kleinen Waschküche. »So«, sagte ich und strich über seine raue Oberfläche. »Jetzt bist du wieder bei deinen Freunden.«

Draußen sprang ein Motor an, und ich sah, dass Bud und Glen sich in den Pick-up gesetzt hatten, um sich aufzuwärmen. Bud hob eine Bierdose an den Mund und leerte sie in einem langen Zug. Glens Gesicht verschwand in einer Wolke Zigarettenrauch.

»Was ist bloß mit uns passiert?«, sagte ich laut. »Es war doch mal schön.«

»Mama«, rief Arlee.

»Tja, das ist zum Beispiel eine schöne Sache«, sagte ich und ging zu ihr.

»Pipi«, wimmerte sie. Und tatsächlich waren ihre Schlafanzughose und das Laken patschnass. Zum Glück war die Matratze mit einem Gummiüberzug geschützt.

»Na, dann kümmern wir uns erst mal darum«, sagte ich und trug sie ins Bad, um sie zu waschen. Ich zog ihr einen frischen Schlafanzug an, bezog das Bett neu, und dann wachte Travis auf und begann zu weinen. Noch ein Baby, das die Windel voll hatte.

Jemand kam in den Trailer. Da ich annahm, dass es Bud war, rief ich: »Kannst du dich bitte mal um deinen Sohn kümmern?« Doch bevor ich zu Ende gesprochen hatte, entfernten sich die Schritte wieder, und die Tür fiel zu. Ich seufzte. »Dann schauen wir jetzt mal nach deinem Bruder«, sagte ich zu Arlee und hob sie hoch. Als wir durch den Flur zu Travis' Zimmer gingen, heulte draußen der Motor auf, und Kies spritzte gegen die Scheibe. »Arschlöcher«, sagte ich.

»Arschlöcher«, wiederholte Arlee.

Plötzlich hörte ich ein lautes Krachen, und ich lief zur Tür,

Arlee noch auf dem Arm. Bud setzte gerade mit Glens Pick-up zurück, dann schaltete er wieder in den Vorwärtsgang und parkte mit einem Schlenker neben meinem Bügelbrett, das zerbrochen und verbogen in der Einfahrt lag.

Aus dem Augenwinkel sah ich, wie Glen aus dem Garten kam und im Gehen den Reißverschluss seiner Jeans hochzog. »Verdammt noch mal, Bud«, brüllte er. »Was zum Teufel hast du getan?«

Bud stellte den Motor aus, sprang aus dem Wagen und knallte die Tür zu. »Ich hab diesem verfluchten Miststück gezeigt, wer hier der Boss ist«, antwortete er grinsend. Dann sah er mich mit seiner Tochter auf dem Arm da stehen, und sein Grinsen verschwand.

Ich drehte mich wortlos um, ging mit Arlee wieder hinein und wechselte Travis' Windel. Dann zog ich erst ihn und danach Arlee an.

»Wir machen einen Ausflug«, sagte ich zu den beiden. Ich hörte, wie Bud und Glen hereinkamen, und Arlee lief ihnen entgegen. Einer der Stühle am Esstisch wurde zurückgezogen, und jemand setzte sich darauf. Ich nahm Travis hoch und wollte das Zimmer verlassen, doch im Türrahmen stand Bud und versperrte mir den Weg. Er schwankte ein wenig.

»Lass mich durch«, sagte ich, und es war mir ernst.

Er kannte mich gut genug, um zur Seite zu treten. »Tut mir leid«, murmelte er, doch ich ging an ihm vorbei. Ich drückte Travis Glen in die Arme. Der setzte zu einem Widerspruch an, verstummte jedoch, als er mein Gesicht sah. Ich zog Arlee Mantel, Mütze, Stiefel und Handschuhe an und nahm Glen Travis wieder ab. »Fahr deinen verdammten Pick-up da weg«, sagte ich, und sofort eilte Glen mit dem Schlüssel in der Hand nach draußen.

»Florine ...« Bud stand hinter mir. Als er mich an der Schulter berührte, fuhr ich herum.

»Lass mich in Ruhe«, sagte ich und ging mit den beiden Kindern hinaus.

39

Ich hatte keinen Plan. Da es bald Abendessenszeit für die Kinder war, würde ich nicht weit kommen. Also nahm ich die Straße, die nach Falmouth und Portland führte. Ich überlegte kurz, zu Robin zu fahren, entschied mich dann jedoch dagegen. Das hier war nicht ihr Problem, und ich wollte es auch nicht dazu machen. »Verdammt«, murmelte ich, als mir wieder einfiel, dass sie bald wegziehen würde.

Zur Linken verdeckte ein hässliches Einkaufszentrum den Blick auf die Kiefern dahinter. Ich bog auf den Parkplatz ein und stellte das Auto vor dem Walmart ab. »Einkaufen«, krähte Arlee vom Rücksitz. »Yippie!«

»Yippie yeah«, sagte ich. Ich schnappte mir einen Einkaufswagen, der ein paar Meter weiter in der Gegend herumstand, und hob Arlee hinein. Sie hüpfte in dem Wagen auf und ab, während ich ihren pummeligen kleinen Bruder in den Babykorb zwängte. Dann schob ich den Einkaufswagen durch den Schneematsch zum Eingang.

Helle Lichter und Gänge. Rappelnde Einkaufswagen. Blecherne Musik aus Lautsprechern, die an der fleckigen Decke hingen.

»Spielsachen«, sagte Arlee und zeigte in die entsprechende Richtung.

»Wenigstens weißt *du*, was du willst«, erwiderte ich und bog in den Gang ein. Ich weiß nicht, was ich mir dabei dachte.

Im Spielzeuggang gab es jedes Mal Theater. Zu viele »Ich will« und nicht genug »In Ordnung, Süße«. Doch anscheinend hatte mich der gewaltsame Tod meines Bügelbretts zu sehr erschüttert. Travis strahlte mich aus dem Babykorb des Einkaufswagens an, und Arlee lehnte sich mit ausgebreiteten Armen an den vorderen Rand des Wagens. »Ich fliege«, rief sie.

»Nicht so weit nach vorn«, ermahnte ich sie. »Sonst fällst du noch raus.«

Eine zierliche blonde Frau ging lächelnd an uns vorbei. »Wie süß.«

Ich nickte und fragte mich, ob sie selbst Kinder hatte. Dann sprangen meine Gedanken in eine andere Richtung, und mir ging auf, dass ich hier ein neues Bügelbrett kaufen konnte. Es konnte natürlich nicht den ideellen Wert des alten ersetzen, aber trotzdem brauchte ich eins. Als ich den Wagen in Richtung Haushaltswarenabteilung wenden wollte, blockierte das rechte Vorderrad, und ich musste mich mit ganzer Kraft dagegenstemmen.

»Spielsachen, Mama«, sagte Arlee. »Spielsachen.«

»Nicht jetzt«, sagte ich. Travis krallte sich mit seiner fleischigen kleinen Faust in den Aufschlag meiner Jacke.

»Spielsachen«, quengelte Arlee.

»Kennst du auch noch andere Wörter?«, fragte ich Arlee, während ich mich aus Travis' Griff befreite.

»Jetzt«, sagte Arlee.

»Nein.« Ich fragte mich, wie weit ich wohl kommen würde, bevor das Theater losging. Zu meiner Überraschung schaffte ich immerhin eine ganze Ganglänge. Arlee klammerte sich an den Rand des Einkaufswagens und brüllte, so laut sie konnte: »Ich will Spielsachen!«, und dann fing sie an zu weinen. »Spielsachen«, schluchzte sie und sah mich mit tränenüberströmtem Gesicht an. »Ich will Spielsachen.«

»Nein, jetzt nicht«, sagte ich. »Hör auf zu weinen.« Doch sie gab keine Ruhe. Ich wurde immer geladener und erwog, sie in einen der großen Mülleimer zu stopfen, die überall aufgestellt waren. Aber hier gab es zu viele Zeugen, die vermutlich alle dachten: *Mein Kind würde sich nie so aufführen.* Der Einkaufswagen scherte wieder zur Seite aus, und ich kämpfte mich mühsam vorwärts.

Die blonde Frau von vorhin kam uns erneut entgegen. Arlee streckte die Arme in ihre Richtung und jammerte: »Will nach Hause.« Die Frau blieb stehen und starrte erst Arlee an, dann mich. Bevor sie eine Bemerkung machen konnte, sagte ich: »Beachten Sie sie gar nicht. Der Teufel hat ein Ei gelegt, und dieses Kind ist rausgekommen.« Und damit gingen wir weiter.

Laut schluchzend ließ Arlee sich auf den Boden des Einkaufswagens fallen. Ich überlegte, ob ich den Supermarkt verlassen sollte, aber nun wollte ich wirklich ein Bügelbrett haben, und wann sollte ich eins kaufen, wenn nicht jetzt? Ich hielt einen gelangweilt dreinschauenden Jugendlichen in einer Walmart-Weste an, der sich an uns vorbeidrücken wollte. Über Arlees Gejammer hinweg rief ich: »Bügelbretter?« Er warf Arlee einen Blick zu, der besagte: *Erschießt mich, falls ich je Kinder haben sollte,* und antwortete: »Gang zwölf.« Er deutete nach links, und ich manövrierte den störrischen Einkaufswagen dorthin. Ich dachte an Bud und kochte vor Wut, denn wenn er sich nicht so idiotisch benommen hätte, wäre ich jetzt nicht hier und Arlee würde sich nicht quengelnd und jammernd hin und her werfen. Travis versuchte, über seine Schulter zu sehen, um herauszufinden, was da los war.

»Ist schon in Ordnung, mein Süßer«, sagte ich zu ihm. »Sie spinnt nur.«

Endlich kam Gang zwölf in Sicht. Die Bügelbretter befanden sich ungefähr in der Mitte. Ich hob Arlee aus dem Einkaufswagen, aber sie weigerte sich, die Beine zu benutzen, und ließ sich völlig hysterisch auf den Boden plumpsen. »Na toll«, sagte ich, während ich ein hässliches Metallbügelbrett samt Verpackung auf den Wagen wuchtete. »Dein erster Wutanfall.« Ich hob Arlee vom Boden hoch – wobei ich mich fragte, wann der wohl zuletzt gewischt worden war –, ignorierte die Blicke der anderen Leute, die sich offensichtlich wünschten, ich würde möglichst bald mit meiner verzogenen Bagage verschwinden, und setzte sie vor das schräg aus dem Wagen ragende Bügelbrett. Sie kroch sofort darunter und heulte von dort weiter. Ich musterte die überschaubare Auswahl an Stoffbezügen und entschied mich für den am wenigsten hässlichen, einen braunen mit weißen Blumen. Dann sprach ich mit Arlee.

»Steh auf«, sagte ich.

»Nein.«

»Wir gehen gleich zu den Spielsachen. Aber erst will ich mit dir reden. Steh auf.«

Sie kroch unter dem Bügelbrett hervor. Ich fischte ein kaum benutztes Taschentuch aus meiner Jackentasche und wischte ihr damit Augen und Nase ab. Dann stellte ich sie so hin, dass sie ihren kleinen Bruder sehen konnte.

»Sieh dir Travis an«, sagte ich.

Sie schniefte.

Travis strahlte uns beide an. »Wuu, wuu, wuu!«

»Ist er ein Baby?«

»Ja.«

»Weint er?«

»Nein.«

»Na siehst du. Und du bist sogar schon groß, also hör bitte auch auf zu weinen.«

»Ich will Spielsachen«, sagte sie.

»Wir wollen alle irgendwas«, erwiderte ich. »Aber ich weine nicht jedes Mal, wenn ich etwas haben will, oder?«

»Ich will Spielsachen«, sagte sie.

»Wir suchen *ein* Spielzeug aus«, versprach ich ihr. »Wie viel ist eins?«

Sie hielt ihren kleinen Zeigefinger hoch.

»Wenn du wieder anfängst zu weinen, gehen wir ohne Spielzeug.«

»Ich will ein Spielzeug«, sagte sie.

»Wenn wir zu den Spielsachen kommen, darfst du dir eins aussuchen. Wie viele kriegst du?«

»Eins.«

Als es so weit war, versuchte sie keine krummen Touren. Sie entschied sich für eine kleine Stoffpuppe, die sie an die Brust drückte, und ich kaufte Travis die gleiche Puppe. Nachdem wir bezahlt und das Bügelbrett eingeladen hatten, fuhren wir in der hereinbrechenden Dunkelheit zurück. Ich hatte einen herzförmigen Kloß im Hals. Ich wollte nicht zurück zu meinem niederträchtigen Mann und unserem angeknacksten Freund. Ich wollte mich nicht damit auseinandersetzen, was Bud getan hatte und warum er es getan hatte und wie ich dazu stand. Und ich hatte auch keine Lust mehr, mich darum zu sorgen, wann er sich das nächste Mal betrinken und was dann passieren würde. Ich wollte nach Hause.

Bud und Glen waren nicht im Trailer, als wir dort ankamen. Glens Pick-up war verschwunden und ebenso die Überreste des Bügelbretts. Ich holte die Kinder aus dem Auto, schloss die Haustür auf und wäre am liebsten einfach zusammengeklappt. Stattdessen machte ich den beiden ihr Abendessen und saß dabei, während sie aßen. Ich selbst hatte keinen Hunger. Den Rest des anstrengenden Tages verbrachten wir zusammen auf dem Sofa. Arlee hielt ihre Puppe fest im Arm und setzte sich dicht neben mich, und Travis wollte einfach nur geknuddelt und gedrückt werden. Als ich die beiden ins Bett brachte, hätte ich mich am liebsten gleich zu ihnen gelegt. Wir hatten wirklich alles aus dem Tag herausgewrungen.

Doch anstatt mich hinzulegen, stand ich im Schlafzimmer und überlegte, ob ich die Kinder und mich am nächsten Morgen nicht einfach ins Auto setzen und nach The Point fahren sollte, sofern das Wetter es zuließ.

Viel würden wir nicht brauchen, ein paar Kleider und Spielzeug und sonstigen Kleinkram. Ehe ich mich's versah, war ich schon dabei zu packen. Ich ging leise in die Zimmer der Kinder, lauschte auf ihren gleichmäßigen Atem und holte die Sachen heraus, die ich mitnehmen wollte. Die traurigen dunklen Augen meines Mannes schienen mir dabei zuzusehen, wie ich alles auf meinem Bett bereitlegte, und Tränen liefen mir über die Wangen. Wenn ich jetzt nicht gehe, dachte ich, wird alles nur noch schlimmer. Ich sah die Szene mit dem Bügelbrett wieder vor mir. »Ich hab diesem verfluchten Miststück gezeigt, wer hier der Boss ist«, hatte er gesagt. Hatte er das Bügelbrett oder mich gemeint? Was, wenn er seine Wut demnächst an mir und den Kindern ausließ? Das würde ich nicht zulassen. Niemals.

Ich packte alles ein und stellte die Koffer in die kleine

Waschküche. Wir würden am nächsten Morgen aufbrechen, während Bud seinen Rausch ausschlief. Um elf legte ich mich ins Bett und fiel von einer steilen Klippe in tiefen Schlaf. Als Travis mich um sechs Uhr weckte, waren Bud und Glen noch immer nicht zurück.

»Diese verdammten Idioten«, sagte ich. Dann begann ich mir Sorgen zu machen. Gegen neun rief ich die Polizei an. Nein, es hatte keine Unfälle gegeben, lautete die Auskunft. Niemand war verletzt oder tot. Die Krankenhäuser hatten auch nichts gemeldet. Warten Sie noch ein wenig, und wenn sie dann nicht auftauchen, melden Sie sich noch mal.

Ungefähr eine Stunde später rief Glen an. »Morgen, Florine. Ich hoffe, du hast dir keine Sorgen gemacht. Wir waren in Snoozy's Bar in Portland, und als da Feierabend war, haben wir uns ins Auto gesetzt und gequatscht. Da sind wir dann wohl eingeschlafen.«

»Wo ist Bud?«, fragte ich.

»Dem geht's nicht so gut. Wir trinken jetzt erst mal 'nen Kaffee, und dann kommen wir zurück.«

»Ich will mit ihm reden«, sagte ich zu Glen. »Hol ihn ans Telefon.«

»Ihm geht's nicht so –«

»Hol ihn her. Jetzt.«

»Was gibt's?«, sagte Bud kurz darauf mit rauer Stimme.

»Was fällt dir eigentlich ein? Wo zum Teufel steckst du?«, sagte ich, wartete jedoch gar nicht erst auf eine Antwort. »Ich fahre mit den Kindern nach The Point.« Wieder liefen mir Tränen übers Gesicht. »Hol dir Hilfe«, sagte ich. »Du schimpfst über Sam, aber du bist genauso. Ich will mir das nicht ansehen. Und ich will nicht, dass unsere Kinder das mitmachen müssen.« Und dann legte ich auf, wischte mir über die Augen, putzte mir die Nase, packte die Kinder ins Auto und fuhr los.

»Wo ist Daddy?«, fragte Arlee.

»Daddy bleibt hier«, antwortete ich. »Er muss arbeiten.«

40

Auf halbem Weg nach The Point gab es plötzlich Eisregen, und ich konnte nur noch Schritttempo fahren. Zweimal musste ich anhalten und das Eis von der Windschutzscheibe kratzen. Die Kinder schliefen die ganze Zeit, zum Glück, denn wenn sie unruhig geworden wären, hätte ich völlig die Nerven verloren. Gott sei Dank war kaum jemand unterwegs. Wahrscheinlich weil alle anderen die Wettervorhersage gehört und sich klugerweise danach gerichtet hatten.

Was habe ich getan?, dachte ich, während ich vorwärtskroch. Was in Gottes Namen habe ich getan? Mein Herz schlug im gleichen Tempo wie die überforderten Scheibenwischer. Ich habe gerade meinen Mann verlassen. *Ich.* Zum ersten Mal bin ich diejenige, die verschwindet. Bud, der mir geschworen hatte, dass er mich nie verlassen würde, hatte mich nicht verlassen. Ich hatte *ihn* verlassen.

Wir schlitterten und rutschten die Straße zu Grands Haus hinunter, aber ich schaffte es, das Auto kurz vor der Tür zum Stehen zu bringen. »Zu Hause?«, fragte Arlee.

»Zu Hause«, sagte ich. Meine Hände schmerzten, so fest hatte ich das Lenkrad umklammert. Mein ganzer Körper, den ich während der Fahrt stocksteif gehalten hatte, verwandelte sich in Wackelpudding, als ich aus dem Auto stieg. Die Sonne schob den Vorhang aus müden grauen Wolken beiseite und warf ihre Strahlen hinunter in den Hafen. Zu Hause.

Am Wasser. Am Leben. Am liebsten hätte ich mich jetzt mal gründlich ausgeheult, aber Arlee rief »Mama« vom Rücksitz, und so drehte ich mich um und kümmerte mich um die Kinder.

Ich schloss die Haustür auf, und wir traten in die Diele. Es roch noch ein wenig abgestanden nach Glen, aber das Zelt war verschwunden, und die Möbel im Wohnzimmer waren wieder an ihrem Platz. Arlee lief in die Küche. »Ich hab Hunger, Mama.« Ich setzte Travis auf dem Fußboden ab, dann holte ich Koffer, Kartons und Taschen aus dem Auto und stellte sie in die Diele. Travis krabbelte zu einem Koffer und versuchte daraufzuklettern. Ich räumte die Vorräte in den Kühlschrank und die Regale und machte den Kindern etwas zu essen. Arlee lächelte, als sie in ihr Erdnussbutter-Sandwich biss. »Zu Hause«, sagte sie erneut.

»Ja.« Ich atmete tief durch.

»Grammy und Maureen da?«, fragte sie.

»Lass mich gleich erst mal bei ihnen anrufen«, sagte ich. Ich wusste nicht, ob Billy noch dort war, um sich zu erholen. Wenig später hatte Arlee ihr Sandwich aufgegessen und zupfte an meiner Jeans, während ich bei Ida anrief.

»Seid ihr zu Besuch?«, fragte sie statt einer Begrüßung.

»Ja. Ich habe hier ein kleines Mädchen, das euch sehr gerne sehen möchte. Ist Billy noch bei euch?«

»Nein«, sagte Ida. »Es geht ihm besser, und er ist vor ein paar Tagen wieder zu sich nach Hause gefahren.«

»Kann Arlee dann rüberkommen?«

»Ich glaube, das muss sie gar nicht«, sagte Ida lachend. »Maureen ist schon auf dem Weg zu euch.« Fast im gleichen Moment hörte ich draußen Schritte, und dann wehte Maureen in einer Wolke aus Kälte und Energie zur Tür herein.

»Ich melde mich später noch mal«, sagte ich zu Ida.

Maureen schoss auf mich zu und drückte mich mit ihren langen Armen an sich. »Wie schön, dass ihr hier seid!«, sagte sie, und dann lief sie schon weiter und wirbelte Arlee in einem Kreis durch die Luft, während Travis das Ganze mit großen Vollmondaugen verfolgte. Maureen setzte Arlee wieder ab und ging zu ihm. »Er fragt sich bestimmt, wer diese Verrückte ist«, sagte sie. Doch als er ihr strahlendes Gesicht sah, wandte er den Kopf halb ab, blickte aus den Augenwinkeln zu ihr hoch und lächelte.

»Du meine Güte, er flirtet«, sagte ich. »Du bist sein erster Schwarm!« Maureen streckte die Arme aus, und er antwortete mit derselben Geste. Sie nahm ihn hoch. »Himmel, ist der schwer!«

»Ja, er wiegt eine Tonne«, sagte ich. »Wie geht es dir? Ich hab gehört, du hältst jetzt Predigten.«

»Oh ja.« Ihre Augen leuchteten auf. »Aber natürlich mit Billys Hilfe. Und andere Leute springen auch ein. Das ist toll, weil Billy sich so keine Sorgen machen muss. Ich habe sogar ein paar ›Amen‹ von der Gemeinde bekommen.«

»Wow«, sagte ich. »Herzlichen Glückwunsch. Ich glaube, ich habe noch nie ein Amen bekommen. Höchstens von Grand, aber nicht, als sie den Herrn gepriesen, sondern als sie für meine Armesünderseele gebetet hat.«

»Na und? Amen ist Amen«, sagte Maureen. Sie setzte Travis zurück in seinen Stuhl und strubbelte ihm durch die Locken. Arlee ergriff ihre Hand und zog sie zur Tür. »Kommst du nachher auch?«, rief Maureen über die Schulter.

»Ja, sicher.« Die Tür fiel ins Schloss, und ich sah, wie die beiden den Hügel hinuntergingen, wobei Maureen aufpasste, dass sie nicht auf den vereisten Stellen ausrutschten.

Das Telefon klingelte, und ich wusste, wer dran war, noch bevor ich den Hörer abnahm.

»Hallo«, sagte ich.

»Seid ihr gut angekommen?«

»Sind wir. Arlee ist gerade auf dem Weg zu Grammy Ida.«

Schweigen an beiden Enden.

»Ich komme rauf. Wir müssen reden.«

»Wir haben geredet«, sagte ich. »Du musst dich entscheiden, was du willst.«

»Was zum Teufel soll das heißen?«

»Bud. Es macht mich nicht glücklich, ohne dich zu sein. Aber du bist ein verdammter Mistkerl, wenn du trinkst. Und wenn du wieder nüchtern bist, kannst du dich an nichts erinnern. Ich habe Angst, dass du so was irgendwann auch mit den Kindern machst. Das will ich nicht erleben. Und glaub mir, du willst nicht erleben, wie ich dann reagiere.«

Bud schnaubte. »Ist das eine Drohung? Ich würde den beiden doch niemals etwas antun.«

»Du weißt nicht, was du tust, wenn du betrunken bist«, entgegnete ich. »Und hinterher erinnerst du dich nicht daran.«

»Jetzt mach mal halblang, Florine.«

»Nein, *du* machst jetzt mal halblang.« Mir schoss das Blut in den Kopf. »Du hast gestern mein Bügelbrett kaputt gefahren, nachdem ich es weggeräumt hatte. Mir geht es nicht um das verdammte Brett, mir geht es darum, dass du in die Kammer gegangen bist, es rausgeholt hast und dann mit dem Auto darübergefahren bist. Entweder hast du einen Hass auf mich, oder du hast einen Hass auf dein Leben und lässt es an mir aus. Und ich will nicht, dass du so was je mit unseren Kindern machst. Das meine ich todernst.«

Ich hielt inne, damit das Rauschen in meinem Kopf abebben konnte, und sah hinaus auf den Hafen. Stahlgraue Wellen jagten einander zum Meer hin, ohne etwas von dem kleinen menschlichen Drama mitzubekommen, das sich hier oben abspielte. Ich wünschte mir, genauso kalt und ahnungslos zu sein.

Bud brach das Schweigen. »Tja, ich muss dann mal los.«

»Ist das alles, was du zu sagen hast?«, fragte ich.

»Ich hab keine Ahnung, was ich sagen soll, Florine. Ich bin müde. Gib den Kindern einen Kuss von mir und sag ihnen, dass ich sie lieb habe.« Damit legte er auf.

Ich kniff die Augen zu, um die Tränen zu verscheuchen, doch als ich sie wieder öffnete, liefen sie drauflos. Ich wischte sie weg.

Travis wimmerte in seinem Stuhl. »Entschuldige, Schätzchen«, sagte ich. Als ich mich umdrehte, um ihn hochzunehmen, hätte ich vor Schreck fast einen Satz gemacht. Ida stand in der Küche. Sie hob die Hand. »Tut mir leid, dass ich dich erschreckt habe«, sagte sie. »Ich habe geklopft, aber du warst am Telefon, also bin ich einfach reingekommen. Ich wollte Hallo sagen und Travis sehen.«

»Schon in Ordnung.« Ich versuchte zu lächeln. Sie kam auf mich zu und umarmte mich, und ich drückte sie so fest, dass ich jeden ihrer Knochen spürte. Dann ließ sie mich los und ging zu Travis, der seine pummeligen Ärmchen nach ihr ausstreckte. Sie ächzte, als sie ihn aus dem Stuhl hob. »Du hast aber gut gegessen«, sagte sie und ließ ihn auf und ab wippen. Sie sah mich an. »War das eben Bud am Telefon?«

»Ja.«

»Ihr habt euch gestritten, und du hast ihn verlassen und bist hierhergekommen?«

»Das war nicht einfach ein Streit«, sagte ich. »Er hatte wieder getrunken, und dann behandelt er mich jedes Mal wie den letzten Dreck. Ich hab's nicht mehr ausgehalten, und ich will nicht, dass die Kinder das mitkriegen, deshalb bin ich nach Hause gekommen.«

Ida runzelte die Stirn und küsste Travis aufs Haar. Sie setzte ihn in seinen Laufstuhl, und er bewegte ihn fröhlich krähend mit seinen Zehen vorwärts.

»Wollt ihr alle Unstimmigkeiten zwischen euch auf diese Weise regeln?«, fragte sie.

»Das ist mehr als eine Unstimmigkeit.«

»Nun, du hast deinen Mann verlassen, weil dir etwas, was er getan hat, nicht passt. Willst du das jedes Mal so machen?«

»Nein«, sagte ich. »Aber ich will meine Kinder nicht mit einem Säufer großziehen. Er ist so aufgewachsen, und was er erzählt hat, klang schrecklich.«

»Sam hatte Probleme mit dem Alkohol, das stimmt«, erwiderte Ida. »Aber er war ein guter Mann, und er hat uns geliebt. Er hatte seine Fehler, aber es gab auch gute Zeiten. Ich habe auch meine Fehler, und du ebenso. Jeder hat die. Aber deswegen kannst du doch nicht einfach weglaufen und ihn im Stich lassen, wenn er dich am meisten braucht.«

»*Ich* verlasse ihn ja nicht«, sagte ich. »Wenn er trinkt, verlässt *er* uns. Er verlässt mich. Er wird gemein und hässlich, und es wird immer schlimmer. Er braucht Hilfe.«

»Er braucht seine Frau und seine Kinder.«

»Er weiß nicht, was er braucht«, entgegnete ich. Wieder stieg Wut in mir hoch, und ich schluckte mühsam, um sie runterzudrücken. »Und solange er das nicht weiß, bleiben wir hier. Er weiß, wo wir sind. Ich bin nicht weggelaufen.

Ich will im Moment nur nicht, dass meine Kinder in seiner Nähe sind.«

»Deine Kinder.«

»Ja, wenn er sich wie ein Verrückter aufführt, sind es meine Kinder. Und ich werde alles tun, was nötig ist, damit sie glücklich und in Sicherheit sind. Ich weiß vielleicht nicht viel, Ida, aber das weiß ich ganz genau.«

Sie schüttelte den Kopf. »Du irrst dich, Florine«, sagte sie. »Du wirst es bedauern.«

»Ich hoffe nicht. Es würde mich umbringen, wenn unsere Ehe scheitert.«

»Nun, Weglaufen fördert sie jedenfalls nicht gerade.«

»Ach, Ida.« Ich war auf einmal so müde, dass ich mich am liebsten auf dem Boden zusammengerollt und sehr lange geschlafen hätte. »Bitte sei nicht so ... Ich weiß auch nicht. Versuch doch mal, mich zu verstehen.«

»Das kann ich nicht«, sagte sie. Dann wandte sie sich wieder zu Travis. »Aber ich freue mich, dich zu sehen, kleiner Hosenmatz.« Sie hob ihn hoch. »Hast du was dagegen, wenn ich ihn für eine Weile mit rübernehme?«

»Er braucht gleich sein Schläfchen«, sagte ich. »Ich bringe ihn dir, wenn er wieder wach ist.«

»Wie wär's, wenn ihr einfach alle bei uns zu Abend esst?«

»Gern, wenn du mir mit den Kartoffeln keine Vorwürfe servierst.«

»Ich weiß noch nicht, ob es Kartoffeln gibt«, sagte Ida. Sie gab mir Travis und verschwand ohne ein Abschiedswort.

Das Abendessen war Trost und Fluch zugleich. Die Kinder standen im Mittelpunkt, und das wussten sie auch. Falls Ida mir noch Vorwürfe machte, waren sie in die Spaghetti verwoben und in den köstlichen Hackbällchen mit Tomatensauce verborgen. Wir blieben, bis Travis in meinen Armen eingeschlafen war. Maureen bettelte darum, dass Arlee bei ihr übernachten durfte, und so ließ ich sie dort und ging nur mit meinem Jungen, der wie ein kleiner Krake an mir hing, den Hügel hinauf. Ich legte ihn in sein Bettchen, dann setzte ich mich im Schlafzimmer auf Buds Seite vom Bett und strich immer wieder über die Knubbel der weißen Tagesdecke. Irgendwann stand ich auf und sah aus dem Fenster zu Daddys Haus hinüber. Alles war dunkel. Anscheinend war Stella immer noch weg. Aber in Anbetracht dessen, was sonst so passierte, kümmerte es mich wenig, wo sie sich aufhielt.

Ich ging leise nach unten und schaukelte auf der Veranda lange vor mich hin, getröstet von der Erinnerung an Grand, die mich nicht so verurteilt hätte wie Ida. Wenn Ida meinte, es wäre mir leichtgefallen zu gehen, dann irrte sie sich. Ich wünschte mir von ganzem Herzen, dass Bud den Hügel heruntergefahren käme, nüchtern, voller Liebe und zufrieden mit seinem Leben. Wir würden uns lieben, und am nächsten Morgen würden wir zusammen aufstehen und weitermachen.

Die Dunkelheit, in die ich mit meinen nachtblinden Augen starrte, verbarg bewegtes Wasser unter einem Band matter Sterne. Die Zeit verging. Die Zeit würde es zeigen.

41

Bud und ich telefonierten in der Woche jeden Abend. Erst sprach er mit Arlee, dann nahm ich den Hörer wieder und wappnete mich für die Attacken. Manchmal schafften wir fast drei ganze Sätze, bevor er auf mich losging. An einigen Abenden war er so wütend auf mich, als er anrief, dass er nicht mal Hallo sagte. Da wusste ich, dass er getrunken hatte, und ich schlängelte mich durch das Minenfeld unserer Sätze und hoffte, dass es keine Explosion gab. Diese Gespräche folgten einem Muster. Erst kam, wie ich ihn nur hätte verlassen können (Es war nicht leicht, aber ich habe mir Sorgen um die Kinder gemacht. Ich liebe dich); dann, was ich mir eigentlich dabei gedacht hätte (Dass die Kinder das nicht mitkriegen sollen und dass du dir hoffentlich Hilfe suchst. Ich liebe dich); und schließlich, wie viel er für mich getan hätte (Ja, ich weiß, wie viel du getan hast. Aber das hat nichts damit zu tun, was passiert, wenn du getrunken hast. Ich liebe dich).

Am Donnerstagabend sagte er, er würde Freitag nach der Arbeit übers Wochenende zu uns kommen.

»Die Kinder freuen sich bestimmt, dich zu sehen«, sagte ich.

»Und du?«

»Natürlich will ich dich sehen, wenn du nüchtern bist. Ich liebe dich. Du bist mein Mann.«

»Dann solltest du hier bei mir sein.«

»Ja, sollte ich. Hörst du mit dem Trinken auf?«

»Ich habe kein Alkoholproblem.«

»Dann bleibe ich hier, bis wir das geklärt haben. Bis morgen.«

In der Nacht schlief ich nicht sehr gut. Irgendwo bei den Cheeks schrie eine Eule, und ich dachte an ängstliche Mäuse und andere hilflose Wesen. Ich träumte, Carlie und Stella wären Freundinnen. »Da bist du also«, sagte ich in meinem Traum zu Stella. »Wir haben euch die ganze Zeit an der Nase herumgeführt«, erwiderte sie. »Ja, das haben wir«, sagte Carlie und kicherte.

Als ich wach wurde, ging ich in Arlees Zimmer, hob sie vorsichtig aus ihrem Bett und holte sie rüber zu mir. Ihr leichter Kinderatem beruhigte mich, und irgendwann schlief ich ein. Als ich das nächste Mal aufwachte, schien das trübe Licht des Märzmorgens herein. Ich blinzelte hinüber zu Arlee und stellte fest, dass sie mich ansah. Sie stürzte sich lachend auf mich, und wir rangelten eine Weile miteinander, bevor wir aufstanden und uns dem stellten, was der Tag für uns bereithielt.

Den ganzen Freitag über war ich angespannt und blieb für mich, abgesehen von einem Ausflug mit den Kindern zu Rays Laden, um fürs Abendessen einzukaufen. Ray sah genauso grau aus wie der Tag, aber er nahm mir Travis ab, während ich zusammensuchte, was ich haben wollte. Die beiden führten ein interessantes Gespräch.

»Ich brauche Urlaub«, sagte Ray zu Travis. »Aber ich hab keinen, der sich um den Laden kümmert. Willst du das nicht machen?«

Travis lachte und klatschte in die Hände.

»Das geht nicht«, sagte ich. »Er hat bei mir schon genug zu tun. Er macht den ganzen Haushalt.«

»Würde mich nicht wundern«, erwiderte Ray.

»He, was soll das denn heißen?«

»Hast du Glen in letzter Zeit mal gesehen?«

»Ja«, sagte ich. »Er hat uns letzten Samstag in Stoughton Falls besucht. Es schien ihm ganz gut zu gehen. Er hat erzählt, dass er ein bisschen durchs Hinterland gefahren ist.«

Ray schüttelte den Kopf. »Dem geht's ganz und gar nicht gut.«

Da ich nicht wusste, was ich darauf sagen sollte, nahm ich ihm Travis ab, während er meine Einkäufe eintippte.

»Das mit dem Urlaub war kein Scherz«, sagte Ray. »Wär schön, mal 'ne Weile rauszukommen. Ich will nach Florida. Meine Schwester besuchen.«

»Na, da wird sich doch sicher jemand finden lassen, der für zwei Wochen einspringt.«

»Wie wär's mit dir?«

Ich schnaubte. »Sehe ich so aus, als hätte ich dafür Zeit?«

»Ida könnte sich doch um die Kinder kümmern.«

»Warum fragst du nicht sie oder Madeline? Die sind den ganzen Tag zu Hause.«

»Madeline könnte nicht mal rechnen, wenn's um ihr Leben ginge, und Ida würde jedem Kunden Jesus als Zugabe anbieten. Nicht dass ich was gegen Jesus hätte, versteh mich nicht falsch.«

»Wie du meinst. Ich fahre jedenfalls bald wieder nach Stoughton Falls.«

Ray seufzte. »Falls dir irgendwer über den Weg läuft, der rechnen kann, freundlich zu jedem ist, ohne gleich von Gott anzufangen, und sich nicht übers Ohr hauen lässt, sag mir Bescheid, ja?«

»Ich schau mal«, sagte ich. »Wo ist eigentlich Stella, wenn du sie brauchst? Sie ist zwar eine absolute Nervensäge, aber früher, als sie hier gearbeitet hat, hat sie schon ein paar gute Sandwiches hingekriegt. Vielleicht würde sie ja wieder bei dir anfangen. Gib ihr was zu tun.«

»Oh, die hat 'nen neuen Mann«, sagte Ray.

Mir blieb die Spucke weg. »Was? Ich dachte, sie würde Daddy bis an ihr Lebensende lieben.«

»Bis an ihr Lebensende ist 'ne lange Zeit für Stella«, erwiderte Ray. »Ist es für jeden.«

»Und wer ist der Glückliche?«

»Irgendeine Landratte aus New Hampshire. Keine Ahnung, wo sie den aufgegabelt hat. Sie lebt mit ihm in den Bergen. Die beiden sind 'n paarmal hier gewesen, um nach dem Haus zu sehen. Scheint 'n netter Kerl zu sein. Ich weiß nicht, warum sie das Haus leer stehen lässt. Sie könnte es ja vermieten. Aber sie denkt wohl im Moment nur mit ihrer M-«

»Schon gut«, unterbrach ich ihn. »Ich dachte, sie hätte sich ihrer Familie aufgedrängt, wo immer die wohnt.«

»Stella ist gar nicht so übel, Florine«, sagte Ray. »Ich weiß, du hältst sie für eine Hexe, und du hast deine Gründe dafür, aber sie ist eigentlich ganz in Ordnung.«

»Ich hasse sie nicht mehr«, sagte ich. Travis fing in meinen Armen an zu zappeln. »Dafür habe ich gar keine Zeit. Komisch, dass dir das nicht aufgefallen ist.«

»Oh, ist es.« Er schmunzelte. »Mir fällt so einiges auf.«

Ich wandte mich zum Gehen.

»Kommt Bud heute Abend?«, fragte Ray.

»Ja, wieso?«

»Nur so.«

Verflucht, dachte ich, während ich den Hügel hinunterging. Weiß er etwa, was los ist? Hatte Ida ihm etwas erzählt? Doch das glaubte ich eigentlich nicht; sie behielt ihre Gespräche mit anderen stets für sich. Den Rest des Tages verbrachte ich damit, hinter den Kindern herzulaufen, ihnen etwas zu essen zu machen, sie zum Schlafen hinzulegen, sie wieder zu wecken, dafür zu sorgen, dass ihnen nichts zustieß, und unruhig auf und ab zu laufen. Ab vier Uhr kam noch das Warten auf Bud hinzu.

Ich war in der Küche und servierte den Kindern die aufgewärmten Reste vom Vorabend, als ich endlich hörte, wie sein Pick-up den Hügel heruntertuckerte und vor dem Haus hielt. Meine Beine wurden weich, und ich musste mich gegen die Spüle lehnen, als Bud hereinkam. Er blieb in der Küchentür stehen, und wir sahen uns an, bis Arlee auf ihn zurannte und die Arme um seine Beine schlang. Er hob sie hoch und drückte sie fest an sich. Dann setzte er sie wieder ab, ging zu Travis, gab ihm einen Kuss auf den Kopf und legte sanft seine Hand auf die blonden Locken. Schließlich sah er wieder zu mir. In seinen dunklen, matt glänzenden Augen lag eine Mischung aus Schmerz, Verwirrung und Liebe. Ich brach in Tränen aus, und er kam zu mir und schloss mich in die Arme. Auch ich umarmte ihn, und unsere Körper sagten uns Dinge, die kein Telefonanruf übermitteln konnte.

Zum ersten Mal seit einer ganzen Weile saßen wir wieder als Familie um den Tisch. Bud erzählte uns von seiner Arbeit, sprach mit Arlee, spielte mit Travis, sah mich an, und ich sah ihn an. Ich berichtete ihm die Neuigkeit von Stella.

»Ohne Scheiß?«, sagte er, dann schlug er sich die Hand vor den Mund, als Arlee ihn vorwurfsvoll ansah.

»Böses Wort, Daddy«, sagte sie. »Jesus mag das nicht.«

»War sie bei Ma?«, fragte Bud grinsend.

»Nur ab und zu.«

»Ma hat mich in Stoughton Falls angerufen.«

»Natürlich«, sagte ich. »Es hätte mich auch überrascht, wenn nicht.«

Bud nickte. In seinen Augen flackerte wieder Schmerz auf, und er senkte den Blick auf seinen Teller.

Er brachte die Kinder ins Bett, während ich unten wartete und versuchte, nicht zu zittern. Warum bin ich so nervös?, fragte ich mich. Er ist mein Mann. Er ist der Mann, den ich liebe. Trotzdem musste ich mich in den Schaukelstuhl auf der Veranda setzen, als ich hörte, wie er die Treppe herunterkam.

Er setzte sich zu mir und nahm meine Hand, während wir zusahen, wie das blasse Licht des Tages verlosch.

»Was meinst du, wie oft wir das schon gemacht haben?«, sagte er.

»Mindestens tausend Mal. So fühlt es sich jedenfalls an.«

»Nachdem Grand gestorben war, habe ich dich oft beobachtet, wie du hier gesessen hast. Am liebsten wäre ich zu dir raufgekommen.«

»Du hattest Susan.«

»Ja«, sagte er.

»Warum hattest du sie und nicht mich?«

»Weil ich nicht in dein Chaos reingezogen werden wollte. Bei dir war so viel Durcheinander. Ich war schon froh, wenn ich es schaffte, mir morgens die Jeans anzuziehen.«

»Hat Susan dir dabei geholfen?«

Er warf mir nur einen Blick zu.

»Wir können zusammen etwas aus unserem Leben machen«, sagte ich. »Du musst kein beschissener Mechaniker in einer beschissenen Werkstatt sein ...«

Er ließ meine Hand los. »Wovon zum Teufel redest du? Was soll das heißen? Findest du das, was ich mache, etwa beschissen?«

»Nein«, erwiderte ich. »Das waren deine Worte. Das hast du gesagt, nicht ich.«

»Was? Wann habe ich das gesagt, und warum?«

»Genau das passiert, wenn du trinkst. Du sagst Dinge, an die du dich nicht mehr erinnerst, wenn du wieder nüchtern bist.«

»Das stimmt doch nicht«, widersprach er. »Warum denkst du dir so was aus?«

Obwohl ich es nicht wollte und auch nicht damit gerechnet hatte, liefen mir Tränen über die Wangen. »Ich denke mir das nicht aus, Bud.«

Er stand auf.

»Geh nicht«, sagte ich. »Wir müssen darüber reden.«

Er schüttelte den Kopf. »Ich kann nicht glauben, dass ich so was gesagt haben soll.« Er ging in die Küche und öffnete den Kühlschrank. Ich wusste, wonach er suchte. Als er kein Bier fand, machte er den Kühlschrank wieder zu, kam zurück auf die Veranda und starrte durch die Glasscheibe. Staubige kleine Sterne durchbrachen die Dunkelheit.

»Ich habe also gesagt, ich hätte einen beschissenen Job?«

»Ja.« Ich begann wieder zu atmen. »Du hast gesagt, du hättest gern mehr aus deinem Leben gemacht, so wie Susan es sich für dich gewünscht hat. Und du hast gesagt, Robin erinnert dich an Susan.«

»Ach, da fällt mir ein, Robin hat vor ein paar Tagen angerufen. Ich habe ihr gesagt, dass du hier bist.« Er setzte sich wieder und begann, vor und zurück zu schaukeln, während er mit den Fingern auf seine Knie trommelte. »Das habe ich also auch gesagt? Kann ja nicht so wichtig gewesen sein, wenn ich es vergessen habe.«

»Willst du noch was anderes machen als Autos reparieren?«, fragte ich.

»Ich habe darüber nachgedacht«, antwortete er.

»Und was?«

»Was was?«

»Was würdest du sonst tun wollen?«

»Ich weiß es nicht. Susan meinte, ich sollte eine Ausbildung als Kaufmann machen, aber das ist nicht so mein Ding. Ich bastele lieber weiter an Autos herum, bis mir was anderes einfällt.«

Travis fing an zu weinen, und ich ging rauf, um nachzusehen, was los war. Er saß in seinem Bettchen, und die Windel war bis aufs Laken durchgeweicht. Während ich ihm eine frische anlegte, hörte ich, wie Bud aus dem Haus ging. Eine Autotür wurde geöffnet und geschlossen, dann kam Bud zurück und setzte sich wieder auf die Veranda.

»Ich hoffe, dein Daddy hat sich nichts zu trinken geholt«, sagte ich zu Travis. Er packte meine Nase und hielt sie fest, bis ich eine Grimasse zog, dann lachte er. Ich ging mit ihm nach unten auf die Veranda und reichte ihn Bud, der ihn mit einem Seufzer der Erleichterung nahm. »Leere Hände sind das Spielzeug des Teufels«, flüsterte er seinem Sohn zu, während sie sanft schaukelten.

Gegen Mitternacht gingen wir nach oben und brachten Travis in sein Zimmer. Als wir in unserem Bett lagen, füllte Bud seine Hände mit mir, und dann füllte er mich mit sich, und in unseren Bewegungen war kein Raum mehr für Fragen oder Furcht.

42

Am Mittwoch der darauffolgenden Woche kam Maureen zum Abendessen rüber. Ohne dass ich darum bitten musste, half sie mir beim Abwasch und spielte mit den Kindern, bis es Zeit war, sie ins Bett zu bringen. Ich hatte damit gerechnet, dass sie fort sein würde, als ich wieder herunterkam, aber sie saß noch in der Küche und hatte sich einen Kakao gemacht. Sie starrte in den Becher, als würde ein eigentümliches Insekt darin herumschwimmen.

»Willst du den nicht trinken?«, fragte ich und setzte mich ihr gegenüber an den Tisch. Sie lächelte. »Doch.« Ihre Stirn legte sich in Falten, als sie einen Schluck nahm. Dampf schlängelte sich um ihr Gesicht. Als sie den Becher wieder abstellte, hatte sie einen Kakaobart auf der Oberlippe. Sie wischte ihn nicht weg.

»Was ist los?«, fragte ich. Zu meiner Überraschung kullerten ihr zwei dicke Tränen über die Wangen. »Ach herrje«, sagte ich. »Das wollte ich nicht.«

»Ist nicht deine Schuld.« Sie fuhr sich mit der Hand durchs Gesicht und sah mich mit großen, feuchten Augen an.

»Was ist denn –«

»Billy meint, ich bin zu jung für ihn«, sagte sie, und weitere Tränen kamen.

»Ihr habt darüber gesprochen?«

»Ja«, sagte sie. »Als er bei uns war. Ma schwirrte ständig

um uns herum, und er hat viel geschlafen, aber manchmal, wenn ich an irgendwas für die Kirche gearbeitet habe, hatten wir ein paar Minuten für uns. Und ich habe mir gesagt, Maureen, was hast du zu verlieren? Er ist krank, und wir wissen nicht, wie viel Zeit ihm noch bleibt. Also habe ich ihm gesagt, dass ich ihn liebe, schon immer, und dass ich ihn heiraten möchte, wenn ich alt genug dafür bin. Das ist mit achtzehn, und bis dahin sind es nur noch zwei Jahre.«

»Und was hat er darauf geantwortet?«

»Er hat mich angesehen, als ob er eigentlich etwas ganz anderes sagen wollte als das, was er dann gesagt hat.«

»Und was *hat* er gesagt?«

»Dass er sich unendlich geschmeichelt fühlt, aber dass ich viel zu jung bin, dass der Altersunterschied zu groß ist und dass ich in ihm vor allem einen Freund und Pastor sehen soll. Dass ich eines Tages jemanden kennenlernen werde …«

»Und so weiter und so fort«, sagte ich. »Ich verstehe, was er meint und warum er das gesagt hat. Er ist ein gutes Stück älter als du, er ist krank, und er will nicht, dass du dir Sorgen um ihm machst oder ihn gar pflegst. Er will keine Last für dich sein.«

»Aber das ist genau das, was ich will«, sagte Maureen und zog das vierte Kleenex aus der Packung. »Es gibt niemanden, mit dem ich lieber zusammen bin und der mir mehr bedeutet. Ich bin nicht zu jung.«

»Wie hast du auf seine Einwände reagiert?«

»Ich habe ihm gesagt, dass er sich irrt. Darauf meinte er: ›Mag sein, aber ich denke, es ist das Beste so, ganz gleich, was wir füreinander empfinden.‹ Und dann wollte er wieder über die Predigt reden, aber ich bin aufgestanden und rausgegangen. Ich musste an die frische Luft. Ich habe lange geweint, aber dann habe ich mich zusammengerissen.« Sie lachte. »Schließlich hatte er gerade gesagt, ich wäre zu jung, also wollte ich mich nicht wie ein kleines Kind verhalten. Ich bin wieder reingegangen, und wir haben so getan, als wäre nichts gewesen. Wir sind Freunde. Wenigstens ist er noch ein Teil meines Lebens. Aber, Florine, es ist so schwer, ihn nicht einfach ... wie soll ich sagen ...«

»Anzuspringen?«

Maureen schlug sich entsetzt die Hand vor den Mund. Dann lachte sie. »Ja, so was in der Art.«

»Das ging mir mit deinem Bruder damals genauso«, sagte ich. »Jedes Mal, wenn ich ihn sah, selbst wenn Susan dabei war, hätte ich mich am liebsten auf ihn geworfen und meine Beine um seine schmale Taille geschlungen. Vielleicht hätte ich es einfach tun sollen, nur um zu sehen, was passiert.«

Maureen lief rot an, und ich rief mir in Erinnerung, dass ihre Seele rein war, im Gegensatz zu meiner, die das Brandzeichen des Teufels trug.

»Wie auch immer, was ich damit sagen will, ist, gib ihm Zeit. Bleib locker. Ich kann mir nicht vorstellen, dass er dich nicht liebt. Er versucht, vorsichtig zu sein und auf Abstand zu bleiben. Aber ich wette, sobald du achtzehn bist, wird er die Karten auf den Tisch legen. Daddy hat immer gesagt, Billy wäre ein verdammt guter Pokerspieler. Behalte das im Hinterkopf.«

»Billy spielt Poker?«, fragte Maureen.

»Früher jedenfalls. Jetzt bestimmt nicht mehr so oft.«

»Er glaubt an Jesus und spielt Poker?«

»Was willst du mehr von einem Mann?«, sagte ich, und wir kicherten beide. Sie trank ihren Kakao aus, stand auf und umarmte mich kurz und kräftig. Gerade als sie ging, klingelte das Telefon. Ich hob den Hörer ab und meldete mich. Mein Gespräch mit Maureen hatte meinen allabendlichen Anruf bei Bud durchkreuzt, und ich nahm an, dass er es war.

Am anderen Ende hörte ich Schnaufen und Fernsehgeräusche.

»Hallo?«, sagte ich. Wieder nur Schnaufen und Fernsehgeräusche.

»Mit wem hast du geredet?«, fragte Bud schließlich. »Ist jemand bei dir?«

Mein Herz fiel in sich zusammen. Seine Worte stolperten übereinander, während sie versuchten, das Satzende zu erreichen, und ich wusste, dass an diesem Abend kein vernünftiges Gespräch möglich sein würde.

»Ja«, sagte ich. »Maureen war hier. Sie hat mit uns zu Abend gegessen und ist eben gegangen.«

»Blödsinn. Du bist mit 'nem anderen Kerl zusammen.«

»Nein«, sagte ich. »Oder doch, ja, bin ich. Ich habe ja so wenig zu tun mit den Kindern, dass ich pausenlos flirte. Stimmt, da draußen warten vier Männer darauf, dass ich auflege.«

»Red nicht so 'nen Mist«, sagte Bud.

»Ich bin nicht diejenige, die Mist redet. Ich liebe dich. Ich bin mit den Kindern beschäftigt. Warum sollte ich jemand anders haben wollen?«

»Willst du. Das weiß ich.«

»Nein, will ich nicht. Da irrst du dich.«

»Blödsinn.«

»Wie war dein Tag?«, fragte ich, um das Thema zu wechseln.

»Was glaubst du wohl, wie der war?«, entgegnete er.

Lieber Gott. »So, wie du klingst, war er nicht so toll.«

»Das kannst du laut sagen.«

»Tut mir leid.«

»Das ist doch nur Blabla«, sagte er.

»Nein, ist es nicht.« Ich zog das Telefonkabel bis zum Küchentisch, da ich annahm, dass es ein längeres Gespräch werden würde.

»Ich weiß, dass es nur Blabla ist«, entgegnete er holprig. Ich rieb mit meinen Fingern über die Tischplatte.

»Was ist denn heute passiert, dass der Tag so schlecht war?«, fragte ich.

Er erzählte es mir lang und breit und gespickt mit so üblen Ausdrücken, dass ich ganz rappelig wurde. Irgendeine Geschichte von einem Kunden und dessen Auto und einem lauten Streit über eine Reparatur, die er zwei Monate zuvor durchgeführt hatte. Ich ließ ihn reden, während mein Inneres sich wand vor Schmerz um uns beide und um unsere Liebe und vor hilflosem Zorn über das flüssige Gift, das sich in diese Gefühle mischte. Irgendwann war er endlich fertig.

»Klingt wie ein ziemlich mieser Kerl«, sagte ich.

»Das war kein Kerl. Hast du nicht zugehört? Das war 'ne Frau. Eine blöde Zicke, die 'n Getriebe nicht von 'nem Kühler unterscheiden kann.«

»Klingt wie eine ziemlich miese Kuh.«

»Allerdings«, sagte Bud. »Ich muss pinkeln. Ich ruf dich nachher noch mal an.«

»Ich gehe jetzt schlafen«, sagte ich. »Lass uns morgen reden.«

»Du willst mich wohl loswerden, was?«

»Du hast gesagt, du musst pinkeln.«

»Stimmt. Aber du willst mich loswerden.«

»Ich bin müde. Es war auch für mich ein langer Tag.«

»Du bist müde, ich bin müde. Scheiße, wir sind alle müde. Trotzdem kannst du dir doch wohl ein bisschen Zeit nehmen, um mit mir zu reden.«

»In Ordnung«, sagte ich, obwohl ich mir nichts sehnlicher wünschte als aufzulegen. »Tu, was du tun musst, und dann reden wir weiter.«

Bud ließ den Hörer fallen, und ich konnte hören, wie er durch den Flur zum Bad schlurfte. Während er weg war, versuchte ich herauszufinden, was bei ihm im Fernsehen lief; nach dem Gelächter zu urteilen, war es eine Comedy-Show, aber ich konnte die Worte nicht verstehen. Nach einer Weile ging die Klospülung, und ich atmete tief durch und wappnete mich für die nächste Attacke meines alkoholumnebelten Mannes. Ich hörte, wie er zurückkam und nach dem Hörer griff, doch dann sagte er: »Was macht der denn hier?«, und legte auf.

Allein die Vorstellung, ihn zurückzurufen, erschöpfte mich. Ich ging zu Bett, lag aber den größten Teil der Nacht wach.

Früh am nächsten Morgen, bevor die Kinder auf waren, wählte ich unsere Nummer im Trailer. Es klingelte zehnmal, bevor Bud abnahm.

»Wisst ihr da draußen eigentlich, wie viel Uhr es ist?«, knurrte er. »Wer zum Teufel ist denn da?«

»Ich bin's nur«, sagte ich. »Du hast gestern Abend einfach aufgelegt.«

»Was? So was würde ich doch nie tun«, erwiderte Bud. »Jesses, Florine.«

»Die zwei Namen solltest du besser nicht im gleichen Satz verwenden. Du hast einfach aufgelegt. Du hast mich angerufen, wir haben eine Weile geredet, dann bist du aufs Klo gegangen, und dann bist du zurückgekommen und hast den Hörer aufgelegt.«

»Was zum Teufel ... Das habe ich getan? Verdammt.«

Er schwieg sehr lange.

»Alles in Ordnung?«, fragte ich.

Bud sagte mit heiserer, zittriger Stimme: »Ich kann mich nicht daran erinnern, dass ich dich angerufen habe, Florine.«

»Du hast es aber getan.« Ich erzählte ihm von der unhöflichen Kundin und ihrem Auto. Dann herrschte wieder Schweigen.

»Daran kann ich mich auch nicht erinnern«, sagte er schließlich.

Arlee rief von oben nach mir.

»Ich muss auflegen«, sagte ich. »Ich liebe dich, Bud. Wir reden heute Abend.«

»Heilige Scheiße«, sagte er, dann legten wir beide auf.

43

Nach diesem Telefonat blieb Bud ungefähr einen Monat lang nüchtern. An den Wochenenden war er bei uns, und unter der Woche telefonierten wir jeden Abend eine Stunde lang, selbst wenn es nicht viel zu sagen gab. Manchmal saß ich da und strickte und hörte zu, während er etwas im Fernsehen sah. Zwischendurch fragte er: »Bist du noch dran?«, und dann sagte ich: »Ja.« Ich erzählte ihm alles Mögliche von den Kindern. Manchmal schmückte ich die Geschichten aus, nur um ihn am Apparat zu halten. Ich berichtete ihm sogar den gesamten Tratsch aus The Point, doch das war nicht viel, da die interessanten Leute alle weg waren. Evie Butts lebte mit ein paar Hippies in einer Wohngemeinschaft in Portland, Dottie war auf dem College, Glen kurvte mit seinem Pick-up durch die Pampa, und Stella war auch noch nicht wiederaufgetaucht.

Freitags nach der Arbeit kam Bud, so schnell er konnte, zu uns, und wir beide und die Kinder waren unzertrennlich, bis er sich am Sonntagabend widerstrebend ins Auto setzte und nach Stoughton Falls zurückkehrte.

Anfang April machte der Frühling einen Versuch, den Winter zu verscheuchen, aber der wehrte sich mit Schnee und Graupel. Meist verkrochen wir uns in Grands Haus, doch ab und zu schnappte ich mir die Kinder und ging zu Madeline oder Ida.

Manchmal brachte Madeline Archer mit zu uns, legte ihn auf eine Decke und sah zu, was meine beiden mit ihm anstellten. »Ich schwöre dir, der Kleine ist schon mit einem Lächeln auf die Welt gekommen«, sagte sie, und ich konnte ihr nur zustimmen. Im Gegensatz zu seiner launischen, aufmüpfigen Mutter war Archer ein friedliches, fröhliches Baby.

Travis fing an, sich hochzuziehen und erste Schritte zu machen, und ich stand ständig sprungbereit da, um ihn vor einer Beule zu bewahren. Doch es gelang mir nicht immer, ihn aufzufangen, bevor er auf dem Boden landete. Er und seine Schwester spielten gut miteinander. Sie liebte es, ihn zum Lachen zu bringen, weil sein Lachen so ansteckend war.

Arlee wurde immer geschickter darin, aus meinem Blickfeld zu verschwinden und zielsicher wertvolle Dinge anzusteuern. Eines Tages, als ich in der Küche stand, hörte ich ein lautes Krachen und Splittern aus der Diele.

»Mist!« Ich stürzte hinüber. Arlee stand vor der Vitrine mit dem rubinroten Glas, die Augen so groß wie Sommermonde. »Jesses«, sagte sie. Auf dem Fußboden lag die gläserne Zuckerdose, in tausend Scherben zersprungen.

Reg dich nicht auf, mahnte Grand. *Es ist nur Glas, Florine.* Ich holte tief Luft. »Mama hat dir doch gesagt, dass du die Vitrine nicht anfassen sollst«, sagte ich und kämpfte mit den Tränen.

Arlees Unterlippe begann zu zittern.

Ich streckte die Arme aus. »Du musst von den Scherben weggehen«, sagte ich, obwohl sie Schuhe anhatte. Ich hob sie hoch und setzte sie an den Küchentisch. »Wie wär's, wenn du ein bisschen malst? Aber in deinem Buch, nicht auf dem Tisch.«

»Bist du böse?«

»Nein, aber ich bin traurig, dass die Zuckerdose kaputt ist. Die hatte ich sehr gern.«

»Schuldigung«, sagte Arlee und brach in Tränen aus.

»Schon gut«, erwiderte ich, obwohl mein Herz zusammen mit dem Glas auf dem Boden lag.

Als die Kinder abends im Bett waren, wickelte ich jedes einzelne rubinrote Glasteil in Zeitungspapier und packte es in einen Karton, den ich am nächsten Morgen auf den Dachboden brachte. Am Freitag, als Bud kam, trugen wir die leere Vitrine in unser Schlafzimmer. Dort stand sie zwar ein bisschen im Weg, aber zumindest konnten die Kinder nicht in die Scheiben fallen.

»Nur bis sie etwas größer sind«, sagte ich, und Bud nickte.

Der scheidende Winter schloss endlich Frieden mit dem nahenden Frühling, und große, kalte Regentropfen fielen in das wartende Hafenwasser. Der Regen hielt uns weiter im Haus. Wir lasen Bücher und spielten mit Puppen, Lego, Autos und wieder mit Puppen. Vor lauter Spielsachen konnte ich den Fußboden kaum noch sehen. Arlee schaute die *Sesamstraße* und Zeichentrickfilme, während Travis mir auf Schritt und Tritt folgte. Irgendwann hatten wir alle den Hüttenkoller.

»Selbst das schönste Spiel wird irgendwann langweilig«, sagte Madeline eines Tages, als wir bei ihr zu Besuch waren. Sie hatte für Arlee einen kleinen Kittel, eine Staffelei, dickes Papier und ein paar alte Pinsel und Farben herausgesucht. »Dottie hat mich früher wahnsinnig gemacht. Sie konnte sich überhaupt nicht selbst beschäftigen, sie brauchte immer Gesellschaft. Mochte keine Bücher, konnte nicht still sitzen, hasste Puppen, und zum Malen hatte sie auch keine Lust. Sie war immer unruhig, hatte immer irgendeinen Unsinn im Kopf. Damals war Evie viel unkomplizierter. Die konnte sich gut allein beschäftigen.«

»Dottie und ich müssen doch zusammen gespielt haben«, sagte ich. Ich stellte mir Dottie als kleines Kind vor, mit dem Gesicht, das sie jetzt hatte, und musste lächeln. Aber ich konnte mich nicht daran erinnern. Ich fragte mich, wie ich wohl als kleines Kind gewesen war, und dachte dann, es ist ja keiner mehr da, der mir davon erzählen könnte. Eine Woge von Traurigkeit überrollte mich. Doch Madeline war noch da, und sie konnte mir davon erzählen.

»Du warst ein lustiges kleines Ding«, sagte sie. »Carlie brachte dich oft rüber, damit du mit Dottie spielen konntest. Dottie war damals schon sehr kräftig, und du warst ganz zierlich. Schmal, groß und von Anfang an mit einem Wust von Haaren. Du hast dich immer gedreht wie eine kleine Ballerina. Ihr zwei wart wirklich ein drolliges Paar. Dottie versuchte dich herumzukommandieren, aber das hast du dir nicht lange gefallen lassen. Wenn es dir zu bunt wurde, hast du sie geschlagen. Sie hat zurückgehauen, und dann habt ihr beide angefangen zu heulen und nach Mama gerufen. Carlie und ich haben uns schlappgelacht über euch.«

»Wie war Carlie damals?«, fragte ich.

»Witzig. Sie war erst Anfang zwanzig – so alt wie ihr jetzt – und damit ein paar Jahre jünger als wir, und sie sprühte vor Energie. Sie rannte mit euch herum und spielte Fangen und wälzte sich im Gras, als wäre sie selbst noch ein Kind. Ich fand es wunderbar, ihr zuzusehen. Wir freundeten uns an, aber sie blieb irgendwie immer ein bisschen auf Distanz, ließ mich nie wirklich an sich heran.«

»Was war mit Bud?«, fragte ich. »Er muss doch auch dabei gewesen sein.«

»Oh, das war er«, sagte Madeline. »Aber er war ja etwas älter und sehr ernst. Er hat meist mit Glen in der Einfahrt gehockt und mit Autos gespielt, wenn Germaine den Jungen vorbeibrachte. Ab und an haben wir vier Mütter uns zusammengesetzt und euch zugeschaut. Das war eine schöne Zeit. Wir haben in der Sonne gesessen, euch Kindern beim Großwerden zugesehen und uns keine Gedanken darüber gemacht, was das Schicksal noch für uns bereithielt.«

»Nun«, sagte ich, »wir können uns auch in die Sonne setzen, falls der Frühling sich irgendwann mal entschließt, sich hier niederzulassen.«

»Ich wünschte, Evie wüsste, was ihr entgeht«, sagte Madeline. »Ich mache mir wirklich Sorgen um sie. Jedes Mal, wenn Archer etwas Neues tut, schreibe ich es für sie auf. Ich führe ein kleines Tagebuch für sie, für den Fall, dass sie irgendwann zur Besinnung kommt.«

»Archer hat dich und Dottie.«

»Dottie ist ganz verrückt nach ihm, und Bert schwebt geradezu vor Seligkeit. Archer ist für ihn der Sohn, den er nie hatte. Wenn Evie hier ist, spielt sie mit ihm und kümmert sich um ihn, aber nicht mehr als alle anderen. Sie hält sich zurück, als ob sie ihn nicht lieben wollte. Aber ich kenne mein Mädchen. Sie ist wild und eigensinnig, aber sie hat ein Herz.«

Nicht jeder, dachte ich, ist dafür geschaffen, Kinder großzuziehen. Aber das behielt ich für mich, denn Madeline hoffte immer noch, dass Evie ihre Meinung änderte. Sosehr ich meine beiden Kleinen liebte, gab es doch Tage, an denen ich dachte, dass alles zu schnell gegangen war. Trotzdem hätte ich es nicht anders haben wollen, aber tief in meinem Herzen wusste ich, dass Bud vielleicht lieber einen anderen Weg eingeschlagen hätte. Deshalb trank er – um die Panik zu unterdrücken, die ihn jeden Tag überkam.

An einem Montag im April siegte die Panik. Wir hatten ein hektisches Wochenende hinter uns, mit zwei völlig überdrehten Kindern. Die beiden spielten jedes Mal verrückt, wenn Daddy nach Hause kam, aber diesmal war es noch schlimmer gewesen als sonst. Ihre kleinen Seelen hatten den schweren Wintermantel noch nicht ganz abgelegt, und sie waren extrem anhänglich und wollten keinen Moment von Buds Seite weichen. Irgendwann brüllte er Arlee an, und als sie in Tränen ausbrach, fing er selbst an zu weinen.

Kurz bevor er nach The Point aufgebrochen war, hatte er sich mit Cecil gestritten, über die Bezahlung, die Arbeitszeiten und alles mögliche andere. Er wollte bei uns sein, aber er brauchte Ruhe. Das sah ich daran, wie sein Blick unruhig hin und her wanderte, als ob er nach einem Fluchtweg suchte. Früh am Montagmorgen küsste er mich innig, umarmte mich und sagte mir, dass er mich liebte, dann stieg er in den Pick-up, ließ den Motor an und fuhr davon.

Montagabend rief er nicht zur üblichen Zeit an. In der ersten Stunde wunderte ich mich nur. In der zweiten lief ich auf und ab. Gegen neun war ich krank vor Sorge und überlegte, ob ich Ida oder Maureen bitten sollte, bei den Kindern zu bleiben, während ich nach Stoughton Falls fuhr. Erst zögerte ich, weil ich befürchtete, dass Ida mich schräg ansehen oder wieder davon anfangen würde, dass ich nicht für Bud da sei. Aber dann rief ich doch bei ihnen an, und Maureen sagte, sie würde kommen. Ich hatte kaum aufgelegt, da klingelte das Telefon.

»Hallo, Florine«, sagte Robin.

»Selber hallo. Wie geht es dir? Ich hab dich vermisst.«

»Mir geht's gut. Hör mal, bitte mach dir keine Sorgen, aber Bud ist vor ungefähr zehn Minuten in die Notaufnahme gebracht worden.«

Bei den Worten »mach dir keine Sorgen« hörte mein Herz auf zu schlagen.

»Florine?«

»Was ist passiert? Wie geht es ihm? Ist er schwer verletzt?«

»Nein, erstaunlicherweise nicht. Er hat etliche Blutergüsse und Schrammen und eine dicke Beule am Kopf, aber nichts Lebensbedrohliches.«

»Was ist denn passiert?«

»Er ist im Dunkeln an der Schnellstraße spazieren gegangen, ungefähr eine Meile von eurem Trailer entfernt, und ein Auto hat ihn gestreift. Der Fahrer hat ihn nicht gesehen. Er wurde ein Stück durch die Luft geschleudert, ist aber buchstäblich mit einem blauen Auge davongekommen.«

»Was zum Teufel hat er –«

»Er war betrunken, Florine«, sagte Robin. »Richtig schlimm betrunken.« Als ich darauf nichts erwiderte, fuhr sie fort: »Im Moment ist er nicht ansprechbar, aber morgen früh sollte er wieder einigermaßen klar sein. Allerdings fühlt er sich dann wahrscheinlich wie vom Laster überfahren.«

»Ich komme«, sagte ich.

»Ach, es ist schon so spät. Warte doch bis morgen früh, ich melde mich, sobald –«

»Nein, ich komme so schnell wie möglich ins Krankenhaus.«

»Okay«, sagte Robin. »Du bist eine Collins. Ich würde genau dasselbe tun. Aber bitte fahr vorsichtig.«

Als Maureen kam, packte ich gerade hektisch ein paar Sachen zusammen.

»Was ist los?«, fragte sie, als sie mein Gesicht sah.

»Bud ist in Portland im Krankenhaus. Aber es ist nichts Schlimmes.« Ich warf ihr Wörter und Sätze zu und hoffte, dass sie halbwegs verständlich waren und die Sorge um seinen Zustand dämpften.

»Wir sollten Ma Bescheid sagen«, meinte Maureen.

»Ja. Du hast recht. Bitte ruf du sie an.«

Ich wollte fort sein, bevor Ida kam, aber ich hatte kaum zu Ende gesprochen, da tauchte sie schon auf. Ich berichtete ihr die Neuigkeiten, während ich stocksteif vor Sorge in der Küche stand und zwei planlos gepackte Taschen an mich drückte. Ich wartete nur darauf, dass sie sagte: »Siehst du, das kommt davon«, aber das tat sie nicht. Stattdessen sah ich, wie sich die Angst um ihren Sohn auf ihrem Gesicht ausbreitete.

Sie kam zu mir und legte mir ihre kalten Hände auf die Wangen. »Fahr vorsichtig. Und ruf mich an, wenn du da bist.«

»Mache ich«, sagte ich und brach in Tränen aus. »Mache ich.«

»Nicht weinen«, sagte sie. »Sonst kannst du beim Fahren nichts sehen.«

Ich stellte die Taschen im Flur ab und ging auf Zehenspitzen nach oben, um meinen Kindern einen Kuss auf ihre samtigen Wangen zu geben. Ich lauschte mit geschlossenen Augen und fragte mich: Gibt es irgendetwas, das zarter und stärker ist als der Atem schlafender Kinder? Besänftigt und zugleich zerrissen verließ ich das Haus, stieg in mein Auto und machte mich auf den Weg nach Portland.

Fast drei Stunden später, gegen Mitternacht, folgte ich

Robin durch einen hell erleuchteten Gang. Wir bogen erst nach links ab, dann nach rechts, bis wir bei dem Zimmer waren, in dem Bud lag. Ich ging an einem mit Vorhängen abgeteilten Bett und einem klickenden Apparat vorbei zu Buds Bereich. Er schlief, und sein Gesicht war von Schnitten, Schürfwunden und Blutergüssen bedeckt.

Robin legte ihre Hand auf meine Schulter, und ich lehnte mich an sie, ließ mich einen Moment von ihr halten, während ich mich sammelte.

»Brauchst du einen Kaffee?«, fragte sie.

»Lieber einen Tee«, sagte ich, und als sie mit einem Tee für mich und einem Kaffee für sich zurückkam, brach ich mein Ehegelübde, unsere Geheimnisse für uns zu behalten. Mit gedämpfter Stimme erzählte ich meiner Cousine von Buds Ringen mit dem Alkohol, von seinen Zweifeln und von seinem rastlosen Wesen. Ich sagte ihr, wie sehr ich ihn liebte und wie sehr ich mich um ihn sorgte. Ich redete mit ihr, bis ihr Pieper losging und sie anderswo gebraucht wurde.

»Geh nicht weg«, sagte sie. »Ich komme nachher noch mal vorbei.«

Ich rief bei Ida an, die so schnell am Telefon war, dass sie direkt daneben gesessen haben musste. Nachdem ich ihr kurz Bericht erstattet hatte, legten wir auf, und dann zogen sich die Stunden endlos hin. Ich wünschte, ich hätte mein Strickzeug eingepackt.

Gegen vier Uhr morgens öffnete Bud die Augen. Verwirrung legte sein Gesicht in Falten, und für einen kurzen Moment sah ich, wie er aussehen würde, wenn er alt war, sofern er es überhaupt bis dahin schaffte.

44

Sie behielten ihn noch eine Nacht zur Beobachtung da, und am Nachmittag darauf fuhr ich mit ihm zurück nach Stoughton Falls. Wir sprachen beide nicht viel. Als wir ankamen, legte er sich sofort ins Bett und schlief, erschöpft und benommen von den Schmerzmitteln. Doch am Abend schleppte er sich ins Wohnzimmer und ließ sich aufs Sofa fallen. Er fuhr sich mit den Händen übers Gesicht. »Mannomann«, sagte er. »Ich glaube, diesmal hab ich wirklich Mist gebaut.«

»Diesmal wärst du beinahe gestorben«, entgegnete ich. »Und wo ist eigentlich dein Ehering?«

Er sah auf seine Hand. Oder besser gesagt, er stierte darauf. Er wollte aufstehen, musste sich jedoch wieder setzen. »Ich weiß nicht. Im Bad?«

»Soll das eine Frage sein?«

»Keine Ahnung. Ich dachte, du weißt es vielleicht.«

»Warum sollte ich das wissen? Es ist nicht meine Aufgabe, auf deinen Ring aufzupassen.«

»Florine, sei nicht sauer. Mir geht's nicht so gut, falls dir das noch nicht aufgefallen ist.«

Ich sah ihn nur an, bis er den Blick senkte. Wieder starrte er auf seine Hand und runzelte die Stirn. »Ich weiß nicht, wo er ist«, sagte er leise. »Es tut mir leid. Manchmal nehme ich ihn ab. Vielleicht ist er in der Werkstatt, im Büro.«

»Ich sehe morgen mal nach«, sagte ich.

»Das kann ich doch tun. Ich bin ja morgen sowieso da.«

»Bud, du kannst nicht arbeiten gehen. Du bist verletzt, und dir ist schwindelig.«

»Klar kann ich arbeiten.«

»Mag sein, aber ich habe Cecil angerufen und ihm gesagt, dass du einen Unfall hattest. Und dass du dich ein paar Tage erholen musst.«

»Jesses, was hast du ihm denn erzählt?«

»Dass dich ein Auto angefahren hat. Er wirkte nicht überrascht. Kann es sein, dass er ein ziemliches Arschloch ist? So klang er jedenfalls am Telefon.«

»Wie kommst du dazu, ihn anzurufen?«

»Keine Sorge, ich habe ihm nicht gesagt, dass du stockbesoffen warst und froh sein kannst, dass du noch lebst, und dass das nette Paar, das dich versehentlich angefahren hat, völlig durch den Wind ist.«

Er starrte auf den Fernseher. »Können wir irgendwas anderes gucken als Tony Orlando?«

Ich stand auf und ging in die Küche. »Von mir aus kannst du dir deinen Hintern angucken.«

»Du bist kein netter Mensch, Florine.«

Ich lachte, während ich für ihn eine Dose Tomatensuppe aufmachte. »Morgen früh packen wir dich und ein paar Sachen ein und fahren für den Rest der Woche nach The Point. Du brauchst Gesellschaft.«

»Ich will nicht, dass die Kinder mich so sehen.«

»Ich bringe dich zu deiner Mutter.«

»So weit kommt's noch.«

»Ja, so weit kommt's.« Ich setzte mich neben ihn aufs Sofa und nahm seine ringlose Hand. »Du brauchst Ruhe, und du brauchst Schlaf. Die Kinder können dich besuchen, aber ich will, dass du dich ausruhst. Wenigstens für ein paar Tage.«

»Verdammt, und was sagt Ma dazu?«

»Sie findet das alles nicht gerade toll.«

»Sie weiß Bescheid?«

»Natürlich weiß sie Bescheid. Wie hätte ich das Ganze denn sonst organisieren sollen?«

Er schüttelte den Kopf und zuckte prompt zusammen. »Das tat weh. Kann ich Ginger Ale und Kräcker haben?«

Immerhin stellte er sich nicht quer. Wir packten den Fairlane, und früh am nächsten Morgen fuhr ich uns nach The Point. Bauschige Wolken am mattblauen Himmel sogen die Strahlen der Morgensonne auf. Ein Hauch von Grün spielte im toten Wintergras Verstecken.

»In nicht mal zwei Wochen wird Travis ein Jahr alt«, sagte ich. »Kaum zu glauben, oder?«

Bud schwieg eine ganze Weile. Dann sagte er, so leise, dass ich es kaum hören konnte: »War ich je so stark für dich? War ich je gut für dich?«

Bei seinen Worten brach mir das Herz, und ich blinzelte gegen die Tränen an, denn wie Ida gesagt hatte: »Sonst kannst du beim Fahren nichts sehen.«

»Das warst du die ganze Zeit«, sagte ich. »Immer wenn du etwas für mich getan hast, was du eigentlich gar nicht tun wolltest. Du hast es trotzdem getan, weil es um mich ging. Wenn du mit mir in Petunia gesessen hast, weil ich Carlie so sehr vermisste. Als du mich in Daddys Einfahrt aus dem Matsch aufgelesen und in Grands Haus gebracht und mir geholfen hast, mich dort einzurichten. Als du mit uns nach Crow's Nest Harbor gefahren bist, damit wir dort nachforschen konnten, was mit Carlie passiert war. Als du zum Boot rausgekommen bist, nachdem Daddy gestorben war, und das Boot mit ihm und mir nach The Point zurückgebracht hast. Während der Schwangerschaft mit Travis, als es mir so schlecht ging und du dich um mich gekümmert hast. So viele Male, und ich hoffe, es werden noch viele dazukommen. Die ganze Zeit über hast du es mit mir ausgehalten – wenn das keine Stärke ist, weiß ich es auch nicht.«

Er legte seine Hand auf mein Knie, dann hob er sie hoch und sah erneut auf seinen Ringfinger. »Ich kann mich absolut nicht erinnern, was ich mit dem Ring gemacht habe«, sagte er. »Was ist, wenn ich nicht dagegen ankomme? Wenn ich zu einem Säufer werde, der umfällt und sich vollpinkelt? Wenn ich nicht mal mehr weiß, wie ich heiße? Bleibst du dann immer noch bei mir?«

»Nein«, sagte ich. »Aber das wird nicht passieren.«

»Woher weißt du das? Verdammt, sieh mich doch bloß an.«

»Wir werden nicht zulassen, dass das passiert. Ganz einfach.«

Als wir zu Ida hinunterfuhren, sah ich, dass zwei Autos vor Daddys Haus standen. »Stella scheint hier zu sein«, sagte ich. »Mit ihrem neuen Mann.«

»Was für ein Glückspilz«, sagte Bud, und ich lächelte.

Die Kinder waren bei Ida, als wir hereinkamen. Arlee fing an zu weinen, als sie ihren Vater erblickte, und verbarg das Gesicht an meinen Beinen. Ich ging in die Hocke und sah ihr in die Augen. »Daddy hat sich wehgetan, aber es ist nichts Schlimmes. Er kann jetzt bestimmt eine Umarmung gebrauchen.«

Mit Idas Hilfe hockte Bud sich ebenfalls hin. »Alles in Ordnung, meine Süße«, sagte er. »Ich habe ganz viele Auas, aber die werden bald wieder besser.«

Arlee drehte sich um und berührte die Naht auf seiner linken Wange. »Wie hast du die gekriegt?«

»Ich bin auf der Straße gegangen, und ein Auto hat mich aus Versehen angefahren.«

»Aber auf der Straße darf man nicht gehen«, sagte Arlee.

Bud ließ den Kopf hängen. »Ich weiß, das war dumm. Aber wenn du mich umarmst, geht es mir gleich viel besser.«

Arlee schlang die Arme um ihn. Danach half ich ihm, sich wieder aufzurichten. »Jess- Verflixt, tut das weh«, stieß er mit zusammengebissenen Zähnen hervor.

»Du kannst dich aufs Sofa legen«, sagte Ida. »Oder ins Bett. Wie du willst.«

»Ich will mit Daddy fernsehgucken«, sagte Arlee.

»Aufs Sofa«, sagte Bud. »Krieg ich noch 'ne Tablette?«, fragte er mich hoffnungsvoll.

Ich ließ Bud und Arlee Suppe und Kräcker essend bei Ida auf dem Sofa zurück und ging mit meinem kleinen Wonneproppen den Hügel hinauf.

»Was haben sie dir denn zu essen gegeben?«, fragte ich ihn. »Wir müssen dich auf Diät setzen.«.

Während wir zu Mittag aßen, klopfte es an der Tür.

»Herein«, rief ich.

»Hallo«, rief Stella, als sie in die Diele trat, und einen Augenblick später stand sie bei uns in der Küche.

»Donnerwetter«, rutschte es mir heraus. »Du siehst ja toll aus!« Und es stimmte. Sie musste Mitte fünfzig sein, da sie zusammen mit Daddy auf der Highschool gewesen war, aber sie sah wirklich fantastisch aus. Ihre wilde schwarze Mähne war kürzer und so frisiert, dass die Locken ihr blasses Gesicht umrahmten. Ihre blassgrauen Augen waren klar und strahlend, und die Narbe auf ihrer Wange war mit Make-up kaschiert. Sie hatte auch ein wenig zugenommen, was ihr gut stand.

Sie lächelte. »Vielen Dank.«

»Ich hab gehört, du hast einen neuen Mann.«

Sie errötete. »Ja, das stimmt. Ich hätte nie damit gerechnet. Ich war nicht auf der Suche, und ich wollte auch niemanden, aber dann ist Bernard in meinem Leben aufgetaucht. Wir sind uns in Long Reach begegnet, ob du's glaubst oder nicht.«

»Klar glaube ich dir das. Wieso auch nicht? Das ist doch gut. Daddy hätte nicht gewollt, dass du ewig um ihn trauerst.«

»Nein. Aber ich werde ihn immer vermissen, Florine, mehr, als ich dir sagen kann. Und ich werde ihn immer lieben. Das geht gar nicht anders, und es gibt Tage, da sehe ich nur sein Gesicht und höre seine Stimme. Aber Bernard ist Witwer. Er hat auch jemanden verloren, der ihm sehr viel bedeutet hat, deshalb versteht er, was in mir vorgeht.«

»Zieht er drüben bei dir ein?«, fragte ich.

»Oh nein. Deshalb bin ich zu dir gekommen«, sagte sie.

Himmel noch mal, Florine, biete der Frau einen Platz an, flüsterte Grand.

»Setz dich doch«, sagte ich. »Willst du einen Tee?«

»Nein, danke.« Stella setzte sich neben Travis, der die Hand ausstreckte und energisch in ihr Haar packte.

»Das ist das Neueste«, sagte ich. »Ich hoffe, er wird ein wenig sanfter, wenn er später mal mit den Mädels ausgeht.« Ich ging um den Tisch und half Stella, sich von Travis' Griff zu befreien.

»Er sieht wirklich aus wie Leeman«, sagte Stella und betrachtete Travis fasziniert. Dann wandte sie sich wieder mir zu. »Ich muss dir etwas sagen, Florine, und das fällt mir nicht leicht, aber ich hoffe, du denkst darüber nach.«

»Na, das ist doch nichts Neues«, erwiderte ich achselzuckend. »Wir sagen uns ständig Sachen, die uns nicht leichtfallen. Schieß los.«

Stella schüttelte lächelnd den Kopf. »Weißt du, was? Du bist deinem Vater viel ähnlicher, als du denkst.«

Mir schossen Tränen in die Augen. »Kann sein. Jetzt sag schon.«

Sie holte tief Luft. »Okay. Also, die Sache ist die: Bernard kommt aus New Hampshire, und er hat ein Haus am Lake Winnipesaukee. Er möchte, dass ich zu ihm ziehe. Er will mich heiraten, Florine.«

»Ich hab den Klunker an deiner Hand schon gesehen und eins und eins zusammengezählt.«

»Wie auch immer. Der Punkt ist, ich werde nicht mehr hierher zurückkommen. Hier gibt es zu viele Erinnerungen, gute und schlechte, und zu viele Spuren von einem Leben, das nicht mehr meins ist. Ich möchte die Zeit, die mir und Bernard noch bleibt, damit verbringen, zu reisen und am See zu leben. Ich gehe fort.«

»Du willst das Haus also verkaufen?«, fragte ich.

Daddy hatte es Stella vererbt, aber schon während ich die Worte aussprach, schnürte es mir das Herz zusammen. Das Häuschen war mein Zuhause gewesen, da war ich glücklich gewesen, bis Carlie verschwunden war und Stella sich dort eingenistet hatte. Traurigkeit hüllte mich ein, und ich hielt Travis meinen kleinen Finger hin, damit er ihn greifen konnte. Er nahm ihn, drückte ihn fest und lachte.

Jemand würde dort wohnen. Ein Fremder, jemand, der nie hier in The Point gelebt hatte. Derjenige, der es kaufte, würde einen Haufen Geld dafür hinlegen, wegen des verdammten Blicks. Die Grundsteuern würden in die Höhe schießen, und alles, was von Grands Geld noch übrig war – wenig genug –, würde dafür draufgehen. Wir würden wegziehen müssen. Nach Stoughton Falls? Auf Dauer in den Trailer?

Stella sagte: »Ja, ich will es verkaufen. Ich will es dir verkaufen, für einen Dollar.«

Was?

»Und ich übernehme alle Kosten, die dabei entstehen.«

»Was? Wie? Wieso das denn?«

»Weil ich möchte, dass du es bekommst. Ich möchte, dass es jemandem von hier gehört, aus The Point. Ich könnte eine Menge Geld dafür bekommen, aber das würde das Gesicht dieses Ortes verändern, und ich möchte, dass er so bleibt, wie ich ihn kennengelernt habe. Und ich weiß, dass das Haus bei dir in guten Händen ist.«

»Wo ist der Haken?«

»Es gibt keinen«, sagte Stella. »Wenn du mich ein bisschen kennst, und ich glaube, das tust du, dann weißt du, dass ich es ernst meine. Ich überlasse es dir, was du mit dem Haus machst, aber im Grunde gehört es sowieso dir. Schon immer. Und jetzt eben richtig.«

Mein Gehirn schlug Unterwassersaltos, während ich versuchte nachzudenken. Nach all meinem Hass auf Stella, nach allem, was zwischen uns gewesen war, den Streitereien, Zerstörungen und Angriffen, den mühsamen Waffenstillständen und allem anderen, was wir einander zugemutet hatten, war das einfach zu verrückt.

Stella legte ihre schmuckverzierte milchweiße Hand mit ihren makellosen, rot lackierten Fingernägeln auf meine größere Hand mit den abgebrochenen Fingernägeln. »Meinst du nicht, dass Grand ganz meiner Meinung wäre?«, fragte sie. »Sie würde sagen, dass es praktisch ist und vollkommen naheliegend.«

Ich nickte. »Ja, das stimmt.«

»Nun, dann denk darüber nach. Ich bin mit Grace noch ein paar Tage hier, um zu überlegen, was wir mitnehmen wollen und was nicht – aber wenn du das Haus leer haben willst, können wir auch alles rausholen. Wenn du einverstanden bist, überlassen wir den Rest den Anwälten. Lass dir Zeit. Ich unternehme nichts, solange du dich nicht gemeldet hast.«

Ich versuchte, nicht zu weinen. Ich gab mir wirklich Mühe. Und dann, überwältigt von etwas, das sich verdächtig nach Dankbarkeit anfühlte, entschloss ich mich, ihr ein Geheimnis zu verraten, das ich seit Daddys Tod für mich behalten hatte. »Weißt du, was? Daddy ist gar nicht oben auf dem Friedhof begraben«, sagte ich. »Wir haben ihn in der Nacht nach seiner Beerdigung aufs Meer hinausgebracht.«

Stella lächelte. »Ich weiß. Billy hat es mir nach einer Weile gesagt. Er fand, ich sollte es wissen. Es ist in Ordnung. Ich bringe trotzdem jedes Jahr Blumen zu seinem Grab. Und du auch, wie ich gesehen habe.«

»Ja«, sagte ich. »Pfingstrosen. Grand hat mir erzählt, dass er als Kind versucht hat, sie zu essen. Er liebte sie.«

»Stimmt«, sagte Stella. »Ich weiß nicht, ob du es gesehen hast, aber ich habe hinter dem Schuppen welche gepflanzt.« Nein, das hatte ich nicht gesehen. Mir wurde leichter ums Herz.

Wieder klopfte es an der Tür. »Herein«, rief ich.

Grace kam in die Küche, mit derselben missmutigen

Miene wie immer. Sie musterte mich kurz, dann sagte sie zu Stella: »Kommst du?«

»Ja«, erwiderte Stella. »Willst du Florine nicht begrüßen?«

»Habe ich schon mal«, sagte Grace. »Das reicht ja wohl.«

»Buh«, rief Travis, und unvermittelt brach Grace' Gesicht auf, und sie lachte laut und herzlich. Doch das Lachen erstarb ebenso plötzlich, wie es ausgebrochen war. »Gehen wir«, sagte sie und verschwand.

»Frag mich nicht, was mit ihr los ist«, sagte Stella zu mir. »Ich weiß es nicht.« Sie stand auf, beugte sich hinunter und gab Travis einen Kuss. Ich hoffte, sie würde nicht versuchen, mich zu umarmen. Fürs Erste hatte ich genug Schocks erlebt. Sie tat es nicht, sondern hielt mir die Hand hin, und ich schlug ein, auch wenn unser Handel damit noch nicht besiegelt war.

»Du weißt ja, wo wir sind«, sagte Stella. »Sag mir Bescheid, wenn du dich entschieden hast.«

Damit wandte sie sich um, und ich sah ihr nach, als sie zum Haus zurückging.

Zu meinem Haus.

45

Der April konnte launischer sein als ein übermüdetes Kleinkind, aber am dritten Wochenende hielt ein strahlender, verspielter Frühling Einzug. Das Wasser im Hafen kleidete sich in Blau, damit es zum Himmel passte. Frisches grünes Gras reckte sich in die Sonne. Es war ein Wochenende, das einem das Herz brechen konnte.

Am Freitagabend, nach einer Nacht bei Ida, schlich Bud sich um Mitternacht aus dem Haus und humpelte den Hügel hinauf, um bei mir zu sein.

»Mir geht's gut«, sagte er, als ich ihm vorsichtig die Kleider auszog. Er schlüpfte unter die Decke und überließ mir den größten Teil der Arbeit, was mich aber nicht sonderlich kümmerte, so sehr freute ich mich über seinen Besuch. Hinterher rollte ich mich von ihm herunter, und wir lagen keuchend nebeneinander. »Na«, sagte er, »immerhin etwas, das nicht wehtut.« Dann schlief er ein.

Am Samstagmorgen kam Ida zu uns herauf, während ich versuchte, der zappeligen Arlee Schuhe anzuziehen. »Kann ich allein«, verkündete sie, und so ließ ich sie die Schuhe mit dem falschen Fuß anziehen und die Schleife binden, bevor ich alles wieder losmachte und ihr die Schuhe richtig herum anzog. Zum Schluss machte ich noch einen Knoten in die Schleife, wie meine Mutter es bei mir getan hatte.

Ida kam herein und blieb in der Diele stehen. »Ich nehme an, Bud ist hier«, sagte sie.

Da ritt mich der Teufel, und ich entgegnete: »Nein, wieso? Ist er nicht bei dir?« Ich gab mir Mühe, besorgt dreinzuschauen, und einen Moment lang fiel Ida auf meine gespielte Angst herein.

Dann sagte ich: »Er ist gegen Mitternacht hier aufgekreuzt.«

»Dachte ich mir schon.«

Arlee zeigte auf ihre Füße und sagte stolz: »Das hab ich gemacht.«

»Sie erzählt gerne Geschichten«, sagte ich.

»Arlee hat eine wunderbare Fantasie«, sagte Ida.

»Willst du einen Kaffee?«

»Ja, gerne«, sagte Ida, und wir gingen in die Küche. Während ich Kaffee für sie und Bud aufsetzte – falls er sich denn irgendwann blicken ließ –, überlegte ich, ob ich ihr von Stellas Angebot erzählen sollte. Doch ich hatte noch nicht mit Bud darüber gesprochen, und ich wollte es ihm zuerst sagen.

Travis, der zwischen seinen Spielsachen auf dem Fußboden herumgekrabbelt war, folgte seiner Großmutter in die Küche. Als Ida sich an den Tisch setzte, zog er sich hoch, und sie hob ihn auf ihren Schoß. »Heute wollte Billy rüberkommen, um mit Bud zu reden«, sagte sie. »Ich war überrascht, als ich sah, dass Bud verschwunden war. Um ehrlich zu sein, hat es mich verletzt.«

Ich ging im Geist die Dinge durch, die ich darauf hätte erwidern können. *Tja, Ida, er ist mein Mann. Er war scharf auf mich. Er wollte mit mir vögeln.* Stattdessen sagte ich: »Bud hat Hummeln im Hintern, das hast du doch selbst gesagt.«

»Stimmt. Na ja, jedenfalls ist Billy unterwegs zu uns.«

»Wie geht es ihm denn?«

»Schon viel besser«, sagte Ida. »Er hält wieder Gottesdienste.«

»Du hast dich gut um ihn gekümmert. Er hat Glück gehabt, dass du das für ihn getan hast.«

»Maureen hat sich auch sehr gut um ihn gekümmert«, erwiderte Ida. »Ich weiß, dass sie in ihn verliebt ist. Und ich frage mich, ob es klug war, ihn so lange bei uns im Haus zu haben. Seitdem er fort ist, ist sie schlecht gelaunt.«

»Das ist wirklich schade.«

»Er ist ein guter Mann, aber er ist doppelt so alt wie sie. Ich wünschte, sie hätte sich für ihre erste Schwärmerei jemanden in ihrem Alter ausgesucht.«

Das Klingeln des Telefons hinderte mich daran, etwas zu sagen wie: »Maureen weiß, was sie will. Lass sie doch einfach, wenn sie sich den Mann nun mal ausgesucht hat.«

Es war Robin, die fragte, ob sie uns besuchen könnte und wie es Bud ging. Ich sagte ihr, sie könne gern vorbeikommen und Bud ginge es schon viel besser.

Als ich auflegte, sagte Ida: »Ich bin froh, dass mein Sohn am Leben ist. Er hat Glück gehabt.«

»Verdammtes Glück.«

»Ich weiß nicht, ob es ihm besser gegangen wäre, wenn du bei ihm gewesen wärst, oder nicht. In so einer Situation ist es nicht leicht zu entscheiden, was man tun soll. Er kann mit dem Alkohol genauso wenig umgehen wie sein Vater. Sam hatte auch manchmal diese Aussetzer und konnte sich nicht erinnern, was er gesagt oder getan hatte.«

»Hallo«, sagte jemand mit der krächzenden Stimme einer alten Krähe.

»Daddy!«, rief Arlee und lief zu ihm, um ihm die selbst gebundenen Schuhe zu zeigen.

Später machten Robin, Arlee und ich einen Spaziergang rauf zu den Cheeks – die bald mir gehören würden – und in das Naturschutzgebiet. Hier und da lagen noch kleine Schneehäufchen, aber wir stiegen einfach darüber hinweg. Vom Waldboden stieg klare Frühlingsluft auf wie ein zarter Nebelhauch.

»Wann bist du mit deiner Ausbildung fertig?«, fragte ich Robin.

»Ende Mai. Dann geht's bald nach Kalifornien.«

»Bist du aufgeregt?«

»Irgendwie schon. Ich weiß noch nicht, ob es das Richtige ist, aber erst mal möchte ich wieder dorthin. Es ist schön, Daddy so glücklich zu sehen, und ich mag Valerie wirklich gern.«

»Vielleicht werden dir die Jahreszeiten fehlen.«

»Ja, vielleicht.«

»Und vielleicht brauchst du eine Bleibe, wenn du auf Besuch hierherkommst.«

Robin lächelte. »Ja, vielleicht.«

»Vielleicht hätte ich da was für dich.«

»Nimm's mir nicht übel, aber euer Haus platzt jetzt schon aus allen Nähten.«

»Es geht um Daddys Haus.«

»Was meinst du damit?«

Ich erzählte es ihr, und wir fassten uns an den Händen und hüpften vor Freude auf und ab.

»Ich auch«, sagte Arlee, und wir nahmen sie in unseren Kreis auf und hüpften zu dritt. Dann gingen wir weiter.

»Du könntest das Haus vermieten«, sagte Robin. »Erstens

kannst du das Geld gebrauchen, und zweitens sollte es nicht leer stehen.«

»Bud weiß noch gar nichts davon. Wir müssen uns zusammen überlegen, was wir damit machen wollen.«

»Dann solltest du es ihm aber bald erzählen. Du hättest es ihm zuerst sagen sollen.«

»Ich weiß, aber ich konnte es einfach nicht mehr für mich behalten. Ich habe es gestern erst erfahren, und es geht mir die ganze Zeit durch den Kopf.«

Da ich Robin meine Lieblingsstelle zeigen wollte, bogen wir vom Hauptweg ab und gingen den Pfad entlang, der zu den Sommerhäusern führte. Als wir an die Stelle kamen, wo ich normalerweise zu der Lichtung abbog, hielt ich inne. Da waren Fußspuren. Jede Menge, in beide Richtungen. Spuren von Männerschuhen.

»Was ist?«, fragte Robin leise. Arlee umklammerte mein Bein.

»Hier war jemand«, sagte ich. »Ich meine, eigentlich ist das ja nichts Ungewöhnliches, schließlich führt ein Weg dorthin, aber ich habe hier noch nie Spuren gesehen.«

»Wollen wir trotzdem weitergehen?«

Drei Krähen flatterten krächzend auf uns zu, und je näher sie kamen, desto tiefer flogen sie, bis Robin und ich uns ducken mussten. Der seidige Schwung eines schwarzen Flügels streifte meine Wange. Als sie an uns vorbei waren, stiegen die Vögel wieder höher.

»Was war das denn?«, sagte ich.

»Jesses«, sagte Arlee.

»Das war ja richtig unheimlich«, sagte Robin. »Wusstest du, dass in Irland Krähen Krieg und Tod auf dem Schlachtfeld bedeuten?«

»Wir sind nicht in Irland«, erwiderte ich, doch mich überlief ein Schauer.

»Wir sind irischer Abstammung. Deine Mutter ist Irin.«

»Mama, ich will hier weg«, sagte Arlee.

»Ich auch«, sagte ich, und wir drei kehrten zum Hauptweg zurück und gingen zu der Bank auf der Klippe. Eine Weile schauten wir auf das Wasser hinaus, doch die Krähen und die Fußabdrücke verfolgten uns, und so machten wir uns auf den Heimweg.

Als wir von den Cheeks heruntersprangen und ich die Arme ausstreckte, um Arlee aufzufangen, hörten wir zwei Frauen, die sich lauthals stritten. Die Stimmen kamen aus Daddys Haus.

»Was ist denn jetzt wieder?«, sagte Robin. »Hier ist ja mehr los als in Portland.«

»Allerdings.«

»Wag es ja nicht!« (Stella)

»Du hast mir gar nichts zu sagen.« (Grace)

»Grace, die gehören mir.«

»Nein, tun sie nicht. Die haben noch nie dir gehört.«

»Egal, ich will sie verbrennen.«

»Dazu hast du kein Recht.«

»Was geht dich das überhaupt an? Gib sie her.«

»Sie sollte es wissen.«

»Wozu? Sie hat schon genug Probleme.«

»Ich gebe sie ihr.«

Gepolter, dann ein Schrei, als hätte sich jemand wehgetan. Die Haustür wurde aufgerissen, dann öffnete sich quietschend die Fliegengittertür und schlug wieder zu. Und noch einmal. »NEIN!«, brüllte Stella. »Gib sie her!«

»Was ist denn da los?«, sagte ich, und Robin, Arlee und

ich liefen zur Vorderseite des Hauses, wo die beiden Schwestern um etwas kämpften, das wie ein Stapel Briefe aussah.

»Warum streiten die sich, Mama?«, wollte Arlee wissen.

»Du meine Güte«, sagte Robin.

»He!«, rief ich. »Schluss jetzt.« Stella und Grace erstarrten mitten in der Bewegung und sahen mich an. Bud kam von Grands Haus herübergehumpelt.

»Was zum Teufel ist hier los?«, fragte er.

»Das hier sind Briefe von jemandem an deine Mutter«, sagte Grace zu mir, ohne Bud zu beachten.

»Das ist nichts Wichtiges«, sagte Stella. »Ich wollte sie verbrennen.«

»Gib sie mir«, befahl Bud. Bei seinem ramponierten Raufboldgesicht hätte es niemand, der bei Sinnen war, gewagt, sich mit ihm anzulegen. Selbst Grace sah nicht so aus, als wollte sie ihm widersprechen. Da jedoch keine der beiden Schwestern bereit war, als Erste loszulassen, riss Bud ihnen die Briefe schließlich aus den Händen. Dabei fielen ein paar auf den Boden, und Stella schnappte sie sich hastig. Bud streckte wortlos die Hand aus.

»Die sind wirklich nicht wichtig«, sagte sie.

»Doch, sind sie«, sagte ich. »Sie haben Carlie gehört.«

»Nun, wenn Carlie gewollt hätte, dass du sie bekommst, hätte sie sie dir sicher gegeben«, wandte Stella ein.

»Sie war verdammt noch mal nicht da, um sie mir zu geben«, entgegnete ich. »Gib Bud die Briefe. Sofort.«

»Mama«, wimmerte Arlee.

»Ach, Florine«, seufzte Stella. Mit erschöpfter Miene ließ sie sich auf die Stufen vor der Haustür sinken. »Warum ist das jetzt noch wichtig?« Sie gab sie Bud. Er warf erst ihr, dann mir einen finsteren Blick zu. »Ich geh wieder rüber«, sagte er und humpelte davon. Ich sah ihm nach, bis er im Haus verschwunden war. Dann sagte ich zu Stella: »Es wird immer wichtig sein. Es kann nie *nicht* wichtig sein.«

»Ich habe dir ein paar davon geschickt«, sagte Grace.

Ich starrte in ihr unbewegtes Gesicht. »Was?«

»Ich habe dir ein paar davon geschickt.«

»Die, die in den blauen Umschlägen waren? Die hast *du* geschickt?«

»Habe ich doch gerade gesagt.«

»Warum zum Teufel hast du das getan?«

Grace zuckte die Achseln. »Weil du so gemein zu Stella warst.«

»Was?«, sagten Stella und ich wie aus einem Mund.

Ich trat auf Grace zu. »Was zwischen mir und Stella war, geht dich gar nichts an.« Man kann wirklich vor Wut kochen. Das weiß ich, weil es in dem Moment so in mir brodelte, dass ich dachte, mir explodiert der Schädel. »Was ist eigentlich los mit dir?«, brüllte ich.

»Mit mir ist gar nichts«, erwiderte Grace ungerührt. »Aber du, du bist ein abscheulicher Mensch. Du hast deinen Vater so mies behandelt, dass er viel zu früh gestorben ist. Du stiefelst hier herum, als ob das Haus dir gehören würde, aber es gehört Stella, und du hast sie so traktiert, dass sie –«

»Grace«, sagte Stella, und im gleichen Augenblick schlug ich ihrer Schwester erst mit der rechten und dann mit der linken Faust in den Bauch. Arlee schrie: »Mama!«, bevor Grace, die in ihrem geheimnisvollen früheren Leben anscheinend mal Boxerin gewesen war, mir einen Schlag auf das rechte Auge verpasste, und zwar so fest, dass ich zu Boden ging. Dann war Bud plötzlich wieder da, mit Billy, der die beiden

Drowns-Schwestern ins Haus verfrachtete, während Bud mich hochzog und Robin, die schreiende Arlee und mich nach drüben zu uns bugsierte.

46

Robin wickelte Eiswürfel in ein feuchtes Geschirrtuch. »Hier. Halt das an dein Auge.«

»Verdammt, tut das weh«, stöhnte ich. Arlee zitterte am ganzen Körper. Ich drückte die Kühlpackung gegen mein Auge und beugte mich zu ihr hinunter.

»Mama ist nichts Schlimmes passiert«, sagte ich. Sie schlang die Arme um meinen Hals, und ich hob sie hoch und setzte mich mit ihr auf einen Küchenstuhl.

»Tut sonst noch irgendwas weh?«, fragte Robin.

»Meine Fingerknöchel. Aber jetzt behalte ich Arlee erst mal auf dem Schoß.«

»Verdammte Scheiße, was hast du dir dabei gedacht?«, knurrte Bud.

»Grace hat ihr ein paar von den Briefen geschickt«, begann Robin, doch Bud unterbrach sie. »Ich hab nicht dich gefragt, Robin, sondern Florine.«

»Die Briefe waren von Grace«, sagte ich. »Bitte fluch nicht immer so vor den Kindern.«

»Die ist doch total durchgeknallt. Wieso musst du dich ausgerechnet mit der verrücktesten Frau der Welt anlegen?« Seine Augen funkelten vor Zorn. »Jetzt hör mir mal zu. Ich hab dieses ganze Theater gründlich satt. Du willst, dass ich mit dem Trinken aufhöre? Okay, aber dann sieh du zu, dass du diese verfluchte Geschichte irgendwie zu Ende bringst, damit wir uns nicht immer wieder damit rumschlagen müssen, was mit Carlie passiert ist. Ich hab keine Lust mehr auf diesen Sch-, äh, Mist. Jesses.«

»Daddy ist böse«, stellte Arlee fest.

»Ich kann's verstehen«, sagte ich. »Er hat recht.«

»Du findest, ich habe recht?«, fragte Bud.

»Ja.«

»Na, halleluja, verdammt!« Er warf die Arme in die Luft, zuckte dabei aber vor Schmerz zusammen.

»Bud, wie geht es dir überhaupt?«, fragte Robin.

»Alles in Ordnung.« Er lächelte schief. »Ich fühl mich, als wär ich unter einen Laster gekommen, aber sonst geht's mir gut.«

»Wunderbar«, sagte Robin. »Wenn du nichts dagegen hast, kann ich mir deine Verletzungen gerne trotzdem noch mal kurz ansehen, bevor ich fahre.«

Bud nickte. »Danke«, sagte er. »Für alles.«

Die Haustür ging auf und wieder zu, und dann kam Billy mit Stella und Grace im Schlepptau herein. Mir stellten sich die Nackenhaare auf. »Was soll das denn werden?«, knurrte ich.

Billy hob die Hand. »Langsam. Wie wär's mit ein bisschen Nächstenliebe?«

Ich starrte ihn nur fassungslos an.

»Grand hätte dasselbe gesagt«, mahnte er sanft.

Verdammt, dachte ich. Ja, das hätte sie.

»Ich möchte es dir erklären«, sagte Stella.

Robin legte ihre Hand auf meine, die unruhig zuckte, und sagte: »Wir haben gerade darüber gesprochen, dass wir die ganze Geschichte gerne abschließen würden, also setzt euch doch zu uns.«

»Aber Tee gibt's nicht«, sagte ich, als ich an Idas Gastfreundschaft gegenüber Mr Barrington dachte, dessen verdammte Briefe vor uns auf dem Tisch lagen. »Sagt, was ihr zu sagen habt, und dann verschwindet.« Ich setzte Arlee auf den Boden. »Mama möchte einen Moment mit Stella und Grace reden. Meinst du, du kannst solange nach nebenan gehen und ein bisschen malen? Ein schönes Bild für Robin?«

Doch Arlee schüttelte den Kopf, stapfte zu Grace und schlug ihr mit beiden Händen gegen das Bein. »Lass meine Mama in Ruhe, verdammt.«

»Das ist nicht nett«, sagte ich. »Mama hätte nicht so wütend werden dürfen.«

»Entschuldige dich bei Grace«, sagte Bud zu Arlee.

»Mama hat das auch gemacht.«

»Und das war nicht richtig«, sagte ich. »Entschuldige dich bei Grace.«

»Du zuerst«, verlangte Arlee. Billy senkte den Kopf, um sein Schmunzeln zu verbergen.

Ich sah in Grace' ausdrucksloses Gesicht. »Ich entschuldige mich, weil es sich so gehört«, sagte ich. »Aber auch nur deshalb.«

»Immerhin tust du es«, erwiderte Grace, und ich musste mich zusammenreißen, um nicht aufzuspringen. Ich atmete tief durch. »So, Arlee, und jetzt du.«

»'tschuldigung«, sagte sie zu Grace. »Willst du mit mir malen?«

»Das hätten wir«, sagte Robin. »Wie wär's, wenn wir uns jetzt alle mal hinsetzen?«

Und so setzten wir uns um Grands Küchentisch: Robin, Billy, Grace, Stella, Arlee, Bud und ich. Arlee kletterte auf den Stuhl neben Grace und gab ihr ein leeres Blatt Papier.

»Sind alle bereit?«, fragte Billy. Wir nickten.

»Dann bringen wir's hinter uns«, sagte Bud.

»Ich mache es kurz.« Stellas Augen waren gerötet, und ihre Hände zitterten. »Ich habe diese Briefe oben im Haus gefunden, hinter einem Deckenbalken, als Leeman und ich damals das Nähzimmer eingerichtet haben.« Sie sah mich an. »Das war im Herbst, erinnerst du dich?«

»Ja. Ich war in Grands Garten und pflanzte Blumenzwiebeln, und dann bist du aus Daddys Haus gekommen und hast dich auf die Stufen gesetzt. Als Grand dich sah, wusste sie sofort, dass etwas nicht stimmte, aber mir hat sie damals gesagt, du hättest eine Fehlgeburt gehabt.«

Stella schüttelte den Kopf. »Das habe ich ihr erzählt, aber es stimmte nicht. Ich war wohl schon zu alt, um schwanger zu werden, obwohl ich sehr gerne ein Kind mit Leeman gehabt hätte. Aber irgendwas musste ich Grand ja sagen. Nein, ich hatte gerade Edward Barringtons Briefe gefunden und war völlig schockiert. Einen hatte ich aufgemacht und gelesen. Ich wusste nicht, was ich tun sollte. Leeman wollte ich sie nicht zeigen. Es hätte ihm das Herz gebrochen.« Sie berührte die Briefe, die auf dem Tisch lagen. »Ich weiß nicht, was in den anderen steht. Aber der eine war voller Dinge, die ... nun ja, wie soll ich sagen ...«

»Ich werde sie nicht lesen«, sagte ich. »Ich werde sie Parker geben. Er hat bereits Carlies Briefe an Barrington. Und die habe ich auch nicht gelesen.«

Ohne von ihrer Zeichnung aufzublicken, sagte Grace: »Da stand alles Mögliche drin, was ein Mann mit einer Frau anstellen –«

»Das reicht, Grace«, unterbrach Stella sie. »Ich meine es ernst.«

Grace malte ungerührt weiter. Ich sah Bud fassungslos an.

»Warum hast du sie nicht sofort weggeworfen oder verbrannt, wenn du nicht wolltest, dass Daddy davon erfuhr?«, fragte ich Stella.

»Das hatte ich vor«, erwiderte sie. »Aber jemand hat mich davon abgehalten.« Sie sah mich an. »Der Geist deiner Mutter war die ganze Zeit über im Haus. Egal wo ich war, ich hatte immer das Gefühl, sie lauert hinter der nächsten Ecke. Ich schwöre dir, manchmal konnte ich sogar ihr Parfüm riechen. Ich versuchte, sie mit frischer Farbe, neuen Vorhängen und umgestellten Möbeln zu verjagen, aber ich wurde sie nie los, weil sie als Erste Leemans Herz erobert hatte. Sie hat mich dazu gebracht, die Briefe aufzuheben. Ich weiß, es klingt seltsam, aber so war es. Selbst nach Leemans Tod ist sie nicht verschwunden. Sie war mit ein Grund, warum ich angefangen habe zu trinken, nachdem er gestorben war. Und sie ist immer noch da.«

»Mich stört sie nicht«, sagte Grace. Sie musterte die Buntstifte, die auf dem Tisch verteilt lagen, und griff nach einem roten und einem orangefarbenen. »Brauchst du die?«, fragte sie Arlee. Arlee schüttelte den Kopf, und beide beugten sich wieder über ihre Bilder.

»Deshalb will ich das Haus loswerden«, sagte Stella. »Hast du schon mit Bud darüber gesprochen?«

»Ich hatte noch keine Gelegenheit dazu.« Ich blickte zu ihm hin. Er sah müde aus. Aber da diese Tür nun mal geöffnet war, musste ich hindurchgehen. »Stella will uns das Haus verkaufen –«

Bud schnaubte. »Das können wir uns nicht leisten.«

»– und zwar für einen Dollar.«

»Was?« Er sah Stella an. »Wieso das denn?«

»Weil sie jemanden heiratet, der in New Hampshire lebt«, sagte ich.

Er dachte einen Moment darüber nach. »Okay, dann kauf es. Was soll's.« Er schloss die Augen und seufzte erschöpft.

»Du brauchst Ruhe«, sagte Robin.

»Ich weiß, aber ich komme nicht hoch. Ihr bringt mich alle noch um.«

»Ich bring dich nicht um, Daddy«, sagte Arlee.

»Nein, du nicht.« Bud fuhr sich mit den Händen übers Gesicht. »Ich muss mich hinlegen.«

Robin stand auf, kam zu ihm herum und half ihm hoch.

»Nach oben«, sagte er. »Ich brauche Abstand von diesem ganzen Mist.« Sie verließen die Küche, und die Stufen knarrten, als sie Seite an Seite die Treppe hochgingen.

Billy sagte: »Stella, hast du Florine nicht noch etwas zu sagen?«

»Es tut mir wirklich leid«, sagte sie zu mir.

»Ich weiß. Einer von uns tut immer irgendwas leid.«

»Ich hätte dir die Briefe schon früher geben sollen.«

»Ja, das hättest du«, sagte Grace. Sie legte den roten und den orangefarbenen Stift weg und nahm einen blauen. Ich warf einen Blick auf Arlees Kritzeleien. Kreise, kleine Kreise und schwarze Häkchen am oberen Rand, die Vögel sein sollten. Ich dachte an die Krähen, die im Tiefflug auf Robin und mich zugekommen waren. Wie konnte an einem einzigen Tag so viel geschehen?

Robin kam wieder nach unten, meinen verschlafenen, verwirrten Sohn auf dem Arm. Ich stand auf und ging ihr entgegen, um ihn ihr abzunehmen. Er schlang die Arme um meinen Hals und schmiegte sein Gesicht in eine Kuhle, die nur er kannte.

»Stella, ich will, dass das Ganze ein Ende hat«, sagte ich. »Bud hat recht. Es ist Zeit, nach vorn zu blicken. Mir ist es im Grunde völlig egal, was du mit den Briefen gemacht oder nicht gemacht hast. Und es ist mir auch egal, was Mr Barrington geschrieben hat, obwohl ich weiß, dass er ein Mistkerl ist. Ab jetzt überlasse ich die Sache Parker.« Ich erwähnte nicht, dass Mr Barrington uns bereits seinen Teil der Geschichte erzählt hatte. Ich wollte einfach nur, dass Stella und ihre Schwester verschwanden.

Stella spürte offenbar, was in mir vorging, denn sie stand auf und kam in die Diele. Grace hingegen malte weiter vor sich hin. »Komm schon, Grace«, sagte Stella. »Lass uns rübergehen, damit wir möglichst bald verschwinden können.« Grace warf ihren Stift auf den Tisch und kam zu uns.

»Ich kümmere mich um den Papierkram«, sagte Stella. »Und ich schicke Leute vorbei, die das Haus leer räumen, dann musst du dich nicht damit abplagen.«

»Nimm einfach nur deine Sachen mit und alles, was du behalten willst. Um den Rest kümmern wir uns dann schon«, sagte ich. »Je eher wir das abgehakt haben, desto besser.«

»Sehe ich genauso«, sagte Stella. »Komm, Grace.«

»Du wirst mir fehlen«, sagte Grace zu mir. Sie verzog dabei keine Miene.

Stella warf mir hinter dem Rücken ihrer Schwester einen Blick zu. Ich zuckte nur die Achseln. Dann tippte Grand mir auf die Schulter. *Na los, sag's schon.* »Ich verzeihe dir«, sagte ich zu Stella.

Die Dankbarkeit in ihrem Blick war mehr, als ich ertragen konnte. Ich wartete, bis sich die Haustür hinter den beiden Schwestern schloss. Dann fing ich an zu zittern. Billy kam und nahm mich in die Arme, bis das Zittern aufhörte. »Das hast du gut gemacht«, sagte er. »Jetzt kannst du nach vorne sehen.« Ich löste mich von ihm, ging in die Küche und sah hinunter auf den Haufen ungeöffneter Briefe.

»Was willst du wirklich damit machen?«, fragte Robin.

»Ich gebe sie Parker, wie ich gesagt habe.«

Arlee hielt Grace' Bild hoch.

»Großer Gott.« Ich nahm es ihr ab und zeigte es Robin. »Sieh dir das an.«

Grace hatte ein perfektes Porträt von Carlie gemalt, mit rotem Haar, blauen Augen und einem Lächeln auf dem Gesicht. Darunter hatte sie geschrieben: *So sehe ich sie im Haus.*

»Hängt drüben vielleicht ein Foto von deiner Mutter?«, fragte Robin.

»Nein. Das hätte Stella niemals geduldet. Wer weiß, was in Grace' Kopf vor sich geht oder was sie sieht.«

Billy kam wieder in die Küche. Jetzt, wo ich Zeit hatte, betrachtete ich ihn genauer. Er war dünn, blass und fast kahl, aber trotzdem schien ein sanftes Leuchten von ihm auszugehen. Er lächelte und sagte zu Robin: »Wir kennen uns noch nicht.«

Robin erwiderte das Lächeln. »Ich bin Robin, Florines Cousine.«

»Ja, ich sehe die Ähnlichkeit«, erwiderte Billy. »Ich bin Billy Krum. Pastor, Hummerfänger, Zimmermann, Krebsüberlebender, Weltklassesünder, Pokerspieler und, warte mal, habe ich was vergessen?«

»Engel«, rief Arlee. »Du bist ein Engel.« Sie lief zu ihm, und er hob sie schwungvoll hoch.

»Nein, kein Engel, mein Herz«, sagte er. »Das nun wirklich nicht.«

»Komm rauf«, krächzte Bud vom oberen Treppenabsatz.

»Bin schon unterwegs«, rief Billy.

Offenbar waren die beiden noch nicht fertig mit dem Reden.

»Tee?«, fragte ich. »Oder Kaffee?«

»Nein, danke«, sagte Billy. »War nett, Sie kennenzulernen, Robin.«

»Ist er verheiratet?«, fragte Robin, als er mit Bud verschwunden war.

»Das nicht«, sagte ich. »Aber er ist vergeben.«

47

Parker kam vorbei, um die Briefe abzuholen. Er sagte, er würde sie lesen, sobald er Zeit dafür hätte; im Moment hielte ihn jedoch ein Krieg zwischen einigen Hummerfängern in Atem. Mir war das ziemlich egal, und ich kümmerte mich wieder um mein eigenes Leben. Stella und Grace zogen am Tag nach unserem kleinen Drama aus Daddys Haus aus, und Robin kehrte nach Portland zurück, um ihre Ausbildung abzuschließen. Wir hatten verabredet, uns noch einmal zu sehen, bevor sie fortging.

Nachdem Bud eine weitere Woche zu Hause geblieben war, fuhr er zurück nach Stoughton Falls, um wieder zu arbeiten.

»Kommst du zurecht?«, fragte ich ihn, als wir morgens bei seinem Pick-up standen.

»Ich gehe heute Abend und jeden verdammten anderen Abend diese Woche zu so einem Treffen. Billy hat mir das aufs Auge gedrückt. Ich melde mich danach.«

»Bitte ruf mich an, wenn du mich brauchst«, sagte ich.

»Ich brauche dich immer«, sagte er und legte seine Stirn an meine. »Ich will, dass du kommst, sobald es irgendwie geht.«

»Ich weiß. Ich komme dich Donnerstag besuchen. Ida hat mir angeboten, dass sie und Maureen über Nacht die Kinder nehmen.«

Er löste sich von mir und lächelte. »Schön. Dann hab ich was, worauf ich mich freuen kann.«

Wie angekündigt fuhr ich am Donnerstag nach Stoughton Falls und machte uns etwas zu essen, als Bud von seinem Treffen zurückkam. Er war nachdenklich und still und sagte mir, dass er einen Betreuer gefunden hatte, mit dem er reden konnte, wenn ihn der Drang überkam, zu trinken. Billy hatte ihn jeden Abend angerufen, genau wie ich, um zu hören, wie es ihm ging. »Ich bin ehrlich: Die Versuchung ist da«, sagte Bud. »Ich kann nicht glauben, dass ich ein Säufer bin. Und dass ich nicht mal ein einziges Bier trinken darf.«

Am Freitagmorgen, bevor ich zurückfuhr, suchte ich den ganzen Trailer nach seinem Ehering ab, aber ich fand ihn nicht. Bud hatte bereits im Pick-up und in der Werkstatt nachgesehen, ebenfalls vergeblich. Er hatte ein schlechtes Gewissen, weil er ihn verloren hatte, und ich vermisste das goldene Funkeln an seinem ölverschmierten Finger. Wir beschlossen, ihm an unserem Hochzeitstag im Juni einen neuen zu kaufen.

Während unserer Telefonate begannen wir darüber zu sprechen, wie es weitergehen könnte. Er wusste, dass ich in The Point bleiben wollte. Aber seine Arbeitsstelle war nun mal in Stoughton Falls, und er wollte seine Familie bei sich haben. Das verstand ich, doch nach allem, was in der Enge des Trailers geschehen war, hatte ich meine Zweifel, ob ich damit zurechtkommen würde. Mein Herz barg zu viele Erinnerungen an die Stunden voller Übelkeit, als ich mit Travis schwanger gewesen war, daran, wie ich zahllose Tage auf engstem Raum verbracht und in viel zu vielen alkoholgeschwängerten Nächten den Atem angehalten und mich gefragt hatte, wie das alles wohl enden würde.

Ich schlug Bud vor, sich Arbeit in einer Werkstatt zu suchen, die näher bei The Point lag. Vielleicht in Long Reach.

Wir könnten Urlaube planen, uns überlegen, wohin wir gern fahren würden. Wir könnten Daddys Haus vermieten, dann hätten wir genug Geld dafür. Er hörte mir zu, aber ich spürte, dass er noch nicht zu einer Veränderung bereit war.

»Ich brauche meine ganze Kraft, um gegen das Trinken anzukämpfen«, sagte er. »Das ist erst mal das Wichtigste, Florine. Schon beim Gedanken an irgendwas anderes würde ich mir am liebsten ein Bier holen.«

Am Montag darauf kam er zu meinem Erstaunen den Hügel heruntergefahren, obwohl er morgens erst nach Stoughton Falls aufgebrochen war.

»Daddy ist da«, sagte ich zu den Kindern, und Arlee lief wie ein Wirbelwind zur Haustür, gefolgt von ihrem krabbelnden Bruder. Ich hörte, wie Bud die beiden begrüßte. Dann kam er in die Küche, ging an mir vorbei und griff nach dem Telefonhörer.

»Hallo, Liebster, was ist los?«, sagte ich, doch er beachtete mich gar nicht.

»Billy? Hier ist Bud«, sagte er ins Telefon. »Hast du Zeit? Ja, das wär gut.«

Er legte auf und kam zu mir. Er küsste mich innig, dann ließ er mich los. »Was ist passiert?«, fragte ich.

»Cecil hat mich gefeuert.«

Ich konnte seine Miene nicht deuten. »Warum?«

»Anscheinend verbreite ich den ganzen Tag miese Stimmung«, sagte Bud. »Angeblich haben sich die Kunden beschwert, ich wäre unfreundlich zu ihnen. Cecil meint, ich hätte in meinem Privatleben zu viel um die Ohren, um mich auf meine Arbeit zu konzentrieren. Ich hab ihn gefragt: ›Ist an meiner Arbeit irgendwas auszusetzen?‹ Und da hat er gesagt: ›Nein, aber an deiner Einstellung. Ich kann dich hier nicht länger beschäftigen.‹ Und das war's. Tja, da bin ich wieder. Und was zum Teufel machen wir jetzt?«

»Irgendwas anderes«, erwiderte ich.

»Na toll.« Bud küsste mich noch mal, dann steuerte er auf die Tür zu. »Ich treffe mich mit Billy im Lobster Shack. Soll ich dir was mitbringen?«

»Nein, danke.« Carlies frühere Arbeitsstelle. Erinnerungen kamen hoch.

Manchmal hatte Carlie mich mitgenommen, wenn sie und Patty dort gearbeitet hatten. Wir hatten über die albernsten Dinge gelacht. Die beiden waren ein perfektes Team gewesen, so wie Dottie und ich, nur hübscher und mutiger. Kurz vor ihrer letzten gemeinsamen Reise nach Crow's Nest Harbor hatten sie die Haarfarben getauscht. Patty, die Blonde, hatte sich die Haare rot färben lassen, und Carlie war als Wasserstoffblondine nach Hause gekommen. An den Abend erinnerte ich mich gut; Daddy war ziemlich aufgebracht gewesen, weil sie ihn nicht vorher gefragt hatte. Aber dann hatte er sich damit abgefunden.

Nachdem Carlie verschwunden war, hatte ich Patty geschrieben, weil sie mich darum gebeten hatte, aber ich hatte nie eine Antwort bekommen. Um mein gebrochenes Herz nicht noch mehr zu strapazieren, hatte ich mich seither vom Lobster Shack ferngehalten. Erinnerungen an meine Mutter lauerten schon überall in The Point, und ich wollte anderswo nicht noch mehr davon aufrühren.

Außerdem konnten wir Hummer essen, so viel und so oft wir wollten, und sogar umsonst. Ich war ohnehin nicht so versessen darauf. Hummer fraßen den Dreck vom Meeresboden, und sie verschlangen gierig die übelsten Köder, die wir in den Fallen für sie auslegten. Die kleinen Mistviecher waren die Geier des Meeres. Wer wollte schon eine in Butter getränkte Müllhalde essen? Ich jedenfalls nicht.

Bud ging zu seinem Treffen mit Billy. Ich versuchte traurig darüber zu sein, dass er entlassen worden war, aber mein Herz lächelte leise in sich hinein. Vielleicht, dachte ich, kriegen wir es doch hin. Vielleicht kann dieser Ort unsere Sonne sein, und wir können in die Welt hinausgehen und immer wieder hierher zurückkommen.

Maureen kam zum Abendessen herüber. Das mit der Kündigung behielt ich für mich; sie würde es ohnehin bald erfahren. Ich erzählte ihr, dass Arlee Billy als Engel bezeichnet hatte, und sie lächelte. »Das ist er nicht«, sagte sie. »Er ist ein ganz normaler Mann, aber vielleicht steht er Gott ein bisschen näher als wir.« Bevor ich innerlich die Augen verdrehen konnte, fügte sie mit demselben schiefen Grinsen wie ihr Bruder hinzu: »Obwohl ich nicht unbedingt über Gott nachdenke, wenn ich mit ihm zusammen bin.« Sie wurde rot, und ich musste lachen.

Bud kam herein und setzte sich zu uns. »Billy hat mir einen Job als Zimmermann besorgt«, sagte er.

»Das ist doch prima«, sagte ich. Daddy hatte im Winter, wenn er nicht auf See war, als Zimmermann gearbeitet, manchmal auch zusammen mit Billy.

»Außerdem soll ich sein Boot abschleifen, kalfatern und streichen«, sagte Bud. »Bald geht die Saison wieder los. Und im Sommer will er mich als Deckarbeiter haben.« Er berichtete Maureen, was passiert war. »Du kannst es Ma ruhig erzählen. Erspart mir einen Weg.«

»Ist Billy denn schon wieder kräftig genug, um rauszufahren?«, fragte Maureen. »Vielleicht sollte er es lieber ruhig angehen lassen. Er nimmt noch eine Menge Medikamente.«

»Du klingst schon genau wie Ma«, sagte Bud. »Er macht das, was er immer gemacht hat, er braucht bloß Hilfe dabei.«

»Na ja, ich könnte ihm auch helfen«, sagte Maureen.

»Er hat das alles schon mit mir geplant. Kümmer du dich lieber um die Bibel und die Sonntagsschule.«

Maureens Gabel fiel klirrend auf den Teller. »Ich kann tun und lassen, was ich will, James Walter. Und worum ich mich ›kümmere‹, entscheide ich selbst. Kümmer du dich mal lieber um deine eigenen Angelegenheiten.«

»Reg dich nicht auf«, sagte Bud. »Billy braucht dich in der Kirche. Das hat er selbst gesagt, als wir darüber geredet haben, was ansteht. Er sagt, du bist seine rechte Hand, und er hat das Gefühl, zur Familie zu gehören, so, wie ihr euch im Winter um ihn gekümmert habt.«

»Oh«, sagte Maureen und lächelte.

Sie half noch beim Abwasch, dann ging sie. Als die Kinder im Bett waren, setzte ich mich zu Bud aufs Sofa. »Hat Billy das wirklich über Maureen gesagt?«, fragte ich.

Er schüttelte den Kopf. »Nein. Aber ich glaube, sie würde ihn ablenken. Er sagt nichts, aber ich kriege ja mit, wie er sie ansieht. Er ist nicht dumm. Er wartet den richtigen Zeitpunkt ab, und dann legt er seine Karten auf den Tisch.«

»Witzig, genau das habe ich ihr auch gesagt. Aber die Liebe ist kein Kartenspiel.«

Bud schnaubte. »Alles im Leben ist ein Kartenspiel. Mit Assen, Königen, Damen, Buben und Jokern und den einfachen Zahlen – das sind wir, die normalen Leute.«

»Und was für eine Zahl bin ich?«

»Ich würde sagen, du bist eine Acht.«

»Wieso? Das ist doch eine ziemlich niedrige Zahl.«

Er grinste. »Die ist oben rund und unten rund.«

»Na, da würde eine Eins wohl besser passen«, erwiderte ich.

»Eins gibt's nicht, das ist das Ass. Nimm die Acht und halt den Mund.« Er beugte sich vor und küsste mich. Dann sagte er: »Wir müssen den Trailer räumen«, und das törnte mich so an, dass ich, ohne lange zu fackeln, meinen Slip auszog und seinen Reißverschluss öffnete. Hinterher, während das flackernde Licht des Fernsehers auf meinem nackten Hintern spielte, überlegten wir, wann und wie wir unsere Sachen aus Stoughton Falls hierherholen sollten. Mittendrin knarzte die Treppe, und Arlee kam herunter. »Ich hab was Schlimmes geträumt«, sagte sie.

»Oh«, sagte ich. »Einen Moment, Süße. Bleib, wo du bist.« Ich kletterte von Bud herunter, so gut es ging, ohne ihr einen beunruhigenden Anblick zu bieten, zog meine Hose hoch und ging zu ihr, um sie zu trösten.

Am Dienstagmorgen stand ich draußen vor Daddys Haus. Der rötliche Schimmer der aufgehenden Sonne beschien die Kiefern, die sich sanft im Rhythmus des neuen Tages wiegten. Ich betrachtete den Schlüssel, den Stella mir gegeben hatte, und holte tief Luft. Dann trat ich auf die Stufen, schloss die Tür auf und ging hinein. Als das Fliegengitter hinter mir zuschlug, traf mich die Erinnerung an meine Kindheit wie eine Wagenladung Ziegelsteine.

Seit meinem Unfall damals war ich nur einige wenige Male in dem Haus gewesen, und Stella hatte schon lange davor fast alles verändert. Ihr waren solche Dinge wichtig gewesen, während Carlie nur ab und zu ein paar halbherzige Anläufe unternommen hatte, das Innere des Hauses zu gestalten. Sie war mehr mit dem Leben außerhalb beschäftigt gewesen, und so hatte sich im Grunde nie etwas verändert, bis Stella ihre Krallen in Daddys Herz schlug. Nach Stellas eigenen Worten hatte Carlie allerdings als Erste sein Herz erobert, und sie hatte es nicht wieder freigegeben. Wie traurig, dass Stella sich mit dem zweiten Platz begnügt hatte.

Sie hatte fast alle Möbel dagelassen, ebenso Geschirr, Tisch- und Bettwäsche und alle möglichen alltäglichen Dinge, die ich behalten oder wegwerfen konnte. Die Idee, das Haus zu vermieten, gefiel mir zunehmend besser, und es wäre ein zusätzliches Einkommen. Ich wusste noch nicht so recht, wie es sich anfühlen würde, wenn Fremde dort wohnten, aber sie würden hauptsächlich Stellas Sachen benutzen, nicht meine.

Als ich in mein ehemaliges Zimmer ging, erinnerte ich mich daran, wie ich eines Abends heimlich aus dem Fenster geklettert war, um zusammen mit den anderen bei den Barringtons ein paar Feuerwerksknaller hochgehen zu lassen. Damals war ich Andy und Mr Barrington zum ersten Mal begegnet. Im Badezimmer dachte ich daran, wie Daddy sich jeden Morgen übergeben hatte, nachdem er am Abend zuvor versucht hatte, seine Trauer um Carlie zu ersäufen. Das Schlafzimmer war mit der wenig ruhmreichen Erinnerung verbunden, wie ich hier alles verwüstet und Fotos von Stella und Daddy, die an der Wand hingen, zertrampelt hatte. Dann das Wohnzimmer, wo ich nach Carlies Verschwinden Abend für Abend auf dem Sofa eingeschlafen war, während Daddy sich in die Hölle gesoffen hatte. Und Daddys Werkstatt, die ich gefegt hatte, als Stella zum ersten Mal zum Abendessen gekommen war. Dann ging ich nach oben. Dort waren ein wirklich hübsch eingerichtetes Nähzimmer und ein unbenutzter kleiner Raum, aus dem man noch ein Schlafzimmer machen könnte. Vielleicht konnten wir auch die Werkstatt zu einem Wohnraum umbauen. Oder falls Bud tatsächlich als Zimmermann arbeitete, konnte er sie übernehmen.

Ich setzte mich auf die Treppe und sah zu dem grünen Telefon hinüber, das in der Küche an der Wand hing. Ich hasste es. Endlose Stunden und Tage hatte ich darauf gewartet, dass es klingelte. Doch der Anruf, auf den ich hoffte, auf den Daddy hoffte, war nie gekommen. »Verdammtes Telefon«, sagte ich laut. »Verdammte Carlie.«

Oben polterte etwas, und ich hielt den Atem an. »Bist du noch hier?«, fragte ich ins Haus hinein. Es kam keine Antwort, aber etwas glitt durch mich hindurch, von den Füßen bis zum Kopf, und was immer es war, es löste einen Tränenstrom aus, der sich anfühlte wie ein warmer Regen nach einer langen Dürrezeit. Er befeuchtete den Staub in meiner Seele und sickerte in mein Herz, und ich wusste, dass dieses Haus, mein altes Haus, und ich wunderbar miteinander auskommen würden.

48

Im Mai trudelten alle einer nach dem anderen in The Point ein.

Der 1. Mai, Travis' erster Geburtstag, war sonnig und warm, wie mein kleiner Junge.

Bevor seine Gäste kamen, hielt Travis sein Nachmittagsschläfchen. Ich setzte derweil schnell eine Spaghettisauce an und ließ sie vor sich hin köcheln. Dann ging ich mit Arlee in den Garten, um zu sehen, was die Narzissen und Tulpen machten.

Ein staubiges Auto fuhr am Haus vorbei und hielt in der Einfahrt der Butts. Ich lächelte schon, bevor Dorothea Butts auch nur den Motor ausgemacht hatte. Arlee rannte über die Straße, was sie eigentlich nicht durfte, aber ich beschloss, nichts zu sagen, weil ich direkt hinter ihr herrannte.

»Hallo, ihr zwei!«, rief Dottie. Arlee stürmte ihr entgegen, und Dottie fing sie auf. »Wann zum Teufel bist du so groß geworden?«, fragte sie Arlee.

Dann sah sie mich an. »Was ist denn mit deinem Auge passiert? Ach, erzähl's mir später, ich muss dringend aufs Klo. War 'ne lange Fahrt.«

»Du erinnerst dich, dass heute Travis' Geburtstag ist?«, fragte ich sie.

»Na klar. So was vergesse ich doch nicht. Seid ihr jetzt endgültig wieder hier?«

Ich lächelte. »Jedenfalls fürs Erste. Um fünf wird Geburtstag gefeiert. Komm gern schon vorher rüber, wenn du so weit bist.«

»Mache ich, aber vorher habe ich noch ein Date mit Archer.«

Wie aufs Stichwort kam Madeline mit Archer auf dem Arm heraus. Er kiekste, als er Dottie erblickte, und streckte die Ärmchen nach ihr aus. Dottie vergaß uns und ging zu ihm, gefolgt von Arlee.

»Ich gehe wieder rüber«, sagte ich. »Schick Arlee nach Hause, wenn du genug von ihr hast.«

»In Ordnung«, sagte Dottie, und dann verschwanden sie alle im Haus der Butts.

Während ich zu Grands Haus zurückging, dachte ich daran, wie selbstverständlich es für Arlee war, zwischen den Häusern von The Point hin und her zu wechseln. Ich fragte mich, ob sie sich später, so wie ich damals, ein anderes Zuhause suchen würde als das, in dem ihre Eltern wohnten, weil die ihr das Leben schwer machten. Ich hoffte, dass es nicht so weit kommen würde. Es war Buds und meine Aufgabe, unser Zuhause zu einem Ort zu machen, an den unsere beiden Kinder gerne zurückkamen.

Ich bereute es nicht, dass ich zu Grand gezogen war, aber es stimmte mich traurig, dass Daddy und ich überhaupt in diese Situation gekommen waren. Er musste sich schrecklich gefühlt haben. Was war ich für eine egoistische Göre, dachte ich, als ich Grands Haus betrat. Doch seine Trinkerei und Stella, die in eine ohnehin schon sehr schwierige Situation hereingeplatzt war, hatten das Ganze für mich unerträglich gemacht. Ich sah zu seinem Haus hinüber und dachte daran zurück, mit welch ruhiger Gelassenheit er sich seinen Aufgaben gewidmet hatte und zwischen Haus, Boot und Auto hin und her gegangen war. Er war mit seinem Leben und der Welt um sich herum zufrieden gewesen, bis Carlie verschwunden war. Falls irgendetwas je mein Leben so schwer erschütterte, hoffte ich, dass ich nicht zusammenbrechen, sondern stark sein würde, für meine Kinder.

Travis rief »Mama!« von oben, und ich lief, so schnell ich konnte, die Treppe hinauf.

Um fünf füllten Travis' Geburtstagsgäste, Billy, Ray, Ida, Maureen, Bert, Madeline, Dottie, Archer, und wir vier das Haus mit Spaghettitellern, Kuchenkrümeln, Eiscreme und Partyhüten, die Dottie irgendwo ausgegraben hatte. Travis verstand nicht, was das alles mit ihm zu tun hatte, aber er aß trotzdem mit großem Appetit.

Das Ganze war schnell vorbei, überall im Haus lagen Geschenke, und die Erwachsenen stiegen über Kinder, Spielzeug, Kartons und Bänder hinweg, um mir ihre Teller zu bringen. Ray kam mit einem Behälter geschmolzener Eiscreme und der Kuchenplatte. »Wenn du Zeit hast«, sagte er, »schau doch in den nächsten Tagen mal bei mir vorbei.«

»Das mache ich schon viel zu oft«, entgegnete ich. »Vielleicht sollten wir zwei eine Affäre anfangen.«

»Ich bin zu jung für dich«, sagte er. »Nein, im Ernst, ich brauche jemanden, der mir dauerhaft im Laden hilft. Nur stundenweise, ich weiß ja, du hast die Kinder. Aber meinst du nicht, das wär doch was für dich?«

»Warum willst du unbedingt mich?«

»Warum nicht?«

»Was ist mit Glen?«

Ray schnaubte. »Glen hat keine Lust dazu. Hatte er noch nie.«

»Ich überleg's mir«, sagte ich.

»Gib mir bald Bescheid«, sagte Ray. »Lass mich nicht zappeln.«

»Ich hab noch nie darüber nachgedacht, Verkäuferin zu spielen«, sagte ich später, als ich zusammen mit Bud und Dottie auf der Veranda saß. »Ich weiß gar nicht, ob ich das überhaupt kann.«

»Klar kannst du das«, meinte Dottie. »Du kannst rechnen, du bist ordentlich, du machst gute Sandwiches, du bist nicht auf den Mund gefallen, und du lässt dich nicht übers Ohr hauen. Genau wie Ray.«

»Ja, vielleicht.«

»Wie viel will er dir denn zahlen?«, fragte Bud.

»Keine Ahnung. Er hat mich nur gebeten, zu ihm zu kommen, damit wir drüber reden können.«

»Pass auf, dass er dich anständig bezahlt. Wir können das Geld gebrauchen.«

»Ist eigentlich noch was von dem Erdbeereis da?«, fragte Dottie.

»Nein, hab ich aufgegessen«, sagte Bud.

»Mistkerl. Dann nehme ich eben Karamell.«

»Das ist auch alle.«

»Und was ist mit dem Kuchen?«

»Der war schon weg, bevor alle gegangen sind«, sagte Bud. »Da musst du schon ein bisschen schneller sein, Dorothea.«

»Vielleicht könnten wir im Laden ja auch noch andere Sachen verkaufen«, überlegte ich laut.

»Was denn zum Beispiel?«, fragte Dottie und stand auf. »Ich schau mal, ob noch Spaghetti übrig sind.«

»Viele von uns stellen irgendwas her. Wir könnten doch eine Ecke für Kunsthandwerk und Ähnliches einrichten, mit Madelines Bildern, Idas Quilts und meinen Strickarbeiten.«

»Und wo soll das noch hin?«, fragte Bud. »Der Laden platzt doch jetzt schon aus allen Nähten.«

»Vielleicht können wir die Wohnung obendrüber als Lager nutzen. Die steht doch leer, seit Stella damals da gewohnt hat.«

»Wie wär's, wenn du auch noch dein Brot anbietest?«, schlug Dottie vor.

»Wenn wir einen Ofen einbauen, könnte ich direkt dort backen.«

»Wann willst du das machen?«, fragte Bud. »Du sollst dich doch um den Laden kümmern.«

»Und du arbeitest nur Teilzeit«, ergänzte Dottie von nebenan, wo sie sich über die Reste der Party hermachte.

»Die Kinder, ich, die beiden Häuser und nun auch noch der Laden«, sagte Bud. »Übernimmst du dich da nicht?«

»Kann sein«, erwiderte ich. »Aber wie du schon sagtest, wir können das Geld gebrauchen.«

»Habt ihr irgendwo noch Käse?«, rief Dottie aus der Küche.

Am Samstag nach Travis' Geburtstag ging ich zu Ray, um mit ihm über die Arbeit im Laden zu reden und über meine Ideen, die ich auf einem Blatt Papier notiert hatte.

Er nahm das Blatt, musterte es mit geschürzten Lippen und schwieg lange. Schließlich hielt ich es nicht mehr aus. »Und? Was denkst du?«

Er sah mich über den Rand seiner Brille hinweg an. »Ich glaub, du zäumst den Gaul von hinten auf«, sagte er. »Ich brauch nur jemanden, der sich an die Kasse setzt und 'n paar Sandwiches macht, wenn ich mal 'nen Tag frei haben will.

Lass uns damit anfangen, okay? Und vergiss nicht, dass ich hier der Boss bin.«

Ich sank in mich zusammen wie ein Ballon, aus dem die Luft entweicht. »Ich weiß.«

»Auch wenn ich meine Zweifel hab, ob das auf Dauer so bleibt – du hast dir ja noch nie von irgendwem was sagen lassen, außer vielleicht von Grand.«

»Na ja, du hast mir da einen richtigen Floh ins Ohr gesetzt«, sagte ich. »Warum stellst du dich so stur?«

»Eins nach dem anderen, in Ordnung? Und ich hab noch eine Bedingung.«

»Nämlich?«

»Ich will, dass du die Schule zu Ende machst. Sieh zu, dass du deinen Abschluss nachholst, und dann sehen wir weiter.«

»Das heißt, du willst gar nicht, dass ich jetzt schon für dich arbeite?«

»Das hab ich nicht gesagt.«

»Klang aber so.«

»Ich kann dich ja einarbeiten, während du zur Abendschule gehst.«

»Kein Problem, ich hab Zeit ohne Ende«, sagte ich, doch er ging gar nicht darauf ein.

»Wann kannst du anfangen?«

Wir einigten uns auf ein paar Stunden an zwei Tagen die Woche. Allerdings musste ich erst mit Ida sprechen, da sie ja in der Zeit die Kinder nehmen würde. Und ich musste herausfinden, wie das mit der Abendschule funktionierte. In meinem Kopf schwirrte es wie in einem Bienenkorb, als ich den Hügel hinunterging. Vom Hafen wehte eine Brise herauf, die meine Wangen küsste und mir ein paar Haarsträhnen ins Gesicht wirbelte.

Hinter mir hörte ich das Brummen eines Autos, und ich wich zur Seite. Ich zuckte zusammen, als plötzlich die Hupe ertönte. Ein VW-Bus fuhr an mir vorbei, und jemand, der mir bekannt vorkam, winkte mir zu. Auf der Rückseite des ausgeblichenen gelben Busses stand PEACE & LOVE, handgemalt. Hippies, dachte ich. Der Bus hielt vor dem Haus der Butts, und eine junge Frau in kunterbunten Kleidern sprang vom Beifahrersitz und lief ins Haus. Ein aschblonder Mann folgte ihr auf langen, dürren Beinen. Evie war wieder da. Ich fragte mich, was das zu bedeuten hatte. Als ich in unsere Diele trat, klangen wütende Stimmen vom Haus der Butts herüber, und wenig später, als Bud und ich den Kindern ihre Jacken anzogen, um mit ihnen nach Popham Beach zu fahren, röhrte und knatterte der VW-Bus wieder davon.

»Das ging aber schnell«, bemerkte ich.

»Ja, mir ist auch schon aufgefallen, dass sie nie lange bleibt«, sagte Bud. Dann machten wir uns auf den Weg zum Strand, wo bereits die halbe Einwohnerschaft von Long Reach und sämtlichen anderen Orten im Umkreis versammelt war.

Wir stellten uns auf den letzten freien Parkplatz. Dann gingen wir mit den Kindern zum Strand und sahen den Seehunden zu, die in der Mündung des Kennebec River herumtollten. Ich setzte mich auf ein Stück Treibholz und sah zu, wie Arlee im Sand spielte, während Bud mit seinem Sohn den Strand entlangspazierte.

Ich hielt das Gesicht in die Frühlingssonne und überlegte, ob ich das mit der Abendschule wirklich machen sollte. Damals war mir die Entscheidung, die Schule abzubrechen, nicht schwergefallen, weil ich in einer so miesen Lebensphase war. Grand war gerade gestorben, Carlie war immer noch verschwunden, und ich war einfach zu erschöpft gewesen, um meine Tage mit zahllosen anderen Jugendlichen zu verbringen, die ich nicht kannte und die ein Leben führten, mit dem ich nichts anfangen konnte. Daddy hatte nicht groß versucht, mich zu beeinflussen, weil er wusste, dass ich mich ohnehin taub stellen würde. Aber Ray hatte recht. Es war Zeit, diesen verdammten Abschluss nachzuholen.

Nach einer Weile packten wir unsere müden Kinder in den Wagen, reihten uns in die Autoschlange ein und fuhren heimwärts. Nachdem wir die beiden hingelegt hatten, gingen wir in den Garten, um es uns in den Liegestühlen bequem zu machen, doch wir waren kaum aus der Tür getreten, da näherte sich mal wieder das Dröhnen eines Motors, und Glens großer schwarzer Pick-up hielt vor unserem Haus. Er sprang aus dem Wagen und kam mit breitem Grinsen auf uns zu. »Na, alles fit im Schritt?«, sagte er, und er klang so wie früher, vor Vietnam.

»Kann nicht klagen«, sagte Bud. »Und selbst?«

»Bisschen wenig Training in letzter Zeit«, erwiderte Glen.

»Soll ich vielleicht reingehen?«, fragte ich. Statt einer Antwort umarmte Glen mich ohne Vorwarnung und ließ mich dann genauso plötzlich wieder los. Er hielt mich auf Armeslänge von sich weg und sagte: »Tut mir leid, das mit deinem Bügelbrett.«

Ich zuckte die Achseln. »Willst du was trinken?«

»Ich hätte nichts gegen das eine oder andere Bier«, sagte er.

Bud und ich wechselten einen Blick.

»Wir haben kein Bier da«, sagte Bud. »Aber wir können welches bei Ray holen.«

»Nee, lass mal«, sagte Glen. »Dann vielleicht 'nen Kaffee?«

»Für mich auch«, sagte Bud, und ich ging hinein, um welchen aufzusetzen.

Während ich in der Küche war, hörte ich, wie Dottie und Glen sich draußen begrüßten. Kurz darauf kam sie hereingepoltert.

»Glen wirkt ja richtig normal«, meinte sie. »Ist er auf Drogen?«

»Keine Ahnung«, erwiderte ich. »Sag mal, was wollte Evie denn vorhin hier?«

»Oh Mann. Sie hat beschlossen, dass sie mit Albert – das war der Typ, mit dem sie hier aufgekreuzt ist – in Portland zusammenleben und Archer mitnehmen will.«

»Das kann sie doch nicht machen, oder?«, fragte ich.

»Na ja, sie sieht das anders. Albert spielt in einer Band und verdient wohl nicht schlecht, und Evie sagt, er will für sie und Archer sorgen.«

»Ist er Archers Vater?«

»Nein. Aber er ist völlig verrückt nach Evie. Sie hat seinen Schwanz um ihren kleinen Finger gewickelt. Na, jedenfalls hat Madeline gesagt, das macht sie nicht mit. Bis jetzt hat Evie sich keinen Deut um Archer gekümmert, und deshalb bleibt der Kleine bei uns, und wenn Evie irgendwelche krummen Touren versucht, wird sie sie von der Polizei suchen lassen, und dann darf sie hier zu Hause hocken, bis sie achtzehn ist.«

»Das fand Evie bestimmt prima.«

»Und wie. Sie hat gesagt, wir könnten sie alle mal am Arsch lecken, sie wäre Archers Mutter und sie würde ihn so bald wie möglich holen, wenn nötig, mit dem Sheriff. Darauf hat Madeline gesagt, nur über ihre Leiche, und ich glaube, das meint sie ernst. Dann ist Evie in einer Rauchwolke aus dem Haus marschiert, und Albert hinterher. ›Peace‹, hat er noch zu uns gesagt. Von wegen ›Peace‹. Madeline ist jetzt rund um die Uhr auf Habachtstellung. Sie lässt Archer nicht mehr aus den Augen. Sie und Bert überlegen, ob sie wirklich die Bullen einschalten sollen, um Evie nach Hause zu holen, oder ob sie darauf setzen sollen, dass sie sich von selbst wieder einkriegt.«

»Meinst du denn, das wird sie?«

»Glaub ich nicht. Ich schätze, sie werden ihr einen Monat Zeit lassen, zur Besinnung zu kommen, dann gehen sie zur Polizei. Bis dahin ist sie zwar bei einem Kerl, der anscheinend nicht mal so viel Verstand hat wie eine Stubenfliege, aber zumindest hat sie ein Dach überm Kopf.«

»Willst du auch einen Kaffee?«

»Gibt's nichts Anständiges mehr zu trinken?«, fragte Dottie. »Wegen Bud?«

»Im Moment nicht. Jedenfalls nicht, wenn er dabei ist. Vielleicht irgendwann anders.«

»Kein Problem.«

»Was macht dein Handgelenk?«, fragte ich.

»Dem geht's schon besser. Gus lässt mich im Bowla Rolla üben, damit ich langsam wieder in Form komme.«

»Das ist nett von ihm.«

Dottie nickte. »Ich mach mir so meine Gedanken.«

»Was für Gedanken?«

»Na ja, Gus ist eigentlich schon immer nett zu mir gewesen. Und je länger ich ihn kenne, desto weniger hässlich finde ich ihn.«

»Warte mal«, sagte ich. »Ich denke, du bist mit Addie zusammen? Du hast doch gesagt, du wärst lesbisch.«

Sie zuckte die Achseln. »Addie fand mich nur toll, weil ich eine berühmte Bowlerin bin.«

»Ein Strike-Groupie?«

»Genau. Außerdem glaube ich mittlerweile, dass es nicht um Körperteile geht, sondern um den Menschen. Und ich mag Gus wirklich gern.«

»Das wurde auch Zeit«, sagte ich. »Außerdem kriegst du bei ihm für den Rest deines Lebens Pommes umsonst.«

»Oh, beim Rest meines Lebens bin ich noch nicht. Vielleicht erst mal ein paar Dates, um zu sehen, wie es so läuft.«

Wir gingen mit dem Kaffee und ein paar Keksen raus zu den Jungs und setzten uns zusammen, wie in alten Zeiten. Ich grub meine nackten Zehen in den Rasen und genoss es, dass Frühling war und ich barfuß herumlaufen konnte.

»Mir geht's so gut wie lange nicht mehr«, sagte Glen.

»Wie kommt das?«, fragte ich. »Vor ein paar Monaten ging es dir nicht besonders.«

»Ich nehme Tabletten.«

»Siehste?«, sagte Dottie zu mir.

Glen zuckte die Achseln. »Und das Rumfahren hat mir den Kopf freigepustet. Jesses, wo ich überall gewesen bin! Ich könnte glatt als Reiseführer arbeiten, mit Leuten auf die Jagd gehen oder angeln oder wandern. Würd mir sogar Spaß machen. Ich hab schon mit ein paar Rangern und Wildhütern gesprochen, die haben mir Tipps gegeben. Vielleicht lasse ich mich irgendwo weiter im Norden nieder. Da sind nicht so viele Leute, nur endlose Wälder.«

Bud sah zur *Florine* hinüber, die diesmal in Idas Garten überwintert hatte. »Was wird aus dem Boot?«

»Oh, im Sommer fahr ich schon damit raus«, sagte Glen. »Aber zum Winter will ich in den Norden. Kannst ja für 'ne Weile mitkommen, wenn du magst.«

Bud sah mich an.

Ich zuckte die Achseln. »Ich bin nicht dein Aufpasser.«

»Von wegen«, sagte er, doch er grinste dabei.

An dem Wochenende holten wir unsere Sachen aus Stoughton Falls. Zu viert hatten wir alles schnell eingepackt. Der Rasen war ziemlich gewuchert, und ich fand es schade, dass ich es nicht geschafft hatte, vorne Beete anzulegen, wie ich es vorgehabt hatte. Aber das war auch das Einzige, was ich bedauerte. Davon abgesehen würde mir der Trailer nicht fehlen.

Am 18. Mai feierten Bud und ich meinen zweiundzwanzigsten Geburtstag in Long Reach. Wir gingen in ein italienisches Restaurant und sahen uns dann einen Film an, in dem gleichen Kino, in dem ich kurz nach Carlies Verschwinden mit Daddy gewesen war.

Betäubt und rastlos waren Daddy und ich damals mitten im Film wieder gegangen. Wir hatten uns in seinen Pick-up gesetzt, und er hatte eine Zigarette geraucht und gesagt: *»Florine, das Einzige, was wir tun können, ist, einen Tag nach dem anderen nehmen. Du hast deine Schule und ich meine Arbeit. Wir müssen mit beidem weitermachen. Verstehst du?«* Wir hatten weitergemacht, so gut wir konnten, krank vor Sehnsucht nach einer Frau, die wir beide mehr liebten, als wir einander liebten, mehr als das Leben selbst. Er war in die Arme einer anderen Frau gewankt, und ich war irgendwie in die Ehe und die Mutterschaft gestolpert.

Doch diesmal sah ich mir den ganzen Film an, und ich hielt dabei die Hand des Mannes, den ich bis ans Ende meiner Tage lieben würde. Unsere beiden Kinder schliefen warm und wohlbehütet zu Hause bei ihrer Großmutter. Unseren Freunden ging es gut, und wir planten unsere Zukunft.

Und dann, zehn Tage später, kam meine Mutter zurück.

49

Der 28. Mai begann damit, dass Arlee wütend auf mich war, weil ich ihr nicht erlauben wollte, das violette Samtkleid zu tragen, das Robin ihr in einem Laden in Portland gekauft hatte. Robin hatte es extra eine Nummer größer genommen, damit es kommende Weihnachten perfekt saß. An dem Morgen kam ich dummerweise auf die Idee, dass Arlee es mal anprobieren sollte, um zu sehen, ob es inzwischen passte. Es passte tatsächlich, aber wenn sie in dem Tempo weiterwuchs, würde es an Weihnachten schon wieder zu klein sein.

»Wir finden einen Anlass, zu dem du es anziehen kannst, wenn es ein bisschen kälter ist«, versprach ich Arlee und hängte das Kleid wieder in den Schrank.

»Warum kann ich es jetzt nicht anziehen?«

»Weil es viel zu warm ist und weil das kein Kleid zum Spielen ist.«

»Aber ich mach's nicht kaputt«, quengelte sie. »Warum kann ich es nicht anziehen?«

»Darum«, erwiderte ich und verließ mit ihrem Bruder auf dem Arm das Zimmer.

»Du bist gemein! Du bist gemein! Du bist gemein!«, plärrte Arlee mir hinterher.

Während ich dabei war, Travis zu wickeln, klingelte unten das Telefon.

»Nicht jetzt. Klingel später wieder«, sagte ich vor mich hin.

Als ich mit meinem frisch gewickelten Sohn nach unten gehen wollte, fiel mir auf, dass Arlee verdächtig still war. Ich spähte in ihr Zimmer, und da stand sie in ihrem violetten Samtkleid, ganz die kleine Prinzessin, und bewunderte sich im Spiegel. »Ich glaub, ich spinne!«, rief ich. »Ich hab doch Nein gesagt!«

»Ist mir egal«, brüllte sie zurück.

Travis fing an zu weinen.

»Zieh das Kleid aus«, befahl ich Arlee.

»Nein.«

Wieder klingelte das Telefon.

»Zieh es aus«, wiederholte ich, dann lief ich mit Travis nach unten und schnappte mir den Hörer. »Irrenhaus Warner, was kann ich für Sie tun?« Ich wartete auf ein Lachen, doch vom anderen Ende kam nur ein Räuspern.

Es war Parker Clemmons. »Bist du grad beschäftigt?«, fragte er.

»Ja, aber das bin ich eigentlich immer. Wieso?«

»Ich würde gerne vorbeikommen und mit dir reden.«

»Oh – du hast die Briefe gelesen«, sagte ich. »Ich habe sie nicht angerührt. Sie –«

»Florine«, unterbrach er mich. Bei seinem ungewohnt sanften Tonfall drehte sich mir der Magen um.

»Was ist los?«

»Ist Bud bei dir?«

»Er ist bei Billy. Was ist denn passiert?«

»Vielleicht wäre es gut, wenn er nach Hause käme.«

»Warum?«

»Ich mache mich sofort auf den Weg zu dir. Es gibt Neuigkeiten.«

»Warum sagst du es mir nicht einfach jetzt?«

»Das möchte ich lieber persönlich tun.«

»Ist ... Hast du ... Geht es um Carlie?«

»Ich werde dir alles erklären. Wir beide haben eine Menge mitgemacht, und ich möchte von Angesicht zu Angesicht mit dir reden.«

»Okay«, sagte ich. Travis legte seine Hände auf mein Gesicht und tätschelte meine Wangen. Ich lehnte den Kopf an ihn und holte mehrmals tief Luft, während mir mein Herzschlag in den Ohren dröhnte.

Bud brachte Billy und Glen mit, die ihm beim Streichen der *Florine* halfen, außerdem Ida, und auf dem Weg sammelten sie noch Dottie ein. Die Küche füllte sich mit warmen, soliden Körpern. Während wir auf Parker warteten, zitterte ich, obwohl es ein warmer Tag war. Ida legte den Arm um mich. »Setz dich, Florine«, sagte sie. Bud setzte sich rechts, Dottie links neben mich. Billy und Glen lehnten sich hinter dem Tisch an die Wand. Bud nahm meine Hand und drückte sie leicht. Billy sagte: »Lasst uns beten.«

Sein Gebet war gespickt mit Wörtern wie »Glaube« und »Vergebung«, aber ich bekam kaum etwas davon mit, bis auf das kraftvolle »Amen« am Ende.

Für einen Moment war es ganz still im Raum, abgesehen vom Geklapper der Holzklötze, mit denen Travis auf dem Verandafußboden spielte. Dann fragte Ida: »Soll ich die Kinder mit nach drüben nehmen?«

Ich schüttelte den Kopf, doch Bud sagte: »Ich glaube, das wäre gut, Ma. Wir sagen dir Bescheid, was los ist, sobald wir es wissen.«

»Arlee muss sich noch umziehen, damit ihr Samtkleid nicht schmutzig wird«, sagte ich.

»Nein, muss ich nicht«, widersprach Arlee. »Es wird nicht schmutzig.« Überrascht sah ich auf. Ich hatte gar nicht gemerkt, dass sie nach unten gekommen war. Sie stand vor Billy, und er hatte die Hand auf ihren Kopf gelegt.

»Du siehst wirklich hübsch aus«, sagte Dottie.

»Jetzt ermutige sie nicht auch noch«, sagte ich.

»Ich bin eine schöne Prinzessin«, sagte Arlee.

»Komm mit Grammy, Prinzessin«, sagte Ida zu ihr. Sie ging auf die Veranda und hob Travis hoch. »Grundgütiger«, ächzte sie. »Lange kann Grammy das nicht mehr machen.«

»Ich helfe dir.« Dottie nahm ihr Travis ab und setzte ihn sich wie einen Korb auf den Kopf. Ich sah ihnen nach, wie sie den Hügel hinuntergingen.

Grand ermahnte mich, wo meine Manieren geblieben wären. »Wie wär's mit einem Kaffee?«, fragte ich die drei Männer in meiner Küche und stand auf. »Ihr trinkt doch einen, oder? Und meint ihr, Parker auch? Andererseits ist es ja schon bald Mittag, und alle haben wahrscheinlich längst genug Kaffee getrunken. Er wird mir sagen, dass sie tot ist. Ich weiß es. Sie ist tot.«

Bud fing mich auf, bevor ich zu Boden sank, und brachte mich zurück zu meinem Stuhl. Ich vergrub das Gesicht in meinen zitternden Händen. Die Haustür ging auf und zu, und Dottie kam wieder herein und setzte sich neben mich. Sie strich mir mit ihrer großen Hand über den Rücken.

»Wo ist die Kleenexschachtel?«, fragte Bud. Ich deutete auf die Veranda. Die Schachtel stand neben der Wiege, aus der Travis mittlerweile herausgewachsen war. Als Bud aufstand, um sie zu holen, klopfte es. Billy ging zur Tür. Bud gab mir ein Tuch und setzte sich wieder, und ich wappnete mich für das, was kommen würde.

Parker blieb im Türrahmen stehen, den Hut in der Hand. Ich sah ihn an. »Bitte sag's mir gleich.«

»Carlie ist tot, Florine«, sagte er. »Es tut mir leid.«

In meinem Herzen fiel eine Tür zu. Ich schloss die Augen und ergriff Buds Hand. Dottie nahm meine andere.

»Wann ist sie gestorben?«, fragte ich Parker.

»1963, in Crow's Nest Harbor. Sie war schon tot, als Patty sie als vermisst gemeldet hat.«

Ich schluckte etwas Saures hinunter. »Wie ist es passiert?«

»Ihr Genick war gebrochen«, sagte Parker. »Sie hat nicht gelitten.«

In mir wurde alles taub. »Wer hat es getan?«

»Wir haben einen Verdächtigen verhaftet.«

»Mr Barrington?«

»Wir haben einen Verdächtigen. Lass mich der Reihe nach berichten.«

Ich wollte nichts hören, schon gar nicht der Reihe nach, aber Dottie meinte: »Lass ihn sagen, was er zu sagen hat. Wir müssen das nur ein Mal durchstehen.«

»Erst muss ich ins Bad.« Ich sprang auf und rannte nach oben. Falls die anderen hörten, wie ich alles auskotzte, was ich in den letzten knapp elf Jahren gegessen hatte, ließen sie es sich nicht anmerken. Als alles raus war, putzte ich mir die Zähne, spritzte mir Wasser ins Gesicht und ging wieder nach unten. Dottie stellte mir einen Becher heißen Tee hin, und ich legte die Hände darum, froh über die Wärme, die unter meine Haut drang.

»Okay«, sagte ich zu Parker. »Erzähl uns, was passiert ist.«

»Die Briefe gehen zurück bis zum Sommer 1950. Edward Barrington hat deiner Mutter zuerst geschrieben, von hier aus, und sie hat ihm aus Boston zurückgeschrieben. Ich konnte eine Reihe von ihren Briefen seinen zuordnen.

Carlies Briefe sind so, wie ich sie als Mensch in Erinnerung habe. Witzig, locker und ziemlich gescheit, und sie erzählt Dinge aus ihrem Leben. Sie schreibt, dass sie ihn vermisst und dass sie ihn liebt. Bis zu dem Zeitpunkt, als sie Leeman begegnet. In ihrem letzten Brief vom Juli 1951 schreibt sie, dass sie sich in Leeman verliebt hat, und wünscht Edward alles Gute.

Barringtons Briefe sind vollkommen anders. Von Anfang an geht es ständig darum, wie sehr er sie liebt und dass er nicht ohne sie leben kann. Die ersten sind ein bisschen albern, wie bei jemandem, der sich zum ersten Mal verliebt hat. Dann beschreibt er mehr und mehr, was er mit ihr tun will, wenn er sie das nächste Mal sieht. Zeug, bei dem ich rot geworden bin, und ich werd nicht so leicht rot. In einem Brief steht nur ›Ich liebe dich‹, zwanzig Seiten lang. Der Brief ist vom August 1950.«

»Aber er hat uns erzählt, dass er sich in dem Sommer in seine spätere Frau verliebt hat«, wandte ich ein.

»Nun, wie immer das gewesen sein mag, er hat jedenfalls nicht aufgehört, Carlie zu schreiben. Nachdem sie ihm von Leeman berichtet hatte, schrieb er ihr, dass sie mit ihm nicht glücklich würde, weil er bloß ein einfacher Fischer wäre. Dass sie sich bald langweilen und zu ihm, Barrington, zurückkommen würde und dass er darauf warten würde, egal wie lange es dauert.«

»Aber dann hatte der Mistkerl doch selber Frau und Kind«, warf Dottie ein.

»Trotzdem hat er Carlie immer weiter geschrieben, jahrelang. Perverses Zeug – dass er besser im Bett wäre und sie damit viel glücklicher machen könnte. Dass er viel mehr Geld hätte als Leeman. Dass er dich bei Ray im Laden gesehen hat, Florine, zusammen mit Dottie, und dass er euch beiden einen Lolli geschenkt hat. Nach dem Datum des Briefs müsst ihr beide da ungefähr fünf gewesen sein.«

Dottie und ich sahen uns an und drückten uns gegenseitig die Hand.

»Und noch mehr so verdrehte Sachen. Zum Beispiel dass er Carlie und Leeman eines Abends im Bett beobachtet hätte.«

»Warum hat sie ihn denn nicht angezeigt?«, rief ich.

»Weil sie die späteren Briefe nie gelesen hat. Die Umschläge waren noch zugeklebt. Sie wusste nichts davon, dass er Dottie und dir Süßigkeiten spendiert und ihr hinterhergeschnüffelt hat.«

»Warum hat sie die Briefe dann überhaupt aufgehoben?«, fragte Bud.

»Das weiß ich nicht«, sagte Parker.

»Vielleicht ahnte sie ja, dass ihr etwas zustoßen würde«, sagte Dottie.

»Das ist reine Spekulation. Da Carlie die Briefe nie gelesen und auch nicht mit mir darüber gesprochen hat, kann ich nicht sagen, warum sie sie aufbewahrt hat.«

»Wer hat sie getötet?«, fragte ich. Es fühlte sich an, als ob die Worte mir die Zunge verätzten. »Das ist alles, was ich wissen will.«

»Wir haben einen Verdächtigen –«

»Das hast du schon gesagt. Wer zum Teufel hat meine Mutter getötet?«

»Lass ihn zu Ende erzählen«, sagte Billy. »Du musst diese bittere Pille nur ein Mal schlucken.«

»Danke, Pastor«, sagte Parker. »Ich weiß nicht, ob es dir

aufgefallen ist, Florine, aber Barrington hat seine Briefe nicht frankiert. Er wollte offenbar nicht, dass sie mit der Post ausgeliefert wurden, also habe ich mich gefragt, wie sie zu Carlie gekommen sind. Vielleicht hat er sie ihr ins Auto gelegt, während sie arbeitete. Oder er war im Lobster Shack und hat sie ihr direkt gegeben.

Damals, nach Carlies Verschwinden, war ich dort und habe mit allen gesprochen. Sie waren verwirrt und schockiert, aber niemand wusste irgendwas. Cindi und Diane haben beide ausgesagt, soweit sie wüssten, wäre Carlie immer direkt nach der Arbeit nach Hause gefahren. Von Edward Barrington war nie die Rede, weil keiner auf die Idee gekommen ist, dass er etwas damit zu tun haben könnte. Und Patty hat auch geschworen, dass sie von nichts wusste.

Nachdem ich die Briefe gelesen hatte, war ich noch mal bei Cindi und habe sie nach Barrington gefragt. Sie ist die Einzige von damals, die noch hier in der Gegend wohnt.

Nach Cindis Aussage ist Barrington Stammgast im Lobster Shack, seit er alt genug war, um allein ein Lokal zu besuchen. Er hat im Lauf der Jahre viel Zeit dort verbracht, und er kommt immer noch und setzt sich allein an die Bar. Cindi sagte, er wäre früher regelmäßig da gewesen, egal ob Carlie arbeitete oder nicht, und Carlie hätte sich ihm gegenüber ganz normal benommen, wie bei den anderen Kunden auch. Cindi meinte, er hätte sich oft mit Patty unterhalten, aber sie hätte sich nichts dabei gedacht. Patty mochte jeden, der ihr ein gutes Trinkgeld gab, und Edward war reich und wohl auch spendabel.

Ich fing an, mir Gedanken über Patty zu machen, und fragte Cindi, ob sie wüsste, wo ich sie finden könnte. Cindi gab mir die Adresse, an die sie den letzten Gehaltsscheck geschickt hatte, und ich forschte nach. Wie sich herausgestellt hat, wohnt Patty immer noch da, zusammen mit ihrer Schwester. Patty hat ein Lungenemphysem und braucht ein Sauerstoffgerät. Ich habe sie gefragt, ob ich mit ihr reden könnte. Es hat eine Weile gedauert, aber schließlich hat sie eingewilligt. Und so bin ich letzte Woche zu ihr nach New Jersey gefahren.«

Parker schüttelte den Kopf. »Ich war schockiert, als ich sie sah. Sie kann nicht älter sein als Anfang vierzig, aber sie sieht aus wie siebzig. Sie konnte nicht mal aufstehen. Und beim Sprechen musste sie oft Pausen machen, um genug Luft zu kriegen.

Sie hatte eine Menge zu erzählen. Sie sagte, sie wollte es sich von der Seele reden, dann würde sie vielleicht freier atmen können. Ich fragte sie nach den Briefen, und sie sagte, Barrington hätte sie ihr immer zugesteckt, zusammen mit einem Zehn-Dollar-Schein. Sie hat Carlie die Briefe dann an den Tagen, an denen sie gleichzeitig Dienst hatten, ins Auto gelegt. Barrington wollte es nicht selbst tun, weil er Angst um seinen Ruf hatte, falls jemand es mitbekam.«

»Aber warum hat sie das getan?«, fragte ich. »Ich dachte, sie und Carlie wären Freundinnen gewesen.« Vor lauter aufgestautem Schmerz zitterte ich weiter am ganzen Körper. Bud legte den Arm um mich.

»Sie konnte das Geld gut gebrauchen«, sagte Parker. »Und sie meinte, sie hätte sich nichts Schlimmes dabei gedacht.«

Ich dachte an den Tag damals am Strand und fragte mich, ob Schiefzahn-Mike Patty auch Geld gegeben hatte, damit sie ihm half, Carlie vom rechten Weg abzubringen.

»Patty hat zugegeben, dass es ihr Spaß machte, ein bisschen für Unruhe zu sorgen«, sagte Parker. »Erst als Barrington irgendwann in Crow's Nest Harbor auftauchte, wurde ihr klar, was für ein unberechenbarer Kerl er ist. Sie schwört, dass sie ihm nie gesagt hat, wann sie und Carlie dort sein würden.«

»Vermutlich hat er jemand anderen vom Lobster Shack gefragt, wo sie sind, ohne dass irgendwer misstrauisch wurde«, sagte Bud.

Parker nickte. »Er ist mehrere Sommer in Crow's Nest Harbor aufgekreuzt. Carlie und Patty gingen irgendwo spazieren, und da war er. Oder sie saßen in einem Restaurant, und er kam herein und setzte sich an die Bar. Weder Patty noch Carlie wollte ihn in ihrer Nähe haben. Aber sie wollten sich von ihm auch nicht den Spaß und ihren Lieblingsort verderben lassen, also nahmen sie seine Anwesenheit in Kauf. Nach einer Weile machten sie es sogar zu einer Art Sport, sich Tricks auszudenken, wie sie ihm aus dem Weg gehen konnten, wenn er dort war.

In dem Sommer, als Carlie verschwand, kam Patty auf die Idee zu tauschen: Carlie sollte sich die Haare blond färben und Pattys Kleider anziehen, und sie wollte sich die Haare rot färben und sich als Carlie verkleiden. Und das taten sie dann auch, einerseits aus Jux, andererseits um Barrington zu verwirren, falls er wiederauftauchte.«

»Warum dieser ganze Aufwand?«, fragte ich. »Warum haben die beiden nicht einfach jemandem erzählt, was Barrington treibt?«

»Ich weiß nicht, warum Carlie geschwiegen hat«, sagte Parker. »Vielleicht hat sie das Ganze tatsächlich nicht ernst genug genommen. Aber ich weiß, warum Patty den Mund gehalten hat. Sie hatte ihr eigenes Geheimnis. Und Barrington hatte herausgefunden, was es war.«

»Nämlich?«

Glen antwortete, so leise, dass wir ihn kaum verstanden: »Sie stand auf kleine Jungs.«

Eine große Möwe glitt am Küchenfenster vorbei und hinunter Richtung Hafen. Der grelle Schrei, der aus ihrer weiß gefiederten Kehle drang, ließ uns alle zusammenzucken.

»Was?«, sagte ich. »Was soll das heißen?«

Billy schlug mit der flachen Hand gegen die Wand. »Allmächtiger.«

»Möchtest du uns etwas erzählen, Glen?«, fragte Parker.

Glen wurde rot und senkte den Kopf. »Ich bin damals oft mit dem Rad zum Lobster Shack gefahren. Ray hat mir ein bisschen Geld gegeben und gesagt, ich soll mal 'ne Weile jemand anders nerven, also bin ich dahin geradelt und hab mir Pommes und 'ne Cola geholt. Eines Tages kam Patty mir entgegen, auf dem Weg zu der Hütte, in der sie wohnte, und fragte, ob ich ein paar selbst gebackene Kekse wollte. Also bin ich mit zu ihr gegangen. Als sie mit den Keksen kam, hatte sie nichts mehr an.«

Er fuhr mit dem Finger über die Stelle, wo Daddy als Kind seine Initialen in Grands Küchentisch geritzt hatte. »Ich war zehn, und ich hatte noch nie eine nackte Frau gesehen, jedenfalls nicht in echt. Und dann fragte sie, ob ich ihre Titten anfassen will.«

Sein Gesicht lief noch dunkler an. »Es gefiel mir. Ich bekam so viele Kekse, wie ich wollte. Und die waren richtig lecker. Ich bin immer wieder hingefahren. Sie hat zu mir gesagt, ich soll niemandem davon erzählen, wir täten ja nichts Schlimmes und ich wäre was ganz Besonderes. Später hieß es dann, sie würde meinem Vater sagen, dass ich sie ... da unten ... berührt hätte. ›Weißt du, was Vergewaltigung ist?‹, hat sie gefragt. ›Ich sage allen, dass du mich vergewaltigt hast, wenn du auch nur ein Wort davon verrätst.‹ Dann verschwand Carlie, und Patty haute ab, und da kapierte ich allmählich, wie gestört sie war.«

Parker räusperte sich. »Nun, dich hat sie nicht erwähnt. Aber jemand anders. Andy Barrington. Er war so besessen von ihr wie sein Vater von Carlie.«

Irgendwo ganz weit hinten in meinem Kopf braute sich eine Sturmflut zusammen.

»Er war auch wegen der ›Kekse‹ da«, fuhr Parker fort. »Doch Patty sagte, sie hätte ihn Anfang des Sommers 1963 fortgeschickt, weil er grob wurde. Er war wohl ziemlich kräftig für sein Alter. Sie hat ihm gesagt, sie würde mich rufen, falls er sich noch mal bei ihr blicken ließe. Eine Zeit lang blieb er auf Abstand, aber an dem Abend, bevor sie und Carlie wegfahren wollten, klopfte er an ihre Tür. Sie ließ ihn nicht rein, und als sie wieder mit der Polizei drohte, verschwand er. Aber irgendwie bekam er raus, wo sie hinwollten, und fuhr per Anhalter nach Crow's Nest Harbor. Niemand hat mitgekriegt, dass er fort war. Anscheinend hat sich keiner um den Jungen gekümmert. Er fiel seinen Leuten nur auf, wenn er im Weg war.«

Andys Worte spukten mir durch den Kopf. *»Ich bin von einer, äh, Frau mit Erfahrung in New York entjungfert worden. Hat mir beigebracht, sie an den richtigen Stellen zu berühren.«* Die Frau, die nicht aus New York stammte, sondern aus New Jersey, war Patty gewesen. Und Andy konnte grob sein. Einmal hatte er im Bett etwas getan, was ich nicht wollte, und als ich ihn zur Rede stellte, hatte er geweint und gesagt: *»Ich baue eine Menge Mist, Florine. Ich weiß nicht, warum, aber es ist so. Ich wünschte so sehr, ich könnte es rückgängig machen. Bitte verlass mich nicht. Alle verlassen mich.«*

Parker fuhr fort: »Er lungerte bei dem Motel herum, bis er

die Frau, die er für Patty hielt, Richtung Zentrum gehen sah. Er folgte ihr, aber mit so großem Abstand, dass er ihr Gesicht nicht sehen konnte, nur ihre Haare und die Kleider. Auf dem Rückweg nahm sie den Pfad oben über die Klippen, und er folgte ihr auch dorthin.«

Plötzlich brach Parker ab und musterte mich besorgt. »Florine«, sagte er durch das Brausen der Wellen in meinem Kopf. »Kannst du mich hören?«

»Jesses, du bist kalkweiß«, sagte Bud.

»Runter mit dem Kopf«, sagte Dottie. »Zwischen deine Beine.«

Bud zog meinen Stuhl zurück, und Dottie drückte sanft meinen Oberkörper nach unten, bis der Kopf zwischen den Knien hing. Mein Rücken protestierte, doch der Schmerz brachte mich wieder zu mir. Hände strichen mir über den Rücken und streichelten meinen Nacken. Langsam richtete ich mich auf.

Wieder hörte ich Andys Worte in meinem Kopf. *Ich war verrückt. Ich hätte dich beinahe umgebracht. Ich hab's ernst gemeint, als ich gesagt habe, ich liebe dich. Und du?«*

Ja, ich hatte ihn geliebt. Und er hatte meine Mutter getötet.

Mit einer Stimme, die ich selbst nicht kannte, flüsterte ich: »Wie ist es passiert?«

Parker sah mir in die Augen. »Er wollte sie von hinten anspringen, ihr einen Schreck einjagen. Er dachte ja, es wäre Patty, und er wusste, dass die Scherze mochte, also tat er es. Carlie erschrak so sehr, dass sie auf dem steinigen Pfad unglücklich stürzte, mit dem Kopf auf einen Felsen schlug und sich das Genick brach.«

Meine Schultern bebten, und es fühlte sich an, als kämen

meine Schluchzer direkt aus den zerfetzten Kammern meines Herzens.

»Was ist dann passiert? Wo ist sie? Was haben sie mit ihr gemacht?«, brachte ich mühsam hervor.

»Zufällig war Edward Barrington an dem Tag auch in Crow's Nest Harbor. Da er Carlie und Patty nicht gesehen hatte, machte er sich bei Einbruch der Dunkelheit auf den Heimweg, und dabei entdeckte er Andy, der an der Straße stand und den Daumen raushielt. Der Junge war in einem schlimmen Zustand, zitterte und weinte. Barrington ließ nicht locker, bis Andy ihm sagte, was passiert war. Da hätte Barrington das Richtige tun und zur Polizei gehen können, doch das tat er nicht. Als ich ihn nach dem Grund fragte, sagte er, er hätte verhindern wollen, dass Andy Probleme bekam. Und dass der Ruf der Barringtons in den Schmutz gezogen wurde. Sie kehrten also zurück zu der Stelle, wo Andy Carlies Leichnam im Gebüsch versteckt hatte. Irgendwie haben sie es geschafft, sie ins Auto zu verfrachten, ohne gesehen zu werden, und sind nach Hause gefahren. Am nächsten Tag haben sie sie in der Nähe ihres Sommerhauses vergraben.«

»Wo?«, fragte ich. Parker sagte es mir.

Ich vergrub das Gesicht in den Händen. An meiner Lieblingsstelle, auf der Lichtung zwischen den Kiefern. Die ganze Zeit über war meine Mutter mir so nahe gewesen.

»Er hat uns die Stelle gezeigt. Wir haben sie ausgegraben, und in den letzten Tagen war sie zur Obduktion in Augusta«, sagte Parker. »Tut mir leid, dass ich es dir nicht eher sagen konnte, aber wir wollten erst sicher sein, dass sie es wirklich ist. Sobald alles abgeschlossen ist, kannst du entscheiden, was weiter mit ihr geschehen soll.«

»Ich will sie sehen«, sagte ich.

»Meinst du wirklich, das ist eine gute Idee?«, wandte Bud ein. »Ich sag das nicht gerne, aber wahrscheinlich sind nur noch die Knochen übrig.«

»Ich will sie sehen«, wiederholte ich. »Sie ist meine Mutter. Ich habe sehr, sehr lange darauf gewartet, dass sie nach Hause kommt.«

Danach saßen wir alle schweigend da. Die Uhr tickte. Der Kühlschrank summte. Aus Idas Garten klang Arlees helle, zarte Stimme herüber, die ein Lied sang, dessen Text ich nicht verstand.

»Mal sehen, ob sie sich umgezogen hat«, sagte ich und stand auf. »Ich will nicht, dass das Kleid schmutzig wird.« Ich ging aus dem Haus. Arlee stand neben der *Florine* und klatschte einen Pinsel an den frisch abgeschliffenen Rumpf. Das Kleid war über und über mit dunkelblauer Farbe bekleckst.

»Hallo, Mama.«

Ida kam aus dem Haus gestürzt. »Ach, du meine Güte«, sagte sie. »Vor einer halben Minute saß sie noch vor dem Fernseher. Es tut mir leid.«

»Nicht so schlimm«, sagte ich.

Dann sah sie mein Gesicht. »Lieber Gott. Ist Carlie ...?«

Ich nickte. »Ich möchte jetzt nicht darüber reden.«

»Natürlich«, sagte Ida leise. »Ich werde ein Gebet sprechen.«

»Danke«, sagte ich. Sie berührte meinen Arm, dann ging sie ins Haus.

»Da ist ein Pinsel, Mama«, sagte Arlee. Ich nahm ihn, tauchte ihn in die Farbe, die Glen für die *Florine* ausgesucht hatte, und zusammen strichen wir das Boot.

50

Natürlich hatte ich weitere Fragen, und nach einer schlaflosen Nacht, die ich im Schaukelstuhl auf der Veranda verbracht hatte, meinen Sohn im Arm, meinen schnarchenden Mann neben mir und Arlee schlafend auf dem Sofa, rief ich noch mal bei Parker an. Diesmal fuhren Bud und ich zu ihm auf die Wache. Mein ganzer Körper schmerzte vor Kummer, aber ich war ruhig.

»Eins verstehe ich noch nicht«, sagte ich. »Wie hast du herausgefunden, dass es Andy war?«

»Nach meinem Gespräch mit Patty habe ich Barrington angerufen«, erwiderte Parker, »und ihm gesagt, ich müsste noch mal mit ihm reden. Er war nicht gerade versessen darauf, wie schon beim ersten Mal, aber er meinte, er würde vorbeikommen. Andy war gerade auch in The Point. Ich hab schon länger ein Auge auf ihn, weil er dealt, aber er ist keiner von den großen Fischen. Ich hatte gehofft, er würde mich zu dem Typen führen, der ihm das Zeug verkauft, aber jetzt geht es natürlich um ganz andere Sachen. Na jedenfalls, als Barrington hier saß, kam plötzlich Andy rein und sagte, er hätte genug von dem Theater. Er hätte Carlie getötet, aber es wäre ein Unfall gewesen. Barrington versuchte ihn zum Schweigen zu bringen, aber Andy wurde wütend und sagte, sie hätten schon vor langer Zeit damit rausrücken sollen. Ich sprach mit Andy, und er erzählte mir, wie alles passiert war. Dann knöpfte ich mir seinen Vater noch mal vor, und der knickte schließlich ein und gab das Ganze zu. Er meinte, er wollte seinen Sohn nicht verraten, ganz gleich, was nun wirklich geschehen war.«

»Was war mit der Handtasche?«, fragte ich. »Carlies Handtasche wurde doch in Blueberry Harbor gefunden. Wie ist sie dahin gekommen?«

»Barrington sagte, er hätte getrunken und dann die Idee gehabt, wenn er die Handtasche woanders vergräbt und wir sie dort finden, würde uns das auf eine falsche Spur führen. Und der Wald bei Blueberry Harbor war wohl einfach die erste etwas abgelegene Stelle an der Strecke. Sie hatte keine besondere Bedeutung für ihn. Klingt ziemlich verrückt, ich weiß, aber so war es.«

»Und was passiert jetzt mit ihm und seinem Sohn?«, fragte Bud.

»Tja, das ist nicht so einfach. Im Moment sieht alles danach aus, dass es ein Unfall war. Aber selbst wenn das stimmt, werden die beiden wohl nicht ungeschoren davonkommen. So oder so müssen wir das dem Gericht überlassen. Da das Ganze in Crow's Nest Harbor passiert ist, wird es auch dort verhandelt.«

»Ich wünschte, die beiden würden für lange Zeit hinter Gittern landen«, sagte ich und kämpfte gegen den Drang an, irgendetwas an die Wand von Parkers Büro zu pfeffern. Mit mühsam beherrschter Stimme schob ich nach: »Nein, ich hoffe, sie schmoren bis in alle Ewigkeit in der Hölle.« Diesmal flüsterte Grand mir nichts von Vergebung ins Ohr. Oder falls doch, hörte ich es nicht.

Eine Weile schwiegen wir alle. Bud nahm meine Hand und drückte sie. Dann räusperte er sich.

»Was ist mit Patty?«, fragte er.

Parker runzelte die Stirn. »Sie ist tot. Hat eine Überdosis Tabletten genommen. Ich habe es gestern erfahren, nachdem ich bei euch war.«

»Ist vielleicht das Beste für alle Beteiligten«, sagte Bud.

Wahrscheinlich hatte er recht damit. Dennoch flüsterte etwas in meinem Innern ein trauriges Lebewohl, denn ich erinnerte mich an die Patty von früher, als sie und Carlie Freundinnen gewesen waren: blond, wunderschön, kess wie eine Teufelin und stolz darauf. *Wie um Himmels willen passt das alles zusammen?*, fragte ich mich. *Wie kann so was nur passieren?*

Parker sah mich an. »Wir können jetzt nur noch still sitzen und abwarten, was aus den Barringtons wird.« Ein Lächeln huschte über sein Gesicht. »Obwohl Stillsitzen ja nicht gerade zu deinen Stärken gehört.« Zum ersten Mal fiel mir auf, wie müde er aussah.

Bevor Bud und ich gingen, umarmte ich Parker. »Du hast es geschafft. Du hast immer gesagt, du würdest die Sache aufklären, und du hast recht behalten. Danke.«

Er räusperte sich. »Nichts zu danken.«

Als Bud und ich nach Hause kamen, war Robin da, und ihr Gesichtsausdruck sprach Bände.

»Woher weißt du es?«, fragte ich sie.

»Bud hat mich angerufen«, sagte sie.

Wir setzten uns mit Kaffee und Tee an den Küchentisch, und ich weinte mir meine ganze Trauer und Verwirrung von der Seele. »Ich habe Andy geliebt. Wirklich. Wir waren zusammen. Wie konnte er so tun, als wäre nichts geschehen? Was ist in seinem Kopf vorgegangen, während er mit mir zusammen war?«

»Manche Menschen packen Dinge in dunkle Kammern irgendwo weit hinten in ihrem Kopf und nageln die Tür zu«, sagte Robin. »Doch irgendwann leckt es durch die Ritzen. Hast du mir nicht mal erzählt, dass er haufenweise Drogen genommen hat und von jeder Schule geflogen ist? Außerdem wollte sein Vater nicht, dass irgendetwas von damals rauskommt.«

»Und er hatte eine Höllenangst vor seinem Vater«, sagte ich.

»Wir sollten alle eine Höllenangst vor ihm haben«, erwiderte Robin. »Nach allem, was ich über ihn gehört habe, hat der Kerl kein Herz und kein Gewissen. Und kein Gefühl für die Wirklichkeit.«

Von oben rief Travis nach mir.

»Ich hole ihn«, sagte ich und ging die Treppe hoch. Als ich meinen Jungen sah, wurde mir leichter ums Herz. Meine Kleine, die gestern gleichzeitig ihr Kleid ruiniert und mich gerettet hatte, war mit Dottie ins Naturschutzgebiet gegangen, um ihr bei der Arbeit zu helfen. Später würde Ida sich um die beiden kümmern, während ich mit Bud, Dottie und Robin zu dem Beerdigungsinstitut in Long Reach fuhr.

In den kommenden Tagen würden wir noch mehr von Andy und seinem Vater hören, denn die Zeitungen würden sich wieder auf die Geschichte stürzen, bis etwas anderes Aufregendes geschah. Mit alldem würde ich mich beschäftigen, wenn es so weit war.

Doch fürs Erste füllte ich mein Herz und meine Arme mit meinem zappelnden Sohn.

Auf dem Weg nach Long Reach saßen Dottie und Robin hinten, und Bud hielt vorne meine Hand, bis ich ihn bat, beide Hände auf das Steuer zu legen. Die Straße nach Long Reach war kurvenreich, wie ich aus leidiger Erfahrung wusste. Mir schnürte sich immer noch alles zusammen, wenn ich am Pine Pitch Hill vorbeikam.

»Ich hab ganz vergessen, dich zu fragen«, sagte Robin. »Wenn wir wissen, wann die Trauerfeier stattfindet, könnte meine Familie vielleicht für zwei Wochen das Haus von deinem Dad mieten? Damit meine ich Dad, Ben, Valerie und mich.«

Der Gedanke, dass der Teil, der von der Familie meiner Mutter – von *meiner* Familie – noch übrig war, bei uns sein würde, und das so bald, munterte mich auf, und ich sagte: »Natürlich, sehr gerne. Aber ich muss es erst noch ein wenig herrichten.«

»Ich muss sowieso in diesen Tagen meine Wohnung räumen, und ich würde gern hierbleiben, bis Dad und die anderen kommen, und dann mit ihnen zurückfliegen. Wenn es dir recht ist, könnte ich ja in der Zwischenzeit in dem Haus wohnen und dir helfen.«

Ich sah Bud an. »Klingt doch gut«, sagte er. »Dann kommt Florine wenigstens nicht auf dumme Gedanken.«

»Ich helfe dir auch«, erbot sich Dottie.

»Gut«, sagte ich. »Du backst Kekse und bringst sie uns rüber.«

»So weit kommt's noch«, protestierte sie. »Aber ich helfe euch gern, alles aufzufuttern, was da ist.«

Der Leiter des Beerdigungsinstituts, Mr Desmond, begrüßte uns mit einem warmen Lächeln. Er bat uns, einen Moment im Eingangsbereich zu warten. Seine auf Hochglanz polierten Schuhe machten kein Geräusch auf dem dicken Teppich, als er in den hinteren Bereich verschwand.

Alles im Eingangsbereich war dunkelrot: der Teppich, die kleinen Blumen auf der Tapete und der Läufer auf der dunklen Holztreppe. Irgendwo tickte eine Uhr, und ganz leise war ein Fernseher oder ein Radio zu hören.

»Die wohnen hier«, sagte Dottie. »Kannst du dir das vorstellen?«

»Na ja, irgendwer muss ja hier wohnen«, sagte Robin. »Wer sollte sich sonst um die Toten kümmern? Wer sollte sie in Empfang nehmen und bei ihnen sein?«

Ich griff nach ihrer Hand, als Mr Desmond zurückkam.

»Möchten Sie alle hineingehen?«, fragte er.

»Nein«, sagte ich. »Nur ich.«

»Bist du sicher?«, fragten Bud und Robin wie aus einem Mund.

Ich nickte. »Sie liegt dort hinten«, sagte Mr Desmond leise, während er mich durch den Flur führte. »Bitte bedenken Sie, sie hat sehr lange in der Erde gelegen. Die Zeit hinterlässt ihre Spuren.«

»Ich weiß«, erwiderte ich. »Ich möchte nur ein paar Minuten bei ihr sein.«

Und dann krümmte ich mich zu meiner eigenen Überraschung plötzlich zusammen, sank auf die Knie und fing an zu wimmern. Ich hatte mir vorgenommen, ruhig und gefasst zu sein, aber mein so lange überstrapaziertes Herz machte da nicht mit. All die Sorge und Trauer, all der Schmerz und Zorn, die ich jahrelang in meinem Innern festgehalten hatte, brachen in lang gezogenen Klagelauten aus mir heraus.

Von hinten näherten sich eilige Schritte, dann kniete Bud neben mir, zog ein Taschentuch hervor und wischte mir damit sanft übers Gesicht. Nach ein paar Minuten stand ich mit seiner Hilfe wieder auf, aber meine Beine zitterten.

»Du musst das nicht tun«, sagte Bud. »Carlie würde es bestimmt verstehen.«

Mr Desmond sagte: »Vielleicht ist es das Beste, wenn Sie sie so in Erinnerung behalten, wie sie war.«

Ich atmete tief durch.

»Gehen wir«, sagte ich. Ich klammerte mich an Buds Arm, und gemeinsam gingen wir weiter.

Als wir den Raum betraten, blieb ich verwirrt stehen. Ich hatte darum gebeten, Carlie noch einmal zu sehen, bevor sie eingeäschert wurde, war aber davon ausgegangen, dass sie in einem einfachen Kiefernsarg liegen würde.

Stattdessen stand dort auf einem Podest in einem Glasvorbau ein glänzender Mahagonisarg, von der Sonne beschienen, umgeben von üppigen Frühlingsblumensträußen.

»Was –?«, brachte ich hervor.

»Den Sarg haben wir nur für heute Nachmittag geliehen«, sagte Mr Desmond sanft. »Und die Blumen sind von Ihrem Onkel und seiner Familie. Ich dachte, es wäre vielleicht angenehmer für Sie, wenn Sie sie im Tageslicht sehen und die Möglichkeit haben, aus dem Fenster zu schauen. Später werden wir, wie gewünscht, die Einäscherung vornehmen.«

»Ist gut. Danke.«

»Wir haben ihren Körper mit einem Tuch abgedeckt. Wenn Sie möchten, dass das Tuch entfernt wird, sagen Sie es mir.«

»Nein«, sagte ich. »Ich will nur sehen, dass sie nicht bloß in meinem Kopf existiert.«

Wir gingen auf den Sarg zu, und mir stockte der Atem. Auf dem blauen Samtkissen lag ein verwitterter Schädel, an dem noch ein paar farblose Haarsträhnen hingen. Die kleine Lücke zwischen ihren Schneidezähnen erinnerte mich an ihr Lächeln.

»Kann ich mit ihr allein sein?«, bat ich Bud und Mr Desmond.

»Natürlich«, sagte Mr Desmond.

»Ich warte direkt vor der Tür«, sagte Bud.

Nachdem sie gegangen waren, kamen mir erneut die Tränen. »Ich habe dich so vermisst«, sagte ich zu dem, was einst Carlies Gesicht gewesen war. Von draußen war fröhliches Gezwitscher zu hören, und ich blickte hinaus in den Garten. Ein paar dicke Amseln hüpften über den Rasen. Ein Blauhäher keckerte zwischen den leuchtend grünen jungen Blättern. Ich sah wieder zu Carlie hin. Das Sonnenlicht verlieh ihrem Schädel einen seltsamen Elfenbeinton. Ich streckte die Hand aus und berührte ihn. Er war kalt und hart, überhaupt nicht wie meine Carlie. Doch der Funke, der meine Mutter ausgemacht hatte, leuchtete in meiner Tochter weiter.

Hinter mir hörte ich leise Schritte, und Bud legte den Arm um mich. Wir standen schweigend da, und ich weinte leise, wie ein sanfter Sommerregen, der die Erde wässert.

Bud räusperte sich. »Ich weiß, das klingt jetzt vielleicht komisch, aber diese Mistkerle haben nicht gewonnen.«

»Was meinst du damit?«, fragte ich und wischte mir übers Gesicht.

»Na ja, dieser blöde Andy und sein widerlicher Vater haben zwar ihren Körper begraben und all die Jahre geschwiegen, aber damit müssen sie jetzt bis ans Ende ihrer Tage leben, und dann war's das für sie. Carlie wird noch lange hier sein, wenn die beiden längst verschwunden sind. Als sie sie begraben haben, wurde sie Teil von allem um sie herum. Sie wird also noch hier sein, wenn die zwei längst in der Hölle schmoren.«

Ich lächelte. Tränen rannen mir in den Mund. »Sie ist fort«, sagte ich. »Aber sie ist auch zu Hause. Willkommen zu Hause, Carlie.«

Dann wandten mein Mann und ich uns um und gingen zurück durch den stillen Flur zu meiner Cousine und meiner besten Freundin.

51

Eines Morgens Anfang Juni tauchte Evie Butts bei mir auf. Sie kam hereinspaziert, ohne anzuklopfen, als ich den Kindern Frühstück machte.

»Ich dachte mir, ich schaue mal vorbei«, sagte sie. »Ich wohne jetzt wieder zu Hause.«

»Du bist zurück?«, sagte ich. »Was ist mit Albert?«

»Albert? Der ist weg.«

Sie wirkte ausgelaugt, wie ein zu oft gewaschenes T-Shirt. Sie würde immer die Hübscheste im Raum sein, oder zumindest eine der Hübschesten, aber obwohl sie erst siebzehn war, hatte sich in ihrem Gesicht etwas Altes eingenistet. Glen hatte gesagt: »*Sie ist hart wie Stahl.*« Aber für mich sah sie einfach nur traurig und erschöpft aus. Sie setzte sich an den Küchentisch, faltete die Hände und sah zu, wie Travis seine Cornflakes mampfte.

»Er ist ganz schön groß für sein Alter, nicht?«, sagte sie.

»Daddy war auch groß«, erwiderte ich. »Travis wird vielleicht mal noch größer.«

»Spielst du mit mir Puppen?«, fragte Arlee Evie.

»Nicht jetzt.«

»Ich kann gut malen. Willst du mal sehen?«

»Klar«, sagte Evie.

Arlee rannte die Treppe hoch.

Evie fuhr sich mit gespreizten Fingern durch ihre Locken.

»Du hast tolle Haare«, sagte ich.

»Mich nerven sie. Ich wünschte, sie wären glatt, wie die von Cher.«

»Meine Mutter hatte wunderbares Haar. Leuchtend rot, wie das von Arlee. Meins ist eher karamellfarben mit einem kleinen Rotstich. Schon komisch.«

»Tut mir leid, das mit deiner Mutter«, sagte Evie.

»Danke.«

»Du hast ganz schön was durchgemacht.«

»Du aber auch.«

»Ja, kann sein. Sag mal, woher wusstest du, was du tun musstest, um in die richtige Spur zu kommen?«

»Was meinst du damit?«

Evie knetete ihre Hände. Sie waren viel kleiner als Dotties. »Na ja, du hast einen Mann und zwei süße Kinder und ein schönes Haus.«

Ich lachte. »Glaubst du, ich hätte das geplant? Absolut nicht. Ich bin irgendwie da reingestolpert, obwohl ich eigentlich ganz woandershin wollte.«

»Wohin denn?«

»Das weiß ich selbst nicht. Irgendwohin. Ich wollte es allen zeigen.«

»Was wolltest du ihnen zeigen?«

»Keine Ahnung. Ich war wütend, auf alle hier.«

»Bin ich auch. Die machen mich wahnsinnig.«

»Ich weiß, was du meinst. Aber sie können einen auch wahnsinnig glücklich machen.«

»Ich habe keine Ahnung, wie es für mich weitergehen soll. Ich habe ein Kind, und ich weiß nicht, was ich damit anfangen soll. Irgendwie muss ich wohl lernen, es großzuziehen.«

»Du hast Hilfe.«

»Stimmt. Aber ich weiß nicht, ob ich Archer liebe. Hast du deine Kinder von Anfang an geliebt?«

»Ja, das habe ich«, sagte ich. »Und ich liebe sie jeden Tag mehr. Sie treiben mich in den Wahnsinn, aber ich würde jeden umbringen, der ihnen auch nur ein Haar krümmt.«

»Als Archer da war, habe ich ihn angesehen und darauf gewartet, dass ich etwas fühle, aber es kam nichts. Das hat mir Angst gemacht, und ich hatte ein schlechtes Gewissen. Und jedes Mal, wenn ich ihn jetzt ansehe, muss ich daran denken, und dann kriege ich wieder Panik.«

»Du hattest eine schwere Geburt«, sagte ich. »Vielleicht hat es damit zu tun. Bei Arlee war es einfach eine Woge von Liebe, aber bei Travis hatte ich einen Kaiserschnitt, und die erste Zeit war ich einfach nur benommen. Ich glaube, es ist jedes Mal anders.«

Evie knibbelte an ihren Fingernägeln. »Irgendwie mache ich immer alles falsch, und es kümmert mich nicht mal.« Sie zuckte die Achseln. »Ich mache es einfach.«

»So war ich auch mal. Es war mir egal, was ich tat. Und es war mir egal, dass es mir egal war.«

»Aber ich will das nicht mehr. Ich will nicht mehr so sein.«

Arlee kam mit drei Malbüchern zurück und legte sie vor Evie auf den Tisch. Dann machte sie kehrt und lief wieder nach oben. »Ich hol Stifte«, rief sie.

»Wenn du hierbleibst, wirst du Archer kennenlernen«, sagte ich. »Madeline, Bert und Dottie kennen ihn besser, weil sie sich um ihn gekümmert haben.«

»Ich weiß nicht. Mal abwarten, ob das funktioniert«, sagte Evie.

Travis warf mit einem feuchten Cornflake nach ihr und traf sie ins Gesicht. »Hah!«, krähte er.

»Iiihh«, machte Evie, und Travis lachte.

Evies Mundwinkel zuckten. Sie machte noch mal »Iiihh«, und Travis lachte noch lauter. Sie lächelte.

Er warf noch ein Cornflake, und das Spiel ging weiter, bis Arlee mit Bo herunterkam, ihrer kleinen Schatzkiste.

»Ich dachte, du wolltest deine Stifte holen«, sagte ich.

»Evie«, sagte Arlee, ohne mich zu beachten. »Guck mal.«

»Was hast du denn da?«, fragte Evie.

Arlee klappte die Kiste auf und nahm Muscheln, getrocknete Blumen und eine neue Blauhäherfeder heraus, die ich noch nicht gesehen hatte. Während Evie die Sachen bewunderte, nahm Arlee noch etwas anderes aus der Kiste und hielt es hinter ihrem Rücken versteckt.

»Rate mal, was ich hier habe«, sagte sie zu Evie.

»Ich weiß nicht. Gib mir einen Tipp.«

»Es hat ein Loch«, sagte Arlee.

»Ist es ein Donut?«

Arlee schnaubte und verdrehte die Augen. »Nein.«

»Gib mir noch einen Tipp.«

»Es ist gelb.«

Evie schüttelte ratlos den Kopf. »Ist es ein Eigelb?«

»Ein Eigelb?«, sagte ich.

Evie zuckte die Achseln. »Keine Ahnung. Sag's mir.«

Arlee holte ihre kleine Faust hinter dem Rücken hervor und öffnete sie langsam.

Es war Buds Ehering.

»Oh«, sagte ich. »Das wird Daddy freuen. Er hat ihn schon gesucht.«

Arlee schloss die Faust wieder. »Hab ich gefunden. Er gehört mir.«

»Manchmal lassen Leute Sachen aus Versehen fallen, Arlee.

Als ich Daddy geheiratet habe, habe ich ihm den Ring geschenkt. Er gehört ihm, für immer.«

»Vielleicht kannst du ihn ja gegen irgendwas eintauschen«, schlug Evie vor.

»Ein Eis«, sagte Arlee.

»Klingt doch gut«, sagte Evie. »Na, ich geh dann mal wieder rüber.«

»Bleib doch noch ein bisschen«, sagte ich. »Wie wär's mit einem Tee?«

»Ich trinke lieber Kaffee.«

»Habe ich auch da.«

»Okay«, sagte Evie. »Aber danach muss ich zurück zu Archer.«

»Du kannst Archer jederzeit mitbringen«, sagte ich und schenkte ihr einen Becher Kaffee ein. »Die Tür ist immer offen.«

Eines Nachts, nicht lange nach Evies Besuch, träumte ich, dass ich in einem strahlend weißen Raum stand, so hell, dass es mich blendete. Der Raum war leer, aber ich wusste, dass meine Mutter kurz vor mir dort gewesen und durch die offene Tür vor mir hinausgegangen war. Das reine Licht, das durch die Fenster hereinfiel, prallte an Wänden, Decke und Fußboden ab und jagte sich selbst wieder hinaus. Ich hörte meine Mutter lachen, und dann wachte ich auf.

52

Am zweiten Sonntag im Juni versammelten wir uns bei Einbruch der Dämmerung an dem kleinen Strand von The Point: Bud und ich mit den Kindern, Ida und Maureen, Madeline, Bert, Dottie, Gus, Evie mit Archer, mein Onkel Robert, seine Frau Valerie, Robin und Ben und natürlich Pastor Billy. Ray und Glen waren auch da, und Parker und Tillie Clemmons standen ein wenig abseits. Sogar Cindi vom Lobster Shack war auf meine Einladung hin gekommen.

Fackeln, die im Sand und im Kies steckten, tauchten unsere Gesichter in flackerndes orangegelbes Licht.

Glen kniete sich neben eine große Feuerwerksrakete und wartete.

Billy und Maureen stellten sich vor uns hin.

Maureen stimmte *Amazing Grace* an, und ich hätte schwören können, dass selbst das unablässig kommende und gehende Wasser im Hafen innehielt, um den wundervollen Klängen zu lauschen, die aus ihrer Kehle drangen. Billy stand mit geschlossenen Augen neben ihr, und etwas in seinem Gesicht sagte mir, dass er eines Tages, wenn alles gut ging, auch in einem anderen Sinn an Maureens Seite stehen würde.

Als Maureen geendet hatte, durchbrach der Schrei einer Eule von der anderen Seite der Bucht die dämmrige Stille. Ich lehnte mich an Bud und sah zu, wie Arlee Travis folgte, der schwankend, aber zielstrebig über die Kiesel lief. Vielleicht würde er fallen, aber dann würde er wieder aufstehen und weitergehen. Und sie würde immer auf ihn aufpassen.

Billy räusperte sich. »Ich werde nur ein paar Worte sagen, denn Carlie mochte lange Reden ebenso wenig wie ihre Tochter. Sie verließ sich auf das, was ihr Herz ihr sagte, und sie hatte ein gutes Herz. Ich war einmal mit meinem Vater im Lobster Shack, als wir vom Fischen zurückkamen, und sie eilte zwischen den Tischen umher, lächelnd, die Arme mit Tellern beladen, und wich mit einem Schlenker jedem aus, der ihr in den Weg kam. Ich war damals fünfzehn und konnte kaum den Blick von ihr abwenden. Sie war wie ein funkelndes Licht, das durch den Raum schwirrte. Sie war eine Frau, die durchs Leben tanzte. Und dafür bewunderte ich sie. Das, was diesen Tanz unterbrochen hat, wird ihr Wesen niemals beeinträchtigen. Sie war eine wunderbare Seele, die dem Herrn gedient hat, als Ehefrau, Mutter, Freundin, Schwester und Tante. Sie war ein freier Geist, und dieser Geist lebt in Florine und ihren Kindern weiter. Carlie ist nicht in die Kirche gegangen, aber ich bin sicher, dass Jesus bei ihr war. Wie hätte er es auch nicht sein können, bei der Lebensfreude, die sie versprühte?

Ich komme jetzt zum Ende, denn ich weiß, dass sie auch eine ungeduldige Seele war, und zwar mit einem Vers aus der Offenbarung des Johannes. *Und Gott wird abwischen alle Tränen von ihren Augen, und der Tod wird nicht mehr sein, noch Leid noch Geschrei noch Schmerz wird mehr sein, denn das Alte ist vergangen.*

Zum Schluss möchte ich noch ein paar Verse aus einem Gedicht von William Butler Yeats zitieren, einem irischen

Dichter, denn wie ihr Bruder Robert, der heute auch in unserer Mitte ist, mir gesagt hat, hätten sie Carlie gefallen. Das Gedicht heißt ›Der Geiger von Dooney‹, und dies sind die beiden letzten Strophen.

Die Guten sind immer die Frohen
Außer bei bösem Stern
Und Fröhliche lieben die Fiedel
Und Fröhliche tanzen gern.

Wenn mich dort Leute erspähen,
Kommen sie gleich zu mir her,
›Da ist ja der Geiger von Dooney!‹
Und tanzen wie Wellen im Meer.«

Ich lauschte auf das Geflüster der Wellen am Ufer, und gerade als ich fast verstand, was sie sagten, nahm mein Onkel Robert meine Hand. Er war groß und schüchtern, ganz anders als seine Schwester, mit dunklem, lockigem Haar. Aber ich sah sie in den Sommersprossen in seinem Gesicht und in dem Lachen in seinen Augen. Arlee, die sein Bein umarmte, war ganz vernarrt in ihn, genauso wie in Robin, Valerie und Ben. Carlie hatte ich nun endgültig verloren, aber dafür hatte ich eine Familie zurückbekommen. Travis zupfte an mir, er wollte auf meinen Arm, und so ließ ich Roberts Hand los und hob meinen Sohn hoch. Bud legte die Arme fester um mich.

Glen, der immer noch neben der Rakete kniete, räusperte sich, und ich nickte ihm zu. Er zündete ein Streichholz an, hielt es an die Rakete, und wir wichen alle so weit zurück, wie es ging, ohne in die Wildrosen zu fallen. Funken wanderten an der Zündschnur hoch, und dann schoss die Rakete in den purpurfarbenen Abendhimmel. Kurz bevor sie in einen Funkenregen zerbarst und Carlies Asche über die gesamte Schöpfung verteilte, sah ich die ersten Sterne schüchtern vom Firmament herabblinzeln.

Dank

Als ich in einem kleinen Haus in Portland, Maine, an *Rubinrotes Herz, eisblaue See* schrieb, hätte ich nie gedacht, dass Florine, der Inbegriff eines ganz bestimmten Mädchentyps von der Küste Neuenglands, die Herzen so vieler Leserinnen und Leser in Deutschland erobern würde. Mit seiner Arbeit so unerwarteten Erfolg zu haben, macht demütig. Ich möchte allen danken, für die Florine zur Freundin geworden ist, weil sie sie so nehmen, wie sie ist, und sie trotzdem lieben. Zutiefst dankbar bin ich dem mareverlag, besonders Katja Scholtz und Sophia Hungerhoff, für ihren Sachverstand, ihre Liebenswürdigkeit, ihr Fingerspitzengefühl und ihre meeresüberspannende Freundschaft. Zu großem Dank verpflichtet bin ich auch Claudia Feldmann, einer wunderbaren Übersetzerin, die großartige Fragen stellt. Und schließlich möchte ich Marianne Merola von Brandt & Hochman in New York dafür danken, dass sie Florine zum mareverlag gebracht hat. Das Ganze war eine unvergessliche Erfahrung. Ein großes Dankeschön an alle, aus der Tiefe meines rubinroten Herzens.

Zitatnachweise

Alle Bibelzitate aus: *Die Bibel oder Die ganze Heilige Schrift des Alten und Neuen Testaments* nach der Übersetzung von Martin Luther, revidierter Text 1975, Deutsche Bibelstiftung Stuttgart 1978.

S. 456 zitiert aus: ›Der Geiger von Dooney‹, übersetzt von Norbert Hummelt, in: William Butler Yeats, *Die Gedichte*, hg. v. Norbert Hummelt, München: Luchterhand Literaturverlag 2005. Die Rechte an der Nutzung der deutschen Übersetzung liegen beim Luchterhand Literaturverlag, München, in der Verlagsgruppe Random House GmbH.

»Ein Buch wie Kino, reingehen,
hinsetzen und mittendrin sein ...«
Christine Westermann, WDR

Morgan Callan Rogers

Rubinrotes Herz, eisblaue See

Roman

»Es war gut, dass Grand mich liebte, denn in dem Frühjahr, als ich vierzehn wurde, hätte mir jeder andere einen Zementsack ans Bein gebunden und mich im Meer versenkt.«
Florine lebt geborgen bei ihren Eltern und ihrer Großmutter an der Küste Maines – bis ihre Mutter eines Tages verschwindet. Das Mädchen versteht nicht, wie das Leben um sie herum weitergehen kann, und gibt die Hoffnung nie auf.

Ein zauberhaftes Buch über Hoffnung, Liebe, Trauer und Glücklichsein!

Marie Matisek

Sonnensegeln

Roman

Als die Krankenschwester Marita eine Annonce in der Zeitung liest, ahnt sie noch nicht, dass sich ihr Leben von Grund auf ändern wird. Schon lange hadert sie mit sich und den eingefahrenen Gleisen ihrer Existenz. Doch erst ihre achtzehnjährige Tochter bewegt Marita dazu, auf die Anzeige zu antworten. So landet sie auf dem von Blütenduft und Sonnenglut durchtränkten Gut der Lafleurs in der Nähe der Parfümstadt Grasse. Hier blühen die Rosen und der Jasmin, die die Grundlage für wunderbare Düfte und den Reichtum der Lafleurs bilden. Der schwerkranke Unternehmer entpuppt sich als schwieriger Patient, und Lucien, sein Sohn, ist offenbar auch nicht viel besser. Marita könnte verzweifeln, wären da nicht die herzensgute Haushälterin Ségolène und der charmante Filou François, der Marita die zauberhafte Côte d'Azur von ihrer schönsten Seite zeigt …

Emma Straub

Ein Sommer wie kein anderer

Roman

Franny und Jim Post begehen ihren 35. Hochzeitstag, Tochter Sylvia hat gerade erfolgreich ihren Highschool-Abschluss gemacht, und Sohn Bobby steht kurz vor der Verlobung mit seiner Langzeitfreundin. Nun freut sich die Familie auf ihren gemeinsamen zweiwöchigen Urlaub mit Freunden auf Mallorca. Denn Sommer, Sonne, Strand und gutes Essen sind perfekt, um die Ereignisse der letzten Wochen gebührend zu feiern und sich gleichzeitig vom stressigen Alltag in Manhattan zu erholen. Doch lange verdrängte Konflikte drohen Harmonie und Entspannung zu zerstören …

»Geistreich.«
New York Times